Esperanza Hope

Der Ehe Mutant

AF139200

Buch

Für die junge deutsche Steuerfachangestellte Lydia wird das bisherige Familienglück an der Seite des charmanten und romantischen Südamerikaners Aquiles zu einer Tretmühle aus Liebesentzug, Hörigkeit und Gewalt. Immer mehr kommt Aquiles wahrer Charakter, der eines aggressiven und manipulativen Mannes, mit Don-Juan-Komplex zum Vorschein, während er nach Aussen hin seine Opferrolle als liebevoller und besorgter Ehemann gekonnt in Szene setzt. Worte und Taten sind nichts weiter als das Drehbuch seines Schauspiels, mit dem er Frauen erst auf Händen trägt und dann beginnt sie bis zum Ende zu demütigen. Schliesslich verlässt Aquiles, unter dem Vorwand der Selbstfindung und Reue, die Familie und gemeinsame Wohnung. Für Lydia und ihre drei Kinder scheint Ruhe und Frieden einzukehren, bis zu jenem 12. Juli. Verzweifelt und voller Sorge um ihre Kinder wendet sich Lydia an verschiedene Hilfsorganisationen und das Jugendamt. Entgegen jeglicher Hilfestellungen erfährt Lydia lediglich Hohn und Parteilichkeit zu Gunsten von Aquiles. Der scheinbare Befreiungsschlag ist nichts weiter als der Auftakt eines unerbittlichen Kampfes aus dem Hinterhalt. Aquiles sind alle Mittel und Wege recht um Lydia zu Fall zu bringen. Unwissend bringt er damit ganz andere Steine ins Rollen.

Esperanza Hope

Der Ehe Mutant

Autobiografischer Roman
- Teil 1 -

Bibliografische Information der Deutschen
Nationalbibliothek: Die Deutsche Nationalbibliothek
verzeichnet diese Publikation in der Deutschen
Nationalbibliografie; detaillierte bibliografische Daten
sind im Internet über www.dnb.de abrufbar.

Herstellung und Verlag:
BoD - Books on Demand, Norderstedt

ISBN: 978-3-7347-9912-9

In Liebe zu meinen Kindern,
in vollstem Vertrauen auf eine schöne Zukunft.
In Erinnerung an Eure Geburten,
in Dankbarkeit an das schönste Geschenk auf Erden.

Meinen Kindern und meiner Familie sei Dank, Dank für
all Eure Unterstützung Eure Liebe, in der bisher
schwersten Zeit,
aus der wir gemeinsam gestärkt hervor treten.

Mögen wir gemeinsam die Erinnerungen bewahren,
Erinnerungen an so manch schöne Momente mit Eurem
Vater, dem Schwiegersohn, dem Schwager - meinem
Mann, doch auch gewarnt sein vor all dem was noch
kommen mag.

Was einst mit Liebe begann ...
... brachte uns Schmerz, Wut und Trauer d'rum nahmen
wir uns bei der Hand, stärkten uns und wurden endlich
eine richtige Familie!

Ich liebe Euch:
meine drei Kinder
meine Eltern und meinen Bruder .

I

Okay. Ganz ruhig. Einfach tief durchatmen. Ein ganz normaler Montag. Ein Montag wie jeder andere auch. Gut ,vielleicht nicht ganz normal. Liegt nur an den schräg laufenden und quer einschiessenden Gedanken. Ist doch alles bloss eine Frage der inneren Überzeugung. Verdammt! Welche Überzeugung? Ich spreche andauernd in Gedanken mit mir selbst. Auf eine Überzeugung bin ich da noch nicht wirklich gestoßen. Oder doch?

Lydia, einfach optimistischer denken und entschlossen Deinen Weg gehen. Glaube kann bekanntlich Berge versetzen. Gut! Die Frage ist nur, welchen Weg soll ich gehen? Ist der Weg den ich eingeschlagen habe wirklich der Weg, den ich gehen wollte oder unter anderen Umständen auch gehen würde? Vielleicht ist es nur die letzte Möglichkeit, um nicht einen „Abgrund" hinunter zu stürzen. Ach, was weiss ich.

Denk an Deine Kinder! Die Kinder! Um jeden Preis sollen sie endlich ein echtes Familienleben bekommen. Du hast ein Jahr durchgehalten und bist am Ende über Dich hinaus gewachsen. Bin ich das wirklich?

Ich fühle mich zum kotzen. Mein Kopf tut weh. Meine Augen brennen und sind tausend Mal schwerer als gestern Abend. Ich höre das Herz in meinen Ohren rasen. Ansonsten ist da nur noch rauschen. Nicht aber das Rauschen der nassen Strasse, das durch das offene Fenster in mein Zimmer dringt, nein ein Rauschen in mir selbst.

Eine halbe Stunde vor dem Klingeln des Weckers war ich schon wach und habe noch immer keine Kraft aufzustehen. Möchte mich verkriechen, den Tag vorspulen und all die Erinnerungen die ER in mir erweckt vernichten. Einfach auf „delete" klicken und dann weiter machen, mit dem was geblieben ist. Das Wichtigste auf Erden, die Liebe zu meinen Kindern.

Mein Nacken ist völlig verspannt und mein Mund ist trocken. Sicher habe ich bei all den Alpträumen mit offenem Mund geschlafen. Schreckliche Vorstellung. Gut, dass mich keiner so gesehen hat. Sicher wäre ich da vor mir selbst weggelaufen.

Dabei ist das doch das natürlichste auf der Welt, schließlich haben wir Nachts keine Kontrolle über uns selbst und der Körper tut was er will. Zugegeben, der Gedanke ist echt schräg. Verdammt komischer Tag heute. Generell sind Montage eine Herausforderung.

Ein Montag morgen mit drei Kindern ist dann noch mal eine Messlatte höher anzusetzen. Muss aber sagen, dafür klappt es wirklich prima. Jetzt aber, wo einhunderttausendmillionen Fragezeichen und Gedanken durch meinen Kopf fegen und weder sortiert noch strukturiert werden können, gefällt mir das frühe Aufstehen absolut nicht. Im Gegenteil.

Tja und dann ist heute noch der 3.11.. Für mich, die ich absolut nicht abergläubisch bin, eine Art Freitag der dreizehnte, ein schwarzer Freitag. Wenn etwas schief zu laufen hat, dann wird es heute so sein. Garantiert.

Noch einmal schließe ich die Augen. Atme ruhig und tief durch. Das Kopfkissen schmiegt sich eng an meine Wange. Mich fröstelt es. Verkrampfe mich unter der Decke.

Die vergangenen Jahre war der 3.11. immer ein Tag des

Glücks für mich gewesen. Bedeutsam und voller Hoffnung. In diesem Jahr nicht mehr. So richtig fassen kann ich es nicht. Bin irritiert. Es wäre so schön, wenn... . Ist es aber nicht. Wird es auch nicht mehr. Punkt aus Ende.

Einfach vergessen und die Vergangenheit ruhen lassen. So schwer kann es doch gar nicht sein. Ist es sicher auch nicht. Zumindest, wenn man es geschafft hat und zurückblickt. Doch ich fühle mich unvorbereitet. Dummes Wort. Klingt eher nach fehlender Übung vor einer Klausur. Trotzdem passt es irgendwie. Keiner ist vorbereitet, wenn man von heute auf morgen den Boden unter den Füssen verliert.

In all den Gesprächen mit meinem Supervisor, den ich insgeheim immer „El Silencio" nenne, war es mir theoretisch einfach gefallen. Anhand von praktischen Übungen hatte er mich immer und immer wieder selbst spüren lassen, dass festhalten bei weitem schmerzhafter ist, als loslassen. Im Geiste hat es geklappt. Erschien mir logisch und einfach. In der Praxis sieht die Welt ganz anders aus. Jeden Tag spüre ich diese Angst vor der Einsamkeit, die Angst zu früh einen Schlussstrich gezogen zu haben und der Hoffnung entflohen zu sein. Es ist quatsch, denn längst hätte ich „Stopp" sagen müssen, Aquiles in Schranken weisen müssen und mehr Achtung vor mir selbst unter Beweis stellen sollen.

Weiter und weiter rennt mein Herz einem Wunschbild hinterher. Einem Traum von einer heilen Familie. Einer Ehe voller Vertrauen, Liebe und Respekt. Ich möchte loslassen. Mir fehlt die Kraft. Was passiert, wenn ich endgültig loslasse? Möchte mich befreien, von dieser erdrückenden Last, die mehr und mehr die Freude am täglichen Leben raubt. Die weiter meine Gedanken kreisen lässt, mich in eine Abhängigkeit bringt, die eigentlich schon gebrochen ist.

Aquiles klebt an mir wie eine Klette. Bis zum Schluss, so scheint es mir, will er mit aller Kraft weiter Kontrolle über mich, mein Leben und vor allem Gefühle und Gedanken haben. Seine Macht demonstrieren und mich weiter aussaugen, obwohl er längst ein neues Opfer in seinen Klauen hat. Mein Leben hat neu begonnen, wenngleich auch auf Basis eines erschreckenden Endes. Heimlich schleicht er sich in meinen Kopf und lässt mich in Erinnerungen schwelgen.

Am Ende ist es purer Selbstbetrug. Von wegen er und eine Klette. Einer Klette könnte ich mich entledigen. Sie abreissen und zu Boden schmeissen. Selbst meine Kinder könnten das. Die Realität ist weitaus schmerzhafter, viel verbundener mit Herz und Verstand.

Vielleicht will ich einfach nicht daran reissen, aus Angst die Wunde zu gross werden zu lassen. Er saugt an mir, fortwährend, wie ein Egel und ernährt sich an mir, versucht seine bösen Gedanken und seine eiskalten Pläne in mir Frucht tragen zu lassen. All die Jahre war ich Brutstation für seine Wünsche, habe mich schwächen lassen in der Hoffnung auf Belohnung und Liebe.

Ich wäre zu Grunde gegangen, garantiert. Er ging. Einfach so von heut auf morgen, nachdem er mich zutiefst verletzt und gedemütigt hat, mir alles nahm was für mich Bedeutung hatte und meine Liebe mit Füssen trat. Er ging ohne Rücksicht auf mich und die Kinder. Immer und immer wieder wickelt er Frauen um seinen Finger, saugt sie aus und entledigt sich am Ende ihrer leblosen Hüllen. Er hat nicht nur mir weh getan. Ich war nicht die Erste, die ihm zum Opfer fiel und werde nicht die Letzte sein.

Stopp Lydia! Sei gnädig mit dir selbst. Lass dich nicht jetzt, wo er fort ist, weiter hinunterreissen. Es ist an der Zeit den Neuanfang beim Schopf zu packen und sich an dem, was du hast zu erfreuen. Mir laufen die Tränen aus den Augen. Langsam kullern sie über meine Wangen und tropfen in meine Ohren. Mit aller Gewalt versuche ich mich dem Gefühlsausbruch zur Wehr zu setzen. Ich hasse es zu weinen. Nein eigentlich nicht. Wegen ihm habe ich angefangen es zu hassen. Mich dafür zu schämen.

All die Jahre hat Aquiles mich ausgelacht wenn ich weinte. Hatte sich dann hämisch grinsend neben mich gesetzt. Grimassen geschnitten und mich sarkastisch imitiert. Es tat weh. Ich hatte weinen wollen, so manches mal weinen müssen, weil Aquiles mir schon zuvor weh getan hatte. Im Streit nannte er mich immer und immer wieder „Schlampe", baute sich drohend vor mir auf oder schupste mich provokant durch die Gegend. Ich hatte Angst. So oft war ich wie gelähmt. Angespannt stand ich da, wie ein kleines Kind vor einem viel zu strengen Lehrer.

Irgendwann schossen die Tränen aus den Augen. Ich konnte sie nicht zurückhalten, wandte mich ab und verbarg mein Gesicht und meine Gefühle vor meinem eigenen Ehemann. Da war kein Respekt und schon gar kein Verständnis für das was ich empfand.

Jede meiner Tränen war ihm zuwider. Strafte mich erst recht dafür zu weinen und nannte es nicht selten eine bösartige Waffe der Frau. Aquiles glaubte, meine Tränen sollten ein Mittel zum Zweck sein, dabei war es einfach das was ich fühlte. Sei es Angst oder auch Mitleid. Immerzu fühlte er sich von meiner Offenheit angegriffen, konnte der ehrlichen Ehrlichkeit nichts abgewinnen und lief letztendlich jedes Mal davon.

So oft ich weinend zu Boden gesunken war, kraftlos, beschämt und tief verletzt. Im Grunde war ich, selbst liegend stärker als er. Nicht nur ich war Opfer seiner stärker zum Vorschein tretenden Gefühlskälte, wenngleich er genau dieses Wort mir in die Schuhe schob. Meinen Charakter als unfähig zu lieben und egoistisch bezeichnete. Mir einredend ohne ihn nichts und niemand zu sein, ausser Stande eine Beziehung zu führen, versagend in meiner eigenen Intelligenz. Natürlich stellte sich Aquiles dann als Gönner dar, als einziger Mann der mich zu nehmen wusste, mich verstehen würde und mich so liebte wie ich nun einmal geworden war.

Den Kindern hatte er regelrecht verboten zu weinen. Fiel eines der Kinder hin und weinte, mahnte er umgehend zur Ruhe. Lief ich auf unser Kind zu, als tröstender Beistand, als helfende Hand eines kleinen Lebewesens, dass auf Hilfe und Liebe angewiesen war, dann erlebten wir gemeinsam wieder und wieder ein Donnerwetter. Es wäre meine Schuld die Kinder zu verweichlichen, sie unzureichend auf das wahre Leben vorzubereiten. Weinen ohne namhaften Grund, war ohnehin verpönt. Bei mir, bei den Kindern.

Unausgesprochene Erwartungen seinerseits, als auch knallhart formulierte Leistungsanforderungen brachten die Kinder oft zum Weinen. Ständig war ich auf dem

Sprung, um eingreifen zu können, aufzuspringen ehe er sich den Kindern nähern würde. Auch auf die Gefahr hin erneut von ihm, auch vor den Kindern gedemütigt zu werden musste ich sie schützen. Mir brannte es im Herzen, meine Seele krümmte sich vor Schmerzen und doch kämpfte ich um Aquiles, hoffte es läge alles nur an seiner schlimmen Kindheit. Wollte an seiner Seite stehen, ihm den Rücken stärken wenn er seine Erlebnisse aufarbeitete und erduldete was er mir antat.

Sieben Jahre lang habe ich mir eingeredet es wäre das Beste meine eigenen Bedürfnisse zurück zu stellen. Der Kinder Willen zu schweigen und nichts nach Aussen dringen zu lassen. Schenkte ihm all die Liebe, die ich in mir trug und glaubte fest daran, wahre Liebe könnte uns helfen.

Gegen die eigenen Gefühle anzukämpfen macht hart. Ich biss mir auf die Zunge, machet Fäuste in der Tasche und sang im Geiste Lieder, um meine Gefühle auf eine andere Spur zu leiten, abzulenken von dem was ich eigentlich in mir aufsteigen fühlte. Heute kann ich nicht mehr weinen. Alleine vielleicht. Ja, manches Mal. Aber nur dann, wenn ich mich fallen lasse, wenn ich den wahren Gefühlen Raum gebe. Vor anderen geht es nicht. Ich schäme mich.

Unmenschlich, dass ein dreifachen Vater seinen eigenen Kindern das Weinen verbietet und sowohl Kinder und Ehefrau dafür massregelt und verbal züchtigt. Wir mussten leiden, innerlich leiden. Dabei war es Aquiles, der bei Gesprächen über seine Kindheit oder nach seinen Aggressionsschüben wie ein Häufchen Elend zu Boden sank und weinte. Immer wieder hatte er zum

Ende hin bei Ärzten, auf Ämtern oder anderen sozialen Stellen seine Tränen geschickt einzusetzen gewusst. Er verkroch sich in einer Opferrolle und setzte sie geschickt gegen all die Menschen ein, die ihn wirklich liebten.

Nun bin ich frei von diesem Mann der uns das Weinen verbot und trotzdem nicht wirklich frei. Zu sehr hat sich mein Kopf daran gewöhnt Gefühle zu verbergen.
Ich nenne sie negative Gefühle, weil sie in all den Jahren zu eben solchen deklariert worden waren. Lachen war gern gesehen, kein Problem. Nur waren Wut, Angst und Trauer ungebetene Gäste und in Aquiles Augen ein negativer Part meines deutschen Charakters. In mir fühle ich eine Mischung aus Verachtung, Wut und Zorn. Auf der anderen Seite sind da die Gefühle unerfüllter Liebe, fehlender Aufmerksamkeit und einem Hauch von Resignation.
Fühle mich ausgenutzt, zutiefst verletzt und bisweilen dreckig und unfähig zu handeln. Mit unserer Hochzeit hatte ich ihm mein Leben anvertraut, mein Herz geschenkt und meinen Alltag darauf ausgerichtet ihm eine gute und liebevolle Ehefrau zu sein. Gedankt hat er es mit Gewalt, Betrug und Missbrauch.
Das letzte bisschen Ehre, das ich in mir spüre und die Liebe zwischen mir und meinen Kindern treibt mich an, jeden Tag aufs Neue zu kämpfen, Aquiles die Stirn zu bieten und mich nie wieder von ihm demütigen zu lassen. Meine Brust erscheint mir wie zugeschnürt. Mein Hals ist so eng und mein ganzer Körper angespannt wie vor einer Prüfung. Krampfhaft versuche ich mich aus diesem Zustand zu befreien. Meine

13

geistigen Fesseln zu lösen. Versuche mich abzulenken von dem was mich nieder reisst. Wild suchen meine Augen halt an etwas in meinem Zimmer. Mich auf irgendetwas, was mich umgibt zu konzentrieren und neue Gedankengänge zu entwickeln.

Die Lampe, die Decke, die Bilder, der Spiegel oder die Schränke. Doch mein Unterbewusstsein spielt mir immer wieder einen Streich. Führt mich zurück in meine Gedanken. Die Erinnerungen schlagen Wellen in meinem Kopf. Es tut fürchterlich weh und doch ist ein wenig erlösend. Irgendwie. Alles in diesem Raum gehört mir. Nichts von dem was hier steht oder hängt wurde jemals von Aquiles gekauft, nicht einmal von uns gemeinsam. Im Gegenteil. Die Möbel, bis auf das Bett, sind noch aus der Zeit meiner Jugend. Aus der Zeit als ich noch zu Hause bei meinen Eltern wohnte. Was also sollte mich dann an ihn erinnern? Gute Frage, die sich meine Gedanken allerdings nicht stellen.

Aquiles hatte nie etwas zu unserem gemeinsamen Leben beigetragen. Die Möbel aus der gesamten Wohnung kamen von mir mit in die Ehe. Nun gut, ausser unserem ehemalige Kleiderschrank, den hatte Aquiles tatsächlich doch mit in die Ehe gebracht. Zum einen weil er zu faul gewesen war, meine noch auseinander gebauten Schrankelemente aus dem Keller zu holen und aufzubauen und zum anderen bevorzugte er den Kleiderschrank seiner Ex-Frau, dem grossen Spiegel wegen. Das wurde mir allerdings erst nach einigen Monaten und verschiedensten Stellungen, wirklich bewusst. Notwendige Anschaffungen habe immer ich getätigt. Aquiles hatte weder das Geld noch das

Interesse sich daran zu beteiligen. Am Anfang war es mir egal, denn mir war es wichtig gemütlich zu wohnen, mich wohl fühlen zu können und das Notwendigste zu haben. Aquiles hingegen nahm es wie es kam.

Während Aquiles das für die Familie verdiente Geld, als auch zunehmend mein Erspartes für seine Liebschaften und abendlichen Diskobesuche verprasste, bekam ich für jeden Euro den ich in Haushalt oder die Garderobe der Kinder investierte ärger. Für mich selbst etwas zu kaufen, war nahezu tabu. Allerdings passte das nicht zu seiner Lieblingsvorstellung, die Ehefrau in neuer Unterwäsche und aus dem Ei gepellt auf dem Sofa lasziv posierend solle ihn, wenn nötig auch weit nach Mitternacht, gebührend in Empfang nehmen und seine Fantasien realisieren.

Wie ich das anstellen würde, ohne Geld auszugeben, war unerheblich. Fakt war, dass ich Geld nicht ungefragt auszugeben hatte.

„Wie ich sehe, hast du schon wieder etwas gekauft. Abgesprochen war das nicht!"

„Du fragst mich doch auch nie was du mit deinem Geld machen kannst. Von dem was du verdienst, kommt nie ein Cent hier an. Ich möchte es einfach schön haben zu Hause."

„Du benimmst dich wie der Herr im Haus. Wie ein Kerl. Dann kannst du es dir ja demnächst auch direkt selbst besorgen."

„Was soll denn das jetzt? Kannst du bitte mal oberhalb der Gürtellinie argumentieren."

„Das musst du gerade sagen. Wer hat denn hier wen betrogen und sich damit als Schlampe geoutet?"

„Auf der Ebene möchte ich mit dir nicht weiter diskutieren."

„Gut, weil ich diskutiere auch nicht mit einer Frau, die sich wie ein Mann aufführt."

„Macho! Ich habe ja wohl kaum eine andere Chance, wenn du andauernd alles vergisst. Nie bist du da wenn wir dich brauchen. Erinnere dich doch bitte mal an letztes Jahr Januar. Den gemeinsamen Familienurlaub hast du aus vollen Zügen genossen. Wer hat es ermöglicht? Ich. Von dem wenigen Geld was ich bekomme, spare ich jeden Cent, nur damit wir uns auch mal einen Urlaub leisten können. Als Familie, zusammen! Täglich stecke ich für mich zurück und wirtschafte haargenau, damit ich uns mit wenig Geld ein gemütliches Heim bieten kann. Wo bleibt denn dein Beitrag?"

„Du weisst genau, dass es mit der Firma nicht so gut läuft."

„Lüg mich nicht immer an Aquiles. Laut Buchhaltung schreibst du schwarze Zahlen und müsstet pro Monat locker fünfhundert Euro zu Hause beisteuern können. Ich sehe doch, was auf dein Konto geht und welche Rechnungen an die Kunden raus gehen. Wo bleibt das ganze Geld denn, wenn du andauernd pleite bist und dir sogar noch von mir Geld leihen musst?"

„Guck hier, in meiner Hosentasche sind grad mal zweiundzwanzig Cent. Anscheinend machst du die Buchhaltung falsch, wenn du da Gewinne siehst."

„Klar, bei anderen die Schuld zu suchen ist am einfachsten. Vielleicht solltest du dem Finanzamt mal deine nicht wirklich offiziellen Betriebsausgaben erläutern. Belege dafür gibt es nämlich nicht, die erklären würden, wo all das Geld bleibt."

„Hör mal auf damit, du machst mich wütend Lydia. Willst du das, ja? Soll ich wieder böse werden? Ihr seid alles was ich habe und wenn ich genug Geld übrig hätte, würde ich euch alles geben was ihr braucht und wünscht. Du solltest mich langsam kennen."

„Das dachte ich auch, aber ich kenne dich von Tag zu Tag weniger. Du veränderst dich immer mehr."

„Ich war immer schon so. Du veränderst dich und deine Vorstellung. Du willst in mir jemand sehen, der ich nicht bin und nie war."

„Das stimmt nicht. Ich habe dich als charmanten, romantischen und sehr liebevollen Mann kennen gelernt, der sich für die Belange seiner Frau interessiert, der sich ein harmonisches Zuhause und eine Familie wünscht, mit dem man gut reden kann und hilfsbereit für einen da ist. Jetzt redest du gar nicht mehr mit mir, nicht einmal mehr über deinen Arbeitstag. Für andere hast du immer Zeit. Deine Mitarbeiterinnen und Kundinnen können dich bis spät in die Nacht anrufen und für deren Mütter oder sonst wen fährst du stundenlang durch die Gegend, besuchst sie im Krankenhaus, renovierst und kaufst ein. Bei uns nervt dich jede kleine Bitte, jede Gefälligkeit wird zu viel. Seit Jahren weigerst du dich hier mit anzupacken, mal zu renovieren oder zu reparieren. Alles muss ich allein machen. Selbst als wir alle vier und bedenke das Armando damals noch ein Säugling war, mit Magen-Darm Virus völlig kraftlos zu Hause herum lagen, hast du es vorgezogen Party machen zu gehen und dich über achtundvierzig Stunden nicht auf unsere Anrufe zu melden. Meine Eltern musste ich morgens um fünf aus dem Bett klingeln, weil ich nicht mehr konnte. Sturz besoffen und wie unter Drogen stehend bist du erst zwei Tage später kurz vor Mittag nach Hause gekommen."

„Mein Akku war leer gewesen und ich hatte eine Autopanne auf der Autobahn. Habe ich dir erzählt!"

„Oh ja. Aber heute glaube ich dir deine Lügen nicht mehr. Wenn man von der Autobahn aus per SOS-Melder Hilfe holt, dann ist das gemeldet, dann wird man dich auch deine Familie anrufen lassen. Aber angeblich war ja niemand gekommen, der dich abschleppen konnte oder so. So ein quatsch. Komischerweise läuft der Wagen nun auch ohne Reparatur seit über einem Jahr einwandfrei. Und ein leerer Akku, dann hat man die Mailbox dran. Bei dir war es aber anders. Der Ruf ging ab, ganz normal."

„Dein Problem, wenn du mir nicht glauben willst. Wirst schon sehen was du davon hast. Weisst du was, geh doch du arbeiten, wenn du immer alles besser weisst und kannst."

„Tolles Argument auf deine Lügengeschichten. Diese Diskussion führen wir seit Jahren und ich lasse mich von Dir nicht in ein Büro schicken, während ich parallel noch deine Firma leite, mich um Ablage und Buchhaltung kümmere, sowie um deine Termine, nebst Haushalt, Kindererziehung und Einkäufen. Sicher nicht. Denn du tust absolut nichts für deine Familie. Du lebst in deiner eigenen Fantasiewelt, in der deiner Meinung nach die Frau möglichst weiblich und herausgeputzt in Unterwäsche auf dich wartend, dich abends nach Mitternacht empfängt, sich tagsüber um Haus und Kinder gekümmert hat und parallel noch arbeiten geht um das Geld bei dir abzuliefern. Und da sagst du allen

Ernstes, du wärest kein Macho?"

„Lydia, es reicht. Du bist krank. Geh mal zum Arzt. Lass dich einweisen."

„Ja, wenn du so weiter machst sicherlich. Du hast immer nur Worte und Beleidigungen parat, aber am Ende kneifst du vor der Verantwortung. Immer stellst du dich als Opfer dar, obwohl die Realität so weit entfernt ist von deiner Opferrolle, wie der erste Tag der Menschheit vom heutigen Tag. Wer war denn in einer Klinik?"

„Ich. Na und? Weil du mich krank machst mit deinem schlechten Charakter."

„Danke. Ich weiss, so siehst du das. Hast den Ärzten ja auch ganz toll zu Protokoll gegeben, dass du unter Panikattacken leidest, da deine Frau dich ständig auffordert mehr im Haushalt zu tun und Geld nach Hause zu bringen. Du armer Mann du. Erzählst denen, du würdest von morgens sechs bis abends nach Mitternacht arbeiten. Hallo? Guckst du dabei in den Spiegel und merkst mal was du da redest? Du gehst fünf Mal die Woche zum Sport bis um elf abends. Dann noch was trinken oder sonst wo hin. Laut Terminplaner hast du höchsten vier Kunden pro Woche, die vielleicht zwei Stunden im Durchschnitt in Anspruch nehmen. Du stehst nie vor acht Uhr auf, bringst die Kinder immer auf den letzten Drücker in den Kindergarten, während ich zwischen Frühstück und Kindergeschrei noch für dich Rechnungen schreiben muss, da du mal wieder abends alles vergessen hast und auf dem Sofa eingeschlafen bist. Fünfhundert Euro fehlen monatlich in der Kasse und du bist nicht mal in der Lage wenn es draussen regnete wie sau oder die Kinder krank sind, für

19

uns unter der Woche einkaufen zu gehen oder mal mitzuhelfen oder zu kochen, wenn ich krank bin und du sogar frei hast. Das nennst du Überbelastung? Du hättest besser sagen sollen du bist allergisch gegen nichts tun oder leidest an „Faulität" oder so."

„Ja, laber laber. Du hast mal wieder Recht und ich habe meine Ruhe. Ich verpiss mich. Du hast mir mal wieder gezeigt, warum ich keinen Bock mehr habe Euch zu sehen."

„Ja, genau lauf wieder weg. Armer Mann du! Und wieso „Euch"? Was können die Kinder dafür?"

„Ach, die gehen mir auf den Sack mit ihrer ewigen Maulerei und Heulerei."

Endlose Diskussionen, die all die Jahre zu nichts führten. Irgendwie konnte ich aber auch nicht meinen Mund halten und wollte wirklich das letzte Wort haben. So als wollte ich mir selbst beweisen, dass ich doch in der Lage wäre mich gegen ihn zu behaupten, den Mund auf zu machen und zu zeigen „Hallo, ich bin noch da und ich habe eigene Gedanken".

Schlimm wurde es immer, wenn er nicht ging, sondern ausrastete und mich dann erst recht fertig machte oder den Spieß so herum drehte, dass er sich weinend neben mich stellte, mich umarmte und nicht selten seine Schuld eingestand, sich als mies, unfähig, dumm und lieblos bezeichnete. Auf keinen Fall wollte ich zulassen, dass mein Mann sich schlecht fühlte oder an sich selbst zweifelte. Er änderte an seinen Taten nichts, schaffte es nur durch die gut gewählten Worte und Gesten in diesem Moment wieder mein Mitleid zu erwecken. Logischerweise, war es genau das er wollte. Ich sollte mich schuldig fühlen, ihm einreden wie wunderbar er wäre und dass ich ihn über alles liebte. Dann war er sich sicher, dass ich ihm weiter folgen würde, während er weiter das tat was ihm beliebte, selbst zum Schaden von Frau und Kindern. In seinen Augen war ich schuldig für all das was ihm widerfuhr. Nicht weil ich ich war, sondern weil ich tat was ich tat. So konträr es erscheint, es war in seinen Augen falsch ihn zu lieben und ihm das zu geben was er vermeintlich wünschte. Aus Kindheitstagen war er es gewohnt geschlagen und geknechtet zu werden.

Würde ich handeln wie seine Mutter oder sein Großvater, womöglich hätte ich mir dann seinen Respekt verdient und er wäre mir hörig. Statt dessen war ich bemüht für ihn zu sorgen, mich seiner an zu nehmen und ihm das Gefühl von Liebe, Familie und Geborgenheit zu geben. Eben das was er mit Füssen tritt und nicht annehmen kann oder will. Aquiles ist kein dummer Mensch. Im Gegenteil, ich weiss wie viel Potential in ihm steckt. Er ist einfach unfähig zu denken. Er handelt wie man ihm aufträgt und wenn es nur sein Kopf, seine Ängste und all seine Erlebnisse sind, die ihn zu einem Handeln ohne Denken zwingen. Unschuldig ist er dabei natürlich nicht, denn oft genug hatte er die Gelegenheit eine helfende Hand zu ergreifen, sich frei zu machen von dem was ihn lenkt. Er allein entschied sich, weiter seinen Plänen zu folgen und von Partnerschaft zu Partnerschaft zu hüpfen, um nichts empfinden zu müssen und in keine Pflicht genommen zu werden. Im Grunde ein armer Mensch. Geistig arm eben.

Zumindest hatte ich mir mit meiner „männlichen Führungsrolle" die Auswahl der Möbel nicht mehr streitig machen lassen und dekoriert wie ich es wollte. Am Ende war ihm das nicht einmal mehr aufgefallen. Hatte keinen Sinn mehr für das gehabt was sich hier zu Hause veränderte. So als lebte er hier gar nicht und würde abends nur seinen ermatteten Körper zum Schlafen vorbei schicken. Von meinen Freundinnen hatte ich mir anhören müssen dass dies ja ein „typisches Männerproblem sei". Finde ich aber nicht. Erstens kenne ich genügend Männer die nicht nur Stolz auf das „Händchen" ihrer Frau sind, sondern auch die Veränderungen wohlwollend bemerken und zum Anderen war Aquiles früher anders. Dem Anschein nach ist er der Traumprinz schlecht hin. Genau das was sich jede Frau wünscht. Den verführerischen Latino, mit Geduld zum Zuhören, voller Hilfsbereitschaft und Interesse an Partnerin und deren Familie, mit einem Sinn für Ästhetik und einem wunderbaren Familiensinn. Irgendwann hatte es bei Aquiles aufgehört, da war nach und nach sein wahrer Charakter zum Vorschein getreten. Alles was er zu Anfang gelobt und geliebt hatte, wurde in seinen Augen nutzlos, wertlos und störend. Allem Anschein nach waren seine Augen und er selbst mit dem Anblick der vielen fremden Wohnungen seiner Liebschaften überfordert. Sicher war es kräftezehrend, andauernd in die verschiedensten Rollen zu schlüpfen und immer wieder neue Lügengeschichten über sein Leben aufzutischen. Das einzige was immer gleich blieb, war seine schlechte Kindheit als auch seine hungernde Familie. Die einzigen beiden Geschichten die Wort für Wort gleich blieben all die Jahre über, als auch bei den unterschiedlichen Frauen. Ausbildungsberufe, sein Können als auch sein finanzieller Status wechselten dabei je nach weiblicher Vorliebe und deren familiärem Background.

Jetzt wo Aquiles weg war hatte ich mein ganzes Schlafzimmer umgestellt. Alle Möbel standen an einer anderen Stelle. Fein säuberlich hatte ich alle Erinnerungen vernichten wollen. Ein trügerisches Unterfangen, denn am Ende kann man nichts von dem was man erlebte löschen oder vergessen. Die Erinnerungen verblassen, bleiben aber immer im Kopf. Der Schrank am Fussende meines Bettes, das war immer „sein" Schrank gewesen. Fünf Jahre lang hatte Aquiles seine Anziehsachen darin aufbewahrt. Hatte ich ihm die frisch gewaschene Wäsche einsortiert, den Schrank immer wieder neu aufgeräumt und ausrangiert, dann gegen neue Sachen ausgetauscht. Noch heute erinnre ich mich genau daran, wo welche Sachen gelegen haben, welche Hemden an der Stange gehangen hatten.

Der Geruch seiner Wäsche steigt mir in die Nase und lässt mich wieder sentimental werden. So als würde ich vor dem geöffneten Kleiderschrank stehen oder ihm beim Anziehen zuschauen. Manches Mal habe ich auf der Bettkante unseres Ehebettes gesessen und ihm zugeschaut, wie er sich Anziehsachen heraus suchte und sich anzog. Wie er mit seinem durchtrainierten Körper, dem Tattoo auf dem linken Oberarm vor mir stand und mir zu grinste, wenn ich ihn beobachtete. Er schämte sich, auch wenn er es nie zugab oder zugeben würde. Aquiles ist eigentlich ein schüchterner und sehr ängstlicher Mensch, auch wenn er mir gegenüber immer das Gegenteil beweisen wollte. Doch seine Feigheit war es am Ende, die ihn immer dazu veranlasste mich fertig zu machen, mich zu erniedrigen, um sich mir überlegen zu fühlen.

An der Innenseite der Türen hatten einst Fotos von uns gehangen. Fotos, die mein Bruder Nathanael sechs Monate nach unserem Kennenlernen von uns gemacht hatte. Im Hintergrund ein Weiher und das Gutshaus, nahe an meinem Elternhaus. Unsere Verliebtheit hatte man deutlich erkennen können und es war als würde sie durch die Bilder auf uns nieder springen. Eine Stoffhose trug er, mit Polohemd und einem braun gestreiften Pullover und dazu seine Lieblingsjacke, die schwarze Stoffjacke mit den vielen Taschen. Sie stand ihm ausserordentlich gut und ich liebte ihn darin zu sehen. Wie oft hatte er sie mir umgehängt, wenn ich gefroren hatte.

Unzählige Male waren Aquiles und ich hinunter in das Gut gegangen, wenn wir meine Eltern besuchten. Hatten dann stundenlang auf der Mauer oder der Wiese gesessen und Zukunftspläne geschmiedet, geknutscht und von einer grossen Kinderschar geträumt. Wunderschöne Augenblicke, die mich niemals hätten erahnen lassen, was dieser Mann für ein Spiel mit mir spielen würde.

Inzwischen sind die Fotos weg. Kurz nach seiner Ankündigung sich räumlich trennen zu müssen, um frei zu werden, zu sich selbst zu finden und mich wieder so lieben zu können wie früher, hatte er mich überreden wollen die Fotos abzuhängen.

„Mach doch die Fotos ab Schatz."

„Wieso sollte ich? Nur weil du ausziehst, heisst das nicht dass ich dich vergessen will."

„Na ich meine nur, vielleicht tut es dir weh mich immer zu sehen und zu wissen ich bin nicht mehr da."

„Gut, mag sein, aber du bleibst doch in meinem Leben. Du hast gesagt wir trennen uns vorübergehend räumlich."

„Ja schon, aber ich weiss ja nicht wie lange vorübergehend."

„Wie jetzt?"

„Na ich muss erst mal Zeit für mich haben. Ruhe haben. Mich selbst finden und ich kann dir nicht sagen wann ich zurück komme. Natürlich werde ich dich immer lieben und dein Mann bleiben, aber nicht hier wohnen. Nicht so schnell wie du es hoffst denke ich."

„Das macht mir Angst. Das klingt gar nicht nach dem was du mir vor ein paar Wochen gesagt hast. Ich dachte du gehst nur in eine WG oder zu einem Freund für ein paar Wochen oder Monate."

„Nein, ich werde mir eine Wohnung suchen. Bzw. ich habe eine in Aussicht. In der Altstadt."

„Aha, und wieso dort? Nicht wirklich günstig oder? Da kann man weder parken noch kannst du da schnell mal zu den Kunden fahren wo du arbeitest oder zum Sport gehst."

„Mensch Lydia halt mal den Mund. Ich allein entscheide wo ich lebe und wie ich lebe."

„Joa, nicht ganz. Du hast Familie und musst dich auch darum kümmern."

„Erst mal muss ich mich um mich selbst kümmern. Dann sehen wir weiter. Du hast doch eh immer gesagt, dass ich hier nie helfe. Dann kannst du doch froh sein, wenn ich weg bin."

„Du weisst genau was ich meinte und es ist nicht das selbe allein zu leben oder seinen Partner zu bitten mit anzupacken."

„Ich würde die Fotos weg machen Lydia. Im Ernst. Tu sie weg."

„Will ich nicht. Du bist ein Idiot, weisst du das? Wie kannst du mir so was sagen? Am Ende wirst du mich verlassen, genauso wie du es in den Ehen davor gemacht hast. Ich habe es kommen sehen und du hast mich weiter belogen. und was soll die Wohnung kosten?"

„Öhm so um die sechshundert Euro. Aber warm natürlich!"

„Waas? Tickst du ganz sauber Aquiles? Das ist ja fast so viel wie ich hier für diese riesen Wohnung bezahlen muss. Du hast es in den ganzen fünf Jahren nicht einmal geschafft nur einen Euro beizusteuern zu der Miete, geschweige denn zu den anderen Kosten und nun willst du dir `ne eigene Wohnung leisten, die bis auf neunzig Euro genauso teuer ist? Na dann viel Spass. Da weiss ich ja wo dich deine Selbstfindung hinbringen wird."

„Ich werde arbeiten gehen. Die Kunden lasse ich von Pablo betreuen und ich werde mir einen richtigen Job suchen, damit ich auch meine Brüder nach Deutschland holen kann."

„Ja klar, jetzt wo deine Brüder geheiratet und selbst Kinder gezeugt haben. Super Idee. Und für deine eigenen Kinder bleibt dann wieder kein Geld."

„Du bekommst doch Hilfe,was willst du denn? Ich habe es meinen Brüdern seit Jahren versprochen. Die Frauen können doch froh sein, wenn ihre Männer Geld `rüber schicken und sie besser leben können als jetzt."

„Aha, Geld ist bei Euch auch das Einzige an das ihr denkt. Dass Familien zusammen gehören ist dir egal. Denk doch wie sehr du deine Mutter vermisst hast. Das gleiche tust du nun deinen eigenen Kindern an und den Kindern deiner Brüder. Ich kapier das echt nicht. Super Einstellung."

„Genau. Und ich weiss nach diesem Gespräch endlich, dass es an der Zeit ist von dir weg zu gehen. Dein Charakter vertreibt mich jedes Mal."

Am Ende hatte meine Wut über das Gespräch gesiegt und ich hatte die Fotos alle abgehangen. Okay, weg waren sie nicht wirklich. Habe sie erst einmal in den Schrank gelegt, mit dem Bild nach unten. Kaum war Aquiles dann abends mit seinem Koffer abgezogen, da hatte ich sie unter Tränen wieder angeklebt und natürlich ganz Klischeehaft meinem Liebsten einen Kuss gegeben, von Foto zu Foto und ein „Ich liebe dich" in den Schrank gehaucht.

Jetzt, fast zehn Monate später sind die Fotos wirklich weg. Neunzig Prozent habe ich zerrissen. Um ehrlich zu sein allerdings nur in der Mitte durch gerissen, so dass Aquiles und ich auch auf den Fotos getrennt wurden. Sein Gesicht war im Sommer dann in dem Karton gelandet, indem ich alle Dinge sammelte, die ich beim Aufräumen noch entdeckte, die ihm gehörten oder ich von ihm geschenkt bekommen hatte. Der Karton steht im Keller, denn die aktuelle Adresse meines Noch-Ehemanns weiss ich offiziell noch immer nicht wirklich. Wohin also schicken, wenn der erste Karton zurück gekommen war?

Ganz oben im Schrank hinter meinem Koffer lag noch seine ausgebeulte grüne Jogginghose, die mit dem Loch im Schritt. Die hatte er hier gelassen für die Tage, an denen er anfänglich noch immer hier übernachtet hatte. Genauso wie das gelbe T-Shirt mit dem schwarzen Löwenaufdruck. Von irgendeinem Konzert soll das gewesen sein oder so. Irgendwas voller Erinnerungen, sodass er mir damals das Versprechen abgenommen hatte es ihm wieder zurück zu geben falls es mit uns nichts werden würde. In allen drei Schwangerschaften hatte ich es getragen und es war inzwischen ziemlich weit geworden. Pech. Soll er sich schön daran erinnern, das ich damit meinen Babybauch umhüllt hatte.

Ach und die angebrochene Packung Anti-Depressiva lag noch immer im Schrank. Die hatte er auch nicht mitnehmen wollen. War ihm wohl zu peinlich seiner neuen Liebschaft verraten zu müssen, dass er eigentlich ohne Medikamente voll der Psycho ist. Werde sie ihm natürlich nachsenden, denn ich könnte nicht verantworten, dass ihm so wichtige Medikamente vorenthalten würden. An dem Bauernschrank rechts neben der Tür, ebenso ein Möbel aus meiner Jugend, blieb mein Blick hängen. Den hatte Aquiles, nicht wirklich mit einem Sinn für Antiquitäten gesegnet, immer wieder auf den Sperrmüll schmeissen wollen. Als Rettungsmanöver meines geliebten Schranks musste ich über ein Jahr den hässlichen Billigschrank seiner Ex-Frau Beate, im Schlafzimmer erdulden, ehe der dummerweise irgendwie sozusagen von ganz allein zusammen fiel.

Es war der Spiegel am Schrank gewesen, den Aquiles nicht hatte aufgeben wollen. Immer wieder hatte er sich, wenn wir allein waren, so positioniert dass er uns beim Akt zuschauen konnte. Am Ende manches Mal alles heimlich per Video aufgenommen, wovon ich erst dann erfuhr, wenn er abends allein auf dem Sofa diese Videos schaute. Geilte sich an seinen Self-Made-Pornos auf. Zum Glück war der Schrank dann endlich irgendwann weg. Dafür kamen dann neue Präferenzen im Liebesleben, neue Fantasien die ich zu Papier bringen sollte und ihm versprechen musste mit ihm auszuleben was er sich erträumte. Irgendwie prägte sich all sein Tun stets nach seiner Lust.

Je intensiver ich meinen Erinnerungen Raum gebe, desto unwirklicher erscheint mir die Realität. ist Aquiles wirklich weg oder ist alles nur ein böser Traum? Wochenlang hatte ich abends auf dem Sofa oder im Bett gesessen und geglaubt jeden Moment seinen Schlüssel im Schloss zu hören.

Es fühlt sich an, als wäre er auf Geschäftsreise. So wie an den Abenden an denen er beim Sport gehangen hatte und ich ohnehin allein gewesen war. Irgendwann aber müsste er heim kommen, zumindest fühlt es sich so an. Es ist ein Gefühl das ich nicht steuern kann. Denn ganz tief im Inneren bin ich mir sicher, dass ich ihn nicht zurück haben wollen würde, nicht noch einmal diese Ängste erleben und schon gar nicht diese vorgespielte Liebe, die letztendlich nur dazu diente seine Lust auszuleben, wann und wo auch immer es ihn überkam.

Wieder kribbelt meine Nase. Ich spüre, wie sich meine Augen mit Tränen füllen und heraus laufen. Er ist fort. Für immer und wird nie wieder kommen. Akzeptiere endlich, dass er es nicht wert ist auch nur eine Träne an die Vergangenheit oder das was hätte werden können zu verschwenden. Es ist endgültig vorbei und wird auch nicht mehr so werden. Sei doch endlich ehrlich mit Dir selbst. Am Ende willst Du doch gar nicht wirklich, dass er zurück kommt. All die Schmerzen die er Dir zugefügt hat. Aquiles war doch nie für Dich oder die Kinder da gewesen. Alles hast Du allein machen müssen, egal ob krank oder hoch schwanger und am Ende hat Aquiles Dich verlassen, eingetauscht gegen „etwas Besseres".

Die schönen Erinnerungen scheinen sich selbständig zu konservieren. All das Böse was Aquiles mir und den Kindern angetan hat, verblasst zunehmend und in den Erinnerungen übertreffen immerzu die wenigen guten und harmonischen Momente. Jahre habe ich um seine Liebe und Anerkennung gekämpft und stattdessen genau das Gegenteil erhalten.

Selbst wenn ich zulassen würde, dass ich mich an diese schönen Momente erinnern darf, so wird mir allmählich klar, dass selbst das zu hinterfragen ist und all sein Tun, all seine Worte zu hinterfragen sind. Sieben Jahre an der Seite mit Aquiles sind nichts weiter als ein Theaterstück, eine Regieanweisung oder ein Drehbuch in dem ich leider die Hauptrolle spielte und kläglich scheitern musste. Scheitern, weil ich mich selbst aufgegeben hätte, um ebenso weiter und tiefer in eine Rolle zu schlüpfen, die ich nicht spielen wollte. An was könnte ich mich erinnern, wenn ich alles in Frage stellen müsste? Da waren die Erinnerungen wie Seifenblasen neben den Seifenblasen die meine Zukunftsträume mit Aquiles enthielten, allesamt waren sie zerstört worden. Nicht wie gewöhnlich geplatzt, sondern mutwillig zerstört.

Nein Lydia, er ist schon lange nicht mehr der Aquiles, den Du einst geliebt hast. Es war am Ende Hörigkeit und keine Liebe mehr. Liebe fühlt sich anders an. Natürlich vermisse ich ihn auf eine gewisse Weise. Doch ich vermisse nicht Aquiles als Person, sondern einen wahren Partner und Freund an meiner Seite, das was ich mir einst erträumte in ihm zu sehen und zu bekommen. Aquiles ist jetzt kalt und gefühllos, voller Hass auf mich und das was ich ihm seiner Meinung nach angetan habe. Dass ich seine Pläne durchkreuzte und nicht länger den sicheren Hafen neben seinen Affären spielen wollte. Mittel zum Zweck war ich gewesen und nicht wirklich eine Frau und Partnerin in seinen Augen. Ein Objekt der Begierde, das zunehmend an Reiz verlor und letztendlich einfach ausgetauscht wurde.

Schluss! Zeit zum Aufstehen. Langsam richte ich mich auf, greife nach einem Taschentuch und putze mir die Nase. Links neben mir, unweit meiner Hand liegt noch immer mein Handy. Hätte ich vorhin doch bloss nicht als erstes drauf geschaut. Vielleicht wäre der Morgen dann ein wenig enthusiastischer gestartet. Irgendwie automatisch hatte ich WhatsApp geöffnet. Über Nacht hatte mir keiner geschrieben, aber in all den Wochen war es für mich zu einer Gewohnheit, fast einem Ritual geworden zu schauen wann Aquiles zu letzt online gewesen war. Natürlich würde er nicht schreiben. Vielleicht aber an mich denken? Wohl kaum, aber der innere Zwang liess mich jedes Mal nachschauen. Immer und immer wieder schaute ich mir seine Profilbilder an. Am Anfang hatte er bei seinem alten Handy, welches ich nun als „Cara de Culo" führte das selbst gemalte Bild unserer Tochter gehabt. Seit August hatte er es eingetauscht, gegen ein Selfie mit einem Chihuahua an seiner Seite. Dem Hund seiner neuen Freundin, wie ich durch Recherchen heraus gefunden habe. Seine neue Handynummer, gespeichert unter „Mierda", zeigte nach wie vor ein Foto von ihm mit unserem Sohn Armando. Ein Foto aus unserem Österreichurlaub. Aquiles, selbst auf dem Fotos sichtbar, ein ganz anderer Mensch.

Als ich im August das erste Mal dieses neue Selfie entdeckt hatte, glaubte ich, ihn glücklich zu sehen. Stundenlang hatte ich mir eingeredet, dass er sicher endlich angekommen war in dem Leben, welches er sich immer gewünscht hatte und ich ihn nur aufgehalten und behindert hätte.

Lange Gespräche mit „El-Silencio" hatte es bedurft, um mir klar zu werden, dass Aquiles so oder so gegangen wäre und es nicht mein Verschulden ist. Dass ich bis zum Schluss wirklich alles getan hatte, um diese Ehe und Familie zu retten und er allein nicht Willens gewesen war zu bleiben und seinen Beitrag zu leisten. Aquiles war krank, warum auch immer und wollte sich nicht helfen lassen, sondern lieber weiter zerstören und aussaugen. Aquiles sieht nicht glücklich aus. Im Gegenteil, er grinst unbeholfen in die Kamera und hat eiskalte Augen. Diese Augen, die er jedes Mal hatte, wenn er mich anbrüllte, mich einsperrte, mich daran hinderte einen Raum zu verlassen oder wieder etwas in unserer Wohnung zerstörte. Diese eiskalten Augen, die mich erschaudern liessen und mir das Gefühl gaben irgendetwas oder irgendjemand würde Besitz von meinem Mann ergreifen. Alles wurde anders, seine

Stimme, seine Augen, seine Art mir gegenüber und es machte mir immer schreckliche Angst. Es war nicht das persönliche Glück, dass ich in diesen Augen auf seinem Profilbild sah sondern wieder eine neue Fassade. Es waren die Augen eines Mannes, der in der Tat nach und nach seine eigene Persönlichkeit verlor und sein Leben auf Lügen und Schauspiel aufbaute und nicht Mann genug war um Änderungen in seinem Leben vorzunehmen.

Noch immer liegt das Handy dort mit dem geöffneten Profilbild von Aquiles. Bitte lass mich einfach in Ruhe. Ich möchte meinen Frieden finden. Neu anfangen und mich nicht weiter von dir beeinflussen lassen. Du bist eklig. Du hast mir weh getan. Hau ab! Ich sollte deine Nummer endlich löschen und dafür sorgen dass du aus unserem Leben verschwindest. Aquiles, du bist ein Mistkerl, ein Mann der Frauen ausnutzt und keinerlei Anstand oder Respekt besitzt. An und in dir ist nichts liebenswertes mehr. Am Ende hast du nur den Respekt vor dir selbst verloren, genauso wie deine wahre Männlichkeit, die sich nämlich nicht an der Potenz misst. Mein Kopf sagt mir immer wieder „loslassen". Ohne Aquiles komme ich wirklich wesentlich besser zurecht. Seit Aquiles im Januar ging habe ich weit mehr geschafft, für die Kinder und mich, als in all den Jahren zuvor.

Endlich sind wir eine Familie geworden. Unser Leben hat Struktur bekommen. Wir geniessen unser Leben. Wir halten zusammen, reden und spielen zusammen. Zu viert sind wir ein starkes Team geworden und erleben mehr Glücksmomente als je zuvor.

Endlich wurde mein Traum von einer eigenen Firma

real. Seit drei Monaten bin ich selbständige Unternehmerin und habe gute Aufträge. Es läuft in diesen Bereichen besser als ich gedacht hätte. Wieso also sollte ich mir diese Freude nehmen lassen, jetzt und immer wieder von dem Mann der sieben Jahre lang genug Schaden anrichtete, meine Nacktheit ausnutzte und mich am Ende sogar ....

Zornig drücke ich mein Handy auf die Matratze. Am liebsten möchte ich lauthals schreien. Mich frei machen von diesem Druck. Meine eigene Stimme hören und mich selbst wieder wahrnehmen und meine eigenen Bedürfnisse. Wie aus einem Dornröschenschlaf erwachen und der Welt kundtun, dass ich wieder da bin.

Da sind die Kinder. Keine gute Idee laut herum zu schreien. Hat gereicht, dass ich damals nach Aquiles' Anruf so schmerzerfüllt geschrien habe. Das einzige und letzte Mal, dass meine Kinder sich vor mir fürchten sollen oder gar erschrecken. War vielleicht nicht ganz richtig gewesen, aber nach seinen kalten und verletzenden Worten die einzige Antwort meines Herzens. Ich denke jeder hätte so reagiert, wenn man keine vierundzwanzig Stunden nach einem vorgetäuschten wunderbaren Familientag voller Versprechen, dann gesagt bekommt, dass der eigene Ehemann zu einem und den Kindern keinen weiteren Kontakt mehr wünscht und fortan mit einer anderen Frau sein Leben verbringen will. Zerplatzt all die Worte des Vortags. Null und Nichtig. Es war mir wie ein schlechter Scherz vorgekommen. Doch am Ende war das nur der Auftakt eines bösen Kampfes gegen mich, welchen Aquiles mit allen Mitteln zu seinen Gunsten entscheiden will. Ich meinerseits habe mir fest vorgenommen mit ehrlichen und fairen Mitteln zu kämpfen. Mir nichts gefallen zu lassen, aber nicht mit gleicher Münze heim zu zahlen. Einfach würde es auf keinen Fall werden und ich müsste mir seine Schwächen zu nutze machen, mich an seine Fehler erinnern, um einschätzen zu können, wie er womöglich vorgehen würde. Als einzige unberechenbare Komponenten blieben seine neue Frau und sein Temperament. Was die Angelegenheit insoweit erschwerte.

Die Frage nach dem „warum" bleibt neben den Erinnerungen und all den Strategien, die einzig unbeantwortete Frage. Dabei geht es nicht um das Vergeben seiner Taten sondern um das Verstehen. Wahrscheinlich würde ich das nie können und womöglich mein Leben dafür verwenden der Beantwortung dieser Frage nachzugehen. Für mich ist es absolut unbegreiflich, dass ein Mensch all sein Potential und seine Möglichkeiten in den Müll wirft, nur um einer fleischlichen Begierde zu folgen. Familie und Liebe aufzugeben nur um für eine Zeit lang in fremden Betten vermeintliches Glück zu finden.

Ach Mist, jetzt könnte ich schon wieder heulen. Das hört ja heute gar nicht mehr auf. Im Grunde hatte es schon gestern Abend angefangen. Ein harmloser Liebesfilm hatte in mir alle Dämme brechen lassen. Irgendwie habe ich meine Situation mit der Geschichte des Films verbunden und geweint bis zur letzten Szene. Logisch, dass ich jetzt dicke Augenringe habe.

In der Hoffnung Eis und Nussnougatcreme würden, eben wie im Film, den Liebeskummer in Schach halten, habe ich fleissig in mich hinein gelöffelt. Allerdings war mir schon nach einer Handvoll Löffel tot schlecht, die Nase schmerze und die Taschentücher lagen auch nicht so schön vor dem Sofa wie im Film. Alles Show eben, genau so wie Aquiles' Lovestory.

Es wäre wirklich an der Zeit seine Nummer aus meiner Kontaktliste zu schmeissen und mich auch auf diesem Weg von ihm zu lösen. Was bringt es mir ausser Ärger und unnötige Gedanken, dass ich sein Profil noch immer sehen kann? Heute wäre doch ein gutes Datum um das zu beenden, was heute vor fünf Jahren seinen Anfang nahm. Unsere Ehe.

Noch einmal wage ich einen Blick auf sein Profil. Seufzend ertappe ich mich wieder bei dem Gedanken, dass ich gerne mit Aquiles alt geworden wäre. Klar. Hätte ich ihn sonst geheiratet? Nein, sicher nicht. Zwar war es keine Liebe auf den ersten Blick gewesen, aber ich habe ihn von ganzem Herzen geliebt, als er noch so war, wie er eben zu Anfang immer ist. Letztendlich habe ich seine Fassade geliebt. Egal, wenigstens habe ich echt und ehrlich geliebt. Erste Zweifel kamen erst, als Aquiles begann sich extremer zu verändern. Anfänglich war ich wirklich überzeugt gewesen, Heimweh und beruflicher Misserfolg würden ihm zu schaffen machen. Doch was er wollte war lediglich dauerhafte sexuelle Befriedigung mit verschiedenen Partnerinnen. So muss ich heute das eigentliche Problem benennen.

Mit der Schwangerschaft unseres Sohnes hatte er sich radikal aus dem Familienleben zurück gezogen. War erst geflüchtet in seinen Sport, hatte Aufputschmittel geschluckt und getrunken, sich dann den ersten Affären zugewandt, woraufhin die ersten Lügengeschichten folgten. Erst dann, als ich misstrauisch geworden war und ihn ständig mit Fragen quälte, da wurde Aquiles zusätzlich gewalttätig. Die Beleidigungen und verbalen Attacken hatte er nie aufgegeben. Nun kam die häusliche Gewalt noch hinzu. Sachbeschädigung bei Anderen und in unseren eigenen vier Wänden wurden fast schon zur Tagesordnung. Von Tag zu Tag war Aquiles mir fremder geworden und dennoch wollte ich mein Gelübde nicht brechen und suchte auf verschiedenste Weise Hilfe. Tat alles um ihm zu helfen und unsere Ehe zu retten.

Aquiles spielte gekonnt mit. Mimte das Opfer seiner eigenen Aggression und liess sich von mir weiter umsorgen, während er nie den Wunsch oder das Ziel hatte die Ehe fortzuführen und sich zu ändern. Für Aquiles war es anscheinend an der Zeit seine Zelte abzubrechen und sich auf grausame Weise aus unserem Leben heraus zu prügeln und zu ekeln. Was auch immer die Intention war. Entweder, dass ich ihn hassen und hinaus schmeissen sollte oder aber, mir auf diesem Weg seine angebliche Macht über mich demonstrieren zu wollen.

Trotz der räumlichen Trennung habe ich noch einmal sechs Monate um die Liebe meines Mannes gekämpft und gehofft er würde diese Liebe spüren und ernst nehmen. Das ein Funke Offenheit und Herz in ihm stecken würde, dass ihn zur Umkehr bewegen würde.

All die Wochen über haben meine Verwandten und Freunde verständnislos den Kopf geschüttelt, wenn ich offen zugegeben habe, Aquiles nicht vergessen zu können. Ich war einfach noch nicht bereit ihn zu löschen. Immerhin gibt es wohl kaum eine Frist zum

Lösen von Bindungen und dem Abschalten von Gefühlen.

Die Uhr zeigt inzwischen halb sieben. Höchste Zeit mich und die Kinder fertig zu machen. Armando springt bereits in seinem Gitterbett und ruft nach mir, während Kiara ihn schreiend zur Ruhe mahnt. Sie braucht morgens ihre Zeit, um richtig wach zu werden und in die Gänge zu kommen. Nathalie hingegen ist sofort top fit und inzwischen auf dem Weg zu mir ins Zimmer, den Geräuschen nach zu urteilen. Meine drei Kinder sind das wunderbarste auf dieser Welt, umso unverständlicher dass ein Vater seinen Kindern so eiskalt den Rücken kehrt. Aquiles Bild auf meinem Handy zieht mich zum dritten Mal an diesem Morgen magisch an.

Hätte ich nicht das erleben müssen, was ich nun einmal erlebte, würde ich ihn sicher noch immer aus vollem Herzen lieben und ihn genauso toll finden wie in unseren Anfängen. Verliebt war ich jahrelang gewesen, hatte immer wieder wenn ich ihn traf oder ihn nach Hause kommen hörte oder sah, Schmetterlinge im Bauch gehabt. Doch die Realität ist bitter. Viel zu bitter geworden. Manchmal, würde ich nicht meine Tränen real auf meiner Haut spüren, sehen welche Spuren und Narben seine Gefühllosigkeit und sein Verhalten an mir hinterlassen haben und in den Händen halten was mir von „uns" geblieben ist, so würde ich glauben in einem Film gefangen zu sein. Immer wieder aufs Neue feststellend, wie unbegreiflich es ist, wie aus romantischer und leidenschaftlicher Liebe grenzenloser Hass und Gleichgültigkeit wird, wie ein Mann mit dem tiefen Wunsch nach Zweisamkeit und Familie zu einem egoistischen Macho und Vergewaltiger von Körper und Seele mutiert. Es tut einfach viel zu weh, um glauben zu können es wäre nicht real und doch ist der Schmerz manches mal so stark, dass es mich wie in einen Schockzustand versetzt.

„Mama, du weinst ja." erwischt mich Nathalie und setzt sich mitfühlend auf die Bettkante. Eigentlich sollte eine Mutter an der Bettkante ihrer Kinder sitzen und sie trösten und nicht umgekehrt. Da sitzt sie, mein erstes Schulkind in ihrem weis-rosa gestreiften Pyjama. „Hast du dir weh getan oder hast du was schlechtes geträumt?" Es ist rührend, wie Kinder sich in die Seele anderer hineindenken können und die Wahrheit unverfroren aussprechen und es nicht einmal richtig weh tut, wenn sie sie aussprechen. „Ach meine Süße. Ich würde mal eher sagen beides. Ich habe irgendwie schlechtes geträumt und das tut mir in meinem Herz weh."

„Das kenne ich Mama." flüstert Nathalie vor sich hin und senkt dabei den Kopf. „Weisst du. Ich bin auch traurig. Es ist wegen Papa, oder?" und ich nickte nur. „Ich vermisse meinen Papa. Alle Kinder haben einen Papa, aber ich nicht. Das ist gemein. Er ist weg. Ich weiss gar nicht wo er jetzt wohnt und wie es ihm geht."

Mein Herz zerreisst auf ein wiederholtes Mal. Ich wünschte ich könnte Nathalie diesen Schmerz nehmen, den sie in ihrem kleinen Herzen mit sich trägt. Neben ihrer Trauer verspürt sie parallel noch Sorge um ihren Vater. Wie kann ich jemals dieses Erlebnis für meine Kinder erträglich machen? Es gibt kein Wort, mit der ich sie trösten könnte.

Am letzten Tag noch hatte er Nathalie, ihre Hand haltend und in ihre Augen schauend versprochen sie könne ihn jederzeit anrufen. Immer, wenn sie wolle könnte sie anrufen und ihm sagen was sie bedrückt. Er wäre immer für seine Prinzessin da und würde alles tun, damit sie glücklich bleiben würde. Was für eine unverschämte Lüge und dreister Stich in dieses kleine unschuldige Herz, denn keine vierundzwanzig Stunden später war es eben jener selbe Vater meiner drei Kinder der durch das Telefon brüllte „Ruf mich nie wieder an. Ich will mit euch nichts mehr zu tun haben".

Sechs Jahre alt ist sie vor fast vier Monaten geworden und hat die tatsächliche Lage nur all zu gut erkannt. Was soll ich ihr sagen? Ich habe keine tröstenden Worte, zumindest keine die ihren Herzschmerz wirklich lindern, denn das könnte nur ihr Vater, würde er für seine Kinder da sein. Für uns da sein.

Minutenlang liegen wir einander in den Armen und lassen unseren Tränen freien Lauf. Am Ende hoffen wohl wir beide, dass er noch einen Funken Liebe in sich trägt und erkennen wird, dass Kinder einen Vater und vor allem Liebe brauchen. Meine Gedanken eilen erneut davon. Ich versetze mich in die Lage, wie es sich anfühlen muss. Als Erwachsender denkst du umfangreicher, großflächiger und beziehst mögliche Geschehnisse und Folgen ein. Doch wenn es für mich schon oft an die emotionale Grenze geht, mir dessen bewusst zu werden dass der Mann den ich über alles geliebt habe, niemals mehr zurück kommen wird, wie schwer ist es für unsere Kinder?

Angenommen mein Vater wäre nicht mehr da. Durchaus möglich. Jeden Tag könnte ich meinen Vater durch den

Tod verlieren. Weg. Plötzlich nicht mehr da. Es würde mir das Herz zerreissen. So viel hätte ich ihm zu sagen und zu zeigen. Väter sollen doch stolz sein auf ihre Töchter. Sagt man nicht, dass Väter die erste große Liebe ihrer Töchter sind?

Meine erste große Liebe hat mich sitzen lassen, weil ich nicht auf den Tischen tanzen wollte und zu brav war. Das hat anständig weh getan. Umkehrschluss. Meine Tochter. Sechs Jahre alt. Sie wird nie wieder durch die Wohnung rufen „Papa kommt", nie mehr mit ihm morgens gemeinsam im Bett kuscheln oder toben. Nie wieder werden sie mit Papa bei uns frühstücken, Nachmittags nach Hause kommen und ihm von Hausaufgaben und Liebeskummer berichten. Da ist kein Papa mehr der auf sie wartet. Wie sehr muss das weh tun. Und er ist aus eigenem Wunsch gegangen. Er wurde ihnen nicht genommen, nein. Ihr Vater wollte gehen und uns verlassen, um eine neue Frau zu lieben und sich der Verpflichtung zu entziehen. So wie immer. So wie mit allem und allen anderen auch.

Rote Augen hat meine Prinzessin vom Weinen. Dennoch lacht sie wieder, beginnt mich zu kitzeln und zurück in den heutigen Tag zu holen. Sie hat die Mimik ihres Vaters. Eindeutig. Wunderhübsches Mädchen. Sie ist ihm sehr ähnlich. Spätestens jetzt ist für mich klar, dass ich diesen Mann niemals vergessen kann. Er war der Vater meiner Kinder und wird immer der Erzeuger der Drei bleiben. Jedes Lachen und jeder Blick in ihre Gesichter wird mich immer daran erinnern, dass ich sie aus Liebe zu ihm in meinem Bauch wachsen ließ und sie es verdienen all die Liebe zu bekommen, die sie brauchen.

„Maaaama, kannst du mir den Popo sauber machen?" schreit Kiara vom Gäste-WC durch die Wohnung. Spätestens jetzt ist die Realität in vollem Umfang wieder vorhanden. Es gibt doch nichts schöneres, als morgens aufzustehen und erst einmal drei Kinderpopo's zu säubern, ehe man dann dem knurrenden Magen Aufmerksamkeit schenkt und sich dem Frühstück zuwendet. Es ist sechs Uhr vierzig. Alle Kinder putzmunter und an der Zeit den Tag anständig zu starten.

„Ihr Süßen, bitte zieht euch an. Bett machen und die Teteros nach vorne in die Küche. Dankeeeee" rufe ich den Drei auf dem Weg zum Bad zu. Für mich einmal Katzenwäsche und dann ab in die Küche. Wasserkocher anmachen, in der Zeit Tisch decken und bei den Kindern nach dem Rechten schauen. Armando wickeln und anziehen. Kaffee aufschütten, Brote schmieren und alles auf den Tisch stellen.

Im Anschluss schnell anziehen und mein Bett aufschütteln, wieder ne Runde durchs Kinderzimmer drehen. „Bitte Unterhosen und Socken in die Wäsche und dann Frühstücken". gibt es die nächste Anweisung, ehe sie mir im Gänseschritt ins Esszimmer folgen.

Wochentags ist unser Frühstück alles andere als gemütlich. Eine reine Massenabfertigung kann man schon fast sagen. Am Anfang habe ich so viel Wert auf das Optische gelegt. Jeden Morgen den Tisch schön gedeckt. Natürlich mit Tischdecke und schönem Geschirr. Aus und vorbei. Seit ich als Alleinerziehende v i e r u n d z w a n z i g   S t u n d e n   p r o   T a g Hauptansprechpartnerin, Putzfrau, Erzieherin, Köchin, Krankenpflegerin, Haushälterin, Streitschlichterin,

Bäckerin, Begleiterin, Sorgentelefon, Schneiderin, Lehrerin und Alleinverdienerin bin, spare ich mir an fünf Tagen in der Woche die Liebe zum Detail beim Tischdecken.

Mindestens zehn Minuten, die ich dann gelassener mit meinen Kindern am Tisch verbringe. Gelassenheit und Ruhe am Tisch mussten wir neu lernen. Was für andere der gewohnte Familientreffpunkt zum Austausch von Erlebnissen, Sorgen und Plänen ist, war für uns eine lange Zeit eher ein Straflager. Am Ende verweigerte Nathalie aufgrund von Angstzuständen sogar zeitweilig das Essen. An Harmonie und einen reibungslosen Ablauf war nicht zu denken. Das Thema Nahrungsaufnahme oder generell Essen, war ein absolutes „no-go". Fast sechs Monate hat es gedauert, um die Kindern zumindest an eine leichte Routine zu gewöhnen und ihnen die Angst vor dem gemeinsamen Essen zu nehmen. Heute, weitere sechs Monate später treffen wir uns gerne am Tisch und Essen gemeinsam. Endlich sind wir eine Familie.

„So, hat noch jemand Hunger? - Nicht, okay dann räumt die Mama ab. Nathalie, bitte deine Butterbrotdose einpacken. Kiara, möchtest du ein Brot mitnehmen?"

„Nein Mama, ich mag nicht im Kindergarten frühstücken" Gut, wäre das geklärt. „Dann bitte Pipi machen, Zähne putzen, Haare kämmen und ab in die Schuhe" wird die nächste Aufgabe angekündigt, während ich notdürftig den Tisch leer räume und selbst die letzten Tätigkeiten erledige. Inzwischen ist es kurz vor halb acht.

„Los, los Leute. Keine Zeit zum Trödeln!" muss ich energisch zu den zwei Kleinen sein, die lieber nachlaufen spielen, anstelle sich die Schuhe an zu ziehen. „So, noch fünf Minuten, dann müssen wir auf dem Weg sein."

Zwanzig vor Acht trifft Nathalie sich mit ihren Schulfreundinnen und geht mit vier anderen Mädchen dann ohne mich weiter zur Schule. Sie hat sich wunderbar integriert und geht gerne zur Schule. Die Anmeldung in der OGS hat ihr gut getan und mir nimmt es auch ein wenig den Druck von den Schultern. Geschafft. Zweiundzwanzig vor acht. Ein flüchtiger Kuss, ein Winken und dann zieht sie von dannen.
Für mich geht es nun mit Kiara an der Hand und Armando im Kinderwagen zwanzig Minuten Berg auf. Er nuckelt an seiner Flasche und Kiara ist um diese Uhrzeit noch redefaul. Kurzer Hand tauche ich ungewollt wieder in die Welt meiner Gedanken. Mensch, hätten wir doch bloss endlich das Auto. Es ist einfach so unfair, dass die Bank ausgerechnet jetzt so enormes Wohlwollen mit Aquiles zeigt. Sonst sitzen die einem schon nach einer unbezahlten Rate im Nacken und machen Stress. Jetzt sind drei Monate nicht bezahlt und es passiert absolut nichts. Im Vertrag steht eindeutig, bei zwei offenen Raten kann gekündigt werden. Nö, aber dieses Mal werden aus Kulanz drei abgewartet, dann unzählige Erinnerungen geschrieben und dann kündigt man erst die Beauftragung eines Inkassounternehmens an. Hallo geht's noch? Das ist, als hätte sich derzeit alles gegen uns verschworen. Am Ende hat doch immer die Frau die A-Karte. Erst werde ich verlassen, was für mich der absolute Schock war. Wochenlang saß ich alleine da, habe mich um alles

gekümmert und musste mir diverse Versprechungen zu einer gemeinsamen Zukunft anhören, um dann letztendlich auf tiefstem Niveau gedemütigt und .... . Ja, das sogar auch und on top muss man dann noch erfahren, dass prinzipiell ganze sieben Jahre ein „Fake" gewesen sind.

Wieso kann er nicht einfach mit seiner neuen Frau glücklich werden und uns in Ruhe lassen? Er ist auch noch zu doof, um zu kapieren, dass er am Ende seinen Kindern schadet. Die müssen bei Wind und Wetter zur Schule und auch dann wenn einer krank ist. Abgesehen davon, dass es absolut unverzeihlich ist derart hasserfüllt auf seine ehemalige Partnerin und die Mutter seiner Kinder loszugehen. Was gewinnt der damit? Nichts, rein gar nichts. Am Ende werde ich nur stärker und lerne mehr und mehr auf eigenen Füssen zu stehen und meinen Weg zu meistern. Trotzdem kann ich es nicht begreifen. Aquiles hat selber eine schlechte Kindheit erlebt und statt daraus zu lernen, da muss er seinen eigenen Kindern genauso schaden.

Ich muss nun in der Eiseskälte die Kinder fast zwei Stunden zu Fuß weg bringen, nur um dann ein paar Stunden arbeiten zu können, ehe ich dann wieder den Weg laufen muss, um alle abzuholen. Und er? Er amüsiert sich derweil mit seiner Neuen. Er kann hingehen wo immer er will. Tun und lassen was ihm beliebt, weiter seine krummen Sachen machen und eine untragbare Anzeige nach der anderen stellen. Er ist eindeutig krank. Was anderes fällt mir dazu nicht mehr ein. Keine Entschuldigung, aber zumindest ein unbewiesenes Faktum.

Um halb neun habe ich nun auch endlich Armando weg gebracht. Er geht inzwischen gerne zu seiner Tagesmutter. Geschafft. So schwer der Weg auch manches Mal ist, kalt, nass und auch nicht selten total matschig, versuche ich um meiner eigenen Kraft Willen, in möglichst Vielem das Positive zu sehen. Mit Auto würde ich wohl kaum jeden Tag acht Kilometer walken gehen. So hatte ich zumindest fünf mal die Woche eine ganz persönliche Trainingseinheit für meine Kondition.

Der Kinderwagen musste wieder mit zurück nach Hause. Das sah albern aus und die ersten Male wurde ich schief angeschaut. Heute geht es. Ich stehe dazu und mein Umfeld hat sich daran gewöhnt. Jeden Morgen zur gleichen Uhrzeit, fast die gleichen Leute treffen, sich kurz grüßen und dann voller Motivation ins Büro. Bin ich mir nun sicher, so schlecht ist mein Leben gar nicht. Kann nur noch besser werden.

Der Email Posteingang ist voll mit neuen Nachrichten. Dank meiner Arbeitsstrategie schaffe ich trotz der Verpflichtungen als Mutter und Hausfrau auch den Aufbau meiner selbständigen Tätigkeit. Die Arbeit macht mir Freude. Im Nu ist der Haushalt erledigt und der zweite Kaffee wartet wohl riechend auf meinem Schreibtisch, während ich die Emails nach Dringlichkeit sortiere. Es gibt eine Menge zu erledigen, zu beantworten und zu berechnen. Ich freue mich und genieße jeden Augenblick in dem meine Hände schreibend und rechnend arbeiten können.

Dreieinhalb Stunden sind wie im Flug vergangen. Eine halbe Stunde Mittagspause. Es gibt Reste von gestern. Meine Gedanken waren bis jetzt hochkonzentriert auf meinen Job. Erst jetzt, wo ich mit meinem Teller heisser

Spaghetti Bolognese wieder an meinem Schreibtisch sitze, die erste Gabel in den Mund stecke, nehme ich das angezeigte Datum auf meinem Kalender noch einmal richtig wahr.

Schon verrückt was die Psyche manchmal mit einem anstellt. Die ganze Zeit habe ich mit dem Kalender gearbeitet und nicht einmal den heutigen Tag mit meinem Privatleben und meiner Vergangenheit in Verbindung gebracht. Absolut nicht. Erst jetzt, wo ich mich für eine kurze Zeit, die mir eigentlich zur Erholung verhelfen soll, von meiner Arbeit löse, da schießen die ersten Blitze durch meinen Kopf.

Fünfter Hochzeitstag! Heute würden wir unseren fünften Hochzeitstag feiern. Naja, nicht feiern, wohl eher hätte ich meinem Mann wieder etwas gebacken und geschenkt. Im Gegenzug hätte ich dann Tage später, dann wenn er Geld für mich hätte, etwas bekommen. Geld hatte er gut verdient, auch im letzten Jahr. Komischerweise aber war er notorisch pleite gewesen. Heute weiss ich warum.

Ein neuer Begriff der Unternehmensinvestition, versteht sich. Für uns war nie Geld übrig. Finanziert habe immer ich alles, sogar seine Firma. Der Dank? Jede Menge Vorwürfe, Beleidigungen, Demütigung und dann dieser eine Augenblick, dieses .... . Dabei habe ich geglaubt Liebe zwischen uns zu spüren, dachte wirklich es wäre zu schaffen all die Missverständnisse und Probleme anzugehen und aus der Welt zu schaffen.

Vor zwei Jahren habe ich wirklich von einer kleinen Feier geträumt. Ich erinnere mich daran und merke wie ich dabei anfange zu lächeln. Meine Eltern hatten im Juni ihren fünfunddreißigsten. Wir hätten heute unseren fünften. Ich hatte mir vorgestellt einen Saal anzumieten, ein paar Freunde einzuladen und die Feier nachzuholen, die wir am Tag unserer Hochzeit nicht haben konnten. Habe stundenlang im Internet alles recherchiert, Preise verglichen und war fest entschlossen gewesen etwas zu organisieren.

Zum Glück hatte ich früh genug aufgegeben und mich durchgerungen abzuwarten. Manchmal eben, ist es gut auf die innere Warnung zu hören. Das Gleiche galt für das Auto. Die letzten drei Raten, den Sommer über hatte ich bezahlt, aus Angst das Neufahrzeug würde sofort gepfändet. Am Ende sehe ich das Geld nie wieder und ich wollte sogar schon die vierte Rate zahlen, ebenso wie die Versicherung und einmal Volltanken. Zum Glück nicht. Das Geld habe ich sparen können. Und ich wollte ihm letztes Jahr nach seinem Klinikaufenthalt, als ich fest daran glaubte es ginge Berg auf mit uns, eine Reise zu seiner Familie schenken. Sechshundertfünfzig Euro allein der Flug. Monatelang habe ich darauf gespart. Zum Glück nicht gebucht.

Nichts ist mehr wie es einmal gewesen war. Unser ganzes Leben steht Kopf, so sehr dieser Neuanfang auch ein Segen sein mag. Ich kann nicht leugnen, dass ich dem unerfüllten Traum nachtrauere und nicht fassen kann, dass alles zu Ende ist. Das ein Mensch in der Lage ist planmäßig Beziehungen einzugehen und zu beenden. Es sprengt absolut den Rahmen meiner Vorstellungskraft. Hinter die Kulissen muss ich blicken und mich bewusst an das Erinnern, was mich den anderen Schmerz fühlen lässt. Den Schmerz, von dem ich nun frei bin. Selbst wenn es den Anschein haben mag, so wurde hier keineswegs Schmerz gegen Schmerz ausgetauscht. Auf keinen Fall. Dieser Schmerz den ich jetzt fühle, jetzt in diesem Augenblick ist da, weil ich verlassen wurde, weil ich keinen Partner mehr habe, meine Wünsche und Träumen ein Stück weit zerstört sind und ich prinzipiell grundlos verlassen worden bin. Der andere Schmerz, der mich über Jahre hörig machte, mich zerfleischte und aufzufressen versuchte, der ist weg und war um ein vielfaches Größer.

Aquiles hat mir weh getan, immer und immer wieder. Wie oft war er erst weit nach Mitternacht nach Hause gekommen und war dann rücksichtslos, lautstark durch die Wohnung gelaufen. An manchen Abenden oder eher gesagt in manchen Nächten wenn er heim kam, schlich er sich durchs Schlafzimmer, nur um sein Ladegerät zu suchen. Im drastischsten Fall weckte er mich mitunter sogar, um zu fragen, wo ich es hin gelegt hätte.

Oft hatte ich seit Mittags nichts mehr von ihm gehört. Immer mit der Ausrede auf seinen Lippen, er sei nicht der Typ zum Schreiben. Komisch nur, dass er mit seinen Freundinnen aus Freiburg und aller Welt oft stundenlang chatten konnte und ständig mit seinem Handy zugange war. Lieber ihn anrufen, hatte er mich gebeten. Wäre eine schnelle Sache gewesen, wäre Aquiles auch wirklich an sein Telefon gegangen. Zurück gerufen hat er, wenn ich Glück hatte erst viele Stunden später. Natürlich wohl versorgt mit neuen Ausreden.

Wann er nach Hause kommen würde, dass wusste ich die letzten zwei Jahre nie. Allein zu sein an den Abenden war schrecklich für mich. Erst habe ich mich meinem Hobby gewidmet, doch dann, je abenteuerlicher seiner Ausreden wurden und je weniger stimmig seine

Argumente mir vorkamen und er letztendlich auch öfter in Begleitung anderer Frauen in Möbelhäusern oder in Bekleidungsgeschäften gesehen wurde, wuchs mein Misstrauen, meine Eifersucht. Immerhin war sie nicht unbegründet, auch wenn Aquiles das natürlich so darstellte.

Mehr oder weniger geduldig wartete ich auf dem Sofa. Hatte für Aquiles gekocht, ihm seine Leibspeise zubereitet. Er kam nicht. Das Essen wurde kalt und meine Laune sank zu Boden. Eigentlich hätte ich es gewohnt sein müssen. War ich aber nicht. Immer neu hoffte ich, eines Tages würde es besser werden. Ganz sicher! Wurde es aber nicht.

Wenn ich auf ihn wartete, war Aquiles überzeugt ich würde ihn kontrollieren wollen. Dann ging er meist erst stundenlang ins Bad oder setzte sich direkt aufs Sofa mit dem Tablet in der Hand. Über seinen Arbeitstag berichten wollte er nicht. Es gäbe da nichts zu erzählen. Immer das Gleiche. Verrückte Welt, dabei hatten wir uns in den Anfängen immer etwas zu erzählen. Selbst wenn es immer das Selbe gewesen war.

Aquiles sass dann einfach nur so da. Meine Fragen nervten ihn und ohne aufzuschauen starrte er weiter und weiter auf seinen Film. Meist waren es Serien.

Wieso er die Serien nicht mit mir schaute, sondern bereits angeblich im Auto oder beim Sport angefangen hatte zu gucken, konnte und wollte Aquiles mir nie erklären. Heute bin ich dahingehend schlauer. Heute weiss ich, dass er die Serien mit ihr gesehen hatte.

Aquiles sah bei weitem nicht so aus, als würde er wirklich fünf Mal pro Woche gute fünf bis sechs Stunden trainieren. Training ja, aber definitiv nicht so viel und so lange. Wenn er Mittags frei hatte, war er sicherlich schon zum Sport gegangen. Zumindest solange, bis seine Geliebte mit der Arbeit fertig gewesen war und sie dann den Abend gemeinsam verbrachten.

Das erklärt zumindest auch seine geänderten Träume und Vorstellungen, das plötzlich auftretende Interesse an der Englischen Sprache und Pop-Musik. Aquiles hatte sonst immer nur Salsa gehört, Musik aus seiner Heimat und wenig anders sprachige Musik.

Mich nervte es, wenn Aquiles kommentarlos in seinen Arbeitssachen auf dem Sofa liegen blieb und nur Filme schaute. Ablenken hätte ich ihn können, wenn ich nackt vor ihm herum getanzt hätte. Doch dazu hatte ich sicher keine Lust mehr, wenn er mich wieder einmal den ganzen Abend über alleine gelassen hatte. Aquiles konnte das nicht nachvollziehen, er hatte ununterbrochen das Bedürfnis sich zu entkleiden und seiner Lust zu frönen.

Nachdem ich dann oft meinen Gedanken Freiraum gegeben hatte, ging ich zu Bett und liess Aquiles allein zurück. Letztendlich wohl das, was er auch wollte, um weiter chatten zu können oder sich nackte Frauen anzusehen, die ich Monate später dann auf unserem Computer entdeckte und immer wieder löschte.

An anderen Abenden war es nicht selten vorgekommen, dass er meine wünsche, die ich tagsüber geäussert hatte, in der Hoffnung er würde daraufhin einmal früher nach Hause kommen, auf biegen und brechen nachts in die Tat umsetzen wollte.

Während ich tief und fest eingeschlafen war, hatte Aquiles manches mal Badewasser in die Wanne laufen lassen. Alles mit Kerzen dekoriert und Sekt mitgebracht.

Wie oft hat er mich dann um zwei oder drei Uhr aus dem Schlaf gerissen und mir freudestrahlend mit einer Alkoholfahne berichtet, dass er soeben meine Wünsche erfüllt habe und ich nun keinen Grund mehr hätte ihm vorzuwerfen, er würde sich nicht um mich kümmern.

Ablehnen durfte ich nicht. Wenn ich auf meinen Schlaf bestand und ihm klar zu machen versuchte, dass ich in vier oder nur drei Stunden wieder aufstehen müsste, um die Kinder für den Tag fertig zu machen, dann wurde er aggressiv. Was blieb mir letztendlich übrig, als der Aufforderung dieses betrunkenen und aggressiven Mannes zu folgen und mit ihm in die Badewanne zu steigen. Mir fielen die Augen zu, ich war müde und genervt zugleich.

Wenn es nicht die eine oder andere Sache war, mit der er mich auch nachts wach hielt, dann war es zu guter Letzt nicht selten seine ungezügelte Lust nach Sex, die ihn antrieb wach zu bleiben und mich aufzuwecken. Egal wann er kam. Er schlich ins Bett und sofort hatte ich seine Hände auf meinem Körper, zwischen meinen Beinen und er nahm sich immer was er wollte.

Je leiser ich war und je eher ich einfach mitmachte oder viel besser gesagt, es über mich ergehen liess, um so schneller war es vorbei. Sobald ich etwas zu sagen oder abzulehnen wagte, empörte sich Aquiles, wurde wieder böse und sauer, diskutierte dann und wurde letztendlich aggressiv weil ich ihm seinen Höhepunkt streitig machte. Ablassen würde er dennoch nicht von mir, alles würde sich nur zeitlich hinaus zögern und es für mich unerträglicher machen.

Früher noch hatte er mich gefragt wie es mir gefiel, hatte mich gestreichelt und geküsst. Das alles gab es nicht mehr. Selten, sehr selten. Meist war es gefühllos, schnell und ohne Zärtlichkeit. Es tat mir oft weh. Ich weinte und fühlte mich missbraucht. So oft. Er sah meine Tränen spätestens wenn wir im Bad danach aufeinander stiessen. Entweder rastete er dann nachträglich aus, dass ich es gewagt hatte zu weinen während er doch nur hatte Liebe machen wollen oder aber es war ihm einfach egal. Selbst wenn ich ihn dann darauf ansprach, dass es mir weh getan hatte, dann suchte er Gründe um mir einzureden, dass es es wohl kaum weh hatte tun können, er habe es doch liebevoll gemacht.

Diese Erinnerungen, sind diejenigen die kaum zum Vorschein kommen. Die ich vergraben habe, letztendlich aber genau die wären, die mir klar machen würden, dass er grausam war. Dass er auf keinen Fall zurück kommen darf. Ich sollte mich öfter daran erinnern, dass er mir so weh tat. Meinen Körper benutzte und absolut kein Feingefühl mehr besass und mich seelisch einerseits nieder und andererseits abhängig machte. Dann, nur dann wenn ich daran denke, dann wird mir klar dass es gut ist, dass er gegangen ist.

Einige Male habe ich ihn des Hauses verwiesen, ihn aufgefordert zu gehen, abzuhauen und uns in Ruhe zu lassen. Gegangen war er. Ein paar Stunden, ein paar Tage. Eigentlich so wie immer. Geflüchtet, statt abzulassen von seinen Taten. Doch letztendlich hatte er mich wieder um den Finger wickeln können, hatte sich entschuldigt und war zurück gekommen. Hatte seine Liebe zu uns beteuert.

So ein Quatsch. Er war nur gekommen, weil er nicht

wusste, wohin. Ich war doch die, die ihm alles abkaufte, die alles zuliess, die ihn finanziell und emotional unterstützte und stärkte. Seine Affären, die allesamt glaubten er sei ein armer verlassener Alleinerziehender Vater und Chef von dreissig Angestellten, hatten wohl kaum Lust ihn auszuhalten oder sich ständig seine Probleme anzuhören, geschweige denn seine Wäsche zu waschen oder für ihn zu kochen.

Zwei Uhr. Schnell die Schuhe anziehen, Jacke drüber und dann ab die Post zum Kindergarten. Kiara muss bis spätestens viertel nach zwei abgeholt sein, dann machen die zu und mein ganzer Plan kommt ins Wanken.
Kiara macht es sich inzwischen im Kinderwagen bequem, den ich dann fünfzehn Minuten im Stechschritt Bergauf zur Tagespflege schiebe, um Armando abzuholen. Die Muskeln sind zwar nun schön trainiert und formiert, aber angenehm ist der Weg nicht immer. Manchmal möchte ich einfach was anderes sehen, weil man inzwischen genau weiss, wie viel Weg an welcher Stelle noch vor einem liegt.
Armando freut sich riesig uns zu sehen, rennt freudestrahlend auf Kiara zu und wirft sie fast um. Mit den Worten, die er inzwischen spricht, versucht auch er uns nun von seinem Tag zu berichten. Wenn man genau zuhört, kann man ihn wirklich gut verstehen. Ein toller, süsser Junge. Wie dumm sein Vater nur ist, das aufgegeben zu haben.
Als Aquiles uns verlassen hatte war Armando gerade einmal achtzehn Monate gewesen, sprach nicht und hatte gerade die ersten Schritte gemacht. Im Grunde kannte er seinen Vater gar nicht mehr. Reden tat er

sowieso nicht von ihm und die Fotos schienen ihm nichts zu sagen.

Immerhin hatten die beiden zuvor auch nicht wirklich viel Umgang mit einander gehabt. Unter der Woche war Aquiles doch ständig beim Sport gewesen und an den Wochenenden hatte er ausgeschlafen und war höchstens ein paar wenige Stunden mit den Kindern draussen oder richtig zusammmen gewesen. Meist hatte er sie doch ins Zimmer geschickt, denn zu Dritt hätten sie genug Spielkameraden und müssten nicht noch den Vater daneben haben, oder aber er hatte Filme geschaut und die Kinder neben sich sitzen lassen und nur im Notfall die Augen schnell zugehalten.

Damals, im Januar habe ich geglaubt diese räumliche Trennung nicht verkraften zu können. Fühlte mich ausser Stande meine Frau zu stehen, mein Leben weiter zu leben. Nicht nur emotional, sondern auch weil ich davon überzeugt war, dass ich ohne Aquiles hilflos wäre und kläglich versagen würde.

Der Alltag bot so viele Punkte an denen man einen kräftigen Mann und Beschützer brauchte, wie sollte ich das nun hinbekommen?

Letztendlich ist mir in all den Wochen klar geworden, dass jeder kann, wenn er es will und man zur Not nach Hilfe fragen muss. Leichter gesagt als getan. Zugegeben bin ich wirklich mit eine der Letzten, die um Hilfe fragt. Meist versuche ich alles allein hin zu bekommen. Egal wie lange es dauern und wie viel Kraft es mich kosten würde. Noch immer kostet es mich Überwindung zu fragen und auch anzunehmen, selbst nach zwei Jahren Gesprächen mit „El-Silencio" kann ich noch immer nicht sagen, dass und wofür ich Hilfe benötige. Ich weiss es ist dumm, denn damit stehe ich mir manchmal selbst im Weg und vergeude wichtige Ressourcen.

Es waren einfach dumme Gedanken gewesen nicht allein zurecht kommen zu können, nicht zuletzt, weil ich Angst hatte vor der Tatsache nicht mehr geliebt zu werden. Gekonnt hatte ich allerdings auch vor der Trennung schon fast alles allein, es war also nur noch eine Sache meinen Kopf und mein Herz davon zu überzeugen, dass der Körper schon jahrelang allein funktionierte. Inzwischen kann ich Lampen allein anbringen, streichen, lackieren und Fenster putzen. Ich mache regelmässig Sport, kein Mädchenkram oder so, sondern Krafttraining, weil es mir das bessere Gefühl gibt. Jetzt fühle ich mich selbstsicherer in dem was ich tue und erlebe.

Mich selbst zu betrachten war mir anfänglich unangenehm. Ich kam mir eingebildet und selbstverliebt vor, schämte mich für jedes Selfie in meinem Handy und auf Internetplattformen. Rückwirkend aber hat es mir meine eigene Verwandlung verdeutlicht und mich mir selbst näher gebracht, mich selbst mit anderen Augen sehen lassen und mir Motivation gegeben weiter zu machen, selbst wenn die ersten Wochen noch der Hintergedanke gewesen war „Aquiles, dir zeig' ich, dass du die beste und geilste Frau verlassen hast."

Klar hat „El-Silencio" mich auf den Boden der Tatsachen zurück geholt und mir vor Augen geführt, dass ich das alles für mich selbst tun muss, mich selbst lieben und über mein eigenes Leben erfreuen soll und nicht in Konkurrenz mit Aquiles neuem Leben oder gar um zu beweisen wie toll ich für ihn wäre.

Meine Eltern gehen mit dem Gedanken konform, erklären mir jedes Mal, wie froh ich sein könne, wenn Aquiles erst einmal nicht erkennen würde, wie gut er es bei mir hatte und dass es besser für ihn wäre den Schwanz einzuziehen, sich zu entschuldigen und wieder angekrochen zu kommen. Die Gefahr meines Rückfalls wäre einfach zu groß.

Lange Zeit habe ich das dementiert und nicht wahrhaben wollen. Welche Idiotin lässt sich jahrelang fertig machen und dann wenn ihr „Macker" endlich gegangen ist, sie bei der Polizei anzeigt und weiter nieder macht, nimmt den dann nach Monatelanger Trennung wieder auf? Klingt wirklich idiotisch und kaum vorstellbar, aber ich möchte nicht darum wetten und kann auch nicht wirklich erklären, welche Gefühle dabei in einem vorgehen.

Fakt jedoch bleibt, dass Aquiles bisher jede Frau von sich überzeugte und um den Finger wickelte und es bei mir selbst unzählige Male in all den Jahren geschafft hat. Mich, eine Frau mit Abitur und gutem Menschenverstand, mit ethischen Grundsätzen und Wertvorstellungen, eigentlich eine starke und intelligente Frau. Was war geschehen? Ich habe mir all das, was ich mich manchmal selbst „heimlich" fragte, was mich an mir zweifeln oder mich unsicher werden liess, als Tatsache einreden lassen und mir gefallen lassen, dass Aquiles sich als Retter meiner Seele aufspielte.

Auf dem vorletzten Streckenabschnitt für den heutigen Tag treffe ich eine Bekannte und lächle ihr freundlich zu.

„Hey wie geht's Dir denn? Haben uns ja lange nicht mehr am Kindergarten getroffen. Habe dein Profilbild gesehen, hübsch. Siehst entspannt aus. Alles okay bei Euch?"

Jedes Mal, wenn die Gespräche auf diese oder ähnliche Weise beginnen, weiss ich nicht wie ich am besten und zudem am ehrlichsten antworten soll. Einerseits macht es mich froh zu hören, dass ich nicht ausgemergelt und erschöpft aussehe. Andererseits ist es komisch, wenn keiner zu merken scheint, wie ich gerade um unser Überleben kämpfe und kaum Kraft besitze noch lange weiter zu machen. Die Wahrheit ist doch eben die, dass ich mich einsam fühle, einen Partner vermisse und den Kindern kaum noch zu erklären weiss, wieso ihr Vater urplötzlich fort ging, sich einer neuen Frau zuwandte und keinen Kontakt mehr wünscht.

„Geht so, danke. Muss ja auch alles weiter gehen. Bin schon oft am Boden und weine für mich. Doch am Ende muss es der Kinder willen weiter gehen. Sie brauchen mich und sollen nicht noch mich verlieren. Es reicht was sie bisher durchgemacht haben. Ich wünsche mir, dass endlich Ruhe einkehrt und wir die Zeit miteinander mehr geniessen können. Denn momentan lässt mein Ex mir einfach keine Ruhe. Ständig kommt eine neue Anzeige ins Haus oder ich muss wegen anderen Verleumdungen und Angelegenheiten wieder zum Anwalt."

„Das tut mir leid zu hören. Ja, so eine Trennung ist nicht leicht. Wünsche Euch viel Kraft. Man sieht sich, sicher."

Damit war das Gespräch erledigt. Mag sein, dass eine Trennung für niemanden leicht ist oder wäre. Mir kommt es vor als wäre es immer und immer wieder die Nacherzählung eines Films. Es war nicht einfach eine Trennung, die schwer zu verkraften ist, die ohnehin genug Schmerz mit sich bringt, durch den Wegfall eines geliebten Familienmitglieds, finanzieller Einbussen und Neuorientierung, nein nun war es bei uns noch so, dass mein Noch-Ehemann die Dreistigkeit besitzt mich für Dinge anzuzeigen, die ich nie getan hatte, die völlig ausser Frage standen.

Hallo? Der Typ ist ständig pleite gewesen, hat nie seine Schulden abbezahlt, sich bei mir und meinen Eltern Geld geliehen und behauptet nun steif und fest, ich hätte sechzigtausend Euro vom Firmenkonto veruntreut und dazu seien in seinen Autos je zehntausend Euro gewesen, die dann, nachdem ich das Auto wie gewohnt benutzt hatte, plötzlich verschwunden gewesen wären.. Hat der eigentlich den Knall nicht gehört oder glaubt der echt was er da sagt?

Wir hatten Freunde bleiben wollen. Gut, dass das in den wenigstens Fällen auch realisierbar ist, war mir damals auch noch nicht so klar, wie heute. Doch er hatte es bis zum letzten Tag immer und immer wieder beschworen, sogar beim Leben unserer Kinder.

Hatte mir hoch und heilig versprochen, dass er immer mein Mann bleiben würde, keine neue Frau hätte und sich zwischen uns nur noch alles bessern könnte.

Nicht wie am ersten Tag würde er mich lieben. Nein, sondern viel viel mehr. Hätte endlich gelernt mich als Freundin zu sehen und als eine Frau um die es sich lohnen würde zu kämpfen, die es verdient hätte aus tiefstem Herzen geliebt und geachtet zu werden. Jetzt, wo er ohne uns, ohne mich leben müsse, wäre er dankbar für all die Momente mit mir.

Er würde die Mutter seiner Kinder stets in Ehren halten wollen und immer für uns sorgen, da wir ihm das Wichtigste auf Erden seien. Betonte, dass wir seine einzige Familie seien, dass seine Mutter nur dem Geld wegen Interesse an ihm hätte, doch wir diejenigen wären, die ihn wirklich liebten. Letztendlich ist dieses Kartenhaus, basierend auf Lügen, zusammengebrochen und wird eines Tages Aquiles selbst darunter begraben.

In der Fussgängerzone dürfen Armando und Kiara laufen, auch wenn es dadurch noch ein wenig langsamer vorwärts geht. Insgesamt sind wir schon vierzig Minuten unterwegs. Kiara ist nach einem Kindergartentag müde und der Weg, wenn auch Bergab, strengt sie unheimlich an. Jeder Schritt wird von Meter zu Meter mühsamer. Sie tun mir leid, denn sie leiden und wissen genau, dass es leider am Vater liegt uns das Auto zu geben. Bei jedem Wetter, jeder Temperatur und jeder persönlichen Verfassung müssen wir laufen. Immer!

Um viertel vor vier kommen wir an der Grundschule an. Nathalie spielt mit ihren Freundinnen auf dem Hof der OGS. Sie strahlt, als sie uns herankommen sieht und führt uns ihre neuen Übungen an der Stange vor. Feldaufschwung und so. Nathalie klettert wie eine Weltmeisterin, sie hat wahnsinnig viel Kraft in ihren Armen und Beinen. Sie ist muskulös und wirklich extrem sportlich. Ich bin stolz auf sie. Seit den Herbstferien hat Nathalie endlich ihren Platz in der Schule gefunden. Am Anfang war es nicht leicht, das lange Stillsitzen und das tägliche lernen, anstelle von herum rennen und Spielen spielen.

Wie ein Blitz saust es durch meinen Körper. Obwohl mir bei jedem Meter und jede Sekunde immer bewusst ist, dass Aquiles nicht mehr mit uns und schon gar nicht bei uns wohnt, war da plötzlich dieser Gedanke im Sinn, den Tisch decken zu müssen und den gebackenen Kuchen hinzustellen, wartend bis Aquiles heim käme. So war es im letzten Jahr und den Jahren davor. Gut, nicht ganz. Letztes Jahr war der Hochzeitstag an einem Wochenende, dennoch kam Aquiles zu spät. Ich glaube er war wieder einem Freund helfen gewesen. Von meinen Eltern hatte diesmal nur ich etwas bekommen, da Aquiles sich ihnen gegenüber in dem Dreivierteljahr zuvor sehr distanziert hatte.

Seine Aggressionen und all das hatten ihn verändert und er suchte Abstand zu meinen Eltern. Generell hatte Aquiles sich zunehmend von Familienaktivitäten fern gehalten, sich zurück gezogen an den PC oder hatte urplötzlich etwas zu erledigen gehabt. Nur ganz selten und mit viel Überredungskunst, sofern sie nicht nach hinten los ging, war Aquiles dabei geblieben. Wochenlang habe ich mich mit diesem Verhalten befasst, Hintergründe und mögliche Ursachen erforschen wollen und stiess immer wieder auf die Schlagworte Hospitalismus und Borderline, die unter anderem dazu führten, dass Personen sich asozial verhalten.

Mit Sicherheit liegt die Wurzel wirklich in seiner Kindheit, in der Aquiles von seiner eigenen Mutter verlassen, vom Vater nicht gewollt war und bei den Grosseltern aufwuchs und dort vom Opa geschlagen wurde. Dennoch denke ich, dass er sich vornehmlich von meinen Eltern distanzierte, weil er spürte, dass sie ihn durchschaut hatten und er Angst bekam aufzufliegen.

Im Jahr davor, zu unserem dritten Hochzeitstag hatten wir einen Wohnzimmerteppich bekommen, den wir uns gewünscht, aber nicht hatten leisten können. Es war damals noch so verrückt gewesen, da waren meine Eltern mit einem fast zwei Meter Teppich mit öffentlichen Verkehrsmitteln zu uns gekommen, um uns eine Freude zu machen.

In diesem Jahr, an unserem fünften Hochzeitstag hingegen, würde nichts passieren. Einfach nichts. Im Gegenteil, ich fühlte mich leerer, als die Tage und Wochen zuvor und ich vermisste Aquiles, zumindest so wie man Schokolade als Trostpflaster vermissen konnte. Wäre er noch bei uns, so würde ich sicherlich dafür sorgen, dass der heutige Tag wunderschön werden würde, mir etwas romantisches ausdenken, etwas besonderes kochen, den Tisch decken und mit den Mitteln, die ich hätte etwas unvergessliches zaubern. Ich hätte es gemacht, das weiss ich, obwohl ich wüsste, dass er im Gegenzug nichts für uns als Paar gemacht hätte. Dabei wären es die kleinen Dinge gewesen, auf die ich gewartet habe.

Es waren Wünsche geblieben, all die Jahre. Wünsche nach einem romantischen Candle-Light Dinner, einem netten Brief, ein paar netten Gesten, einem Strauss Blumen, meinem Lieblingsgericht, ein Kinoabend oder so. Bescheidene Wünsche, denn ich sehnte mich nach Zeit mit Aquiles, aufrichtiger Zeit voller Interesse an mir. So wie früher, ohne Lügen und ohne seine Serien im Hintergrund mitlaufen zu haben, ein Tanz in seinen

Armen oder mal ein Abend ohne Sport, sondern einfach unaufgefordert nur für mich. Freiwillig, aus Liebe.

Er hat mich, mir selbst überlassen, sich nur genommen was er bekam und ist dann fort gegangen. Trotz all der einsamen, kalten und trüben Momente danke ich ihm, dass er mich zur Mutter unserer drei bezaubernden Kinder machte. Dieses Geschenk wird er mir nie nehmen können.

„Wisst ihr was? Wir kaufen uns jetzt einen Kuchen. Habt ihr Hunger?"

„Oh, ja Mama. Einen Käsekuchen. Den liebe ich."

„Ist gut, dann kaufen wir uns auf dem Heimweg einen grossen Käsekuchen für uns alle und machen es uns so richtig gemütlich."

Wenn nicht mit Aquiles, der doch eh nur körperlich anwesend wäre und Lust darauf hätte mich nach sieben Uhr am Abend, endlich vernaschen zu können, dann würde ich mit ganzem Herzen diesen Tag mit meinen Kindern geniessen, ein wenig feiern. Ich könnte heulen bei dem Gedanken dass alles zu Ende ist, ehe es eigentlich so richtig angefangen hat. Jetzt, wo die Kinder älter werden und uns mehr Zeit bleiben würde, da geht er einfach und muss uns noch so sehr weh tun.

Meine Hochzeit bereue ich dennoch nicht. Ich habe ihn geliebt und ich habe gerne und voller Überzeugung „ja" gesagt und bis zum Schluss meinen Schwur treu erfüllt. Betrogen habe ich meinen Mann vor der Hochzeit, weit davor und unter ganz anderen Umständen. Dazu stehe ich heute und lasse mich jetzt deswegen nicht mehr „Schlampe" nennen.

„Sechs Euro fünfzig macht das bitte." sagt die

Verkäuferin und ich starre weiter vor mich hin bis Kiara mich aus den Gedanken reisst „Mama, schläfst du etwa mit offenen Augen?"

„Oh Entschuldigung, ich war in Gedanken."

„Wir machen es uns heute ganz besonders gemütlich hat Mama gesagt. Wir alles zusammen" ergänzt Nathalie.

„Oh, das klingt als gäbe es bei Euch etwas zu feiern. Na dann guten Appetit."

Gesagt, getan. Zu Hause koche ich den Kindern Kakao und mir einen heissen Kaffee. Zu viert sitzen wir mit Kerzenlicht und schöner Musik im Hintergrund zusammen am Tisch und lassen uns den Käsekuchen schmecken. Im Nu ist alles verschwunden, jeder zwei Stücke und schon ist alles weg geputzt. Ich lasse mich fallen in diesem Moment und geniesse auf meine neue Art und Weise. Auch eine Art die Wunden heilen zu lassen, lernen damit umzugehen. Immerhin wird es in meinem Leben noch oft den dritten November geben. Der Tag wird mich ein Leben lang an den Beginn einer Ehe, voller Träume und Hoffnungen erinnern und zugleich an den Beginn eines ganz persönlichen Martyriums, dass seinen Höhepunkt in einer der dreckigsten, billigsten und demütigsten Facette einer Ehe fand, am zwölften Juli diesen Jahres.

Mich an die bösen Taten meines Noch-Ehemanns zu erinnern und an all diesen Schmerz und die Unterdrückung hilft mir auf der Hut zu bleiben, wachsam und mich von ihm weiter zu distanzieren, ohne erneut eingesogen zu werden. Doch stärken werde ich mich an jedem einzelnen positiven Moment mit meinen Kindern, die nicht zuletzt auch ein „Resultat" meiner Liebe und unserer Ehe sind. Diese Liebe wird er mir nie nehmen können.

II

Mein erster Hochzeitstag ohne Ehemann, dennoch im Kreise meiner engsten Familie setzt in mir ganz neue Gefühle frei, neue Gedanken und zugleich wiederkehrenden Erinnerungen.

Vor Wochen noch war es für mich ein komisches Gefühl gewesen, daran zu glauben, auch ohne den männlichen Part, ohne Vater und Ehemann eine Familie zu bilden. Ich traute mich gar nicht recht zu sagen „meine Familie", wohlwissend dass ich „nur" von den drei Kindern und mir sprach. Heute weiss ich, was für ein Blödsinn das ist. Ich, wir sind eine Familie und daran kann niemand etwas ändern. Die Erinnerungen werden mich noch lange begleiten, dass weiss ich heute und habe beschlossen sie zu akzeptieren und mit ihnen gemeinsam zu leben, mich aber nicht davon zerfressen zu lassen.

Mein Leben hat neu begonnen. Endlich begonnen. Einerseits fühle ich mich oft noch beobachtet von meinem „alten Ich", von der inneren Manipulation mich so zu kleiden und zu geben, wie Aquiles es erwartet hatte und gerne gesehen hatte. Jetzt lebe ich mein Leben und möchte mich nicht mehr zum Sklaven irgendwelcher Gedanken und Meinungen machen und schon gar nicht mehr der eines Mannes. Im Grunde bin ich wirklich dankbar, dass er endlich gegangen ist. Der Weg dahin es zu erkennen hat mich Kraft gekostet und ist nicht leicht. Rückfälle gibt es immer wieder.

Ich blicke meinen Kindern ins Gesicht und strahle bis über beide Ohren, wie ich sie vor mir sitzen sehe, die Münder mit Käsekuchen verschmiert. Sie sind glücklich. Diese spontane Kucheneinlage hat ihnen mehr gegeben, als so viele andere Momente. Kinder erfreuen sich auch an den kleinen Dingen im Leben, um so tragischer, dass Aquiles unser Leben zerstören will. Diese Frechheit, die er an diesem letzten gemeinsamen Samstag besessen hat, beim Leben unserer Kinder auf eine gemeinsame Zukunft und ewige Treue und Liebe zu schwören. Zum Glück fordert niemand diesen Schwur ein, sonst..., ich darf gar nicht darüber nachdenken.

Wäre dieser Tag oder eher dieser letzte gemeinsame Abend nicht urplötzlich gekippt und hätte ich vielleicht nicht wieder angefangen Fragen zu stellen oder meine Gefühle offen anzusprechen, dann wäre womöglich noch immer nicht die Wahrheit ans Licht gekommen. Vielleicht sässe ich dann heute Abend hier und würde mit Aquiles telefonieren, so als würden wir noch immer, zwar räumlich getrennt, aber positiv bestärkt eine gemeinsame Zukunft planen.

Wer weiss, wie viele Male ich ihn am Ende doch hätte wieder bei mir übernachten lassen, ihm Geld geliehen oder gegeben hätte und er seine Versprechen wieder beschworen und nie realisiert hätte. Die Kinder wären so manches Mal zu ihm gegangen oder hätten mit ihm etwas unternommen und wären nie glücklich gewesen, weil all das was ich jetzt weiss wohl in diesem Ausmass nie zum Vorschein gekommen wäre.

Wobei, vielleicht wäre er sogar wieder hier eingezogen. Immerhin hat er kurz darauf seine Wohnung verloren und er stand ohne alles da. Hätte er mir dann erzählt was Sache ist oder Ausreden gefunden? Eine schreckliche Vorstellung, dass ich womöglich noch weiter gefangen wäre in diesen unsichtbaren Fängen seiner Ausstrahlung und seines Plans.

Sieben Jahre, zwei Monate und einen Tag dauerte unsere Beziehung als mein Herz in tausend Stücke zersprang. Ich erinnere mich haargenau an diesen Tag und all die Wochen die darauf folgten.

Unser Samstag, Mitte Juli, beginnt wie fast jeder Tag im Leben von drei kleinen Kindern. Für Nathalie sind es die letzten Tage im Kindergarten. Das Abschiedsfest der Vorschulkinder liegt zwei Wochen zurück. An einem Dienstag Abend hatten sich Eltern und Kinder von ihren Erziehern verabschiedet und gemeinsam gegessen, gesungen und ein Theaterstück angeschaut. Aquiles war trotz meiner Einladung und Bitte nicht gekommen.

Allem Anschein nach hatte es wichtigeres gegeben oder er hatte es wieder buchstäblich verschlafen, so wie in der Vergangenheit viele der Termine für Kinder oder Familie.

An Ausschlafen ist Samstags noch immer nicht zu denken, wobei ich das im Sommer auch gar nicht als störend empfinde. Im Grunde wache ich sowieso immer um die gleiche Uhrzeit auf. Alle drei kommen trällernd, vom Hunger getrieben in mein Zimmer und ziehen mir erst einmal die Decke weg.

„Langschläferin du!" schreit Kiara und hopst auf dem Bett herum

„Auch, auch" ruft Armando, der noch im Schlafsack hängt und liebevoll von Nathalie auf mein Bett gehoben wird.

„Mama, ich mache heute das Frühstück. Ich kann das. Ich habe Hunger." unterbreitet sie mir liebevoll.

„Gerne, aber ich helfe dir bei den schweren Sachen."

„Ja, okeeeeee." höre ich aus der Küche.

Eine viertel Stunde habe ich mit den beiden Kleinsten herum getobt, ehe ich mich dann ins Bad vorkämpfe und dann meiner Prinzessin in der Küche zu Hilfe eile.

Nathalie hat den Tisch komplett allein gedeckt, Brot hingestellt, nebst „Chocolate", Butter und Dekoration, samt Servietten. Sogar der frisch gekaufte Orangensaft steht schon in der Glaskaraffe auf dem Tisch. Es fehlt nur noch mein Kaffee und die Tassen, die im Schrank recht weit oben stehen.

Es tut wahnsinnig gut zu spüren, dass die Kinder ganz genau wissen, über was man sich als Mama freut. Sie sind einfühlsamer als man denkt und bekommen viel mehr mit, als wir erahnen. Ich bedanke mich tausend mal bei Nathalie und drücke sie ganz fest an mich.

Ein schöner und stressfreier Start in den Tag denke ich mir und setze mich mit den Kindern an den üppig gedeckten Tisch.

In der Regel dauert unser Frühstück nicht sonderlich lange. Kiara und Armando sind noch zu klein, um lange am Tisch zu verweilen und einfach ein wenig gemütlich das Essen zu geniessen oder sich mitzuteilen. Sie essen solange sie Hunger haben und stehen dann auf. Nathalie würde schon eher sitzen bleiben, wird aber unruhig, wenn sie merkt dass die anderen beiden spielen gehen.

Es stört mich nicht weiter, auch wenn es ein wenig komisch ist, dann alleine mit seiner zweiten Tasse Kaffee und dem angebissenen Brot am Tisch zu sitzen und in die leere Runde zu blicken. So muss sich meine Oma jahrelang gefühlt haben, so ganz ohne Partner am Tisch.

Das Wetter ist leider nicht wirklich sommerlich. Zwanzig Grad und trüb. Die Kinder möchten raus gehen, am liebsten zum Spielplatz. Obwohl wir fast täglich hin gehen, freuen sie sich jedes Mal als hätten sie einen neuen Lieblingsort entdeckt.

Aquiles hatte gestern Abend noch am Telefon versprochen dieses Mal wirklich direkt nach dem Frühstück vorbei zu kommen. Mir ist klar, dass Aquiles sicherlich diese Nacht anderweitig beschäftigt war, als damit, zu schlafen und bin mir ziemlich sicher, dass er erst gegen zehn auftauchen wird, auch wenn neun Uhr abgesprochen ist. Seit Aquiles ausgezogen ist, kommt und geht er wann und wie er will. Traurige Realität, denn ich kann nichts planen und die Kinder stehen hier angezogen und wartend auf ihren Vater. Ich finde es unfair, dass er sich immer wieder diese Freiheit heraus nimmt, selbst an den Tagen, an denen er versprochen hat zu kommen.

Unter der Woche hat er jede Menge Freiheit und Geld zum ausgehen hat er doch ohnehin nicht, also verstehe ich nicht, wo das Problem ist pünktlich zu kommen. Es geht ja nicht um mich, sondern unsere Kinder. Wir wollen etwas unternehmen, aber Aquiles ist das egal. Seit langem ist ihm das eigentlich egal, aber nun wird es immer schlimmer.

Wenn er mal kommt, dann wenn er Bock und Zeit hat. Ja und wenn er dann hier herum hängt, schickt er die Kinder meistens eh in ihr Zimmer, damit sie dort in Ruhe spielen könnten. Er sitzt dann auf dem Sofa und schläft sich entweder aus oder schaut Filme, da er in seiner Wohnung noch keinen Anschluss hat.

Wenn ich mich zu ihm setze, dann baggert er mich an,

versucht sich wieder anzunähern und mich ins Bett zu locken. Wenn es sein müsste, würde er die Kinder sicher auch wieder zum Mittagsschlaf zwingen, um mich dann ins Bad zu locken, die Tür zu verriegeln und seine Lust auszuleben. So oft hatte Aquiles die Kinder vor der verschlossenen Tür stehen lassen. Ich musste mucksmäuschenstill sein und er wimmelte die Kinder ab, schickte sie lautstark zurück ins Zimmer, egal welches Anliegen sie hatten. Am meisten hat Nathalie abbekommen, denn sie war nun einmal die Älteste, konnte am meisten verstehen.

Die Kinder haben fertig gegessen und wollen sich schon einmal alleine fertig machen. In der Regel klappt das recht gut. Im Sommer sowieso, da muss man nur darauf achten, dass sie frische Unterwäsche anziehen.

Selbst Armando probiert, sich selbst anzuziehen. Er ist seit ein paar Tagen zwei Jahre alt und kann schon ein paar undeutliche Worte von sich geben. Er läuft nun fehlerfrei und wesentlich schneller als noch vor ein paar Wochen. Inzwischen fährt er sogar mit seinem vierrädrigen Laufrad, das Aquiles ihm letztes Jahr für knapp 10 Euro erstanden hatte. Ein Laufrad aus Plastik. Es ist nett und erfüllt seinen Zweck, steht aber leider finanziell in keinem Zusammenhang mit dem was Aquiles an Geld für andere Dinge verplempert.

Bei der Hausarbeit lasse ich mir Zeit. Zu erst ziehe ich mich um. Für den Fall dass Aquiles pünktlich käme, möchte ich nicht im Schlafanzug öffnen und ihm gar damit eine Gelegenheit bieten, mitzubekommen wie ich mich umziehe. Nicht einmal mehr das Schminken oder Zähneputzen möchte ich mit ihm teilen. Ich fühle mich meinem eigenen Ehemann fremd, da fehlt diese

Vertrautheit die ich noch vor dem Holland-Urlaub mit meinen Eltern und den Kindern im Mai, gespürt hatte. Am Anfang war es nicht so.

Als Aquiles mir von seiner Entscheidung über eine räumliche Trennung erzählte, hatte ich den tiefen Wunsch ihn nicht zu verlieren. Ich war überzeugt davon, dass er mich liebte und auch körperlich an mir hing. Aus diesem Grund gestand ich ihm lange Zeit zu hier an den Wochenenden oder auch mal unter der Woche zu übernachten.

Ich ging mit ihm ins Bett und wir küssten uns wie jeher. Aquiles wusste seine Reize einzusetzen und mich willig werden zu lassen. Ich liebte ihn wirklich und wollte diese räumliche Trennung nicht bewirken lassen, dass ich meinen Ehemann verlor. Ich war wirklich überzeugt davon, dass es in Ausnahmen doch dazu führen könnte, dass wir einander wieder näher kommen könnten, uns der Abstand gut täte um die eigentliche Liebe zwischen uns zu spüren und nicht diese Gewohnheit zu erleben.

Je mehr Wochen ins Land gingen und je mehr Aquiles aus unserer Wohnung mit ins Auto nahm, desto unwohler hatte ich mich letztendlich gefühlt und genau das offen angesprochen. Ich wollte nicht, dass ich eine Nebenfrau werden würde, eine heisse Wochenendliebe. Am Ende hätte Aquiles alles bekommen was er sich immer erträumt hatte, eine liebevolle Ehefrau, die alles für ihn tat, und die er am Wochenende ausnutzen konnte, während er für sich alleine lebte und Party machte wann immer ihm der Kopf danach stand. Ich hatte mich damals einfach nicht dazu durchringen können ihm zu sagen, dass ich dieses Leben nicht mitmachen wollen würde. Ich hatte Angst davor, dass

Aquiles mich verlassen würde und zugleich Angst davor, wie er auf meine Worte reagieren würde. Also schwieg ich erneut und spielte sein Spiel eine ganze Zeit lang weiter mit. Viele Tränen, Schmerzen und weitere unerfüllte Wünsche kostete mich diese Zeit.

Erst nach dem Hollandurlaub, als ich drei Wochen keine Nachricht von Aquiles bekommen hatte und auch sonst nicht das Gefühl verspürte ihn zu vermissen. Als mir allmählich klar wurde, wie frei und glücklich ich sein könnte, war ich in der Lage gewesen, Aquiles endlich in seine Schranken zu weisen. Auf keinen Fall wollte ich weiter die Frau für ein paar nette Stunden sein, die Mutter seiner Kinder, die ihm finanziell unter die Arme griff und sein Lotterleben noch unterstützte und dabei selbst zu Grunde ginge.

Kaum war ich mit den Kindern und meinen Eltern im Urlaub, häuften sich schon wieder die Probleme zu Hause. Einzige Nachrichten von Aquiles waren die gewesen, dass er mit seinem Transporter einen Unfall gebaut hatte. Angeblich wäre er wieder einmal nicht schuld gewesen, hätte einparken wollen und die Frau die aus der Parklücke hinaus wollte sei dann beim Rückwärtsfahren mit ihm zusammen gestossen. Wie oft hatte ich Aquiles gesagt, dass derjenige der zurückfährt absichern muss und meistens schuldig ist.

Sein Freund und Mitarbeiter Pablo hatte auf dem Beifahrersitz gesessen. Wieso hatte er den nicht geschickt um nach hinten abzusichern? Immer das Gleiche mit Aquiles. In den zwölf Jahren in dem ich einen Führerschein habe, habe ich einen einzigen Unfall gebaut. Der war leider auch verschuldet gewesen, ähnliche Situation. Einziger Unterschied, ich hatte meinen Führerschein damals gerade einmal drei Monate. Aquiles hingegen baute andauernd Unfälle. Dazu auch jedes Mal verschuldete und nicht gerade kleine Unfälle. Der Letzte war gerade einmal sechs Monate her. Mit unserem neu gekauften Auto. Erst war die Strassenbahn in das Auto hinein gefahren und hatte die ganze Seite demoliert. Er wäre natürlich unschuldig gewesen. Komischerweise waren die Polizeibeamten wieder einmal gegen ihn gewesen, hätten nicht zugehört was er zu sagen gehabt hätte. Ein Protokoll hätte es darüber auch nie gegeben und dann zwei Wochen später donnert er in einer Kurve mit dem gleichen Auto gegen den hohen Bordstein, Achse hin. Ihm passiert so etwas andauernd.

Nun war der nächste Unfall passiert, allerdings mit dem anderen Auto, seinem Firmenwagen. Der Transporter war hier und da ohnehin schon verkratzt und eigentlich nicht wirklich fit, aber für seine täglichen Arbeiten reichte der. Die Schreckensbotschaft nahm kein Ende. Der Unfall stellte sich als Unfall mit Fahrerflucht heraus. Ausgerechnet auch noch gegen einen Sportwagen ge"bummst". Mal eben dreitausend Euro Sachschaden.

Gut, das Auto ist ja versichert, dachte ich mir. Nur leider war dem eben nicht so. Warum auch immer hatte Aquiles die Versicherung für den Transporter seit Monaten nicht bezahlt, um genauer zu sagen seit nunmehr sechs Monaten nicht. Keine Teilkasko, keine Haftpflicht, nichts. Er wusste das wohl, denn Aquiles hatte der Fahrerin des Sportwagens dann mal eben schnell die Versicherung des Neufahrzeugs in die Hand gedrückt, in der Hoffnung dieser kleine Irrtum würde nicht auffallen. Nö, klar die Versicherung bezahlt natürlich gerne für Schäden anderer und vor allem eigentlich nicht versicherter Fahrzeuge. Tja und statt die Polizei kommen zu lassen, fuhr Aquiles dann einfach davon.

Somit bot der Mai zur Abwechslung mal eben einen weiteren Autounfall, samt Fahrerflucht und Versicherungsbetrug. Das Leben wäre ja auch eindeutig viel zu langweilig oder „ginge uns auf den Sack" wie Aquiles es gerne betitelte.

Aquiles kam natürlich nicht wie abgemacht, spätestens um zehn Uhr. Unser Frühstück lag inzwischen mehr als zwei Stunden zurück. Gut, ich könnte ihn nicht zwingen Samstags morgens um acht aufzutauchen, weil wir eben meist schon um halb acht frühstückten. Dem Rhythmus der Kinder angepasst. Wieso eigentlich nicht? Habe ich noch nie versucht ihn für acht Uhr zu bestellen. Gut, ich habe immer wieder angedeutet und erwähnt, dass wir wesentlich früher Frühstücken und eigentlich sollte er es aus unserer gemeinsamen Zeit, zu fünft, kennen.

Wie das klingt. So als wären wir uns jetzt unendlich fremd. Sind wir uns aber auch. Vielleicht sind wir uns vom ersten Tag an fremder als ich es je zugeben wollte oder wahrgenommen habe. Manchmal, wenn Aquiles auf dem Sofa sitzt kommt er mir eher wie ein unehelicher Sohn, ein Stiefsohn, ein Adoptivsohn vor, nicht aber wie mein Ehemann. Er wirkt wie ein Jugendlicher in seiner Pubertät, mit diesem Drang nach Freiheit, dieser geballten Ladung Hormone, die noch nicht gesteuert werden können.

Aquiles erscheint mir so unbekannt und immer öfter habe ich das Gefühl, mich nicht an unsere Gespräche erinnern zu können. Bin ich so vergesslich? Wir streiten uns, weil Aquiles glaubt ich hätte ihm nicht zugehört. Was aber, wenn er es gar nicht mir sagte, nicht ich die Frau war der er glaubte seine Termine genannt zu haben? Ob er doch heimlich eine neue Frau hat oder immer mal wieder eine hatte? Ich fühle mich schrecklich, so misstrauisch und eifersüchtig. Beweise habe ich nicht, nur jede Menge Indizien. Hoffentlich mache ich mit meinen Gedanken und Befürchtungen nicht alles kaputt. Er merkt, dass ich wahnsinnig eifersüchtig geworden bin. Nicht ohne Grund, aber schön ist es trotzdem nicht. Für keinen von uns Beiden.

„Mama, wir sind angezogen. Dürfen wir schon auf den Laubengang?"

„Ja, aber bitte die Tür zum Treppenhaus zu lassen. Und bitte keinen Unsinn machen. Ich stelle nur eben die die Spülmaschine an und dann komme ich auch."

„Ist gut."

„Ach und Nathalie, Kiara, ihr könntet bitte schon einmal die Spielsachen zusammen packen."

„Bagger, Maaamaaa, Bagger!"

„Ja, Armando, du darfst deinen Bagger mitnehmen"

„Mami, wann kommt denn endlich Papa?"

„Kiara, ich weiss es nicht. Er hat gestern gesagt nach dem Frühstück. Ich habe Papa extra gesagt, er solle um spätestens zehn Uhr kommen. Jetzt haben wir schon halb elf. Das ist später als zehn Uhr."

„Ach Mensch. Papa kommt immer nur zu spät. Immer das Gleiche mit dem. Bestimmt kann der nicht auf die Uhr gucken oder schläft noch. Ruf den mal an, ja?"

„Schatz, das habe ich schon. Vier Mal habe ich angerufen, aber Papa geht nicht an sein Handy. Ich denke auch, dass er bestimmt noch schläft."

„Dann gehen wir ohne ihn raus. Ist doch egal. Dann hat er Pech."

„Ja, so kann man es auch sagen. Mich ärgert es trotzdem. Naja, vielleicht hat Papa wieder seine Allergie und er konnte nicht einschlafen" versuchte ich die Gemüter zu beruhigen, obwohl ich eher davon überzeugt bin, dass Aquiles wieder Party machen gewesen war und darum nicht früh ins Bett gekommen war. Wochen, ja inzwischen ganze Monate hatte er mich belogen, was seine Partynächte anging, seine Ausflüge in Kneipen und Tanzbars. Angeblich kannte er sich noch immer nicht in der Altstadt aus und würde wirklich abends nur mal einen Tee mit seinem besten Freund Antonio trinken gehen. Mehr wäre da wirklich nicht. Von wegen.

Die ersten Jahre unserer Ehe waren nicht übermässig romantisch, aber auch nicht schlecht. Wir planten gemeinsam ein zweites Kind, wir amüsierten uns soweit es möglich war und schmiedeten Pläne. Zusammen kümmerten wir uns um Nathalie, unternahmen viel und expandierten das Unternehmen, seinen Handwerksbetrieb.

Die Arbeit wurde nicht weniger und es gab privat und geschäftlich immer viel zu tun. Mit der Zeit ging mir Aquiles Art schon oft auf die Nerven, wenn ich den Haushalt schmiss und mich um alles kümmerte, während er ruhig durch die Gegend schlurfte und überwiegend auf dem Sofa hing. Er wirkte so antriebslos. Heimweh wäre der Grund, so führte er es immer an und die Sorge um seine Familie, die sich kaum etwas leisten könnte und seine arme schwer kranke Mutter.

Die Mutter litt seit seiner Geburt an einem Hirntumor. Das war nun inzwischen dreissig Jahre her. Zum Glück lebt sie noch immer. Die Geschichte mit dem Tumor, darf ich daher mit Recht anzweifeln. Gleiches gilt für die neuere Version der Niereninsuffizienz. Ob seine Mutter regelmäßig zur Dialyse ginge, verneinte Aquiles über ein Jahr lang. Seine Mutter lebt zum Glück noch immer, strahlt auf aktuellen Fotos wie ein junges Mädchen und scheint wohlauf. Aquiles habe ich letztendlich so genommen wie er nun einmal war, habe ihm geholfen neue Kontakte mit Südamerikanern zu knüpfen, denn die alten Freunde hatten wohl kein Interesse mehr an ihm gehabt.

Dank verschiedenster Netzwerkplattformen wurde der Kontakt in die Heimat einfacher denn je. Allerdings bot mir das nun auch einen ganz anderen Blick auf und hinter die Kulissen. Da staunte ich nicht schlecht, als ich im letzten Jahr dann online-Freundschaften mit seiner Familie schloss und viele Stunden chattete und den Tränen nahe war, als ich erfuhr wie schlecht es ihnen gehen würde. Zum ersten Mal redeten bzw. schrieben sie mit mir, teilten ihr Leid und klagten wie wenig Mittel sie zur Verfügung hätten, um zu studieren, Medizin zu bezahlen und sich Nahrungsmittel zu kaufen. Eine Mahlzeit am Tag, mehr sei nicht drin.

Dumm an der ganzen Sache war für meine südamerikanische Familie, dass die gerne ihre neuesten Familienausflüge, samt Anschaffungen nach und nach ins Netz stellten. Mit anderen Worten, ich entdeckte plötzlich Laptops, neueste Handys, ja sogar

Smartphones, Digitalkameras und jede Menge „Schnickschnack" im Haus meiner südamerikanischen Familie, die bei weitem nicht auf Armut schliessen liessen.

Kleider für die Kinder, die ich rüber schickte und von unserem letzten Geld gekauft hatte, trugen die Kinder dort nie. Statt dessen immer die neuesten Shirts und Kleider mit bekannten Zeichentrickfiguren, die selbst hier meist schon bis zu fünf Euro teurer waren, als normale Shirts.

Was die Nahrungsaufnahme anbelangte, so gab es zumindest genug Geld für regelmäßig Pizza, Wein als auch Bier und zusätzlich Ausflüge mit einer insgesamt acht bzw. inzwischen neunköpfigen Familie, zuzügliche Getränke und Snacks. In der Tat, sehr arme Menschen!

Wenn Aquiles oder seine Brüder mit mir über ihre Motorräder schrieben bzw. redeten, glaubte ich all die Zeit über, sie würden so alte Mofas fahren, irgendwas ohne TÜV und sowas zusammengeschraubtes. Von wegen, es sind die neuesten Maschinen, grosse Maschinen und tiptop lackiert, passend dazu super klasse Helme und Lederkleidung.

Es sei ihnen alles gegönnt, aber als ich das zum ersten Mal entdeckt hatte und parallel die ersten Lügen von Aquiles aufgetaucht waren, begann ich schon Zweifel zu hegen. Zum ersten Mal seit vielen Jahren begann ich mich an die Geschichte über Aquiles's Ex-Frau, die zweite Ehefrau, zu erinnern. Urplötzlich entdeckte ich mehr und mehr Gemeinsamkeiten und wurde allmählich vorsichtiger.

Kurz vor elf. Die Kinder und ich ziehen Schuhe an und wir machen uns auf den Weg zum Spielplatz. Es wäre mühsam weiter zu Hause auf Aquiles zu warten und dabei den Tag zu vergeuden. Wer weiss wann er kommt.

Von unserer Wohnung bis zum Spielplatz sind es zehn Minuten zu Fuss. Mal ein bisschen weniger, mal etwas mehr, je nachdem welche Kinder laufen und welche nicht.

Seit einem halben Jahr habe ich einen neuen Kinderwagen. Einen Jogger, mit grossen Reifen. Aquiles war wieder mal an die Decke gegangen als ich den gekauft hatte. Er ging nie mit den Kindern zu Fuss, ja eigentlich fuhr er nicht mal mit ihnen allein irgendwo mit dem Auto hin und dennoch wagte er es jedes Mal meine Entscheidungen anzuzweifeln, obwohl ich nie über unsere Verhältnisse lebte und sogar sparen konnte, was letztendlich immer in seine Tasche oder Firma floss.

Dreissig Euro hatte ich für den Wagen bezahlt. Da war der Vorgänger schon teurer gewesen, aber auch da hatte ich mich nach endlosen Diskussionen durchgesetzt.

Ich war mit Armando schwanger, als Kiara gerade mal acht Monate alt war. Unmöglich könnte sie schon laufen, geschweige denn weite Strecken laufen, wenn Armando zur Welt käme, hatte ich argumentiert. Ich wollte unbedingt einen brauchbaren Geschwisterwagen, der mir Frei- und Spielraum bieten würde. Das ganze kostete etwas über fünfhundert Euro. Alles in Allem hat sich diese Anschaffung gelohnt, denn letztendlich hätte Aquiles das Geld nur selbst verprasst.

Nun stand der Wagen zum Verkauf.

Der Spielplatz ist ziemlich leer für einen Samstag. Auf

der Bank mir gegenüber sitzt ein Grossvater mit seiner Enkelin und neben mir auf der zweiten Bank sitzt eine Mutter mit zwei Kindern. Mehr sind noch nicht da.

Meine Kinder toben derweil schon im Sand, nähern sich der neuen Wasserpumpe und klettern herum. Sie freuen sich, nur meine Laune ist im Keller. Mir ist kalt. Ich dachte es wäre wärmer. Jetzt aber wo die Sonne so verschleiert ist, ist es unter den Bäumen im Schatten recht kühl.

Ich habe eine Gänsehaut, schaue immer wieder auf mein Handy. Kein Anruf, keine Nachricht. Nichts. Nicht einmal sein online-Status hat sich verändert.

Wie kann man nur so egoistisch sein? Schlafen solange man will, obwohl die Kinder warten. Er kann doch morgen ausschlafen oder soll zukünftig nicht solche Versprechen machen. Es nervt total. Immer das Gleiche. Wir alle stehen parat und er kommt einfach nicht. Wenn ich das gleich sage, wird er sicher wieder sauer, wie immer. Dann gibt es wieder irgendwelche Gründe, warum er nicht kommen konnte und dass ich mal Rücksicht auf ihn nehmen solle, wo er doch so viel um die Ohren hätte.

Hee? Er wollte doch ausziehen und dann noch in eine viel zu teure Wohnung. Wieso soll ich da nun noch Rücksicht nehmen? Hat kaum Kundenaufträge derzeit, weil er mal wieder mit den Gedanken wo anders ist und tut so als würde er vor lauter Arbeit nicht zur Ruhe kommen. Hat doch eigentlich Zeit sich um die Kinder zu kümmern. Es war abgemacht, dass er uns weiter unterstützt, so oder so. Statt dessen macht er Miese, weil er sich die Wohnung nicht leisten kann, ein neues Auto abzahlen muss und eigentlich jede Menge Schulden an der Backe hat. Ich glaube inzwischen, puh....

Bei meinen Eltern insgesamt aus Lohn und Gehalt, samt geliehenem Geld und allem über fünftausend Euro, dann noch die Versicherungen, Beiträge und solche Sachen, ach und der Schaden an dem Auto und die Schulden bei Bea in Österreich, das wären locker zusammen zwölftausend Euro, wenn nicht sogar mehr, denn die Kreditkarte aus einem Shopping Center in der Freiburger Innenstadt ist auch voll ausgereizt, wovon allerdings nie etwas für uns gekauft wurde.

Da sollte er sich mal kümmern und einen Nebenjob suchen, damit er nicht ganz abstürzt. Wie dumm ist er nur, dass er lieber seine eigene Freiheit sieht anstelle des Schuldenbergs.

Inzwischen ist es halb eins. Noch immer keine Nachricht und kein Anruf. Ach, doch jetzt. Eine Internet-SMS „Bin auf dem Weg. Wo seid ihr?"

Ha, total lustig. Wo sollen wir schon sein. Ich bin total sauer auf Aquiles. So eine bescheuerte Frage. Sicher tut er jetzt so, als würde er uns suchen oder so. Er wäre besser ganz zu Hause geblieben, anstelle dieser ewigen Unpünktlichkeit. Die Kinder sollten gleich nach Hause gehen und Mittagessen. Es ist Zeit, aber wenn Aquiles jetzt erst kommt, bekomme ich sie eh noch nicht nach Hause. Und dass er direkt wieder in die Wohnung kommt, das muss auch nicht sein.

Um die Uhrzeit, wenn Armando dann Mittagsschlaf machen muss, dann nutzt er sowieso die Situation nur wieder aus. Nein, ich habe keine Lust, dass er dann da wieder rum hängt und Filme schaut und ich alles allein machen muss und ihn noch halb bedienen soll. Dann soll er besser doch erst nach hier. „Sind auf dem grossen Spielplatz. Komm bitte nach hier. Sofern es vor dem Abendessen ist." Diesen Wink konnte ich mir nicht verkneifen.

Wohl dreissig Minuten später taucht Aquiles auf dem Spielplatz auf. Lässige, ausgebeulte Jeans, Kaputzenjacke und altes T-Shirt. Wenn er mich, also uns besuchen kommt, dann trägt Aquiles immer seine ältesten Sachen.

Die Kinder haben ihn vor mir entdeckt und stürzen ihm in die Arme. Von weitem grüßt er mich nur kurz. Kommt dann aber doch ran, gibt mir einen Kuss auf die Wange und legt seinen Schlüssel neben mich auf die Bank, ehe er dann mit den Kindern zurück in den Sand geht.

Er dreht Armando auf dem Karussell, wirkt aber sehr teilnahmslos. Kiara und Nathalie rufen ihn unzählige Male. Erst, als ich Aquiles rufe und auf die Mädchen aufmerksam mache, erwacht er aus seinem Tagtraum, schaut zu seinen Töchtern und dreht Armando weiter und weiter, der inzwischen aber keine Lust mehr hat und weint, weil Papa nicht aufhört.

Eine Typische Situation, die Aquiles innerhalb weniger Minuten überfordert. Dann kommt er sicher gleich wieder an, dass ihm der Kopf weh tut und die Ohren schmerzen von dem gleichzeitigen Rufen der Kinder. Klar, wäre er öfter und länger da, dann würde sich womöglich der Anspruch dreier Kinder an ihren Vater verteilen.

An dem Schlüssel neben mir auf der Bank, sind viele neue Schlüssel die ich nicht kenne. Die von unserer Wohnung habe ich ihm im Mai, nach unserem Urlaub abgenommen. Am sogenannten Vatertag.

Wir waren auch verabredet gewesen. Hatten gemeinsam zum Feuerwehrfest in unserem Dorf, am Rande von Freiburg, gehen wollen. Es war zwar kalt an dem Tag, aber Aquiles hatte zugesagt. Immerhin war es ein Feiertag, es gab keine Kundenaufträge und den Familienausflug hatte ich ihm, wie eigentlich immer, auch in seinen Kalender mit einer Erinnerung eingetragen.

Aquiles kam nicht, meldete sich nicht und ging auch nicht an sein Handy. Diese Aktionen wurden immer häufiger und ich fühlte mich jedes Mal aufs neue verarscht. Trotzdem hielt ich den Mund und hoffte weiter auf gute Zeiten. Ich wollte einfach nicht aufhören, um den Vater meiner Kinder zu kämpfen.

Die Kinder hatten Spass ohne Ende an diesem Donnerstag im Mai. Sie konnten auf die Löschfahrzeuge klettern, sich hineinsetzen, sich die Polizeiwagen von Innen anschauen, sich etwas zu essen kaufen, beim Löschen eines Brandes zusehen und viele weitere Attraktionen.

Bis spät am Nachmittag sind wir trotz der Kälte dort geblieben. Immer wieder hatte ich Aquiles Fotos von den Kindern und mir geschickt, vielleicht würde es ihm aufgehen und er würde sich beeilen zu uns zu kommen. Leider nicht.

Abends, als die Kinder in der Badewanne waren, da tauchte Aquiles ohne Vorwarnung auf. Schliesslich hatte er noch die Schlüssel zur Wohnung. Klingeln tat er dennoch nicht, obwohl er offiziell ausgezogen war. Als ich ihn einmal darum gebeten hatte, vorher anzurufen, damit ich mich nicht erschrecken würde, war das wieder ein gefundenes Fressen gewesen mir zu unterstellen, ich hätte dann sicher Liebhaber zu Hause die ich dann fort schicken würde, wenn er anriefe. Das würde er nicht mit sich machen lassen. Er sei mein Mann und er wolle das auch bleiben und solange er dann die Schlüssel hätte, würde er kommen wann er wollte.

Ein wenig Dreist, aber wie immer habe ich auch dabei den Mund gehalten. Klar, ich könnte ihm die Schlüssel abnehmen. Aber eine neue Diskussion und Erklärungen für meine Gründe wollte ich mir sparen und einfach nicht wieder Schlampe oder Luder genannt werden, weil er dächte, ich würde ihn dann betrügen. Dabei war er gegangen aus unserer Wohnung und hatte gesagt er wisse nicht wie lange sein Selbstfindungstripp dauern würde.

Es war damals fast sieben Uhr gewesen, als Aquiles urplötzlich in der Wohnung stand. Die Kinder hatten schon zu Abend gegessen und mussten nur einer nach dem anderen aus der Wanne geholt werden.

„Hey, ich habe unten ne Maschine Wäsche angeschmissen. Hoffe das ist okay. Ich habe ja noch immer keine eigene.“

„Was soll ich sagen? Jetzt ist deine Wäsche ja eh schon drin und wird gewaschen, oder? Vorher fragen wäre sinnvoller gewesen.“

„War klar, dass du so reagierst.“

„Na, wie hast du es erwartet, dass ich vor Freude an die Decke springe und Saltos mache, oder was?“

„Nee, aber bisschen freundlicher wäre nett. Wäre schön, wenn du dich mal freuen würdest, wenn ich komme.“

„Wenn du kommst? Hallo, hast du bitte mal auf die Uhr geguckt? Die Kinder gehen ins Bett. Den ganzen Tag haben wir auf dich gewartet."

„Ja, ähm... mir ging es nicht gut."

„Dir geht es nie gut, wenn du was mit uns unternehmen sollst."

„Übertreib jetzt nicht."

„Tue ich nicht, stimmt doch. Entweder bekommst du Kopfschmerzen, weil die Kinder so laut sind. Oder du hast Heuschnupfen und kannst nicht schlafen, kannst aber auch nicht raus und schon mal gar nicht dich um die Kinder kümmern."

„Was kann ich dafür."

„Nichts. Sage ja nicht dass es deine Schuld ist allergisch zu sein. Nur zufällig habe ich das auch. Ich sage dir Jahr für Jahr, du sollst eine Desensibilisierung machen. Jedes Jahr das Gleiche. Ich bin nicht deine Mutter, die wegen so was hinter dir her rennt. Immer wieder dann die gleiche Ausrede.... . Vergessen - vergessen - vergessen. Ich darf zufälligerweise nichts vergessen, während du es dir in deiner mega teuren Wohnung gut gehen lässt."

„Ja, total gut. Ich habe einen leeren Kühlschrank, kann meine Miete kaum zahlen, geschweige denn die Kaution. Habe der Vermieterin sagen müssen, mein Chef hätte das Gehalt noch nicht überwiesen."

„Welches Gehalt? Sag mal spinnst du nun total? Das ist Betrug was du da machst."

„Na das von Mai, ich konnte die Miete nicht bezahlen. Von was auch?"

„Ähm, von dem was du verdienst? Aquiles, du hast gute Aufträge und ich habe dir alle Rechnungen geschrieben. Da sollten locker tausend Euro rüber kommen. Netto versteht sich. Wo ist das Geld? Immerhin hat Rolf-Peter dir auch mal eben über tausend Euro netto geliehen."

„Das Geld ist für Einrichtung und Lebensmittel drauf gegangen. Ich muss ja auch auf was schlafen."

„Ja und darum muss es das teure Sofa sein, ein Dreisitzer. Da reicht kein gebrauchtes? Wir durften hier all die Jahre aus Kostengründen kein Neues anschaffen und du kaufst dir gleich die Luxuslinie für vierhundert Euro. Klar. Dann noch Vasen und so von Leonardo, fährst am Wochenende immer den Tank von meinem Auto leer und lässt dir von mir Geld fürs Essen geben und das was du selbst verdienst, das nutzt du nicht mal für die Miete. Wo bitte bleibt das dann?"

„Ja, ich muss auch die Leute bezahlen, was denkst du?"

„Ich weiss nicht was ich denken soll. Dann überweis halt einen Teil. Aber du kannst der doch nicht erzählen, dass du nen Chef hast. Du stehst im Internet überall als Firmeninhaber drin. Du hast keinen Chef, du bist eine Einzelfirma."

„Ich weiss, aber was hätte ich denn tun sollen? Ich musste Lügen. Ich musste auch über dich Lügen. Habe gesagt du hättest alle meine Konten gesperrt, meine Sachen zum Schrott gepackt und Sperrmüll und so, dass du mich fertig machen würdest und ich ohne alles da stehen würde. Tut mir leid, aber nur so habe ich die Wohnung bekommen, weil sie denkt, du hättest alle meine Ausweise und so. Es war Glück. Ich musste eine Wohnung haben."

„Nein du Idiot, musstest du nicht. Du hättest auch mal deine Arschbacken zusammenkneifen können und dich weiter um eine Therapie kümmern können, aus Liebe zu uns, bei uns bleiben und lieber hier Schulden abtragen, statt Unheil stiften. Dann überweisen wir jetzt einen Teil der Miete, ehe du auf der Strasse sitzt."

„Geht nicht. Mein Konto ist gekündigt."

„Wie jetzt? Jetzt verarscht du mich aber, oder? Also erst Miete nicht gezahlt, dann war ja noch da mal so der Unfall mit Fahrerflucht und so, Anfang des Monats und nun hast du noch nen Chef und ne richtig böse Ehefrau die dir alles genommen hat und dein Konto ist gekündigt. Was sonst noch?"

„Also beide Konten sind gesperrt, um genau zu sein."

„Okay, weil du was nicht bezahlt hast und eine Pfändung drauf ist, oder?"

„Nicht ganz, die sind ja richtig gekündigt. An das Geld komme ich nicht ran."

„Und warum kündigt man dir? Ich meine das geht nicht einfach so. Soweit ich weiss macht eine Bank das, wenn du zum Beispiel im Dispo bist und nicht ausgleichst oder bei Krediten die du nicht zurück bezahlst. Wie zum Beispiel bei unserem Neuwagen. Wenn ich nicht die Raten bisher für die übernommen hätte, wäre der Wagen weg."

„Keine Ahnung. Die dürfen mir keine Auskunft geben. Die meinten nur gekündigt und ich hätte sechs Wochen Zeit den Kunden bescheid zu sagen."

„Sechs Wochen? Ich denke dann hast du das mal wieder verschlafen, denn drei Monate erscheint mir als üblich. Wahnsinn echt, was ist nur los mit dir? Da muss mehr sein. Ich rufe da mal an. Es ist dein Konto, dein Geld und die können das nicht grundlos kündigen. Irgendwas muss man dir doch sagen. Vor allem bei zwei Banken."

„Nee, lass mal du. Ich will da keinen Stress. Ich eröffne woanders ein neues Bankkonto und gut ist. Ich bin eh am Ende. Meine Familie habe ich enttäuscht, meine Mutter braucht Geld, dringend. Meine Ehefrau misstraut

mir und ist ständig eifersüchtig und unzufrieden mit
dem was ich tue und für meine Kinder finde ich keine
Zeit und keine Nerven. Die Firma ist am Boden, ich
habe Schulden ohne Ende. Ich bin Pleite, so oder so.
Lydia, bitte hilf mir."

„Bei was? Ich sage dir ständig was du tun könntest.
Aber du lehnst es ab. Ich kann dir nicht mehr helfen. Ich
habe dich gebeten zu bleiben. Ich liebe dich und glaubte
mit Liebe könnten wir unsere Probleme meistern.
Zusammen halten, als Familie eben. Doch irgendwie
willst du lieber deinen eigenen Weg gehen. Dass ich
eifersüchtig bin, bist du selbst schuld. Du bindest mich
nie ein in dein Leben. Du erzählst nichts mehr von dir
und deinem Arbeitstag, nicht mal von den freien Tagen
und all diese Geschichten, die mit Magda und der
anderen Frau, die dich letztes Jahr angezeigt hat. Das ist
alles nicht mehr normal. Du hast nichts mehr im Griff.
Ich vermisse den Aquiles, in den ich mich einmal
verliebt habe."

„Ach, fang jetzt nicht damit an. Ich vermisse auch die
spontane, sexy Lydia, die mir vertraute und sich um
mich kümmerte. Habe echt genug Sorgen. Komm, lass
uns die Kinder ins Bett bringen und einen schönen
Abend machen."

Die Kinder hatten wir in der Tat seit langem wieder
zusammen ins Bett gebracht. Irgendetwas aber stimmte
mit Aquiles nicht. Er war unheimlich nervös. Natürlich
beschäftigten ihn die ganzen Probleme, aber parallel
weiter weg zu laufen, statt meine Hilfe anzunehmen, das
war so komisch. Ausserdem gefiel es mir nicht ganz,
dass er nun wieder den Kontakt mit mir allein suchte.

War er absichtlich so spät gekommen, nur um dann mit mir allein zu sein?

Im letzten Jahr war das immerhin oft genug vorgekommen. Hatte Aquiles stundenlang im Auto gesessen und Filme geschaut, bis es Zeit gewesen war in der die Kinder ins Bett gingen bzw. im Bett waren und erst dann kam er hoch. Natürlich nur, wenn er nicht beim Sport war, was eher selten vorkam.

Während Aquiles noch einmal in den Keller ging, die Wäsche in den Trockner zu tun, räumte ich die Küche auf.

„So, gleich ist alles trocken. Wenn du magst, können wir gemeinsam einen Film anschauen. Hast du Lust? oder ich hole einen Sekt für uns."

„Heute ist Feiertag. Alles zu. Ich möchte auch keinen Alkohol. Ich bin enttäuscht und traurig über das was du mir berichtest."

„Ich kann es auch nicht ändern. Es läuft alles schief. Alles was ich anpacke."

„Hör auf mit diesem Selbstmitleid. Das bist nicht du. Du hast eine Wahl gehabt und hast dich gegen uns entschieden. Du wolltest unbedingt diese teure Wohnung, um allein zu sein. Oder vielleicht triffst du ja doch heimlich dort Frauen."

„Ja klar, tausende."

„Im ernst. Beim letzten Mal hattest du lange schwarze Haare auf dem Fussboden im Bad. War Alexa dort gewesen um das Gehalt abzuholen, statt wie du gesagt hattest dass du es ihr gebracht hast?"

„Nein, ich weiss nicht. Von den Kindern oder es war an meiner Kleidung. Hör auf damit Lydia, mach mich nicht wieder böse, hörst du?"

„Und du rede nicht wie ein Vater mit seiner Tochter. Ich bin deine Ehefrau und ich habe das Recht zu hinterfragen was du mir erzählst. Immerhin verbreitest du über mich ja auch jede Menge Lügen. Ich finde es gemein, dass du mich bei deiner Vermieterin so asozial darstellst, obwohl ich dir andauernd helfe. Ich finde das unfair. Stell das richtig."

„Haaa, wie denn? Bis du doof oder was? Soll ich meine Wohnung verlieren?"

„Ach, kann dir doch egal sein. Du hast sicher Freundinnen die dich gerne aufnehmen. Immer deine Lügen. Auch das mit den Unfällen und den Banken. Wer weiss was du gedreht hast oder was du für Geschäfte machst. Dealst du etwa?"

„Spinnst du? Du wirst langsam frech und ich werde böse. Sei vorsichtig was du sagst"

„Und du, hör auf mir zu drohen. Wer ist denn mal wieder heute nicht erschienen, auf Kosten der Kinder? Und dann willst du mir Vorschriften machen? Immer die gleiche Show. Angeblich kannst du nicht, dir geht es nicht gut. Und dann kommst du abends, dann wenn die Kinder schlafen müssen. Was bringt das?"

„Komm, ich mache dir ne Badewanne oder so, beruhige dich mal."

„Nein, ich will mich nicht beruhigen und du machst mir sicher keine Wanne mehr. Ich weiss genau was du willst. Ich bin sauer. Deine miese Tour nervt. Du kommst nur wenn du was willst. Wäsche waschen musstest du. Sicher am Wochenende Party oder ein Date oder so. Guck doch mal wie du immer hier hin ankommst. Die ältesten Klamotten und wenn du raus gehst dann bist du wie geleckt, sauber und wohl riechend. Wann hast du das das letzte Mal für mich gemacht? Jetzt wo du hast was du immer wolltest, das verpisst du dich aus unserem Leben. So wie bei deiner Ex. Dort biste auch noch zum Wäsche waschen rein geschneit und mal eben bisschen Liebe machen, ehe du dich dann deinen Liebschaften zuwenden kannst."

„Hör auf du Schlampe. Du solltest mal schön den Mund halten."

„Lass die Beleidigungen Aquiles. Geh einfach okay? Es ist an der Zeit dass du gehst."

„Ich bin doch grad erst gekommen. Jetzt wird es doch interessant. Jetzt wo du nicht weisst, wie du dich raus reden sollst, jetzt wo dir klar wird, dass du eine Schlampe bist."

„Genau. Das ist das einzige was du kannst. Beleidigen. Mehr hast du nicht drauf, denn wenn es brenzlig wird dann verleumdest du deine Familie, haust ab. So wie bei deinen Ehen zuvor auch und deinem Sohn in Südamerika. Du bist feige, einfach nur feige. Du bist kein Mann und selbst schuld dass du hier stehst. Ja, ich habe dich betrogen, aber das war eine Situation, die du nie verstehen wirst. Du bist jedes Wochenende zu deiner Ex und er war der Einzige, der mir zugehört hat. Er war für mich da, als du fort warst und mich mit deiner Ex betrogen hast. Monatelang, nur um deine unbefristete Aufenthaltsgenehmigung zu bekommen. Das ist Prostitution was du getan hast. Liebe machen, nur um etwas zu bekommen. Sie tut mir leid. Und ich wette du versuchst mit mir das Gleiche, mich abservieren nach genau fünf Jahren, wie bei ihr. Du hättest mich nicht heiraten müssen, wenn dich gestört hat, dass ich dich betrogen habe. Aber nein, du bist ein weiteres Jahr mit mir zusammen geblieben und hast mit mir dann noch mal ein Jahr später geheiratet und dann wagst du es dich, mich nach sieben Jahren noch immer deswegen zu beleidigen? Geh, Aquiles. Raus aus meiner Wohnung."

„Das ist auch meine Wohnung. Hier stehen noch immer Sachen von mir und ich lasse mich nicht wieder von dir raus schmeissen. Du bist krank Lydia, krank. Guck dich mal an mit deiner scheiss Fresse. So ne Schlampe, kannst froh sein, dass ich dich genommen und behalten habe. Du machst alles kaputt. Statt mir zu helfen und für mich da zu sein, da ziehst du mich noch weiter runter. Du bist das Letzte."

„Gib mir sofort meine Schlüssel und hau ab. Sieh zu dass du Land gewinnst."

Die Situation eskalierte. Aquiles konnte seine Wut nicht weiter kontrollieren. In wie weit er auf mich wütend war, wütend war auf das was ich gesagt hatte oder sogar auf sich selbst, weil er merkte dass die Wahrheit genau so aussah, dass er alles kaputt machte und nicht fähig war uns zu lieben, dass weiss ich nicht. Ohne Vorwarnung schlug er mit der Faust gegen die Holztür, die von der Küche aus zu unserer Abstellkammer führt. Augenblicklich splitterte das Holz an dieser Stelle. Wäre dies nicht schon genug Aggression und Zerstörung gewesen, stieß Aquiles mit voller Wucht seine Stirn gegen die Glastür unseres Küchen-Hängeschranks. Das matte Glas zersprang in tausend Einzelteile, ganz feine Splitter. Die ganze Küche war übersät von kleinsten Glasstücken, die Arbeitsplatte, der Fussboden, das Schrankinnere und sogar bis in die Lebensmittel.

„Raus mit dir! Hau ab du Kranker. Ich werde nicht weiter zulassen dass du uns weh tust und unser Hab und Gut zerstörst."

„Ich, es....:"

„Nein Aquiles. Mühsam haben wir uns alles zusammengespart und ich war so glücklich über diese schöne Küche. Du machst wirklich alles kaputt."

„Es war ein Ausrutscher..."

„Ja, natürlich. So wie letztes Jahr mit meinem Handy und dem Tisch meiner Eltern. So wie der Ausrutscher als du absichtlich das Auto einer angeblich platonischen Freundin aus Zorn zerkratzt hast. Ausrutscher wenn du zornig warst und selbst die Spielsachen deiner Kinder getreten hast, weil du zu ungeduldig gewesen bist und genervt. Hau endlich ab, sonst rufe ich die Polizei."

„Na dann mach doch, dann seid ihr mich endlich los. Vorher baue ich dir die Türe aus."

„Nein, ich will dass du gehst. Sofort."

„Ich bestehe darauf, es ist eine Gefahr für die Kinder."

„Ach, auf einmal. Für mich bist alleine DU die Gefahr für unsere Kinder. Ich kann nicht mehr verantworten, dass die Kinder mit dir alleine Zeit verbringen, du bist unberechenbar. Immer wieder."

„Ich habe Angst vor dir und damit bin ich nicht allein."

Es war ein Feiertag und niemand in der Nähe. Ich zog mich zurück, mit meinem Handy in der Hand. Ich hatte wirklich Angst vor Aquiles. So manchen „Ausraster" seinerseits hatte ich verkraftet und hatte immer einzuschätzen gewusst, wann die Situation kippte. So oft habe ich dann doch den Mund gehalten oder er war einfach gegangen. Selbst abends ging er dann einfach zum Fitness oder was trinken, kam nicht selten betrunken zurück.

Das war nicht unbedingt besser oder angenehmer, aber weniger gewalttätig, zumindest begann dann eine andere Form der Gewalt, eine Gewalt, die nach Aussen nicht wahrnehmbar oder hörbar war. Eine verbale und körperliche Gewalt mir gegenüber. Ich habe es ertragen, minutenlang, tagelang, ja monatelang immer hoffend, irgendwann würde er entweder gehen und nie wieder kommen oder aber endlich etwas dagegen tun.

Der Klinikaufenthalt und die anschliessende Therapie, vor allem auch mit Tabletten, hatten mir neue Hoffnung gegeben. Schliesslich war es doch auch fast vier Monate lang ruhig zu Hause gewesen.

Aquiles baute die Tür aus und verliess die Wohnung. Seine Wohnungsschlüssel hinterliess er auf dem Tisch im Eingang. Blickte sich traurig und mit scheinbarer Reue einige Male um. Ich blickte ihm zornig hinterher, ergriff sofort seine Schlüssen und stellte sicher, dass er auch wirklich ging. Sofort hatte ich den Laubengang abgeschlossen und die Tür mehrfach verriegelt.

Ich hatte extreme Angst, dass Aquiles zurück kommen und noch einmal ausrasten würde, jetzt wo ich abgelehnt hatte seine Entschuldigung anzunehmen.

„Die Reue" liess nicht lange auf sich warten. Er setzte sich in sein Auto, unten auf dem öffentlichen Parkplatz. Erst kam eine SMS „Es tut mir leid", dann kamen weitere Entschuldigungen.

Als ich auf all das nicht reagierte, rief er auf Festnetz an und versuchte mich auf eine neue Art um den Finger zu wickeln. Nun stand nicht die Tat und seine Reue im Mittelpunkt, sondern seine Verletzung. Er wieder als

Opfer.

„Lydia, ich blute."

„Ja und? Dann geh zum Arzt, du bist alt genug. Was nervst du mich damit?"

„Bitte, ich brauche ein Pflaster oder so etwas. Muss die Wunde auswaschen."

„Du bist wirklich nicht normal. Du randalierst gerade in meiner Wohnung, zerstörst meine Küche und glaubst dann allen Ernstes, dass ich dich keine fünf Minuten später wieder rein lasse zum auswaschen deiner Wunde?"

„Wo soll ich denn sonst hin? Ich habe niemanden Lydia. Es tut mir so leid. Ich hoffe die Kinder haben nichts mitbekommen."

„Doch. Nicht alles, nicht ganz. Sie haben nur den Lärm gehört. Sie sind verunsichert, aber nicht blöd. Sie wissen, dass du wieder randaliert hast. Lass uns in Ruhe, hörst du?"

„Ich habe eine Platzwunde an der Stirn. Ich brauche etwas..."

„Ich kann die Verbandssachen runter schmeissen. Komm ans Fenster. Mehr gibt es nicht und dann ruf dir einen Krankenwagen, wenn du meinst es wäre so schlimm. Ich werde dich nicht verarzten oder Händchen halten. Du bist kein Kind mehr. Lern endlich Verantwortung zu übernehmen für dein Tun."

Damit war die Sache für mich erledigt. Anschliessend habe ich mit Freunden gesprochen und sie alle haben mich gefragt, wieso ich keine Anzeige erstattet hätte.

Ich weiss es bis heute nicht wirklich. Es gab damals so viele Gründe und Faktoren, die mir durch den Kopf schossen. Irgendwie wollte ich Aquiles nicht weiter nach unten drücken, nicht noch mehr schwächen. Helfen auch nicht, aber auch nicht zusätzliche Last aufladen.

Was hätte ich denn sagen sollen? Eine Anzeige zu machen ist, so meine ich, nicht einfach. Ich muss erklären wie es dazu kam, dann wird er seine Aussage machen und es steht Wort gegen Wort. Schliesslich hat er oft genug seinem Tun vorgebaut, damit er mit reiner Weste da steht. Auch den Kindern wollte ich ersparen, dass die Polizei ins Haus käme und mich nach den Taten meines Mannes, ihres Vaters, befragen würde. Ich hatte geglaubt, es würde reichen, wenn ich ihm nun endgültig die Schlüssel abnähme und er damit keinen Zugang mehr zu unseren Leben hätte. Alles andere, der Umgang mit den Kindern, das wäre eine andere Geschichte, die man zu deren Wohl unter sich irgendwie regeln müsste.

Nun lag eben genau dieser Schlüsselbund neben mir, aber ohne die Schlüssel unserer, meiner Wohnung. Zwei Schlüssel könnten von seinen Kunden sein, dachte ich mir. Dann drei Schlüssel von seiner eigenen Wohnung, dann Briefkasten, der von seinem Auto und der Zweitschlüssel des Neuwagens, den ich seither fahre und bezahle. Von wem oder was aber sind dann die anderen vier Schlüssel. Es sind eindeutig mehr Schlüssel an diesem Bund, als er für sich bräuchte.

Immer wieder zuckte meine Hand. In Gedanken spiele ich die Szene durch, diesen Schlüsselbund zu ergreifen und den Ersatzschlüssel des Neuwagens ab zu machen. Als er vor zwei Wochen ungefragt das Auto vom Parkplatz genommen und über das Wochenende für sich behalten hatte, da war mir der Gedanke gekommen, dass er das immer wieder tun würde, wenn ich ihm den Wagen oder die Kinder nicht gäbe.

Dabei war es nicht mal das Wollen, was ihn dazu gebracht hatte. Die Kinder waren eingeladen gewesen. Wir hatten mit dem Auto weg fahren wollen, später und ich hatte noch einkaufen müssen. Aquiles war an jenem Samstag zwar früh aufgetaucht, hatte sich aber absolut nicht angekündigt. Sass in seinem Auto, unten auf dem Parkplatz und rief denn gegen elf Uhr an, ob ich ihm die Kinder runter bringen könnte. Das musste ich, der Einladung wegen, verneinen.

Ein „Nein" war für Aquiles kaum zu ertragen. Wieso er nicht verstehen konnte, dass die Kinder eingeladen waren, weiss ich nicht. Er beleidigte mich immer wieder, ohne zu begreifen, um was es hier eigentlich ging. Die Diskussion hatte sich auch da wieder zugespitzt, bis ich ihm mit Scheidung drohte, wenn er weiter auf dieser Schiene versuchte mich fertig zu machen und nicht akzeptieren konnte, wenn die Kinder eingeladen wären, zumal er unangemeldet aufgetaucht war. Kurzer Hand hatte sich Aquiles daraufhin das Auto genommen, obwohl er wusste dass wir den Wagen brauchten und ich hätte einkaufen gehen müssen.

Dieses Erlebnis ist mir heute, wo ich diesen Zweitschlüssel neben mir liegen sehe, präsent wie schon lange nicht mehr.

Keine zehn Zentimeter liegt der Schlüssel von mir weg. Wenn Aquiles abgelenkt wäre, vielleicht einfach schnell danach greifen und abmachen. Wobei, ich sollte mir nichts vormachen, denn einen Schlüssel von so einem Ring zu bekommen ist nicht wirklich leicht. Sicher würde Aquiles es dann doch bemerken und so hätte ich nicht nur die Chance vertan, sondern er würde wissen was ich plane. Rein bürokratisch gesehen war es ja auch sein Auto. Mir gefällt es nur einfach nicht, dass er einfach mal eben so auftaucht und sich das Auto nimmt, obwohl ich den Wagen mit den Kindern dringend brauche.

Nach vielen Überlegungen und Szenerien im Geiste, entscheide ich mich dafür Hände still zu halten und einfach mal nichts zu tun, was provozieren könnte oder die Situation wieder zum kochen bringen würde. Seit jenem „Vatertags-Erlebnis" weiss ich nicht, wie ich mich Aquiles gegenüber verhalten soll. Ich habe noch immer Gefühle für ihn, mein Herz rast, wenn ich ihn ansehe oder seine Stimme höre. Ich wünsche mir nichts mehr als eine glückliche gemeinsame Zukunft. Es wäre so traumhaft, könnten wir so wie jetzt, einfach alle Momente geniessen, zusammen als Familie. Diese Trennung finde ich fürchterlich und ich komme mit dieser Situation nicht zurecht. Überfordert fühle ich mich nicht. Das ist es nicht, nein es ist vielmehr diese Ungewissheit, dieser Wunsch nach Partnerschaft mit Aquiles, nach Einheit und Familie.

Aquiles blickt, während er den Kindern nach läuft, immer wieder ins Leere. Nachdenklich und abgespannt wirkt er, erdrückt und beladen irgendwie. Er läuft zwar, doch wüsste ich nicht, dass Aquiles erst dreissig Jahre alt ist und kein Hüftleiden hat, so würde ich meinen der Grossvater läuft hinter den Kindern her. Komplett teilnahmslos und mit erzwungenem Lächeln nimmt er die Kurven. Höchstens, wenn er sich von Anderen beobachtet fühlt, mimt er den stolzen Vater. Ansonsten kann er sich nicht mehr in die Welt seiner Kinder hinein versetzen und selbst die neuen Techniken und die überwundenen Ängste seiner drei Sprösslinge fallen ihm nicht einmal auf.

Die drei versuchen immer wieder mit all ihrer Kraft den Vater ins Hier und Jetzt zu holen, ihn zu animieren und geradezu mit Anweisungen zu versorgen. Aquiles flüchtet sich gekonnt in seine eigene Welt. Zwischendurch immer wieder der Blick auf sein Handy. Würde er sonst, wenn ich ihn anrief, genauso oft drauf schauen, dann würde er sicher keinen meiner Anrufe verpassen.

Die Zeit vergeht und langsam macht sich mein Magen bemerkbar oder sagen wir besser, macht sich wieder bemerkbar. Aquiles wackelt hinter mir und den Kindern her. Allem Anschein nach, will oder muss er nicht so schnell Heim gehen. Auf dem zehn minütlichen Heimweg jagt ein Kompliment dem anderen hinterher. Aquiles ist wie ausgewechselt. Da ist einerseits dieser starre Blick, das Desinteresse an dem was unsere Kinder für wichtig erachten und unbedingt ihrem Vater präsentieren wollen und dann wieder diese geballte Aufmerksamkeit an mir, an meinen schönen langen Haaren, der guten Figur in der Jeans und meiner angenehmen Art mit den Kindern zu kommunizieren.

Zu Hause angekommen bleibt Aquiles vor der Tür stehen. Er wolle warten, bis die Kinder fertig seien mit dem Mittagessen, da er schliesslich von mir Hausverbot erhalten hätte. Es wirkt so albern und um ehrlich zu sein weiss ich in diesem Moment auch nicht, wie ich es den Mädchen erklären könnte, dass ihr Papa nicht mit in die

Wohnung darf. Sekundenschnell muss ich mich entscheiden. Entweder darauf bestehen dass Aquiles meine Wohnung nicht mehr betreten darf und dann in Erklärungsnot den Kindern gegenüber geraten oder einmal mehr ein Auge oder gar beide zudrücken und Aquiles hineinbitten.

Ich entscheide mich für letztere Variante. Die Kinder rennen in ihr Zimmer und spielen ein wenig, während ich das Mittagessen zubereite. Aquiles taucht bei mir nicht ein einziges Mal auf. Es wundert mich ein wenig, aber ich bin froh, dass er mir nicht zu nahe kommt. Es ist so ein komisches Gefühl, wenn du deinen Ehemann zu Hause hast und ihn wie einen fremden behandeln musst, damit er die Situation nicht schamlos ausnutzt oder nicht wieder emotional explodiert. Sein Ausraster aus Mai hat mir anständig Angst gemacht.

Das ist zwar inzwischen sechs Wochen her, doch seit dem haben wir uns nur an zwei Wochenenden für ein paar Stunden gesehen und er war das ein oder andere Mal nachmittags kurz vorbei gekommen, um Rechnungen abzuholen und von mir eine Bewerbung samt Unterlagen für das Arbeitsamt erstellen zu lassen.

Zwischenzeitlich hatte ich mit den Kindern das Kinderzimmer und den Flur renoviert, neue Kinderzimmermöbel gekauft und endlich nach all den Jahren Deckenlampen angebracht. Ich bin stolz auf das was ich alleine geleistet habe. Natürlich haben meine Eltern mir helfend zur Seite gestanden, was ich von meinem Mann eben nicht behaupten kann.

So oft hatte ich ihn die letzten Wochen gebeten hier noch einmal mit anzupacken und es den Kindern vor Schulbeginn schön zu machen. Nie hatte er Zeit gehabt oder aber meinte es sei unnötig dafür Geld auszugeben, wenn ohnehin bald alles wieder dreckig wäre. So war Aquiles immer. Nur bei anderen war er freigiebig und unterstützte sie bei Neuanschaffungen.

Auch als ich im März und April für seine Wohnung hatte gebrauchte Kindermöbel kaufen wollen, damit die drei dort etwas zum Sitzen und Spielen hätten, hat er das vehement abgelehnt.

Zu Mittag gibt es Nudeln. Nathalie, Kiara und Armando lieben Nudeln. Ausserdem gehen sie zügig. Dazu Apfelmus und fertig ist die Sache für heute.

Aquiles möchte ich vor den Augen der Kinder nicht ausgrenzen. Auch er bekommt etwas zu essen. Ganz in meiner alten Gewohnheit vertieft habe ich ihm extra frischen Reis gekocht und ein wenig Fleisch angebraten, dazu ein Spiegelei und rote Beete. Ich weiss, dass er das gerne mag und obwohl ich masslos enttäuscht bin von seiner mangelnden Einsatzbereitschaft und dem nicht mehr erkennbaren Kampfgeist für Ehe und Familie, ist es mir ein Bedürfnis, für ihn zu sorgen. Es fällt mir schwer abzutrennen, was jahrelang zur Gewohnheit geworden ist. Gerne hatte ich ihm zubereitet, was er so gerne ass.

Auf dem Weg zum Esstisch fallen seine Blicke auf die neuen Deckenlampen und aus einer Mischung Stolz und Enttäuschung darüber, dass ich ihn nicht brauchen würde, kommentiert er die Neuerungen in der Wohnung. Das Mittagessen geht zügig von der Bühne und Armando schläft bei den letzten Bissen am Tisch ein.

Aquiles hatte ihn füttern wollen, doch Armando war ihm schon zu entfremdet. In seinem Alter geht das schnell. Jedes Mal hatte Armando „Mama" gesagt und mich ihn füttern lassen, was Aquiles sehr enttäuschte. Sein Verschulden. Soll es ihm doch mal richtig weh tun im Herz, von seinem eigenen Sohn abgelehnt zu werden, damit er vielleicht jetzt endlich mal versteht, wie wichtig eine richtige Familie für die Kinder ist.

Aquiles nutzt die kurze Mittagspause von Armando, um seine Wäsche wieder zu waschen und zu trocknen. Besser als wenn er sich an mich heran machen würde.

Jedes Mal, wenn Aquiles aus dem Keller zurück kommt, schleiche ich unter einem Vorwand zum Eingang und überprüfe, ob ich tatsächlich noch alle Schlüssel an meinem Bund hätte. Glück gehabt. Immer alle da.

Seine ehemaligen Schlüssel haben inzwischen meine Eltern bekommen. Früher hatte Aquiles immer abgelehnt seinen Schwiegereltern einen Schlüssel zu geben. Selbst nicht für den Notfall und nach all dem was mir damals passiert war und mich fast das Leben gekostet hätte. Aquiles hatte viel mehr Angst davor gehabt, sie würden sich heimlich zutritt verschaffen. So ein Blödsinn, aber nun gut.

Gegen vier Uhr wecke ich Armando, damit wir den Tag noch ein wenig nutzen können. Er ist verschlafen, freut sich aber auf den Spielplatz.

Aquiles erkläre ich, dass ich noch etwas einkaufen müsse und er bietet mir an, dann mit den Kindern allein zum Spielplatz zu gehen, damit ich mal in Ruhe diese Erledigungen machen könne. Von mir bekommt er zehn Euro für das Abendessen. Er und die Kinder könnten ein Eis und dann später eine Pizza essen gehen oder beim Becker etwas kaufen. Was auch immer. Hauptsache sie würden diese Zeit gemeinsam nutzen und mich meine

Sache machen lassen.

Dankbar nimmt er das Geld an sich und zieht mit den Kindern los. Einen Kinderwagen nimmt er nicht mit, Aquiles meint immer, der sei unnötig.

Umgehend mache ich mich auf den Weg zum Einkaufen. Zum Einen brauchen die Kinder und ich für die Sommerferien noch unbedingt Badekleidung und zum Anderen kann ich dort direkt Windeln und Lebensmittel einkaufen.

Ich beeile mich. Zwar versuche ich mir in Ruhe einen Überblick zu verschaffen und nicht zu rasen, aber auf keinen Fall brauche ich lange. Zehn Minuten bis hin und nach höchstens fünfzig Minuten bin ich durch die ganze Boutique. Habe grundsätzlich das gefunden, was ich gesucht habe, als der Anruf von Aquiles kommt. Die Kinder seien müde und hätten Hunger. Mein Hinweis, dass er doch dafür Geld von mir bekommen hätte, ignoriert Aquiles und will dass ich komme, um die Kinder nach Hause zu bringen und ihnen was zu essen zu machen.

Gerade mal eine Stunde hat Aquiles es geschafft auf die Kinder allein aufzupassen und mit ihnen Zeit zu verbringen. Nichts im Gegensatz dazu, dass der letzte Kontakt wieder über zwei Wochen her ist. Ich breche den Einkauf ab und nehme nur das mit, was schon im Wagen liegt und fahre sofort zum Spielplatz. Aquiles sitzt in einer Ecke, nahe der Wasserpumpe und ist mit seinem Handy beschäftigt. Die Kinder hat er meines Erachtens kaum im Blick. Armando ist klitsch nass. Kiara und Nathalie toben mit ihren Freundinnen. Aktive Freizeitgestaltung mit ihrem Vater erleben sie nicht.

Ich bin genervt davon, dass er wieder einmal nur herum

sitzt.

Kaum bemerkt er mich, wird das Programm auf dem Handy beendet, das Schreiben eingestellt und Aquiles bittet mich, Armando schon mal mit dem Auto mitzunehmen. Er würde dann mit Kiara und Nathalie zu Fuss hinterher kommen. Wieso er nicht mit den Kindern etwas essen gehen konnte, will mir Aquiles nicht erklären.

Aquiles hält den Blick gesenkt, schaut mir nicht in die Augen und ist wirsch zu den Kindern. Sie sollen sich alleine anziehen, während er steht und in die Ferne schaut. Ich schlage vor, auch Kiara mitzunehmen, doch die möchte auf keinen Fall die Hand ihres Vaters los lassen. Kiara war nach seinem Auszug in ein emotionales Loch gefallen und kam nicht damit klar, dass Aquiles in einer anderen Wohnung wohnte, auch wenn das an einigen Tagen ein Abenteuer gewesen war für die kleine Maus. Immerhin hatten sie bei Papa immer tun und lassen können, was sie wollten. Da hatte es auch nichts gegeben, was hätte zu Bruch gehen können.

Mit Armando auf dem Arm bringe ich die Einkäufe nach und nach, in die Wohnung. Aquiles kommt zwanzig Minuten später mit den Mädchen zu Hause an. Es hat länger gedauert, als ich vermutet hatte. Wahrscheinlich hatte er den Weg über wieder auf sein Handy, statt auf den Gehweg oder die Kinder geachtet. Dann war Kiara, die nie ein Wort sagt oder schreit, wenn sie stehen bleibt, hingefallen ist oder etwas verloren hat, vielleicht zurück geblieben und Aquiles hat es dem Chatverlauf im Handy wegen, nicht einmal oder wesentlich zu spät mitbekommen.

In Windeseile bereite ich das Abendessen zu. Nichts grosses, denn eigentlich hatten wir recht spät Mittag gegessen. Es gibt Wassermelone, Fruchtsalat, Aufschnitt und Brot. Wer mag isst noch Naturjoghurt mit Müsli.

Nur Aquiles verweigert sich. Steht immer wieder nervös auf und muss unbedingt sein Handy aufladen. Einige Minuten verweilt er dann, nahe der Steckdose stehend an seinem Handy und tippt in einer mir bisher unbekannten Schnelligkeit auf der Tastatur. Hunger hat er nicht, greift nur nach ein paar Stücken Wassermelone. Ausgerechnet das, was die Kinder am liebsten Essen.

Wie verwandelt schwenkt sein Gemützustand erneut um. Vorsichtig streichelt er meine Hand, die neben meinem Teller auf dem Tisch liegt und lächelt mir zu.

„Du bist eine tolle Frau. Habe ich dir das eigentlich schon mal gesagt?"

„Naja, zumindest nicht in letzter Zeit."

„Du bist wunderschön und schaffst das wunderbar. Ich bin stolz dass du die Mutter meiner Kinder bist."

„Ja? Danke. Leider habe ich die letzten Wochen den Glauben daran oft verloren. Du fehlst mir Aquiles."

„Oh, du mir auch. Glaub mir. Es ist so leer und einsam ohne dich."

„Wieso beginnst du nicht endlich wieder mit einer Therapie, damit wir wieder zusammen kommen können? Ich möchte doch wieder eine Familie sein."

„So einfach ist das nicht. Therapie muss man bezahlen. Ich bin nicht versichert und wir brauchen noch unsere Zeit für uns."

„Ich weiss nicht Aquiles. Mir kommt das wie eine Trennung auf Zeit vor, als wenn dir der Mut fehlt und endgültig zu verlassen. Hast du doch schon eine neue Partnerin? Sag es einfach, es hindert dich doch nichts offen und ehrlich zu sprechen."

„Nein Lydia, fang nicht wieder mit dem gleichen Thema an. Es nervt total. Dass du mir immer sofort eine Liebschaft oder eine neue Frau unterstellst. Bitte mach den Tag nicht wieder kaputt. Ich habe niemanden an meiner Seite. Ich liebe nur dich. Wie könnte ich eine so bildschöne Frau betrügen. Du bist das Beste was mir passiert ist, weisst du das? Du gibst mir Liebe, Geborgenheit und Zuversicht. Du hältst immer zu mir und hast mir endlich eine Familie gegeben. Ich danke dir. Das werde ich sicher nicht aufs Spiel setzen, nur um irgendeine Frau ins Bett zu bekommen. Wer will mich denn schon haben? Ich bin kein Traumprinz. Frauen stehen auf andere Typen. Mach dir keine Sorgen. Ich bleibe für immer dein Mann."

„Das klingt fast zu schön um wahr zu sein. Ich habe Angst, weisst du das? Angst dass du mich verlassen wirst und ich alleine sein werde. Ich liebe dich seit dem ersten Tag und ich möchte weiter kämpfen für unsere Familie, für die Kinder und uns"

„Das klingt doch gut. Ich werde dir nicht im Weg stehen. Wir schaffen das schon. Wir gehören einfach zusammen. Bisher konnte uns nichts trennen. Ich weiss dass du mich brauchst und wir ohne einander nicht klar kommen."

Bei diesen Worten kommen mir die Tränen ins Gesicht. Nur den Worten nach zu urteilen, wäre es so einfach einen gemeinsamen Weg zu gehen. Aquiles müsste einfach endlich eine Therapie machen. Zusammen wenn es sein muss. Hauptsache er rastet nicht mehr aus. Das ist schrecklich, auch diese Beleidigungen.

Wäre er so, wie er jetzt redet, dann wäre Aquiles genau wieder der Mann, in den ich mich vor sieben Jahren verliebte. In einen schlagenden Macho hätte ich mich wohl kaum verliebt. Es scheint so irreal, dass Aquiles diese zwei Gesichter hat und mir keiner Glauben schenken will, dass es Borderline sein könnte. All die Erklärungen, die Symptome, das alles passt.

Letztes Jahr das Gespräch bei Herrn Jurist war leider nicht so gut, wie ich es mir damals gewünscht hatte, aber wenigstens war Aquiles soweit gegangen, zuzugeben, dass er mit der Situation überfordert wäre, dass er nicht wisse, wie er mit den Kindern umzugehen habe und was er mit Kindern spielen oder unternehmen könnte.

Er näherte sich bewusst seiner eigenen Kindheit und wollte alles gemeinsam mit mir aufarbeiten. Ein guter Ansatz, immerhin war er ja auch in die Klinik gegangen. Wieso jetzt aber dieser Unwille wieder, dieser bewusste Abstand obwohl er uns vermisst?

Aquiles schaut auf seine Uhr, wirkt angespannt. Nervös.

„Was ist los?"

„Ach, ich wollte nur wissen wann die Kinder ins Bett gehen."

„Na, wie immer denke ich."

„Und was ist für dich „wie immer"?"

„So um sieben, spätestens aber um halb acht. Je nachdem wie schnell der Ablauf funktioniert."

„Mm, bitte sei mir nicht böse, aber ich denke, dann werde ich jetzt fahren."

„Ähm und wieso bitte?"

„Ich muss,.. muss mich hinlegen."

„Und da kannst du nicht noch ein paar Minuten warten, um deine Kinder ins Bett zu bringen? Toller Papa. Wieder leere Worte gewesen vorhin."

„Man, mir gehts nicht gut. Kapiert? Ich kann nicht über ne Stunde hier rum sitzen und warten."

„Dann guck auf die Uhr, es ist viertel vor sieben. Da kannst du nicht abwarten?"

„Ich war den ganzen Tag hier. Lass mich doch."

„Also erstens warst du nicht den ganzen Tag hier, bist erst Mittags gekommen und zum zweiten finde ich es dreist, dass du immer nur deine Wünsche in den Vordergrund stellst. Es wäre für die Kinder doch ein schöner Abschluss, sie mit ins Bett zu bringen. Die paar Minuten."

Aquiles ist inzwischen aufgestanden, auf dem Weg in den Eingang. Bückt sich nach seinen Schuhen und ruft die Kinder zu sich.

„Einfach abhauen, keine paar Minuten für deine Kinder. Klasse wie du das machst. Oder wartet jemand auf dich? Doch eine Freundin, weil du dich um eine Stunde vertan hast? Sonst prahlst du doch immer damit, dass dir nie schlecht wird und jetzt auf einmal geht es dir nicht gut und du willst ins Bett?"

„Boa, du schon wieder. Nerv mich nicht. Ich habe niemanden der wartet und schon gar nicht eine Freundin. Ich habe dir das eben schon gesagt. Ich schwöre beim Leben unserer Kinder, dass ich nur dich liebe Lydia. Wenn es sein muss, beweise ich dir, dass ich niemanden zu treffen habe. Dann bleibe ich hier, egal wie es mir geht."

„Mensch, so meinte ich das auch nicht. Aber ich verstehe deine Reaktion nicht. Vor allem so plötzlich."

Aquiles ist sauer. Erinnert sich daran, dass die Jalousien im Kinderzimmer kaputt sind und hängt sie direkt für mich ein. Muss aber vorher noch schnell eine Nachricht absenden, wie ich um die Ecke lugend, sehe.

Die Kinder machen sich zum Großteil alleine fertig. Ziehen sich um, waschen sich und putzen die Zähne. In der Zwischenzeit räume ich den Tisch ab. Mir kommen die Tränen. Diesmal aber, weil ich spüre, dass Aquiles mich anlügt. Irgendwas stimmt an seiner Reaktion nicht. Etwas heimliches wieder. Ich fühle mich belogen, total durcheinander. Die Tränen fliessen urplötzlich in Strömen. Ich höre Aquiles kommen und versuche mein Gesicht vor ihm zu verbergen, habe Angst vor seiner Ironie und seinem Gelächter.

Die Kinder sind fertig und warten auf mich. Ein wenig zornig schmeisse ich das Küchentuch in die Ecke der Arbeitsfläche und gehe mit Aquiles ins Zimmer, der mit letzter Kraft versucht mich vom Weinen abzuhalten, mir zuflüstert ich solle nicht immer alles so negativ sehen. Es wäre ihm vielleicht einfach alles zu nahe gegangen und auf den Magen geschlagen. Kein Grund zur Sorge. Wir lesen eine Geschichte vor, decken unsere Kinder zu, beten vor dem Einschlafen und geben ihnen einen Kuss. In mir brechen erneut die Dämme und ich renne in mein Schlafzimmer.

Die Türe schliesse ich. Einerseits aus Scham vor meinem Ehemann, der vielleicht doch am Ende dazu übergehen würde sich über mich lustig zu machen und andererseits, weil ich angst habe ihm zu nahe zu kommen.

Gerade im Schlafzimmer möchte ich jede Nähe, jeden Kontakt mit ihm vermeiden. Nach fünf Minuten öffnet sich die Tür. Wie erstarrt liege ich auf meinem Bett, schluchze in den grossen weissen Teddy hinein. Hatte ich Aquiles damals zur Hochzeit geschenkt.

„Bitte geh, ich möchte dich nicht mehr im Schlafzimmer haben."

„Lydia, hör doch bitte auf zu weinen. Es ist alles gut. Ich entschuldige mich dafür. Es war nicht ganz richtig, einfach aufzuspringen und zu gehen. Du hast recht. Es war total unüberlegt von mir. Bitte verzeih mir."

„Aquiles, das sagst du jedes Mal und immer wieder falle ich auf deine Worte rein. Ich bin verletzt. Mein Herz tut weh, ich habe Liebeskummer. Ich möchte dich bei mir haben, für immer und so wie du früher gewesen bist."

„Lydia, wir alle verändern uns. Irgendwas hat uns geändert. Ich bin nicht mehr so wie damals, darum versuche ich durch den Abstand mich selbst zu finden. Ich liebe dich mehr denn je."

„Ja, ich weiss. Aber ist Trennung eine Lösung oder ist es nur ein wiederkehrender Prozess, wie damals bei deiner Ex?"

„Wieso fängst du nun damit an?"

„Weil es mich daran erinnert. Diese vielen Parallelen zwischen ihr und mir, zwischen der Trennung von ihr und der Trennung von mir. Abgesehen davon dass es eben genau auch fünf Jahre sind. Fünf Jahre Ehe und jede Menge Lügen."

„Schatz, ich liebe dich. Verdammte Sch.... Kapier das mal. Ich tue das für uns. Es zerreisst mir das Herz zu gehen und zu wissen du bist unglücklich. Ich möchte auch am liebsten hier bleiben bei dir. Es geht aber nicht.

Sieh doch wie oft ich dir weh tue. Es wäre nicht gut für uns so weiter zu leben. Bitte vertraue mir. Wir müssen aneinander glauben, unsere Liebe hoch halten, dann wird alles gut werden. Glaub mir."

„Ich möchte, aber es fällt mir verdammt schwer. Immer allein zu sein, das ist unschön, weisst du?"

„Ja ich weiss mein Schatz, denn ich bin auch immer allein. Du denkst immer ich würde Party machen gehen, Frauen treffen oder viele Freunde haben. Nein, ich bin allein. Nur du bist meine Freundin. Ich habe niemanden. Ich gehe nicht raus. Dazu habe ich kein Geld und keine Lust. Mal, aber nicht oft. Ich möchte es bald wieder mit dir geniessen. Jetzt brauche ich wirklich Zeit für mich. Im Ernst."

Je mehr Aquiles redet, um so weniger kann ich mit dem Weinen aufhören. Ich stehe auf, stelle mich aufrecht gegenüber von Aquiles hin und sehe ihm tief in die Augen. Diesmal weicht er meinem Blick nicht aus. Was nur, geht in diesem Mann vor? Dieses ständige hin und her, dieser Wechsel verschiedenster Gefühle bis an den Rande einer buchstäblichen Ohnmacht.

Aquiles versucht mich in den Arm zu nehmen, streichelt mir sanft über den Rücken. Ich zittere, habe Angst. Es war unser Schlafzimmer. Hier haben wir uns geliebt, zwei weitere Kinder gezeugt, uns beim Anziehen beobachtet, stundenlang geredet und als Ehepaar gelebt. Was davon ist noch geblieben?

So gerne würde ich die Uhr zurück drehen, noch einmal diese schönen Momente erleben. Hätte so gerne einmal diese Fähigkeit an ihm herum schrauben zu können, ihn auf den Mann zu programmieren, den ich kennen gelernt und geheiratet habe. Ich habe Angst vor dem

112

Gedanken, dass Aquiles womöglich nie anders gewesen ist und sich immer nur verstellt hat. Erinnere mich an seine eigene Aussage, dass er früher, als Jugendlicher haufenweise Weiber abgeschleppt hätte, für eine Nacht und sie dann benutzt verlassen habe.

Aus Sicherheit gehe ich in die Küche. Räume weiter auf und beginne, fern ab der Blicke meines Mannes, erneut zu weinen. Ich fühle mich so kraftlos und von der Erde angezogen. Buchstäblich angezogen und schwach. In der Küche lasse ich mich zu Boden sinken, lege den Kopf auf die Knie und es schiesst aus mir heraus, ein Tränenschwall.

Aquiles kommt mir nachgeschlichen. Ganz vorsichtig und ruhig. Er hockt sich mir gegenüber hin. Er lacht nicht. Lässt keine spitze Bemerkung fallen, nichts. Es bleibt still in der Küche, ich rieche sein After Shave. Freue mich einerseits dass er da ist, sich sorgen will und doch bin ich innerlich angespannt. Aquiles kommt merklich näher, noch immer ohne Vorwürfe und ohne Demütigungen. Im Gegenteil, er streichelt mich sanft am Arm und dann über die Wange. Zum ersten Mal seit vielen Jahren wieder, ist Aquiles mitfühlend und zärtlich.

Als so sanft habe ich seine Hände schon lange nicht mehr wahrgenommen. Ganz behutsam, so als würde er ein kleines Kind zum ersten Mal berühren und sich bemühen, dieses nicht zu verschrecken und Angst und Scheu zu nehmen, so fühlt sich sein Streicheln für mich an. Es herrscht, bis auf mein Schluchzen, Stille im Raum. Aquiles hockt inzwischen neben mir, lässt seinen Kopf gegen meinen stossen und streichelt mich zärtlich weiter. Es ist keine Anmache, nichts erotisches in dieser

Art seines Streichelns, anders als sonst.

„Hey Babe, es wird alles gut. Ich liebe dich. Hörst du?"

„Ich dich auch. Ich fühle mich so allein. Einsam. Leer. Meine Gefühle sind total durcheinander. Du hast mir so oft weh getan und ich liebe dich einfach. Es ist so schwer den richtigen Weg zu finden."

„Mir geht es doch genauso. - Komm her Lydia. Komm zu deinem Mann!"

Aquiles steht auf und ich ebenso. Er breitet liebevoll seine Arme aus und lässt mich Schutz finden. Ich schluchze an seiner Brust. Wie ein kleines Kind. Zum ersten Mal nach so langer Zeit schein Aquiles mich verstehen zu können oder zu wollen, kann meine Gefühle nachempfinden. Nur das „warum" geht mir nicht aus dem Kopf, warum eine Trennung, wenn beide Seiten sich lieben und vermissen. Warum gibt es dann keinen Weg, warum keine Lösung, warum keine Familie?

Aquiles streichelt mich sanft. Erst am Rücken, dann an den Armen und im Gesicht. Zärtlich küsst er mich, aber nicht aufdringlich. Zurückhaltend und behutsam. Anders als sonst. Allerdings hat er nie „Hey Babe" zu mir gesagt, das ist komisch.

Es tut einfach gut ihn zu spüren, ihn zu riechen. Mein Herz rast bei dem Gedanken, er könne jeden Augenblick seine Laune verändern. Ich möchte mich fallen lassen können, mich geborgen fühlen in seinen Armen, ohne immer wieder den Kopf einschalten zu müssen, auf der Hut zu sein vor möglichen Anzeichen die mich erkennen lassen könnten, dass seine Stimmung kippt.

Für diesen Moment ist es einfach unbeschreiblich schön, mal ohne sexuellen Hintergedanken den Kopf an seine Brust zu legen und meine Trauer raus zu lassen.

„Ich bin dein Mann und werde immer dein Mann bleiben, das verspreche ich dir hoch und heilig, ja beim Leben unserer Kinder."

„Versprich nicht immer was du nicht halten kannst und nicht bei unseren Kindern. Die armen, sie wären so oft tot, würdest du nicht immer Lügen und darauf schwören."

„Im Ernst Lydia. Dass du meine Frau bleibst, dass kannst nur du entscheiden. Vielleicht wirst du eines Tages gehen. Einen anderen Mann kennen lernen und mich verlassen. Ich aber werde immer dein Mann bleiben. Immer, wie ich es versprochen habe. Ich werde immer für dich und die Kinder da sein. - Gib mir deine Hand, bitte."

Vorsichtig legt er meine Hand auf seine Brust und lässt mich seinen Herzschlag fühlen „Es schlägt nur für dich. Meine Liebe gehört nur euch." Er schaut mir tief in die Augen, so als würde er durch mich durch dringen wollen. Die Augen sind ein wenig stechend, nicht aber so, wie in den Momenten, wenn er ausrastet, zornig und gewalttätig wird. Dennoch bin ich angespannt, achte auf seine Reaktionen, bin gewappnet.

Allerdings eher im Geiste, denn rein körperlich fühle ich mich nach dem langen Weinen extrem ermattet, zumal ich kaum zulassen möchte, dass ich auf der Hut sein muss. Möchte mir einreden, es wird schon nichts passieren.

Aquiles öffnet plötzlich mit der anderen Hand seinen Gürtel. Dann den Knopf seiner Hose und schiebt meine Hand hinunter. „Los, fass mich an. Mein Körper gehört nur die Lydia."

„Nein, Aquiles. Hör auf damit. So nicht. Nicht jetzt."

„Ich bin dein Ehemann Lydia. Nimm' was dir gehört und immer dein sein wird."

„Ich....nein, kann nicht. Ich will nicht....." sage ich unter Tränen und mit heiserer Stimme.

Jetzt verfinstern sich seine Augen. Aquiles hat wohl kaum mit einer Ablehnung gerechnet. Sicher glaubte er, mich wieder schwach werden zu lassen, jetzt wo ich ohnehin emotional brüchig war, geweint hatte und seine bisherigen Berührungen genossen hatte.

Es waren aber Berührungen, die ich nicht als erotisch oder sexuelle betrachtet hatte, es war einfach wie Liebe gewesen, Verständnis und Besorgnis. Jetzt rückte diese Zweisamkeit seiner Gedanken oder seiner Bedürfnisse wegen, wieder in eine ganz andere Schublade. Er zieht mich an sich heran, greift mit einer Hand in meinen Nacken und küsst mich einmal, noch einmal. Ich weine wieder. Es scheint nicht aufzuhören.

Erst, weil ich mich über so wunderbare Worte beim Abendbrot freute, dann weil ich Angst habe meinen Mann vollends zu verlieren, weil ich spüre, dass Lügen zwischen uns stehen und dann kehrt sich wieder alles zum vermeintlich Guten, indem er auf mich und meine Gefühle einzugehen scheint und nun nutzt er meine Schwäche schamlos aus.

Ich habe keine Kraft mich gegen seine Küsse und seinen Griff zu wehren, hoffe meine Tränen würden ihm zeigen, das etwas nicht stimmt. Mir wäre lieber, er würde dazu übergehen sich nun über mich und das Weinen lustig zu machen. Vielleicht würde es ihn ablenken, von dem was er vorhat, was auch immer es sein mochte, abzubringen. Wieso nur, hatte er es nicht einfach bei den Zärtlichkeiten und dem Trösten von vorhin belassen können?

Dennoch versuche ich ihn mit meiner Hand von mir weg zu drücken, wenigstens für ein wenig Abstand zu sorgen oder sei es zumindest ein Zeichen zu setzen, was ihn stören, irritieren würde. Doch erneut versucht Aquiles meine Hand in seine Hose zu schieben und ich ziehe erneut meine Hand zurück, wende mich ab.

„Sorry, Sorry Babe. Los, fass mich an, du willst es doch auch, ich weiss es! - Wieso tust mir das nur an? Du siehst so verdammt heiss aus Lydia, selbst jetzt wo du geweint hast. Du wirst mir nie aus dem Kopf gehen. - Ahhhh, warum nur warum bist du so eine geile Frau?"

Er lässt nicht ab. Stellt sich hinter mich und küsst meinen Hals. Mein ganzer Körper zittert, ich habe Angst und ich fühle mich gezwungen. Unter Druck. Schwach. Es ist so ein Wirrwarr in meinem Kopf.

Ich wünschte mir Nähe und Zweisamkeit mit Aquiles, aber das was ich jetzt bekomme, das ist alles andere als Zärtlichkeit. Es ist zu nah. Zu wenig Gefühl und zu viel Lust seinerseits. Ich breche buchstäblich zusammen. Das ist mir zu viel, ich spüre meine Beine kaum, falle Aquiles in die Arme. Er hebt mich auf, trägt mich auf den Armen aus der Küche.

Wie benommen, unter Schock, schaue ich ihm in die dunklen Augen. Seine Augen sind nun kalt, starr und leer. Wie heute Mittag auf dem Spielplatz. Ins Leere blickend, ohne Gefühl und ohne wahrzunehmen was passiert.

Erst vor unserem Schlafzimmer dämmert es mir. In fast letzter Minute halte ich mich am Türrahmen fest. Kralle mich in die Zage und hoffe Aquiles würde mich los lassen.

„Aquiles, hör sofort auf. Du macht einen Fehler. Hör auf Aquiles. Nein, verdammt nein, hör auf. Lass mich los."

Ich versuche meine Beine aus seinen Armen zu befreien und mich auf den Boden zu stellen. Langsam rutsche ich, aber frei bin ich nicht. Mit einem Ruck sprengt er meinen Griff im Türrahmen und tritt ins Schlafzimmer, geht mit riesen Sätzen bis zu meinem Bett.

Aquiles lässt mich fallen. Es ist weder ein hin schmeissen, noch ein sachtes ablegen. Nein, ich empfinde es als fallen lassen.

Wie eine Ware, nach ihrem Transport. In Windeseile hat er, die ohnehin schon seit der Küche geöffnete Hose, hinunter geschoben. Nicht ausgezogen, nur bis zu den Knöcheln rutschen lassen und die Unterhose behält er sogar an. Lässt sich vornüber kippen und presst meinen Arm aufs Bett, drückt mein anderes Bein wild zur Seite.

Es tut weh. Es reisst an meinen Muskeln und in meiner Seele. Ich weiss genau was kommt. Viele Male hat Aquiles sich genommen, was ihm seiner Meinung nach zustand, aber noch nie so extrem wie heute. Früher konnte ich ihm auch nicht entkommen, nicht flüchten und ergab mich immer und immer wieder meinem Schicksal, liess meinem Ehemann zu, sich an mir, aber ohne mich, zu befriedigen.

Jetzt war alles anders. Ganz andere Umstände. Wir lebten nicht mehr zusammen, waren seit Monaten räumlich getrennt, führten keine produktive Kommunikation mehr und ich fühlte mich Aquiles fremd und von ihm im Stich gelassen. Und dann jetzt, dieser Moment in dem ich mich ihm öffnete und glaubte er würde es ehrlich und gut mit mir meinen. Breche in den Armen meines Mannes zusammen und erfahre statt Rettung nur einen weiteren, noch tieferen Alptraum seiner Demütigungen.

Zu gerne würde ich schreien. Um Hilfe schreien. Aber zu wem? Es ist niemand da, am Wochenende. Unter uns nicht. Neben uns nicht. Über uns nicht. Nur die Kinder. Unter allen Umständen möchte ich ihnen diesen Anblick und dieses Erlebnis ersparen. Was müssten unsere Kinder durchmachen, denken und fühlen wenn sie mich dort liegen sähen, den Vater über mir und mich weinend um Hilfe schreiend? Sie sind zu klein. Ich muss da durch, kann nur hoffen dass es schnell geht.

Mein Herz rast, ich habe Angst. Ich fühle mich dreckig. Da ist keine Lust, keine Liebe, keine Erregung, nicht einmal ein Hauch von Nähe zwischen Aquiles und mir. Wie ein Stier dringt er in mich ein und legt los. Ungezügelt, aggressiv voller Kraft und ohne Rücksicht auf mich. Ich zittere, meine Muskeln sind steif vor Anspannung und Schmerz. Es brennt, es reisst und auch mein Arm, meine Beine. Aquiles drückt so feste. Drückt und zieht zugleich. Das Blut staut sich. Ich schaue ihn an, in der Hoffnung mein vor Tränen verquollenes Gesicht würde ihn erschrecken lassen, die Erektion zurück nehmen. Nichts. Aquiles schaut aus dem Fenster, so als wäre ich gar nicht da.

„Aquiles? Hör auf, noch kannst du aufhören. Du tust mir weh." kommt es wie ein Winseln aus meinem Mund. Er lässt nicht ab und treibt sich selbst noch einmal zum Äussersten ehe er zum Höhepunkt kommt, stöhnt und sich dann an meinem Bein säubert. Ohne einen weiteren Blick zu mir, ohne einen Kuss, ein Streicheln, oder ein Wort, zieht er sich die Hose hoch und geht.

Alleine liege ich auf meinem Bett. Selten habe ich mich so erniedrigt und ekelhaft gefühlt und es ist keine Erniedrigung, die manche womöglich als „Liebesspiel" betiteln mögen, es ist einfach das schlimmste Gefühl, dass ich je ertragen musste. Die Krönung all der Demütigungen der vergangenen Monate.
Wieder kommen die Tränen, mit einem Kloss im Hals. Ich hatte es ertragen müssen, Sekunde um Sekunde. Habe aus Respekt vor unseren Kindern den Mund gehalten. Habe ihn angefleht, meinen Peiniger, ihn angesehen und gehofft einen Funken Anstand, Respekt oder Liebe vorzufinden. Er hat nicht abgelassen von mir.
Was ist das nur für ein Mensch, den ich fünf Jahre als meinen Ehemann bezeichnet habe und der mir so sehr weh tut? Mein eigener Ehemann vergeht sich an mir.
Eiskalt, ohne mich eines Blickes zu würdigen hat er sich genommen was er wollte. Meine Schwachheit und meine Gefühle ausgenutzt und ist nicht einmal Mannes genug dafür abschliessend Worte zu finden. Früher, wenn er sich seinen Sex bei mir abholte, war er im Anschluss zumindest auf mich zugekommen. Jetzt war er einfach gegangen, so schnell, wie ich ihn in all den Jahren niemals habe gehen sehen. In mir kommt ein Hassgefühl hoch, ein Ekel und tausend Fragen. Unfassbar.
Die Tür knallt ins Schloss. Ebenso ist die Tür vom

Laubengang, deutlich zu hören. Ich bin noch immer angezogen, nur mein Schlüpfer ist zur Seite geschoben. Jetzt nass. Nass von ihm. Ekelhaft. Ich könnte kotzen, mir meine Kleidung vom Leib reissen. Möchte mich kratzen, mich schlagen und mir weh tun, in der Hoffnung dieser Schmerz könnte den Schmerz meiner zerstörten Seele übertreffen.

Ich traue mich nicht, mich zu bewegen. Allem Anschein nach schlafen die Kinder. Ich hoffe. Es wäre schrecklich jetzt für sie emotional da sein zu müssen. Erst viele Minuten nach diesem Übergriff wage ich mich allmählich ins Bad. Den Blick halte ich gesenkt, wage es nicht mir selbst gegenüber zu treten. Halte mich am Waschbecken fest, aus Angst umkippen zu können.

Dann wage ich es doch. Ich sehe schrecklich aus. Die Wimperntusche verschmiert, dicke rote Augen. Das Make-up weg und meine Narben kommen zum Vorschein.

Gedrungen stehe ich dort, sehe mich an und hasse mich. Fange an mich zu kratzen. Mich juckt es, ich kotze ins Klo. Er hat mir weh getan. Einmal, viele Male und heute wirklich das letzte Mal. Aquiles ist böse geworden, eiskalt und ohne Liebe und Rücksicht. Irgendwas stimmt mit ihm nicht. Ich putze meine Zähne und stelle mich in die Wanne, lasse warmes Wasser laufen.

Nur über meine Füsse, ich wage gar nicht mich selbst anzufassen und immer wieder möchte ich schreien und ich kann nicht, darf nicht. Da sind die Kinder. Immerzu schweigen, alles für mich behalten, mich ausnutzen lassen und einem Traum nach rennend, der mir jedes mal Ohrfeigen verteilt.

Ich bin noch immer angezogen. Ganz ruhig Lydia. Du musst einen klaren Kopf behalten. Dusch dich. Mach dich sauber und dann ruf ihn an. Kläre das. Was? Was soll ich ihm denn sagen? Ich kann selbst kaum in Worte fassen, was ich erlebt habe. Missbrauch. Nennt man das Missbrauch? Eigentlich ist es eine Vergewaltigung.

Ich wollte keinen Sex, ich habe es gesagt. Doch wer wird mir schon glauben? Zur Polizei gehen, das ist peinlich. Wäre es richtig oder falsch eine Anzeige zu machen? Keine Ahnung. Es ist mein Ehemann, immer noch. Wer glaubt dann schon an Vergewaltigung?

Langsam füllt sich mein Körper wieder mit Blut. Ich ziehe mich vorsichtig aus und schmeiße die Sachen auf den Boden, in die hinterste Ecke. Wieso musste er mir so etwas antun? So viele liebe Worte, so nettes streicheln und vorgespielte Reue und Verständnis. Nur um mich ins Bett zu bekommen, seine Macht zu demonstrieren und mir zu zeigen, dass er meinen Körper besitzt.

Aquiles, ich bin mir sicher, hat gespürt, dass ich es nicht wollte, dass ich nicht darauf eingehen wollte ihn anzufassen und damit dass Ass in seine Karten zu spielen, um ihn in seinem Vorhaben zu unterstützen. Er fühlte sich gekränkt in seiner Mannesehre, abgelehnt von seiner eigenen Ehefrau die er bisher immer bekam, wenn er es wollte.

Aquiles hat mich von Anfang an um den Finger wickeln können. Rückblickend muss ich feststellen, dass es die letzten zweieinhalb Jahre so lief. Obwohl er immer behauptete und vor anderen damit prahlte, dass er stets tat was ich wollte, so war es doch Aquiles der mich mehr und mehr manipuliert hatte und wusste, wie er in mir wieder das Mitgefühl ihm gegenüber wecken konnte, mich mit Vorwürfen und Selbstzweifeln behaftete, bis meine innere Überzeugung ins wanken kam und mitunter sogar kippte.

Mehr als ein Jahr ist es her, als ich mich erstmalig der absoluten Hörigkeit Aquiles gegenüber ausgeliefert sah. Unser Sohn, Armando, war gerade einmal fünf Monate alt und Aquiles hatte sich mit einer Affäre aus unserem Familienleben gestohlen.

Die dritte Schwangerschaft hatte ich kaum geniessen können, da Aquiles immer nur beim Sport herum gehangen und sich nicht um mich oder die Mädchen gekümmert hatte. Alles hatte er an mir hängen lassen, bis zum Schluss und auch bei der Entbindung war er mit den Gedanken abwesend und mit seinem Handy beschäftigt gewesen. Ich habe mich im Stich gelassen gefühlt. Die berufliche Situation war stagniert und Aquiles forderte erneut, dass ich arbeiten gehen solle. Parallel beschrieb er immer wieder, an Depressionen und Heimweh zu leiden. Aquiles hatte sich seit Anfang des Jahres verändert, auch unsere Aktivitäten und Kommunikation hatte drastisch nachgelassen.

Aquiles verbachte jede freie Minute mit anderen Menschen, mit seinen Freunden oder beim Sport, nur nicht mit uns. Was war das für ein Familienleben?

Armando hatte ich drei Monate gestillt und dann allmählich angefangen abzustillen. Aquiles kam und ging wann er wollte. Wirkliche Vaterpflichten übernahm er nicht. Irgendwie schien er sich auch nicht, wie es eigentlich vor allem bei Südländern üblich ist, über die

Geburt seines Stammhalters, zu freuen. Aquiles war einfach meistens weg. Nicht erreichbar.

Ich dusche stundenlang. Konzentriere mich nur auf das Rauschen des Wasserstrahls und blende alles um mich herum aus. Es muss weitergehen, so schnell wie möglich. Irgendwie.

Aquiles bleibt der Vater meiner Kinder, egal was er mir angetan hat. Ich muss stark sein, darüber hinweg sehen und eine Lösung finden. Wäre da nur nicht der körperliche und geistige Schmerz. Fast zwei Stunden später steige ich aus der Wanne. Laufe durch die Wohnung und versuche zu überspringen, was ich erlebt habe.

Nehme mein Handy zur Hand und rufe Aquiles an. Ich möchte wissen warum er mir das angetan hat, warum heute und warum auf diese Weise. Er geht nicht ans Telefon, erst als ich ihn per SMS bitte ran zu gehen, es wäre wichtig.

„Aquiles?"

„Was gibt's?"

„Ich......., Aquiles...... . Aquiles, du hast mir weh getan. - Warum hast du das getan?" „Was meinst du?"

„Na, das was vorhin passierte. Wir hatten Sex. Ich wollte nicht und ich ... du hast mir sehr weh getan, weisst du? Ich will wissen warum du das getan hast."

„Ich weiss nicht was du meinst."

„Stell dich nicht so blöd an. Du hast mich grad eben gevögelt ohne dass ich es wollte und nun willst du dich nicht daran erinnern?"

„Hey, ist was mit den Kindern? Ist was passiert?"

„Nein, verdammter Idiot. Ich verstehe schon, erst

vergewaltigen und nun biste direkt bei einer anderen untergekrochen. Weiss sie denn, was du gerade deiner Ehefrau angetan hast?"

„tüt, tüt, tüt"

Mit Sicherheit ist er nicht allein. Konnte nicht reden, wollte nicht reden. Nichts hat der Anruf mir gebracht. Nur noch mal die Gewissheit, dass es ihm egal ist, was ich fühle.

Ich fühle mich schrecklich, weine erneut und lege mich auf mein Bett. Oh nein, eklig. Ich muss aufstehen, weg. Hier nicht, nur nicht hier.

Die Tagesdecke muss ich waschen. Raus damit, weg, einfach weit weg. Aber wo soll ich schlafen, ich habe kein anderes Bett. So dumm. Von ihm geschenkt und damit voller Erinnerungen und nun auch noch das, eine Vergewaltigung vom eigenen Ehemann im eigenen Bett. Das ist so krank.

Warum passiert mir so etwas? Was habe ich ihm getan, dass er mich so behandeln muss? Der Tag war doch okay. Warum ist er nicht einfach gegangen, wie er es, aus angeblicher Übelkeit heraus, ohnehin vor gehabt hatte? Ich begreife das nicht. Okay, nicht das erste Mal, dass er austickt und nicht wahrnimmt, dass er sich gerade Sex holt, den ich ihm nicht geben will oder kann. Aquiles ist süchtig danach. Aber warum mit mir, wenn er doch anscheinend schon Ersatz gefunden hat? Kann er doch da rum machen. Nein, er muss ja hier so nen Anfall bekommen. Bin ich etwas besser als die Andere?

Ach Lydia, wie kannst Du nach so einem Erlebnis an solche Vergleiche denken? Kein Plan, kommt einfach so. Muss doch `nen Grund haben, dass er mich jetzt und hier wollte. Nein, gibt es nicht. Er wollte, weil er wollte und nicht weil du es bist.

Er hat geredet, wie du es hören wolltest, all die Jahre, viele Worte um dich zu bekommen. Mag sein, dass er den Sex mit dir genossen hat, vielleicht hattest du Vorzüge im Gegensatz zu den anderen, vielleicht war da auch Anziehung, Leidenschaft und auch dein Aussehen. Aber eins ist klar, er nimmt sich jede, egal welche, Hauptsache er kann sie flach legen.

Ich kann es nicht glauben, das ist nicht wahr. Doch Lydia, kapier endlich, dass er schon lange fort ist. Dass er Dich benutzt hat. Immer und jetzt wieder, weil er weiss dass Du für ihn da bist, wenn er Dich braucht. Egal wofür.

Fünf Minuten später ruft er zurück, ruft mich an.

„Du, ich war gerade im Fahrstuhl mit anderen Leuten. War unpassend."

„Na klar, wer's glaubt wird selig. Glaubst du ich hab zum Spass angerufen? Du hast mir so verdammt weh getan grad eben, mich total ausgenutzt und nun will ich verdammt noch mal ‚ne Erklärung"

„Da gibt es nichts zu erklären, okay? Lass uns morgen reden. Es war ein anstrengender Tag. Morgen sieht alles anders aus."

„Du bist so ein Arsch, weisst du das? So geht man nicht mit einer Frau um und schon gar nicht mit seiner Ehefrau."

„Hör auf zu streiten Lydia, es ist gut jetzt. Ich will jetzt nicht darüber diskutieren."

„War ja klar, und was ist nun mit den Kindern?"

„Alles wie gehabt. Für mich ändert sich da nichts."

„Klasse, aber erwarte nicht dass ich auch komme. Ich bringe dir die Kinder, wie immer nach dem Gottesdienst und ich werde wo anders was essen und die Kinder dann Nachmittags abholen." „Von mir aus."

Tatsächlich muss ich wieder über meinen Schatten springen und ihm nahe kommen. Unsere Kinder freuten sich auf das versprochene Mittagessen bei ihrem Papa. Ohnehin war der Besuch in seiner Wohnung ein Abenteuer, da sie dort tun und lassen konnten was sie wollten.

Es gab keine Tische, keine Stühle und jede Menge Platz zum Rennen und sich auf den Boden zu schmeissen. Klar dass sie sich darauf freuten, zumal Papa nie etwas sagte und sie alles tun liess. Mein Bruder ist noch online.

Erzähle ihm, was mir zugestossen ist. Sofort ruft er mich an, fragt nach meinem Befinden. Regt sich über Aquiles auf und würde am liebsten sofort hin und ihm die Leviten lesen.

Nathanael hat schon lange gewusst, dass Aquiles sich nicht ändern würde. Hatte ein Gespür gehabt, dass er mich ausnutzen würde und es ihm weder um mich noch um die Kinder ginge. Aber erklär das mal einer verliebten Schwester.

Zumindest hatte er jetzt ein offenes Ohr. Bestärkte mich in dem Weg nach vorne und wir redeten fast eine ganze Stunde, was bei uns eher selten ist. Es tut gut mit ihm zu reden, ein wenig Kummer los zu werden. Anschliessend schlafe ich erschöpft ein.

III

Letzter Tag der Fussballweltmeisterschaft. Spiel Deutschland gegen Argentinien. Für Hunderttausende ein spektakulärer Tag, ein Tag des Siegs und der Freude. Für mich nicht. Ich habe nicht einmal die Gelegenheit, geschweige denn den Willen oder den Sinn für dieses so entscheidende Spiel. Dabei hatte ich zuvor alle Deutschlandspiele gesehen und auch die Spiele, in denen das Land meines Mannes vertreten war. Seit sieben Jahren war es ein Teil meines Lebens geworden, ohne dabei nationalistisch zu sein.

Mir gefällt die Kultur, die Mentalität, die Musik und auch das Essen. Das dortige Spanisch ist ganz anders, als das uns hier eher bekannte europäische Spanisch. Es ist einfacher auszusprechen, hat teilweise ganz andere Worte, viel mehr Worte, um etwas zu beschreiben. Unsere Kinder sind zur Hälfte Latinos, ein Teil in ihnen ist von dort und das möchte ich ihnen nicht nehmen, auch wenn ihr Papa mir sehr weh getan hat. Gestern und auch über viele Jahre.

Die Nacht habe ich wie ein Baby geschlafen. Nur die Augenringe verraten, dass ich nicht wirklich erholt bin. Mit Make-up versuche ich zu retten, was zu retten ist.

Was ich gestern noch fühlte, schein heute morgen nicht vergessen, aber irreal. Ein Fragezeichen zwischen Traum und Wirklichkeit. Ich kann mir heute kaum vorstellen das ich gestern wirklich diese Demütigung über mich hatte ergehen lassen müssen. Vielleicht war es inzwischen zu oft vorgekommen, dass Aquiles mich missbraucht hatte, dass mein Körper und mein Geist automatisch nach Entschuldigungen suchten, die Augen vor der Wirklichkeit verschlossen waren und ich eher weiter in mir die Schuld suchte, statt auszusprechen was passiert war. Ich bin von meinem Ehemann vergewaltigt worden. Nicht nur einmal. Viele Male, denn jedes Man wenn ich nicht wollte und er es dennoch tat, war es eine Vergewaltigung an Körper und Geist.

Ich traue mich trotzdem nicht diesen Worten Raum zu geben. Nur mit Mühe kann ich meine Tränen in Zaum halten, mich auf unsere Kinder konzentrieren und mir Mut für den heutigen Tag machen. In meinem Kopf sind so viele Gedanken. Pünktlich um viertel nach Zwölf machen die Kinder und ich uns auf den Weg in Richtung Freiburger Altstadt. Der Weg ist ein wenig befahren, aber ist in einer Viertelstunde gut zu schaffen.

Auf dem Rücksitz singen meine drei Süssen „Wir fahren zu Papi essen, Jeah. Wir fahren essen bei Papi, huuu. wir fahren zu Papi Jeah. ..."

Während der Fahrt, auf Lautsprecher gestellt, um die Hände am Steuer zu behalten, rufe ich Aquiles immer wieder an. Der Ruf geht ab, aber Aquiles meldet sich nicht. Vielleicht ist er gerade im Bad. „Sind unterwegs" schreibe ich an der nächsten Ampel.

Kein Rückruf, keine Nachricht bis wir in der Altstadt angekommen sind. Es ist Zwölf Uhr fünfunddreissig. Zehn Minuten bleibe ich im Halteverbot an der Stelle stehen, wo Aquiles bisher immer die Kinder in Empfang genommen hatte. Niemand kommt. Inzwischen springt nur noch die Mailbox an. Draussen ist es kalt.

Ich fahre ins Parkhaus. Wird mich sicher wieder zwei Euro kosten. Es ist für die Kinder, so muss ich es sehen. Dafür investiere ich gerne zwei Euro, auch wenn es mich schon wieder zur Weissglut bringt, dass Aquiles sich nicht meldet und auch nicht erscheint.

Gut, Pünktlichkeit war nie seine Stärke. Auch die letzten Male, selbst wenn ich schon fünf Minuten vor Termin geschrieben hatte „bin da", war zehn Minuten später noch kein Aquiles zu sehen gewesen. Er kam immer zu spät und liess mich mit den Kindern in der Kälte, im Regen, in der Hitze oder im Dunklen stehen. Ganz egal. Mein Mann kann einfach nicht pünktlich erscheinen.

„Mama, wo ist denn Papa?"

„Du, ich denke zu hause. Er hat bestimmt das Handy nicht gehört."

„Ja, kann sein. Typisch Papa."

„Ach jaaaaaaa... mein Schatz. Lasst uns mal gucken gehen."

Auf hohen Schuhen, mit drei Kindern stolziere ich mit schlechter Laune über das Kopfsteinpflaster der Altstadt. Wenn der jetzt nicht zu Hause ist oder uns nicht die Tür auf macht, dann kann er aber was erleben.

„Guck da wohnt Papa. Hier, gegenüber der Pommeria."

„Ja Kiara, ich weiss. Mama war auch schon mal dort bei Papa zu Hause."

„Einmal ganz kurz, als du uns abgeholt hast. Ich weiss." fügt Nathalie, die sich wirklich fast alles merkt und speichert, hinzu.

„So, mal schauen ob Papa zu Hause ist."

Natürlich macht keiner auf. Im Grunde hätte ich mir das nach der Aktion von gestern und den unbeantworteten Anrufen von vorhin auch denken können.

Wäre ich aber nicht ausgestiegen, hätte ich nicht alles versucht, um die Kinder zu ihrem Vater zu bringen oder meinerseits den Termin einzuhalten, dann hätte es nachher immer geheissen ich hätte gar nicht alles versucht. In solchen Situationen weiss man ja leider nie, was noch kommen mag.

Schliesslich hatten Aquiles und ich uns im Guten trennen wollen. Nur von einer räumlichen Trennung hatte er gesprochen. Letztendlich war es im Laufe der Monate immer weiter dazu übergegangen, dass ich eine Wochenendbeziehung für ihn geworden war oder werden sollte, während er sich nur noch um sein eigenes Leben kümmerte. Immerhin war Aquiles nicht einmal mehr bereit gewesen sich zumindest regelmäßig emotional seinen Kindern zu zu wenden.

Das die tatsächliche Arbeit, das Einkaufen, Wickeln, sich um kranke Kinder kümmern und all das, an mir hängen bleiben würde, damit hatte ich ohnehin gerechnet und auch wenn es mich wirklich sehr in Anspruch nahm, fühle ich mich damit nicht überfordert.

Es gibt viele Väter die unter der Woche auf Montage sind, nur wenig Zeit haben für die Familie. Doch irgendwie nutzen sie eben diese, wenn auch wenige Zeit, wie etwas sehr kostbares. Diejenigen die ich kenne, die verbringen die Wochenenden gerne mit ihren Kindern und der Ehefrau, sind gerne unterwegs und freuen sich auf diese Stunden in denen sie nicht mit sich allein sein müssen.

Aquiles hingegen ist immer mehr zum Einzelgänger geworden. Weder die Schulanmeldung, noch der Tag der offenen Tür, noch die Anmeldung zum Herkunftssprachlichen Unterricht oder gar die Abschiedsfeiern und sonstigen Veranstaltungen haben ihn am Ende interessiert.

Gelangweilt sass er in einer Ecke, immer wieder mit seinem Handy in der Hand. Jedes Mal möchte ich ihn vergleichen mit einem Jugendlichen, der genervt auf einem Familienausflug sitzt, nicht daran teilnimmt aber auch nicht den Mut besitzt sich ganz zu lösen und komplett seinen eigenen Weg zu gehen.

Aquiles ist noch immer nicht zu erreichen. Folglich tapsen und stolpern wir vier wieder zurück zum Auto. Inzwischen sind auch die Kinder schlecht gelaunt.

Erneut hat Aquiles sein Versprechen nicht eingehalten. Entweder kommt er immer zu spät und die Kinder müssen stundenlang auf ihn warten oder aber er findet ausreden, dass er nicht kommen kann. Verspricht dann etwas neues, in der Hoffnung die Kinder damit besänftigen zu können und am Ende kann er das neue Versprechen auch nicht einhalten. Immer das Gleiche.

Wir haben Hunger. Nathalie, Kiara und ich waren davon ausgegangen, dass sie zu dritt bei Papa essen würden. Ich wäre in der Zwischenzeit entweder nach Hause gefahren oder auch irgendwo etwas Essen gegangen.

Jetzt müsste schnell etwas zwischen die Zähne und in den Magen, ehe die Quengelei ihren Höhepunkt erreichen würde. Kurzer Hand entschliesse ich mich für den Besuch eines Fastfood- Restaurants. Die Kinder bestellen jeweils eine Kinderüberraschung, dazu Pommes und Limonade. Doch irgendwie hängt uns allen etwas im Gemüt. Uns fehlt der Elan und die Freude, das Essen schmeckt nicht wie sonst.

Ich erinnere mich an den letzten Besuch in diesem Restaurant. Es ist fast ein Jahr her. Da waren wir noch zu fünft und hatten zuvor unser neues Auto beim Autohaus abgeholt. Wir waren stolz. Aquiles war glücklich und fröhlich. Dank der Tabletten war er wirklich ruhig und schon fast ganz der alte Aquiles gewesen. Nun gut, im Streit kamen immer wieder Beleidigungen, die bei ihm oft unter die Gürtellinie gingen, aber die Aggression, der Missmut oder die Missgunst, dieser Egoismus das alles war anders oder gar nicht da.

Jeder Bissen bleibt mir im Hals stecken. Natürlich kreisen meine Gedanken darum, wo Aquiles stecken könnte, was er gerade tut um nicht für seine Kinder da zu sein. Vielleicht war ihm etwas passiert. Dieses eine Mal, wo ich fest davon überzeugt wäre dass er einfach nur ausschläft nach einer langen Partynacht. Es kann alles sein, doch der Verdacht dass Aquiles doch eine neue Partnerin hat, erhärtet sich immer weiter in meinen Gedanken und treibt mich wieder in dieses graue Loch.

Ich möchte gerne weinen, weg laufen. Irgendwo hin gehen, wo ich alles vergessen kann und ich erwachen darf, mit Aquiles an meiner Seite.

Es ist zermürbend nicht zu wissen was los ist, warum man so behandelt wird. Immer wieder suche ich die Schuld bei mir. Suche krampfhaft nach Erklärungen, zu verstehen warum Aquiles mir so etwas antun konnte. Ich kann bei bestem Willen nicht begreifen, was ihn so sehr veränderte oder wer. War ihm wirklich alles zu viel geworden oder genoss er es einfach verschiedene Leben zu leben?

So richtig kann ich meinen Gedanken nicht nachhängen. Ist auch gar nicht weiter schlimm, obwohl ich zu gerne Antworten hätte. Die wird es aber ohnehin nicht geben, denke ich.

Nach etwas mehr als einer Stunde, in der sich Aquiles noch immer nicht auf meine Anrufe und Nachrichten gemeldet hat, brechen wir auf und fahren nach Hause.

Armando schläft sofort im Auto ein und auch Kiara ist müde. Das kann ich nur zu gut nachempfinden. Die Sommerluft macht müde. Der gestrige Tag war für die Kinder eine Herausforderung. Sie waren nervös, als ihr Papa endlich gekommen war.

Heute Nacht haben sie sicher immer wieder an den heuten Tag, an das Mittagessen mit ihm gedacht. Wieder eine volle Enttäuschung. Es tut mir so wahnsinnig leid für die drei. Es ist unfair einen Vater zu haben, der die eigenen Vergnügungen vor das Wohl seiner Kinder stellt und dann nicht einmal in der Lage ist wirklich für einen Ausgleich oder eine Entschuldigung zu sorgen.

Im Gegenteil. Wenn Kiara und Nathalie keine Spanisch mit ihm sprechen, weil sie so viel vergessen haben oder sich nicht trauen, dann meckert Aquiles direkt los, schreit sie an und wird zornig. Anfang des Jahres hatte Nathalie, weil ihr Freund Tim dorthin ging, auch zum Fussball gehen wollen. Aquiles hat es untersagt. Die Begründung „Mädchen spielen kein Fussball". Eine kulturelle Sache ist es nicht, denn viele seiner Latino-Freunde, die auch Kinder haben, lassen auch ihre Mädchen Fussball spielen. Teilweise sogar im Verein. Aquiles will aus seinen Töchtern noch mehr Prinzessinnen werden lassen, kontrolliert immerzu ihren Gang und redet ihnen ein wie sich echte Frauen zu bewegen hätten. Mit fünf und drei?

Armando liegt inzwischen in seinem Kinderbett und auch Kiara macht es sich gemütlich. Nathalie malt und spielt ein wenig mit ihrem Tablet. Dass hatte sie Anfang des Jahres bekommen. Da hatte ich, obwohl Aquiles ausgezogen war, einen Geschenke-Nachmittag organisiert. Eigentlich hatte der im Januar stattfinden sollen, doch da war gerade meine Oma verstorben, was den Kindern auch sehr nahe gegangen war. Lange konnten sie nicht verwinden, dass es keine Uroma mehr gibt.

Aquiles ist nie darauf eingegangen und als wir drei weinend und trauernd auf dem Sofa gesessen hatten, war er in die Disco gefahren, statt sich unserer anzunehmen und für uns da zu sein. Die Spielsachen für den Geschenke-Nachmittag hatte ich gekauft. Aquiles hat kein Geld für so etwas, wenngleich hunderte Euro monatlich in andere Kanäle fliessen, von denen ich allem Anschein nach eben nichts wissen darf.

Es ist nach drei Uhr am Nachmittag und ich bin richtig wütend auf Aquiles. Es ist wirklich eine bodenlose Unverschämtheit sich nicht zu melden. Ich versuche es wieder und wieder. Möchte meinen Frust ablassen. Schicke ihm eine Nachricht nach der anderen. Ich weiss, es nervt ihn. Mir ist es egal. Immer sagt er ich solle nicht so viel schreiben, aber anrufen klappt erst recht nicht.

Das Handy ist wieder eingeschaltet, der Ruf geht ab. Dennoch nimmt Aquiles den Anruf nicht entgegen. Vierzig Minuten rufe ich in fast gleichem Takt an und erst gegen vier kommt endlich der ersehnte Rückruf. Endlich!, denke ich mir und nehme Aquiles Anruf entgegen.

„Mira, te digo una cosa. -"No me llames mas!" - Ahora estoy con alguien y con esa persona quiero compartir mi vida. No me llames nunca mas, con ustedes no tengo nada mas en comun."

Ein Schock. Totaler Alptraum. Ich habe das Gefühl mir

würde jemand wirklich den Boden unter den Füssen weg ziehen, mich schupsen und meinen Kopf gegen eine Wand schlagen.

Die Kinder schauen mich entgeistert an. Mein Mund bleibt offen stehen. Jedes einzelne Wort war klar und deutlich gesprochen und doch habe ich das Gefühl, als wären sie durch mich durch gerauscht. Ich traue meinem Gehör nicht und frage zitternd voller Angst vor der Wiederholung seiner Worte

„Ähm... wie jetzt? Was hast du gesagt? Ich habe dich nicht verstanden....!"

Ich weiss, dass es gelogen ist, aber unter diesen Umständen fühlt es sich wirklich an, als hätte ich nicht verstanden was ich gehört hatte.

„Hör mal, ich sage es dir nun noch einmal - obwohl ich weiss dass du genau verstanden hast, was ich dir gesagt habe. Ruf mich nie wieder an. Ich bin mit jemandem zusammen und mit dieser Person möchte ich von nun an mein Leben teilen. Also, ruf mich nie wieder an. Mit Euch habe ich nichts mehr zu tun."

- Anruf beendet -

Das sind also die letzten Worte, als Dank für sieben Jahre Partnerschaft, aus der drei Kinder hervor gingen. Eine buchstäbliche Ohrfeige hätte wohl kaum einen Bruchteil von dem geschmerzt, wie diese Worte in meinem Herz schmerzen.

Ich schreie lauthals vor mich hin „Aaaaahhhhh Neeeeiiiin. Neeeeeeinnnnn......" Immer und immer wieder, ich lasse mich zu Boden sinken, fühle diesen Schmerz der hinaus will und wie gefangen scheint.

Möchte am liebsten alles zerstören, aus Wut, aus Schmerz und Hilflosigkeit. Unsere drei Kinder an meinen Füssen können kaum fassen was sie erleben. Niemals bin ich so ausgerastet, so unkontrolliert gewesen. Immerhin hat mir noch nie jemand so sehr weh getan. Vieles habe ich erlebt, aber das ist der Gipfel all des Bösen, das mir bisher widerfahren ist.

Gestern noch hatte er zugesagt, heute mit mir zu reden. Versprochen hatte er den Kindern gemeinsam zu Mittag zu essen. Ja hoch und heilig beim Leben unserer Kinder geschworen immer für uns da zu sein, nur uns zu lieben und keine neue Partnerschaft zu beginnen.

Mir tut alles weh. Ein riesen Muskelkater. Was soll ich Nathalie und Kiara sagen? Sie im ungewissen darüber lassen, was mich gerade bedrückt, welche Nachricht ich gerade erhielt empfinde ich als unrichtig. Die Wahrheit aber würde so sehr weh tun. Ich fühle mich schrecklich. Es ist ein gewaltiger Schlag, ein Stoß mitten ins Herz. Ich kann nicht begreifen, wie ein Vater so eiskalt sein kann.

Aus Not rufe ich meine Eltern an, weine noch immer und bringe kaum ein Wort heraus. Nur das Wichtigste. Danach rede ich mit den Kindern. Versuche ruhig zu bleiben, sachlich zu erklären dass ihr Vater eine neue Frau hätte und daher mit der Mama nicht mehr reden möchte und sie auch nicht mehr sehen will.

Sie fragen, ob Papa sie auch nicht mehr lieb haben würde. Was soll ich nur antworten? Sein Verhalten den Kindern gegenüber zeigt alles andere als wahre Liebe. Doch wissen tue ich es nicht. Genau so erkläre ich es Nathalie und Kiara. Sage ihnen, dass Aquiles ihr Vater bleiben wird, auch wenn er mich nicht mehr lieben würde. Alles weiter sollte Aquiles ihnen erklären, immerhin müsste er sich heute oder morgen wieder melden. Seine Sachen abholen und klären, wie wir nun den Umgang mit den Kindern regeln könnten.

Ganz offen reden die Kinder und ich miteinander. Teilen in diesem Moment noch einmal gemeinsame Erinnerungen und Wünsche für unsere Zukunft. Reden über Aquiles und ich beantworte alle Fragen, sofern es mir möglich ist. Wenn ich keine Antwort habe, dann sage ich es ganz offen. Entschuldige mich, dass ich ihnen das nicht erklären oder beantworten kann. Auf keinen Fall aber möchte ich unser neues Leben ohne Aquiles mit weiteren Lügen starten. Es hat genug Lügen gegeben in all den Jahren mit Aquiles an der Seite. Ab jetzt würde es nicht mehr vorkommen.

Die Wahrheit ist schwer zu ertragen, für mich und sicher um ein vielfaches mehr für unsere Kinder. Ich möchte sie versuchen aufzufangen, ihre Last mit tragen. Doch die Wahrheit vorzuenthalten wäre falsch. Zu groß würde das Lügengerüst werden. Ich möchte anders sein als Aquiles. Es tut mir in der Seele weh meine Kinder leiden zu sehen, ihre Enttäuschung in den Augen und das geknickte Herz. Doch Lügen sind nicht von langer Dauer, sie würden ebenso aufgedeckt und um so schlimmer wäre die Erkenntnis dessen.

Gemeinsam würden wir es schaffen. Ich kuschle mich mit meinen Kindern auf das Sofa, lasse sie weinen und sich anschmiegen. Alle drei Kinder neben mir, auf mir. Es tut gut zu spüren, dass sie mich brauchen und dass sie meine Nähe suchen.

An der Tür klingelt es. Nathalie schreckt zusammen. Sie

hat nicht mit Besuch gerechnet. Meine Eltern sind da. Fallen mir sofort um die Arme, während die Kinder im Flur herum schreien, dass Papa eine neue Frau hat.

Noch einmal kommt alles in mir hoch. Ich möchte mich am liebsten übergeben. Alles hinaus spucken, noch einmal schreien. Es fühlt sich gut an zu wissen, dass meine Eltern da sind. So kann ich meine Gedanken ein wenig laufen lassen, ohne Hochkonzentriert auf drei Kinder aufzupassen. Ich fühle mich zu schwach, allein zu sein.

Ich bin dreissig und auf einmal fühle ich mich selbst wie ein kleines Kind. Verkrieche mich in den Armen meiner Eltern und würde am liebsten alle Sorgen abladen, so wie früher. Frei nach dem Motto, „meine Eltern machen das schon".

Meine Mutter spielt inzwischen mit den beiden Kleinen, mit Armando und Kiara. Sie haben alles mitbekommen, aber sie verarbeiten es anscheinend anders. Womöglich haben sie es auch gar nicht realisiert, was hier gerade vor sich ging. Nathalie sucht immer wieder meine Nähe. Ich spüre, dass sie irritiert ist, vielleicht sogar geknickt. Sie will mich trösten. Stellt immer wieder fragen.

Mein Vater springt ein, erklärt ihr dass es solche Situationen leider geben würde, in denen ein Mann seine Frau verlässt und eine neue Frau nimmt. Wie komisch das klingt. Bis vorhin war für Nathalie das Leben noch ein Stück weg heil und normal. Selbst wenn man berücksichtigt, dass die letzten Monate oder Jahre alles andere als harmonisch und gewaltfrei gewesen waren, so hatte Nathalie immer beide Elternteile gehabt. Zumindest war das Wissen vorhanden einen Papa zu haben, der Abends heim kommt. Selbst wenn er oft tagelang nicht kam, so kam er doch irgendwann und sie spielten. Ich kann mir nicht vorstellen wie es sich anfühlt, mit sechs so etwas zu erleben. Andererseits weiss ich nicht, wie eine sechsjährige den dauerhaften Streit der Eltern aufnimmt, die Gewalterfahrungen verarbeitet und nach wie vor macht mir der Gedanke Angst, Nathalie hätte Dinge gesehen, die nie für ihre Augen bestimmt waren. Ich kann nur erahnen, was sie fühlt und in welchem Zwiespalt sie sich befindet, denn ich bin ebenso irritiert und hin und her gerissen zwischen realem Alptraum und Wunschwelt.

Wir erklären Nathalie, dass es nicht richtig ist seine Familie auf diese Art und Weise zu verlassen. Dass eine Ehe dazu dienen solle, dass Mann und Frau immer bei einander bleiben und sich gegenseitig helfen. Peinlichst genau achten Papa und ich darauf, dass wir Aquiles selbst nicht verurteilen, sondern nur die Tat. Es fällt mir schwer, denn ich spüre in mir diesen Zorn, diesen Ekel und diese Wut. Gleichzeitig ist das das Verlangen etwas festhalten zu wollen, was du nicht greifen kannst. Es wirkt, als wäre es nicht passiert und wäre nur eine Hypothese, die sich in meinem Kopf als eine Art Signal abspielt, um wie in einer Vorahnung den Beginn der Zukunft zu ändern. Selbst wenn er mich aufs abscheulichste verletzte und sich als aggressiver und kaltherziger Macho entpuppte, so bleibt er irgendwie der Vater meiner Kinder. Sie würden nicht verstehen, warum ich ihn verurteilte, also versuche ich ihnen die Sorge zu nehmen und zu beruhigen, soweit das möglich ist. Immerhin weiss keiner wie es weiter gehen wird.

Gestern das war viel Lärm und hiesse Luft gewesen, für nichts. All die netten Worte, die Nähe und die Zukunftsplanungen eine Fassade, ein Ablenkungsmanöver zum Errichten eines neuen Schauplatzes. Wieder eine fiese Art der Manipulation seinerseits, um sich an mir zu vergehen und bei seinem Abgang als „ruhmreicher Potenz innehabender Latino" dieses Kapitel zu schliessen. In diesem Moment siegen die brutalen Gedanken über den Schmerz und den Ekel, welchen ich nach meiner Vergewaltigung in mir spüre. Ich erinnere mich an Begebenheiten, Erzählungen und Reportagen in denen Männer sich vorsätzlich und voller Lust an Frauen vergehen, nicht der augenblicklich Lust und des Verlangens Willen, sondern getrieben von der Besessenheit diese Frau zu demütigen, bloss zu stellen und ihr die Würde zu nehmen. Ich glaube, das trifft den Nagel auf den Kopf. Eben so, wie Aquiles mir einst erzählte, wie er früher die Mädchen aus den Discos benutzt und buchstäblich nackt auf die Strasse setzte, um sich dann einer neuen zu zu wenden. Eben das ist es, was mich erschauern lässt und es in meinem Kopf zu einem Schmerz kommt, den ich ebenso wenig packen kann, wie diese Situation. Sieben Jahr an der Seite eines Mannes, von dem man glaubte Liebe und Verständnis zu bekommen, mit dem man eine Familie gründete und den man liebevoll immer wieder vor Schaden bewahrte und sich seiner annahm, wenn er gebrochen zu Boden sank. Ich ärgere mich so spät aufgewacht zu sein.

Er hatte so zornig gesprochen. Seine Worte waren wohl gewählt gewesen, geplant und voller Enthusiasmus. Warum auch immer er so wütend war, uns so sehr ablehnte in diesem Moment. Ich weiss es nicht, aber es tat weh. Es tat weh, weil sie mir die Augen öffneten und mich wahrhaben liessen, dass er ein Spiel treibt, aus dem es gilt auszusteigen.

Er hatte nicht einmal einen Funken Anstand in sich, um mit seinen Kindern zu sprechen oder ihnen etwas zu erklären. Fixiert darauf mich fertig zu machen, mich leiden zu sehen. Mehr war da nicht. Wie seine Kinder damit klar kamen, dass er sie heute erneut hatte sitzen lassen und dann noch herum brüllte keinen Kontakt mehr pflegen zu wollen, einer neuen Frau wegen, war ihm natürlich egal.

Für ihn war ich gestorben und damit alles was uns verband auch.

Immer wieder mache ich mir Vorwürfe, überlege in welcher Situation ich vielleicht besser den Mund gehalten hätte. Doch ich bin mir sicher, dass es richtig gewesen war zu reden und zu fragen. Aquiles hätte sonst nie aufgehört uns zu bedrohen, zu demütigen und gewalttätig zu sein. Ich habe immer alles versucht, auch wenn ich oft genug eine Zicke gewesen bin. Aber das sind Dinge, die können nerven, nicht aber dazu führen, dass ein Vater seinen Kindern gegenüber gewalttätig wird. Alles Quatsch. Ich habe bis gestern gekämpft.

Um ehrlich zu sein, kann ich auch jetzt in diesem Moment meinen Mann nicht hassen. Ich erinnere mich absichtlich an die Vergewaltigung, an die Schläge in den Jahren zuvor, die verbalen Attacken, dass allein lassen in Gefahrensituationen oder Notlagen. Ich bin masslos enttäuscht, wütend und sauer. Aber hassen kann ich ihn nicht.

Zwischen der inneren Verzweiflung, dem zerbrochenen Herzen und der tiefen Verletztheit durch seine gestrige

Demütigung kommt der Kampfgeist zum Vorschein. Nun bin ich wirklich Alleinerziehend. War ich vorher auch. Jetzt aber offiziell. So richtig eben. Der Gedanke ist mir peinlich. Alle würden erfahren, dass Aquiles mich verlassen hat.

Sicher ist die Neue viel Besser als ich, hübscher und unternimmt mehr mit ihm. Ich hatte auch nie weg gekonnt. Nein, er hatte nie mit mir weg gewollt. So ein Irrsinn, hat mir vor vier Wochen vorgeschlagen, als ich in seiner Wohnung stand, dass wir mal alle bei ihm schlagen könnten. Dann könnte er mit mir mal wieder tanzen gehen. Da wollte er allen ernstes die Kinder alleine in seiner Wohnung lassen. Krank.

Es wird weiter gehen. Im Januar habe ich schon gedacht eine Welt bricht zusammen und trotzdem habe ich es bis heute geschafft. Gut, es war vielleicht etwas einfacher, weil ich immer dieser Hoffnung gefolgt bin. So manches Mal habe ich Aquiles beweisen wollen, was ich leisten kann. Das fällt nun weg. Alles was ich jetzt tue und anpacke, das mache ich für mich. Für meine Kinder. Sie sind das Wichtigste. Ich wollte Kinder haben. Dass Aquiles sich dem entzieht und eiskalt den Rücken kehrt, das ist nicht meine Schuld. Ich werde kämpfen.

Mir ist klar, dass eine Lösung her muss. Es muss etwas passieren, um die Zukunft zu „planen" und ein wenig abzusichern. Aquiles würde front laufen, wenn ich verweigern würde auf seine Pläne einzugehen. Der Erfahrung nach, musste ich damit rechnen, dass Aquiles versuchen würde hinten herum wieder an mich heran zu kommen.

Die Kinder waren ihm zwar nicht das aller Wichtigste,

aber sie sich nehmen lassen oder ganz auf Kontakt zu verzichten, das würde er dauerhaft nicht zulassen. Nicht der Liebe wegen, sondern aus verletztem Ego. Schliesslich hatte er schon Wochen vor unserem letzten gemeinsamen Samstag, vor dem Tag des Missbrauchs, immer wieder betont „Du darfst mir niemals meine Kinder nehmen, hörst du? Alles, aber nicht meine Kinder!"

Irgendwann würde er anfangen zu kämpfen, heimlich und unfair, aber er würde kämpfen. Sein Ziel, eine erneute Genugtuung darüber, dass man mich offiziell fertig machen würde.

„Wie soll es denn jetzt weiter gehen? Wer weiss, was er jetzt vorhat. Und wenn er die Kinder sehen will? Auf keinen Fall will ich Aquiles jemals wieder in meiner Nähe haben. Er ekelt mich an."

„Du musst ihn doch nicht mehr in deine Nähe lassen. Wenn er doch mal hier auftauchen sollte, rufst du sofort die Polizei."

„Und wenn er die Kinder am Kindergarten abholt oder so? Ich habe solche Angst, dass er seine Drohung wahr macht, dass er dann etwas ganz schlimmes täte, mit dem ich nie rechnen würde."

„Erst mal sind Ferien Lydia. Mach dir nicht immer schon einen Kopf um Dinge, die noch nicht eingetreten sind."

„Ich will nicht dass er meine Kinder bekommt. Nie wieder! Er hat mir so weh getan. Es fühlt sich so dreckig an. Mein eigener Mann, es ist so unfassbar. So ein Arschloch!"

„Er will dich fertig machen. Schon lange haben wir

144

kommen sehen, dass er dich herunter ziehen und ausnutzen will. Dass es so drastisch endet, das haben wir nicht gedacht. Du hättest viel früher kommen müssen, damit du ihn hättest vor die Tür setzen können."

„Ich habe ja immer geglaubt es würde besser. Irgendwie habe ich immer weiter gehofft und es kaum selbst bemerkt. Er war so oft böse und brutal zu mir."

„Mensch Lydia und da hast du uns noch so lange verschwiegen, dass er ausgezogen war. Wir sind doch immer für dich da."

„Ich weiss, aber ich wollte auch mal versuchen alleine klar zu kommen irgendwie. Mir war es auch unangenehm. Ich dachte er geht ein paar Wochen und dann würde alles gut werden. Mir wäre lieber gewesen ich hätte euch das Positive danach erzählen können."

„Gemeinsam schaffen wir das jetzt. Lass dich nicht unterkriegen. Wir werden uns zusätzlich Hilfe holen. Lass dich bloss nicht wieder einlullen."

„Nein, garantiert nicht. Jetzt ist endgültig Schluss. So ne Scheisse, echt. Warum habe ich das nicht kommen sehen und musste noch so etwas ertragen. Warum nur?"

„Lydia, du hast um deine Ehe gekämpft und für deine Familie. Halte das in Ehren und zerreib nicht nicht an dem was er dir angetan hat. Denk an deine Kinder, sie brauchen dich jetzt."

„Ich weiss, aber wie kann ich ihnen denn nun ein Papa sein?"

„Du sollst kein Vatersatz sein. Das kann niemand. Du bist ihre Mutter und genau das sollst du bleiben. Aquiles ist weg, ob und wann er sich melden wird, weiss keiner. Du musst dein Leben weiter leben. Du warst die letzten

Monate auch allein und zuvor überwiegend allein."

„Das stimmt. - Man müsste ihn kastrieren oder so. Er sollte den Schmerz fühlen können, den ich gerade in mir trage."

„Damit wäre weder dir geholfen, noch ihm eine Lektion erteilt. Von Kindheit an kennt er nichts anderes als Schläge, Gewalt, Strafen und Entbehrung. Am Ende würde er sich gar sogar wohl fühlen. Er ist abgestumpft, eiskalt und empfindungslos. Da kannst du nichts ausrichten. So einem Menschen, der aus seiner eigenen Kindheit nicht lernt und andere grundlos demütigt, die eigene Frau und Mutter seiner Kinder schlägt und vergewaltigt, so einem Mann kannst du weder helfen noch ihn gerecht bestrafen. Am Ende kann man nur hoffen, dass er irgendwann mal ein einsehen hat und dann merkt was er verloren hat. Das sind dann Schmerzen genug. Ansonsten solltest du dankbar sein, wenn er lange Zeit glücklich mit der Neuen ist und dich in Ruhe lässt."

Immer wieder kommen mir die Tränen. Erinnere mich an die Momente in denen Aquiles mir weh getan hat. Schildere meinen Eltern die Situationen. Es ist mir peinlich. Über Sex zu reden ist nicht das Problem, aber über das zu reden, was einen verletzt hat und was der Partner einem jahrelang antat, man sich nicht zu wehren wusste und dann noch dabei über die Intimitäten redet, das ist schon unangenehm. Ich stehe einfach so da, total verheult, heisere Stimme und dicke Augen. Ich möchte umarmt werden und zugleich mag ich die Berührungen nicht.

So oft hat Aquiles mich mit ihm im Bad eingesperrt. Einfach so. Als wir uns kennen lernten war es manchmal noch heiss gewesen, wenn er mich auf dem Weg ins Büro noch einmal auszog und wir uns diese Momente gönnten. Später, als dann die Kinder da waren wurde es nervig und nicht selten brutal. Gegen eine schnelle Nummer, wie man sagt, hätte ich wohl kaum Einwände gehabt. Was spricht dagegen, nur weil man verheiratet ist und Kinder hat. Nichts. Aber Aquiles kam immer dann, wenn ich wichtige Termine hatte, wenn ich ohnehin alle Kinder allein angezogen und fertig gemacht hatte, in Windeseile den Haushalt geschmissen und mich vorbereitet hatte, während er im Pyjama, unrasiert und ungeduscht, verschlafend und verschwitzt hinter mir her schlich, nur um mich im Bad abzufangen und mich dann minutenlang zu bedrängen. Wenn ich genervt reagierte oder ihn bat aufzuhören, war er zornig und schrie herum. Dann konnte ich Stundenlang um Hilfe bitten und nichts tat sich. Noch schlimmer kam es, wenn die Kinder umher liefen. Mittags und an den Wochenenden schickte er sie dann ins Bett, um mich für ein paar Minuten flach zu legen, egal wo. Wenn es im Bad passieren sollte, schloss er von innen ab und schickte die Kinder, die oft genug vor der Tür standen und nach mir riefen weg. Er schrie sie an und übertrug Nathalie die Aufsichtspflicht. Ich habe den Mund gehalten, es über mich ergehen lassen. Um so schneller war er fertig und seine Laune hielt sich einigermassen. So konnte ich danach den Kindern normal gegenüber treten, auch wenn sie mir so leid taten, dass sie vor verschlossener Tür nach ihrer Mama riefen. Ich habe Schmerzen erduldet, um Aquiles bei Laune zu halten.

Immer wieder.

Je öfter es geschehen war und je mehr Aquiles begonnen hatte mir einzureden, dass ich so lustlos geworden sei, so kalt und ablehnend, desto mehr suchte ich die Schuld bei mir. Womöglich gehörte ich nun doch zu der Sorte Frau, die nach dem Gebären von Kindern keinerlei sexuelle Lust mehr verspürt und sich zurück zieht. Aber war dem so? Eigentlich nicht. Da war einfach keine Liebe mehr zu spüren, nur Verlangen seinerseits. Mir verging die Lust, nicht weil Aquiles es war oder weil ich Kinder hatte, nein, weil es mich nervte, dass ich nie in Ruhe den Haushalt machen konnte, nie kochen oder mich im Bad fertig machen konnte. Immer dann war er da und wollte Sex.

Es wurde zur seelischen Qual zu einem inneren Druck, der mich schliesslich Ausreden suchen liess und mich vor ihm verweigerte. Nicht immer, aber oft. Doch um s mehr, forderte er wiederum die Erfüllung seines ehelichen Bedürfnisses.

Sex auf Kommando ist eben nicht meine Welt, umso weniger, wenn ich weiss dass die Kinder unweit von uns waren und womöglich auf ihr Essen warteten, keiner sie beaufsichtigte und es ihnen komisch vorkam, dass die Eltern sich allein einschlossen.

„Hat Aquiles noch Schlüssel von der Wohnung?" fragt Papa mich ganz aufgeregt.

„Oh nein. Zum Glück nicht. Die sind doch seit Mai weg. Das wäre noch der Knüller."

„Eben, darum frag ich ja nach. Hätte ja sein können. Nicht dass er dann nachts hier plötzlich in der Wohnung steht. Oder dir die Bude leer räumt während du weg bist."

„Er hat oft genug in den letzten Monaten unangemeldet im Raum gestanden. Stundenlang kein Lebenszeichen und dann war er urplötzlich einfach so da gewesen. Okay, wir sind, wir waren verheiratet und daher war es ja irgendwie normal, dass er halt kommt. Andererseits kann ich mich so ärgern, dass ich nicht knall hart den Ton angegeben hab. Verdammt nochmal! Als er auszog hätte ich klare Verhältnisse schaffen müssen, meine Regeln vorgeben."

„Das meinte ich doch, wenn wir gesagt haben, du hättest früher reden sollen. Wir haben dir immer gesagt, dass Aquiles sich wohl nicht ändern wird."

„Ich weiss, aber man will ja doch nicht aufgeben zu hoffen."

„Wir verstehen dich voll und ganz, wir haben ja auch immer gedacht nach der Klinik würde es besser. Wurde es ja auch."

„Mit den Medikamenten war er endlich mal für ein paar Wochen normal. Das war so schön. Warum nur musste er mich so verarschen? Wieso gibt es Menschen die so mit anderen Menschen spielen. Nicht Fremde, sondern der eigene Partner. Wie kann so etwas sein? Ich begreife das nicht."

„Lydia, du solltest dir darüber nicht zu viele Gedanken machen. Mit normalem Verstand kann man das nicht begreifen und nicht erklären."

„Ein so kranker Mensch."

„Krank auf jeden Fall. Lass dich nur nicht dazu hinreissen, sein Verhalten mit dieser kranken Art zu entschuldigen. Aquiles hatte mehrfach die Chance gehabt sich zu ändern. Immerhin war das ja dank

Medikamenten geschehen. Wer nicht begreift, dass er sich ändern muss und schliesslich anderen bewusst weh tut, dem kann man nicht helfen."

„Alles nur aus dieser Sexsucht heraus. Nur weil die Libido der Tabletten wegen nachgelassen hatte. Dabei war das mal endlich ein erträglicher Zustand. Sonst war Aquiles ja mehrmals am Tag zur Begattung bereit. Dann hat er die doch abgesetzt, nur um all seine Weiber zu beglücken. So ein Arsch. Betrügt mich nach Strich und Faden."

„Das war doch aber anzunehmen, dass er von den Frauen nicht lassen kann, wenn er eine eigene Wohnung hat."

„Mag sein. Keine Ahnung, ich war mit den Gedanken nur auf das Positive eingestellt und hatte einfach gehofft er würde zur Besinnung kommen. Am Ende hat es mich ja selbst genervt, dass er nun in seiner Luxus-Bude alles tat, wonach ihm der Kopf stand und die Arbeit nach wie vor an mir allein hängen blieb. Ja er nutzte nicht mal diese Trennung, um seine Kräfte zu sammeln, um mir mehr Liebe zu schenken. Im Gegenteil, mich hat er nur benutzt. Ich war nur interessant, wenn er etwas brauchte."

„Du musst abschliessen und jetzt nach vorne gucken. Es ist ein schreckliches Ereignis und es tut uns auch weh, dass unsere Tochter so etwas erdulden musste. Du hast alles versucht Lydia und nun ist es an der Zeit dass du wieder zu Kräften kommst und dich selbst nicht immer hinten anstellst."

„Er soll abhauen, ganz weit weg. Ich möchte auch keinen Kontakt mehr. Ich habe solche Angst, dass er nun etwas plant, uns etwas antut. Viel eher den Kindern.

Was, wenn er sie entführt oder sie unter Druck setzt?"

„Das müssten wir vorsichtig in Betracht ziehen und uns überlegen, was wir tun können, um Euch zu schützen."

„Selbst wenn er gesagt hat, dass er keinen Kontakt will. Mag sein, ein paar Monate oder so. Doch er wird gegen mich kämpfen, früher oder später will er die Kinder sehen. Und dann kommt hinzu, was sagen die Kinder und was wollen die? Es ist und bleibt ihr Vater."

„Eben darum sollten wir uns so schnell wie möglich erkundigen. Vielleicht sollten wir direkt morgen früh mal zum Jugendamt fahren und uns erkundigen, was man in solch einer Situation tun kann."

Gemeinsam mit meinen Eltern bespreche ich, wie ich mir einen Umgang vorstellen könnte und was mir wichtig ist.

Gestern hat Aquiles seine Sachen im Keller gelassen. Wirklich dreist. Kommt, spielt eine heile Welt vor, wäscht mal eben noch zwei Maschinen Wäsche auf meine Kosten, um sich dann an mir zu vergehen und mich heute eiskalt abzuservieren. Arschloch!

Gemeinsam mit meinem Vater gehe ich in den Waschkeller und packe seine Sachen in einen Karton. Sie sind teils feucht und teils noch ganz nass. Mir egal. Alles kommt in den Pappkarton. Hauptsache weg.

So leicht ist das gar nicht. Albern. Sind nur ein paar Anziehsachen. Trotzdem brutal real und schmerzhaft. Sein Hemd von unserer Trauung, die Jeans mit dem abgewetzten Knie, die sass schön eng am Hintern, seine Muskelshirts. Jahrelang habe ich sie von Herzen gern gewaschen, zusammen gelegt und eingeräumt. Heute das letzte Mal. Wie das klingt. Das letzte Mal. Es ist

Abschied nehmen und Trauern, obwohl er mir nicht genommen wurde, sondern mich brutal verliess. Ich bin den Tränen nahe, verstehe mich selbst kaum.

Am Ende landet der Karton unter der Bank vor der Wohnungstür. Seine Schuld, wenn er sich so benommen hat und seine Kleidung hier lässt. Ich werd sicher nicht darauf aufpassen. Zurück in der Wohnung bekommt er eine Email, mit dem Hinweis, dass er die Sachen abholen könne. Ebenso wie seine Firmenunterlagen und privaten Gegenstände. Mama findet das unnötig so viel zu schreiben. Doch in mir spüre ich diesen Drang. Warum auch immer empfinde ich es als wichtig. Fein säuberlich habe ich alles notiert und ihm auch eine Frist gesetzt. Nun bleibt abzuwarten, ob er sich meldet oder wie er reagiert. Spannend wird es, wenn das Finanzamt die Forderungen aus Umsatzsteuer einziehen will. Drei Jahre hat Aquiles nie etwas entrichtet. Immer fein kassiert und weder uns etwas abgegeben, noch die Steuer abgeführt. Das ist wieder mal eine neue Nummer. Hoffen wir mal, dass er nicht erneut so viel Glück hat, dass er ungeschoren davon kommt. Das ist mir ohnehin ein Rätsel, wie der es immer schafft so viel Scheisse zu bauen und nie wirklich dafür Gerade stehen zu müssen.

Meine Pflicht ist getan. Originale ans Finanzamt und die Kopien zu Aquiles, nebst Belegen und allen anderen Unterlagen. Sollen die das dann untereinander klären. Ich bin raus aus der Sache. Was nun mit dem Auto geschieht, das ist dann ein wohl neues Kapitel, ebenso was einen möglichen Kontakt der Kinder wegen betrifft. Er würde auf kurz oder lang merken, wie viel Ärger ich abgehalten hatte und wie oft ich ihm den Kopf aus der Schling gezogen hatte. Gut, vielleicht war seine Neue ja ebenso bewandert in steuerlichen und rechtlichen Fragen, um ihn ebenso zu hofieren. Wir werden sehen.

Ein wenig tut es mir schon leid um diese Firma. Die Rechnungen hatte ich eigentlich immer gern geschrieben und die Buchhaltung dazu erstellt. Mir hatte es gefallen, abends über die Kunden zu reden, neue Konzepte zu entwickeln und Planungen zu machen. Es lag mir. Ich war stolz auf das was wir aufgebaut hatten. Immerhin hatten wir uns schon im vierten Jahr einen Neuwagen leisten können. Okay, dass Aquiles im Anschluss immer pleite war und das Geld für die Frauen einsetzte, das war nicht planbar gewesen.

Aquiles wurde zunehmend weniger Geschäftsmann. Auch hier hatte ihn der Antrieb verlassen. Er schämte sich für seinen Job und machte andere verantwortlich wenn es nicht lief. Stellte sich als Gönner und Chef von dreissig Angestellten dar. So hatte er sich in einen Sog begeben, den er selbst ausgelöst hatte, denn die Kunden erwarteten bei Krankheit auch entsprechende Vertretung.

Aquiles war eben durch und durch der absolute Schauspieler der es sogar schaffte seine Kunden um den Finger zu wickeln. Sie blieben jahrelang bei ihm, trotz Unpünktlichkeit und masslosen Übertreibungen.

Aquiles hatte meistens Glück. Immer eigentlich. Gut gearbeitet hat er wirklich, mehr aber auch nicht. Am Ende raubten die Frauen ihm den Verstand. Zu Hause half er nie. Hier konnte ich selbst handwerklich aktiv werden, wenn ich etwas repariert haben wollte.

So oft wir auch versuchten unsere Gedanken auf etwas

anderes zu lenken, am Ende landeten wir immer wieder beim Thema „Aquiles". Die Geschehnisse waren einfach zu brisant und innerhalb von Stunden hatte sich alles verändert und in mir kamen tausende von Erinnerungen hoch. Nicht nur Gute und nicht nur Schlechte.

Irgendwie suchten wir Gründe, versuchten es zu hinterfragen und zu beleuchten. Es war unmöglich. Ansatzweise analysierten wir die Parallelen zu seiner vorherigen Ehe. In der Tat kamen sie immer deutlicher zum Vorschein. Eigentlich waren sie mir schon im Jahr zuvor bewusst geworden, daher hatte ich so manches noch konkreter hinterfragt und von Aquiles erklärt haben wollen. Nicht selten eben dass es deswegen zu einem unkontrollierten Ausbruch seines Zorns gekommen war.

Ich war nun die dritte Ehefrau. Von der ersten, einer Südamerikanerin, wusste ich kaum etwas. Sie war Ärztin und wesentlich älter als Aquiles gewesen und wohnte im Nachbarland seiner Heimat. Während der Ehe hatte er Beate kennen gelernt, die dort ihr freiwilliges soziales Jahr machte und sich dann in Aquiles verliebt hatte. Er hatte seine erste Frau also schon mit Beate betrogen, sich dann wohl scheiden lassen und war nach Deutschland gekommen.

Beate und er hatten in Dänemark heiraten müssen. Wahrscheinlich genau aus den gleichen Gründen wie wir damals. Mir wird klar, dass auch Beate sicherlich komplett unschuldig war an dem Ende ihrer Ehe, ebenso wie ich jetzt. Es waren Lügen gewesen, die er mir aufgetischt hatte, nur um sich als guten Ehemann darzustellen. Jetzt macht er mit mir das Gleiche. Auch ihr hat er tausende von Euros genommen, das hat er selbst erzählt. Das Haus seiner südamerikanischen Familie ist komplett mit den Mitteln von Beate gebaut worden.

Heil froh bin ich darüber, dass ich frühzeitig aus einer Intuition heraus die Sparbücher der Kinder und all meinen Schmuck versteckt hatte. Teilweise waren meinerseits die Passwörter geändert worden und ich hatte mir hier und da Kopien anfertigen können. Wenn das alles nicht wäre, sässe ich nicht so locker am Tisch. Auch ein grosses Glück, dass er im Mai unseren Computern nicht mitgenommen hatte.

Einziges Manko bei der Sache ist, dass mir die Geburt unseres Sohnes fehlt. Das habe ich nicht auf dem Computer. Das wird er nur auf seinem USB Stick haben oder so. Die hat er nämlich im Mai alle mitgenommen. Schade, dass ich die vergessen hatte zu verstecken.

IV

Die Gedanken rasen durcheinander. Immer und immer wieder plagt mich die Frage nach dem „Warum". Es hätte doch alles so schön sein können.

Das reale Gefühl ist da, doch je mehr ich einen Grund zu finden glaube, desto mehr verliere ich mich in Gedankenströmen, die mich das Erlebte irreal spüren lassen. Wie kann das sein? So dicht bei einander liegen Klarheit, Unverständnis und Irrationalität. Wie in einer Scheinwelt lebend wünsche ich mir jede Minute aufzuwachen, herausgelassen zu werden aus dieser Glocke des unschönen dramatischen Schauspiels. Sollte nicht jetzt Ende sein? Aber niemand applaudiert, kein Vorhang der den Akt beendet und mich wieder ich sein lässt.

Online. Es ist definitiv eine Sucht. Es hilft mir trotzdem. Kommunizieren mit der Aussenwelt, der Welt die mir Aquiles wegen so lange verborgen geblieben war. Ich bin froh einen Account zu haben, mich mitteilen zu können, neue Welten zu entdecken und mich mit Gleichgesinnten auszutauschen. Es hilft.

Mein Bruder und ich schreiben. Er ist für mich da. Kann es ebenso wenig fassen. Die Gefühle nicht ins Heute tragen, rät er mir. Er hat recht. Es bringt nichts, sich immer wieder vorzustellen, was hätte werden können. Aus und Ende. Es ist vorbei. Froh sein kann ich, dass Aquiles mich nicht völlig zerstört hat. Wobei es kaum vorstellbar ist, was noch hätte kommen können. Als wäre eine Vergewaltigung nicht schon „das Ende" einer Persönlichkeit. Es ist auf jeden Fall sehr nah dran.

Möchte gar nicht wissen, wie schlimm es für die Frauen ist, die ihren Peiniger nicht kennen. Tausende Mal ekliger. Allein bei dem Gedanken dreht sich mein Magen um und ich bekomme Herpes. Zumindest habe ich die Chance, meinen Ekel abbauen zu können. Aquiles und ich waren einmal ein Paar und hatten jahrelang Sex.

Definitiv keine Entschuldigung für seine Tat. Nur weniger Ekel. Dafür der extremste Vertrauensbruch und eine übelste Art der Demütigung. Daran werde ich wohl noch lange zu knabbern haben. Es scheint kaum zu beschreiben, wie es sich anfühlt, denn sieben Jahre hatte ich mich anvertraut, ihn tief in mein Herz und meine Seele blicken lassen. Und dann das!

Aquiles war nie wirklich der Partner zum Anlehnen gewesen. Gewünscht habe ich es mir. Anfänglich habe ich wesentlich mehr den Ton angegeben. Doch ich wollte mich auch mal anlehnen können, los lassen und bei ihm geborgen fühlen. Ich habe es versucht und scheinbar hatte es geklappt. Fataler Denkfehler. Automatisch hatte ich mich meinem Peiniger unterworfen.

Aquiles hatte es auch immer so schön und liebevoll verpackt. Sehnte sich nach einer richtigen Familie. Nie habe er ein Zuhause gehabt, wo Liebe geherrscht habe, keine Mutter die für ihn da war, nicht einmal dann wenn er am Muttertag vor allen ein Lied gesungen habe. Seinen Vater oder eher gesagt Erzeuger kenne er gar nicht. Aufgewachsen sei er bei seinen Grosseltern. Der Grossvater ein Säufer und Schläger.

So wie Aquiles immer geredet hatte, schien er darunter zu leiden und erkannt zu haben, dass er anders sein möchte. Er hat eigentlich nie positiv darüber geredet. Das kam erst als die ersten beiden Kinder geboren waren. Dann auf einmal empfand er die Züchtigung mit einem Gürtel als angemessen, um Kinder auf den Rechten Pfad zu bringen. Getan hat er es bei unseren Mädchen zum Glück nie. Oder doch? Wer weiss was er tat, wenn ich nicht da war.

Schon kurz nach Armando's Geburt hatte Aquiles mich mit der nächst Besten betrogen. Eine italienische Studentin.

Ob Aquiles sich überhaupt auf das Baby freute weiss ich nicht. Im Grunde haben wir uns in der Zeit nie gesehen. Er war immer bis Mitternacht beim Sport. Er investierte lieber fünfzig Euro pro Monat für seine eigenen Muskeln, statt an unserer Seite zu sein. Entgegen der Einstellung fast aller Südländer, freute sich Aquiles nicht auf einen Sohn. Mädchen waren ihm lieber. Warum auch immer.

Lob und Unterstützung habe ich von ihm nie erhalten. An mir blieb alles hängen. Wenn ich etwas sagte, nannte er mich unzufrieden und ich bekam neue Kritik und höchstens den Vorschlag selbst wieder berufstätig zu sein und ihm dann die Kinder zu überlassen. Meistens unterstellte er mir, überfordert zu sein. Natürlich fühlte ich mich gefordert, aber nie überfordert. Was mich nervte war die Tatsache, dass Aquiles sich wie ein viertes Kind benahm. Liess seine Wäsche überall liegen, schlief überwiegend in Arbeitssachen auf dem Sofa, kochte sich selten etwas allein, verschmutzte alles, reparierte, sägte und schleifte auf dem Esstisch und war notorisch Pleite, lieh sich dann bei „Mama" Geld, um es dann zu versaufen. Ein Teenager, aber kein Mann.

Abend für Abend war er weg. Immer die neueste Technik in der Hose oder in der Hand. Nicht selten fiel es ihm alles zu Boden und war schon kurz nach der Anschaffung wieder kaputt. Ich habe nie etwas bekommen. Okay, okay nicht ganz so richtig. Aber in sieben Jahren was habe ich da bekommen, im Gegensatz zu dem was er für sich und seine Liebschaften monatlich ausgab? Also zusammengefasst hat Aquiles monatlich seinen Gewinn von fünfhundert Euro verprasst, statt beizusteuern und innerhalb von dreizehn Monaten über zweitausend Euro seine Kreditkarte überzogen, nebst anderer Schulden. Was erhielt ich? Wir wollen ja nicht kleinlich sein, aber es tut der Loslösung gut, sich das vor Augen zu halten. Eine Uhr für sechszig Euro, Schuhe für dreissig Euro, Stiefel für fünfzig Euro und ein paar Kleinigkeiten. Vielen DANK!

Aquiles lebte in seiner Welt. Obwohl mein Bauch immer dicker wurde, ich immer unbeweglicher und die Mädels zu versorgen hatte, war es unmöglich Aquiles um Hilfe zu bitten. Nur wenn andere Anwesend waren, dann konnte er hin und wieder den liebevollen Ehemann mimen. Darauf habe ich mich gestürzt, diese Momente in mich aufgesogen.

Lange Zeit habe ich nur sein Heimweh und die Belastung im Job vorgeschoben. Für ihn habe ich alles entschuldigt und nur bei mir die Probleme gesucht. Wie dumm. Die Firma hatte ich eigentlich schon längst übernommen. Okay, er ging putzen und arbeitete körperlich vor Ort. Doch Rechnungen, das Organisatorische und die Buchhaltung waren in meiner Hand. Nicht ganz, denn ohne sein Okay ging nichts raus. So oft mussten Dinge bezahlt werden und nichts passierte. Dann war sein Geld wieder weg, die Schulden häuften sich und die Anrufe der Gläubiger wurden massiver. Alle an mich weitergeleitet versteht sich.

Ganz klar kam neben Haushalt, Kindererziehung, der Schwangerschaft und dem Leitern seiner Firma noch die Tatsache hinzu, dass Aquiles zu den von ihm bestimmten Zeiten und Momenten seinen Tribut als Ehemann forderte. Dass meine Hormone durcheinander waren, ich mich kaum bewegen konnte und es bei einer Schwangerschaft nicht immer angenehm und leicht ist, war ihm egal. Er drängte mich solange, bis ich wieder nachgab und dann war er sauer, dass er mich hatte überreden müssen.

Immerzu hat er an meiner Seele gekratzt, Wunden verursacht und diese nie heilen lassen, meine Schwächen ausgenutzt und mich als eiskalt, uneinsichtig, arrogant, selbstverliebt und egoistisch bezeichnet. Eben alles andere als eine Frau, die sich für ihren Mann interessieren würde. Noch dazu wäre ich von Anfang an nicht seine Traumfrau gewesen, kam später dazu. Er stand eben auf blond, mit dicken Ärschen, dicken Brüsten, aber schlanken Beinen. Was weiss ich, wieso er sich dann mit einer sportlichen dunkelhaarigen Frau eingelassen und sie geheiratet hatte. Ach so, stimmt. Mittel zum Zweck. Schwängern und Aufenthalt sichern. So war das doch.

Unbewusst und schleichend ergab ich mich einer seelischen Abhängigkeit zu Aquiles, immer und immer weiter. Ging immer kampfloser auf seine Wünsche, Neigungen und Vorschläge, ja schon fast Befehle ein, während er mir weiss zu machen versuchte, dass er sich selbst verloren hätte, da er stets nur das täte was ich von ihm verlangen würde.

Armando war drei Monate auf der Welt, als Aquiles erneut nächtelang weg blieb ohne sich zu melden. Er hatte angefangen sein Handy mit dem Display nach unten auf unsere Anrichte zu legen, es abends mit ins Bett zu nehmen und stundenlang zu schreiben, obwohl er seiner Aussage nach eben gar nicht der Typ wäre, der gerne und viel schrieb. Stimmt und stimmt nicht. Einerseits hat er in unseren Anfängen seitenweise Briefe und SMS geschrieben und dann eben hinterher gar nicht mehr.

An den Wochenenden musste Aquiles plötzlich Freunden bei Umzügen helfen, ging immer top gestylt aus dem Haus und kaufte sich erstmalig seit langer Zeit freiwillig und allein neue Anziehsachen. Selbst zum Wäsche wachen ging er mit seinem Handy in den Keller und verblieb minutenlang dort unten, immer mit einer Erklärung auf den Lippen zurück kommend.

Irgendetwas stimmte nicht. Da war etwas im Busch und ich wollte es aufdecken. Dank GPS gelang mir, mit Aquiles Zugangsdaten der Cloud, schliesslich eine „Überwachung". Die von ihm benannten Termine und Erledigungen passten immer weniger zu der Fahrtstrecke, die er an den ganzen Tagen zurück legte.

Aquiles war nicht schlau, was das Verwischen seiner Spuren betraf. Verriet sich immer wieder selbst. Erst kam zur Sprache, dass er eine Studentin kennen gelernt habe, Magda. Die Freundin eines Freundes. Die müsste nun in eine neue Wohnung und er würde gerne helfen.

Bat mich schlussendlich bei Recherchen ein Auge drauf

zu werfen und so erfuhr ich nach und nach wichtige Details und kam an für mich sehr wichtige Informationen. Zum einen war schnell der Name samt Nachname herausgefunden, ich kannte den Freundeskreis, da er ihr Profil, sogar eingeloggt, auf unserem gemeinsamen Computer anwandte und schliesslich auch an die neue Adresse, da die Emails über seinen Account liefen.

Innerlich habe ich gekocht, doch beweisen, dass da wirklich etwas gelaufen war, konnte ich nie. Sogar nach Weil am Rhein fuhren die beiden zusammen. Laut Buchhaltung hatte Aquiles dreihundert Euro abgehoben, an einem Automaten an der grossen Einkaufsstraße. Angeblich verloren. Doch wenig später tauchten Bilder von Magda auf unserem Computer auf. Fotos vor einem Antiquitätengeschäft in Weil am Rhein, eben unweit dieses Geldautomaten. Höchst interessant.

Geknallt hat es, als ich mich an einem Nachmittag mit meinem Bruder in der Stadt verabredete. Schon wenige Stunden später hatte Aquiles mich angerufen, ich müsste kommen und auf die Kinder aufpassen. Er wäre gerade von einem Kunden angerufen worden, müsste dringend ein Angebot machen. Ganz klar. Ich habe ihm das nicht geglaubt. Meine Eltern angerufen und meinen Bruder mit der GPS Überwachung betraut.

Da ich seiner Meinung nach nicht schnell genug zu Hause wäre und es bei ihm „brennen würde", brachte er mir die Kinder am späten Nachmittag im Herbst, trotz Kälte, einfach zum Hauptbahnhof. Aber ohne Ticket, ohne Babyflasche oder Nahrung für unseren drei Monate alten Sohn. Einfach in die Hand gedrückt bekam ich die Kinder und er verabschiedete sich flüchtig, nervös. In eines seiner Viertel zu einem Kunden müsse er.

Kaum war er eingestiegen, fuhr er einfach auf die andere Seite des Hauptbahnhofs zu jener Strasse, in der die Studentin Magda wohnte. Dort hielt er und parkte. Meine Eltern waren anwesend, konnten bezeugen, dass er mit einem eigenen Schlüssel das Haus betrat. Meine Welt war zerstört. Auch ich ging dann dort entlang, den Kinderwagen vor mir herschiebend und rief Aquiles an. Wollte aus seinem Mund hören wo er sei und ob ich nicht, wenn er fertig wäre zum diesem Kunden bzw. in jenes Viertel kommen könne, um mit ihm wieder nach Hause zu fahren, statt mit drei Kindern S-Bahn zu fahren.

Natürlich ging das nicht und Aquiles fand jede Menge ausreden, wieso es so ungünstig war und dass er danach noch Besorgungen machen müsse. Aquiles kam besoffen gegen Mitternacht nach Hause. Dank meiner Recherchen konnte ich ihn zur Rede stellen. Aquiles leugnete alles, bestand auf Versöhnungssex, obwohl ich ablehnte, sogar auf dem Sofa schlief und ihn nicht bei mir haben wollte. Er lachte sich über meine Detektivarbeit kaputt und meinte es wäre alles ein Missverständnis, nur eine Freundin der er geholfen habe. Die sei ohnehin lesbisch und in der WG wären viele gewesen, da habe er mit ihr nichts gehabt.

Habe ich geglaubt, damals. Heute bin ich mir sicher, er hat mich betrogen. All die Jahre über, mit Sicherheit. Er kann nicht ohne, nicht monogam.

Von sich hat er selber gesagt, dass er früher alle Frauen verarscht hätte. Sich eine genommen hätte, abgeschleppt

163

aus der Disco, flach gelegt und dann raus geschmissen, wenn nötig sogar nackt. Das hätte er aber aufgegeben. Sicher?

Montag morgen. Die Vergewaltigung liegt zwei Tage zurück. Wie eine Ewigkeit und doch wie vorhin. Die Bilder sind weg, nicht gelöscht. Verdrängt. Ich habe Angst, zittere und friere. Was soll ich sagen? Was darf man denn überhaupt sagen? Vor Jugendämtern hat wohl jeder anständig Respekt. Aber ich muss hin, mich absichern. Wissen was ich tun kann, um mich zu schützen, uns zu schützen und zugleich keinen dem anderen vorenthalten.

Um zehn Uhr tauchen mein Vater und ich beim Amt auf. Mir ist es wichtig so schnell wie möglich eine Lösung für Nathalie, Kiara und Armando zu finden. Sie sollen ihren Vater weiter sehen, ohne dass die Vergewaltigung etwas an der Beziehung zwischen den Kindern und ihrem Vater ändert. Verzeihen kann ich ihm sicher nicht so schnell was er mir angetan hat. Dennoch möchte ich es vergessen. Eine Anzeige zu machen kann ich mir nicht vorstellen. Komisch den eigenen Ehemann anzuzeigen.

Das Amt steht offen, dennoch sind viele Büros nicht besetzt. Viele Schilder mit Urlaubszeiten und Vertretungen. Ich frage mich einfach durch und lande bei einem netten Mitarbeiter, dem ich kurz und knapp die Problematik schildere. Erkläre, dass mein Mann mich sehr verletzt hätte, Grenzen überschritten habe und ich nicht weiter bei den Besuchen und beim Umgang anwesend sein könne, dass mein Mann leider sehr oft gewalttätig würde und ich daher zum Schutze der

Kinder bisher immer versucht habe mit dabei zu sein.

Der nette Mitarbeiter kann dahingehend keinen konkreten Rat geben und nur wenig Informationen, da es wichtig sei, zwischen Besuch, Umgang und Sorgerecht zu unterscheiden. Um den Vorgang im Rahmen der Sommerferien ein wenig zu beschleunigen ruft er kurzer Hand bei einem Kollegen an, schildert den Sachverhalt erneut und schickt mich dann in die achte Etage. Herr Maia ist zuständig für den Bezirk in dem ich wohne. Herr Maia hört sich mein Anliegen an und vereinbart direkt vor Ort einen umfangreichen Gesprächs- und Beratungstermin für den 23. Juli. Dauert zwar noch eine Woche und mir wäre lieb gewesen, mit Informationen bestückt nach Hause zu gehen, doch letztendlich habe ich mich umgehend gekümmert. Das ist wichtig.

Die Woche zwischen dem Erlebnis und dem Termin beim Amt ist eine Berg- und Talfahrt der Gefühle. Immer wieder stosse ich auf Erinnerungsstücke, lese alte SMS und Briefe. Schicke Aquiles Emails mit Daten, erstelle Rechnungen und versende sie. Mir ist wichtig das Geld rein kommt, denn ich möchte das Auto nicht verlieren. Immerhin weiss ich aus Erfahrung, dass bei einer ungedeckten Rate recht schnell die Pfändung ins Haus flattert und dann wäre das Auto weg. Also, damit ich mich mit den Kindern frei bewegen kann, bezahle ich noch einmal eine Rate.

Die letzten Kindergartentage rücken ins Land. Armando geht drei Mal die Woche zu einer Tagesmutter. Noch als Aquiles Kontakt mit uns pflegte, hatte ich die Stelle über Kontakte bekommen. Die Gruppe suchte noch spontan einen Platz zu besetzen und ich war dankbar für eine Unterbringung für drei Tage zu acht Stunden.

Jetzt, wo ich definitiv alles allein hinbekommen müsste und ich nicht im „Notfall" Aquiles zu Hilfe holen könnte und auch zusehen musste, dass ich finanziell einen Neustart hin bekäme, war ich überaus dankbar für diese Möglichkeit. Armando fühlt sich wohl, geht gerne zum Spielen dorthin. Auch wenn der Abschied manchmal noch schwer fällt. Vielleicht aber auch, weil die Umstände derzeit nicht die leichtesten sind und auch wenn ich versuche vor den Kindern nichts über den wahren Schmerz verlauten zu lassen und all meine Befürchtungen, so sind sie einfach zu sensibel für solche Schwingungen.

Die Woche neigt sich dem Ende. Nichts weiter von Aquiles gehört. Es herrscht Ruhe. Ruhe vor dem Sturm? Hat er aufgegeben oder heckt er einen Plan aus?

Ich fühle mich frei. Irgendwie. Zwar einsam und die Erinnerungen an die schönen Momente, an die Zeit des Kennenlernens machen mich traurig, aber ich bin irgendwie frei. Da ist niemand, der mir diktiert, wie ich mich zu kleiden habe, niemand der mir sagt was ich kaufen darf, wie ich das Geld einzusetzen habe oder wie ich mich zu bewegen hätte. Kein Aquiles mehr, der mich aus dem Schlaf reisst, nur weil er wieder unaufschiebbare Lust verspürt, der mir dann ins Ohr flüstert wie geil es wäre einen „Dreier" zu planen bzw. zu realisieren oder von mir irgendwelche Frauennamen vorgestöhnt haben möchte, weil es ihn heiss macht.

Ich habe endlich Ruhe und das Bett für mich allein. Aquiles Kommen reisst mich nie mehr nervös aus dem Schlaf, lässt mich nicht mehr zittern vor möglichen ungewollten Vorkommnissen. Ich muss mich abends nicht mehr ärgern, dass ich wieder einmal seine Leibspeise gekocht habe und er nicht wie versprochen heim kommt.

Immerhin hatte es ihn sogar zum Valentinstag geärgert, dass ich ihm einen Kuchen in Herzform gebacken hatte. Gut, vielleicht nicht geärgert, aber sich gefreut hat er auch nicht wirklich. Hat es angeschaut und wollte den Kuchen dann mitnehmen zur Arbeit. Wer weiss, vielleicht hat er ihn seiner neuen Frau geschenkt, mit ihr den Tag verlebt. Inzwischen ist alles fraglich.

Der Briefkasten quillt über mit Post für Aquiles und seine Firma. Ich bringe alles hoch, ins Büro. Öffne die wichtigste Post. Ich weiss, es ist Datenschutz. Ich muss es riskieren. Um Aquiles schlagen zu können, muss ich wissen was Sache ist. Ich muss einen Schritt voraus sein. Wichtige Daten notiere ich mir. Eine Rate der finanzierenden Autohausbank wird angemahnt. Gut, habe ich inzwischen überwiesen. Alles andere ist Werbung, unnützes Zeug. Landet im Karton den mein Vater freundlicherweise für mich zur Post bringt. Belege sind fein säuberlich in meinem Büro abgeheftet, passende Notizen dazu.

Meine Freunde und meine Familie stehen voll hinter mir, geben mir Tipps und halten mir den Rücken frei. Ich gehe zu meiner Anwältin, reiche die Scheidung ein. Eigentlich ginge das erst im Januar nächsten Jahres. Doch wo kein Kläger, da kein Richter, denke ich mir und sage ihr, dass wir eigentlich schon nach Aquiles Rückkehr aus der Klinik im August letzten Jahren nicht wirklich zusammen waren und uns aus dem Weg gegangen sind. Gut, wird so notiert.

Zu Hause muss ich jede Menge Belege kopieren, nachweisen was ich verdiene, was ich für die Kinder an Kindergeld bekomme und was ich auf meinem Konto habe. Angaben zur Eheschliessung, zum Trennungsjahr, zu den Ausgaben und vieles mehr. Eine grosse Akte. Was den Unterhalt betrifft, so solle ich meinem Mann eine Frist setzen, versuchen so viel wie möglich aussergerichtlich zu klären und zu vereinbaren.

Mittwoch morgen, elf Uhr. Eine Woche nach meiner Vergewaltigung und eine Woche nach dem letzten Kontakt zwischen den Kindern und Aquiles treffen mein Vater und ich uns in der achten Etage des Jugendamts im Büro des Herrn Maia.

Freundlich empfängt er uns. Ich habe Bauchschmerzen. Schon den ganzen Morgen. Sogar Durchfall hatte ich gehabt. Bin unheimlich nervös und weiss gar nicht recht wie ich anfangen soll. Zum Glück startet Herr Maia das Gespräch und ich höre mir erst einmal die unterschiedlichsten Möglichkeiten von alleinigem Sorgerecht über Besuchs- und Umgangsrecht, sowie begleitetem Umgang an.

Es ist interessant zu erfahren, dass manches, das ein oder andere gar nicht ausschliesst. Alleiniges Sorgerecht zu haben beispielsweise schliesst nicht aus, dass der Vater ein Umgangs- oder Besuchsrecht haben kann oder darf. Klingt gut.

Mir ist es wichtig, dass meine eigenen Gefühle aussen vor gelassen werden können, dass Vater und Kinder Kontakt halten. Gar nicht auszudenken, wie sie mich hassen würden, wenn ich es ihnen verweigerte den Papa zu sehen. Möchte ich auch gar nicht. Okay, es gibt Punkte die mir nicht gefallen, Ängste die ich habe, bei dem Gedanken ihn mit allen Drei allein zu lassen. Vielleicht aber würde es ihn so sehr nerven und überfordern, dass er von sich aus den Kontakt einstellen würde.

„Gut, was ist denn nun ihr Anliegen?"

„Tja, um ehrlich zu sein suche ich einfach Rat und Hilfe. Die Situation zu Hause hat sich zugespitzt und ich möchte eine Lösung finden, dass die Kinder ihren Vater sehen können, ohne dass ich dabei sein müsste."

„Darf ich fragen, wieso sie das nicht mehr möchten oder wünschen?"

„Nun, es liegt ein Missbrauch vor, der es mir unmöglich macht weiter mit meinem Noch Ehemann Zeit zu verbringen, sei es auch der Kinder wegen. Es war in der Vergangenheit öfter zu Übergriffen gekommen, die ich bisher hinnehmen konnte oder hingenommen habe. Nun ist eine Grenze überschritten, dass ich es nicht mehr kann. Ich möchte aber, dass die Kinder ihren Vater sehen können und ich nicht schuld daran bin dass ich ihnen den Vater nehme oder so."

„Das finde ich gut. Denn wir als Jugendamt sind natürlich um das Wohl der Kinder bedacht. Die Zwistigkeiten unter den Ehepartnern oder Elternteilen sollten aussen vor bleiben."

„Ist nicht leicht, aber verstehe ich oder kann ich nachvollziehen, ja. Wissen Sie, bisher musste ich dabei sein. Jedes Mal wenn ich meinen Mann mit den Kindern alleine liess, um Besorgungen zu machen, dann kam schon nach einer Stunde der Anruf, ich solle die Kinder abholen. Entweder war er persönlich überfordert oder aber er suchte andere Gründe. Geld dass ich ihm für den Kauf von Essen für die Kinder gegeben habe wanderte immer in die eigene Tasche und die Kinder bekamen mal ne Kugel Eis, aber nie richtig etwas zu Essen. So oft kam ich nach Hause, die Windeln der beiden Jüngsten waren nicht gewechselt, es war viel zu spät gekocht worden, das Essen war teilweise bis ins Kinderzimmer verstreut und mein Mann war die ganze Zeit mit Fernseh gucken beschäftigt. Die Kinder haben es selbst erzählt, auch dass er Filme schauen würde in denen Frauen schreien und wo geschossen wird und er ihnen dann kurz die Augen zu halten würde. Tagsüber wohl bemerkt, immer mit seinem Tablet. Er hat den Mädchen verweigert Fussball spielen zu lernen, wird immer wieder aggressiv, bedroht uns verbal und verbietet den Kindern das Weinen. Mit dem Zollstock droht er und hat zwei Mal damit zugehauen, zur Demonstration, wenn die Kinder nicht aufessen wollten. Mit unserer ältesten Tochter, Nathalie war ich bereits bei der Kinderpsychologin, weil Nathalie das Essen anfing zu verweigern. Es hat mich viele Wochen gekostet den Kindern die Angst zu nehmen."

„Puh, das klingt dramatisch und eher auch so, als hätten sie vier Kinder. Das ist natürlich auch nicht förderlich für die Kinder, da gebe ich ihnen recht. Es mag gut sein, dass ihr Mann überfordert ist. Da würde ich zu einem vom Amt begleiteten Umgang raten. Dann würden sich die Kinder und ihr Mann auf neutralem Boden treffen und eine Aufsichtsperson vom Amt oder einer sozialen Einrichtung wäre dabei. Ich denke hier wäre die Qualität wichtiger als die Quantität. So können sich beide Seiten an einander gewöhnen und diese Stunde oder zwei Stunden sinnvoll und produktiv nutzen. Besser als wenn es im Stress oder Chaos endet. Ihnen ist ja auch nicht geholfen, wenn sie immer auf Abruf sind. Da gebe ich Ihnen recht."

„Gut, wie verbleiben wir denn dann?"

„Ja, ich würde sagen, dass wir Ihren Mann dann zu einem Gespräch einladen. Das ist natürlich freiwillig. Meinen Sie dass er kommt? Hat er noch Kontakt?"

„Nein, keinen Kontakt. Seit dem 12.7. haben wir nichts mehr gehört. Ich habe ein paar Emails und auch Briefe versandt mit seinen Unterlagen und auch mit wichtigen Informationen, aber es kam keine Antwort. Auch die Firma betreffend hatte ich nichts mehr gehört, obwohl da einige Kunden bei mir aufliefen."

„Nun gut, abwarten. Wir laden ihn erst einmal ein. Möchten Sie das machen oder soll ich das tun?"

„Joa, ich weiss nicht."

„Ich würde Ihnen raten es selbst zu tun. Wenn so ein Brief vom Amt kommt, scheinen die Fronten oft schon verhärtet. Besser Sie laden Ihren Mann ein und wir schauen dann ob er sich meldet. Geben Sie ihm meine Durchwahl und dann wird sich ein Weg finden."

„Ich danke Ihnen."

Aus meiner Sicht ist das Gespräch super gelaufen. Auch mein Vater ist der Ansicht, dass genau das zur Sprache gekommen ist, was wichtig ist und auch der Vorschlag von Herrn Maia durchaus positiv anzusehen wäre. Irgendwann würden die Kinder eh selbst entscheiden und bis dahin wäre erst einmal der Umgang geregelt. Ich müsste nicht weiter dabei sein und müsste auch keine Sorge haben wie es den Kindern erginge.

Aquiles hatte sich in der Tat nicht einmal gemeldet. Zu Hause schreibe ich die Einladung und mache sie für den Versandt fertig. Abwarten, ob er sich darauf meldet und erscheint. Irgendwie weiss ich gar nicht recht wo er sich bewegt und mit wem. Zugegeben bin ich äussert neugierig.

Über Internet versuche ich heraus zu finden, mit wem Aquiles Kontakt haben könnte. Versuche Gruppen zu analysieren, Treffpunkte und Kontakte zu hinterfragen.

Je mehr ich mich einer neuen Zukunft nähern möchte, umso wichtiger erscheint mir das Aufarbeiten meiner Vergangenheit. Auf einer Netzwerkplattform stolpere ich seit langem wieder über einen ehemaligen Freund. Raúl, mein Ex-Freund um genauer zu sein. Lange Geschichte und letztendlich nur eine kurze Zweisamkeit, die mich aber bis heute verfolgt.

Verboten hatte Aquiles mir den Kontakt zu Raúl, seit ich mit Nathalie schwanger geworden war. Hatte nicht mehr in das Restaurant gehen dürfen in dem er arbeitete, selbst dann nicht mehr, als Raúl schon längst wo anders Arbeit gefunden hatte. Nicht einmal seinen Namen durfte ich erwähnen und urplötzlich kursierten die schlimmsten Gerüchte über ihn in unseren vier Wänden. Aquiles hatte mir erzählt, Raúl habe Nacktfotos von mir unter seinen Kollegen, aber auch bei anderen Latinos, herum gezeigt. Wann Raúl die geschossen haben will, das weiss ich bis heute nicht. Zudem würde es Raúl mit allen Frauen treiben, deale mit Drogen und bereichere sich an Anderen. Ich habe Aquiles vertraut, dachte mir, es könnte schon stimmen, dass er als gut aussehender

Latino mit Drogen dealt, um sich finanziell über Wasser zu halten und haufenweise Frauen abschleppt, das typische Klischee eben. Immerhin konnte ich das Gegenteil auch nicht beweisen, hoffte nur, dass Aquiles dieses Vorurteil selbst nicht erfüllen würde.

Jetzt möchte ich der Wahrheit endlich auf den Grund gehen. So viel von dem was Aquiles mir versprochen und erzählt hat, stellt sich nach und nach als Unwahrheit heraus, als Lüge oder Geschichte, um die Wahrheit herum.

Es ist an der Zeit mich mit dem was war auseinander zu setzen und zu hinterfragen. Ein wenig mit Herzklopfen behaftet schreibe ich Raúl. Frage nach seinem Befinden, grüsse ihn und warte ab. Zwei Tage höre ich nichts, dann die Antwort und eine nette Unterhaltung.

Inzwischen wohnt er in München, viele hundert Kilometer von Freiburg entfernt, plant aber in der kommenden Woche seine Schwester Anita zu besuchen und würde mich gerne treffen. Mir sitzt ein Kloss im Hals. Ich gehe offline. Was bitte soll ich antworten?

Raúl war meine große Liebe gewesen, sofern man das damals nach sechs Monaten Beziehung schon sagen konnte. Raúl hatte ich weit vor Aquiles kennen gelernt, nachdem mein damaliger Verlobter, Edgar, mich von Heut auf Morgen sitzen gelassen hatte. Alles war für die Hochzeit vorbereitet und bezahlt gewesen, doch Edgar war nicht mehr nach Deutschland gekommen. Schon damals hatte ich geglaubt es läge an mir. Wollte seine Kultur besser verstehen können und suchte jedes Wochenende dieses Restaurant auf, um das zu erleben was mir durch seine Absage verwehrt wurde.

Raúl und ich hatten uns auf Anhieb verstanden, viel

gelacht und Zeit miteinander verbracht. Er war gerade frisch verheiratet. Ein Jahr etwa. Seine Frau, wesentlich älter als er. Eine Vernunft- oder Zweckehe. Er hatte nicht zurück in die Heimat gewollt und sie wollte ihn nicht verlieren. Also war geheiratet worden. Wir gingen zusammen einkaufen, lernten zusammen und hatten einfach schöne Momente. Unzählige Momente haben wir einfach miteinander gekocht, nur geredet und die Zeit genossen. An Raúls Seite konnte ich wirklich ich sein, musste mich nicht verstellen und freute mich einfach und unbekümmert über das was wir zusammen erlebten. Er sah wirklich sehr gut aus. Heute immer noch, sehr gut sogar und um ehrlich zu sein, sowohl optisch als auch vom Charakter viel eher mein Typ als Aquiles.

Raúl aber hatte damals seine frisch angetraute Frau nicht verlassen können, schlimm genug, dass ich mit ihm ins Bett gegangen war und er seine Frau mit mir betrogen hatte. Damals habe ich darüber nicht nachgedacht, war egoistisch gewesen und hatte mich auch nicht wirklich nach seiner Beziehung erkundigt. Sie war da, ich wusste es und wollte es nicht wahr haben. Erst als ich merkte, wie wichtig mir Raúl wurde und dass ich mehr wollen würde, da kam seine Frau wieder ins Spiel. Nach einem Jahr Ehe würde er sie nie für mich verlassen. Wir hatten Spass, aber kannten uns zu wenig, um eine Beziehung anzufangen, geschweige denn, dass er dafür seine sicheren Lebensverhältnisse riskieren sollte.

Der Kontakt zu Raúl endete im April, kurz vor dem Tanz in den Mai. Ich war traurig und ging erst recht in das Restaurant, in dem sich alle Latinos der Stadt treffen, essen und auch in einer Ecke tanzen. Zwei Wochen später ging ich wieder hin und lernte dann Aquiles kennen. Raúl versuchte ich aus Eigenschutz zu vergessen.

Wenn wir uns zufällig begegneten, tauschten wir immer wieder verstohlene Blicke aus, doch ich war mir sicher, er würde für mich auf ewig unerreichbar bleiben. Warum also lange Zeit darauf verwenden mein Herz schwer werden zu lassen, wenn ich ihn nicht bekommen könnte, nicht echt lieben dürfte.

Aquiles und ich kamen an einem Samstag, Mitte Mai, vor genau sieben Jahren zusammen. Auch wir verstanden uns sofort blendend. Er war charmant, hatte seinen Erzählungen zufolge bereits viel durchgemacht in seinem Leben und war unglücklich verheiratet bzw. lebte in Trennung. Unsere Bekanntschaft gestaltete sich recht schnell als eine Beziehung und ich rutschte schneller in etwas Festes hinein, als ich es geahnt hatte.

Aquiles fuhr weiterhin jedes Wochenende zu seiner Ex-Frau, Beate zum Wäsche waschen und Gespräche führen. Musste er, um seine Aufenthaltsgenehmigung zu bekommen. Ging mit ihr zum Paartherapeuten und spielte ihr den unglücklichen aber bemühten und kämpfenden Ehemann vor. Ich wusste davon, hatte ihm aber geglaubt, dass seine Exfrau so ein Drache wäre, unnahbar und egoistisch. Also liess ich Aquiles gewähren, doch die Besuche bei seiner Ex hörten nicht auf, selbst als er die Aufenthaltsgenehmigung in der Tasche hatte. Mal blieb er über Nacht dort und dann wieder telefonierte er stundenlang mit ihr.

Irgendwie sass ich dazwischen und war es satt seine Affäre zu spielen. Die ganze Situation eskalierte insoweit, dass ich Raúl erneut über den Weg lief. Raúls Situation hatte sich nicht geändert, er bereute geheiratet zu haben, der Vernunft wegen und weil man es halt so machte, wenn man als jüngerer Mann und Ausländer eine Frau liebte. Der Alltag aber hatte auch ihnen, wie so vielen anderen Paaren, das Genick gebrochen. Raúl und ich konnten einander nicht vergessen, zugleich aber auch nicht wirklich zusammen sein.

Wir trafen uns ein paar Mal im Café oder einer Cocktailbar, redeten stundenlang und klagten einander unser Leid. Ich war offen zu ihm und hatte Raúl auch gesagt, dass ich mit Aquiles zusammen wäre, es mir aber nicht gefiele, dass er immer zu seiner Ex fuhr.

Später betrog ich Aquiles mit Raúl. Es passierte einfach so. Nicht ganz, denn ich wollte es. Also betrügen wollte ich Aquiles nicht, aber ich wollte Raúl haben. Wenn Aquiles sich das Recht heraus nahm mich zu besuchen und parallel wieder an den Wochenenden bei seiner Ex ins Bett zu steigen, warum sollte ich dann auf diese Gelegenheit verzichten?

Raúl war mir in all den Wochen an Aquiles Seite nie aus dem Herz gegangen, nur der Verstand hatte mir gesagt, es wäre brutal diese Liebe, diese Affäre unendlich fortzuführen. Raúl war immer liebevoll und zurückhaltend. Anders als Aquiles, der auch charmant sein konnte. Aquiles war, ich möchte nicht sagen männlicher, aber irgendwie dominanter. Ich wagte nicht ihm zu widersprechen oder wenn, dann achtete ich darauf wie ich ihm etwas sagte. Er wirkte mehr wie ein typischer Latino auf mich als Raúl. Mich reizte das irgendwie auch an Aquiles. Heute weiss ich dass mich diese vermeintliche Dominanz zwar angezogen, aber letztendlich einem gewalttätigen Mann ausgeliefert hatte. Raúl hingegen blieb weiter ruhig und besonnen, war weiterhin unauffällig und bemüht auf legalen Wegen finanziell klar zu kommen und eine Familie zu gründen. Dumm gelaufen. Für uns beide.

Nun gut. Jetzt habe ich wieder Kontakt zu Raúl, dem Raúl, dem ich noch jahrelang nachgeträumt habe, mir vorgestellt hatte wie es wäre mit ihm verheiratet zu sein, was geworden wäre, wenn ich mich gegen Aquiles und für Raúl entschieden hätte.

Per Chat erkläre ich Raúl, dass ich inzwischen drei Kinder hätte und ich nicht wüsste, wie ich mich da mit ihm treffen könne, höchstens am Vormittag. Seine Reaktion ist lustig und zugleich unfassbar schön. Nie wäre es sein Gedanke gewesen mich allein zu treffen, das würde er gar nicht erwarten. Er habe ja in meinem Profil gelesen, dass ich Kinder hätte und wollte seine Nichten und Neffen mitnehmen zu einem See bei mir in der Nähe und ich sollte mit meinen Kindern dazu kommen. Wir sollten einen gemeinsamen Nachmittag erleben, mehr nicht.

Wie ein Honigkuchenpferd strahle ich über beide Wangen. Ich bin glücklich und freue mich wahnsinnig diesen Mann endlich wieder zu treffen. Voller Stolz berichte ich meinen Freundinnen davon. Die sind absolut neidisch, beim Anblick dieses wunderhübschen Mannes und selbst „El-Silencio", dem ich ein Bild von Raúl bei dem letzten Gespräch gezeigt hatte, war begeistert oder besser gesagt positiv angetan.

Ich bin total nervös, habe mir extra neue Anziehsachen und einen neuen Bikini gekauft. Ich weiss gar nicht recht, wie ich ihm begegnen soll. Wird er auch nervös sein? Wir hatten heute morgen noch schnell die Handynummern ausgetauscht. Wenn ich ankäme, solle ich mich telefonisch einfach melden.

Alle Sachen sind eingepackt. Ich hole die Mädchen am Kindergarten ab und los geht es. Zehn Minuten und schon da. Parkplatz ist schnell gefunden, anscheinend sind noch viele arbeiten. Mein Herz klopft und ich kontrolliere noch einmal ob alles sitzt. Für dieses Mal habe ich mir vorgenommen einhundert Prozent ich selbst zu sein. Der ideale Test.

Immerhin habe ich an Aquiles Seite jahrelang eine Frau gespielt oder sein müssen, die ich gar nicht war. Ich wäre viel lieber albern gewesen, ein wenig naiv vielleicht oder einfach unbedarft. Wenn Raúl mit meiner Art nicht klar käme, wäre das sein Problem. Abgesehen davon war es doch genau das gewesen, was mich so verliebt in ihn gemacht hatte, dass ich immer ich selbst hatte sein können.

Ich rufe an. Am Telefon seine Schwester. Sie lotst mich auf Spanisch zu ihrem Platz. Raúl spielt mit seinen Neffen Fussball. Ich winke schüchtern, will ihn nicht stören. Raúl aber kommt angelaufen, umarmt mich und küsst mich zur Begrüssung. Nicht auf den Mund, das wäre ja wohl auch zu schön gewesen, um wahr zu sein. Wow, so ein Traumkörper. Braun gebrannt, durchtrainiert und noch immer gut gekleidet. Wahnsinn. Schade, schade, dass er nicht mir gehört. Er will noch das Spiel zu Ende spielen und käme dann.

Am Platz stellen wir einander vor. Seine Schwester spricht nur Spanisch, ist noch nicht lange in Deutschland. Die anderen auch nicht so gut. Verstehen uns aber dennoch, ausserdem sprechen wir vier ja auch Spanisch.

Raúl bietet mir einen gekühlten Rotwein an. Das ist mein Raúl, immer gut ausgestattet und vorbereitet. Tolles Picknick. Ich bin begeistert, hin und weg. Warum nur hatte ich diesen Mann nicht haben können?

Egal. Themen- bzw. Gedankenwechsel. Wir kommen ins Gespräch, natürlich sprechen wir Spanisch und urplötzlich lacht Raúl sich kaputt. Ich begreife gar nicht recht warum. Zum Glück klärt er mich nach ein paar Minuten auf. Es sei witzig festzustellen, dass ich inzwischen so gut, fast perfekt Spanisch reden würde. Damals, als wir uns kennen lernten sprach ich so dermassen gebrochen, nur ein paar Worte. Jetzt, jetzt würde ich so verdammt flüssig und klar sprechen und dann noch mit einem echten südamerikanischen Akzent. Man würde merken, aus welchem Land der sprachliche Einfluss käme. Echt lustig. Ich selbst merke es nicht. Wie auch. Habe keinen Vergleich.

Raúl schnappt sich meine Kinder und geht von sich aus mit ihnen an den Strand, baut eine Sandburg. Ich gehe dazu, schaue, wie er sich anstellt und muss die ganze Zeit lächeln. Es ist schön zu sehen, dass es doch noch Männer gibt, die gerne mit Kindern etwas unternehmen, auch von sich aus. Immerhin war es seine Idee gewesen, die Kinder seiner in Freiburg lebenden Schwester mit an den Strand zu nehmen, weil sie arbeiten musste. Er hat sichtlich Freude und nimmt mich zum Abwaschen des Sandes kurzer Hand mit in den See. So schön. Ich fühle mich endlich wieder jung und einfach nur gut. Wir bleiben bis zum Schluss, bis zu dem Moment, als ein Gewitter aufzieht. Schade. Doch ich habe diese fünf

Stunden an seiner Seite aus vollen Zügen genossen. Er ist ein wunderbarer Mann. Ich wünsche mir für ihn, dass er so bleibt, wie er momentan ist.

Seit diesem Tag telefonieren wir fast täglich miteinander. Reden über unseren Tag und das, was wir erleben. Leider habe ich nicht viel zu berichten, immer nur negative Schlagzeilen über meinen Mann.

Es ist falsch, Raúl das alles zu erzählen, aber er fragt nach mir und wie es mir ginge. Möchte hören was ich fühle und erlebe. So war er immer. Gut, manchmal endet das Telefonat einfach, weil er sagt, dass er müde sei und ins Bett müsse. Manchmal, mitten in einem Satz. Aber er ist wenigstens ehrlich. Ich möchte ihn wieder sehen, aber ich weiss dass es nicht geht. Wir schicken uns Fotos, flirten, aber es wird nichts dauerhaftes werden, nur ein neuer Herzschmerz. Denn er wird München nicht mehr verlassen und ich bin an Freiburg gebunden. Es tut einfach gut zu wissen, dass er irgendwie wieder ein Teil meines Lebens ist.

Inzwischen sind weitere Tage vergangen und ich berichte meinen Eltern von dem Treffen mit Raúl, vom vergangenen Donnerstag Nachmittag. Ich bin ein wenig aufgeregt, denn immerhin stand auch für sie damals der Name unter einem schlechten Stern, denn Aquiles hatte es damals so dargelegt, als hätte ich ihn mit Raúl betrogen, als ich schon hoch schwanger, kurz vor der Geburt von Nathalie gewesen wäre. Er hat mich schlecht gemacht vor meinen Eltern und Raúl auch. Dabei hatte der mich sogar, als ich mit meinem Schlaganfall im Krankenhaus lag, besucht. Er hatte wahre Gefühle für mich und ich glaube, dass es genau das war, was Aquiles unterbinden wollte, weil er mich in der gewonnenen Abhängigkeit halten wollte.

„Ich weiss eigentlich gar nicht, wo ich anfangen soll."
„Hast du nicht mal nen Foto?"

„Im Internet, kann ich ja gleich mal raus suchen. Hey, aber sowas von ein sympathischer junger Mann. Glaubhaft, echt. Eigentlich hat er sich gar nicht verändert. Genau wie damals ist er. Okay, inzwischen ist er auch älter und wirkt nun, naja ich sage mal vorsichtig „männlicher". Er ist ja ohnehin drei Jahre jünger und damals war er eben gerade zweiundzwanzig. Das ist ein Unterschied. Ein unbeschreibliches Gefühl."
„Ja, jaaaa....."

„Quatsch, so nicht. In dem Moment war es wirklich einfach, als würde man einen sehr engen und guten Freund endlich wieder sehen, einen Verwandten. Sofort war da Vertrautheit, als ich ihn sah und Freude und Fröhlichkeit. Alles so unbeschwert auf einmal. Toll!"
„Hat er denn noch Kontakte zu Aquiles oder den Latinos? Nicht dass du da in Schwierigkeiten kommst."
„Das kann doch immer passieren. Nein, aber Raúl ist schon vor Monaten nach München gezogen, seiner neuen Partnerin zuliebe. Allerdings hat das nicht lange gehalten, wie er sagte. Im Prinzip jagt er ebenso der wahren Liebe hinterher. Hat seine Frau damals verlassen, als ihm bewusst wurde, dass er mich liebt. Darum war er damals im Krankenhaus mich besuchen. Wie eine Liebesgeschichte. Irgendwie laufen wir vor einander weg und suchen uns gleichzeitig. Naja. Auf jeden Fall ist er glücklich dort in München. Hat neue Freunde gefunden. Raúl hat sich schon immer in

anderen Kreisen bewegt. Kontakt mit diesen Latinos hier aus Freiburg hatte er nur, wegen seinem Job im Restaurant. Sonst ist es gar nicht seine Welt. Er ist ein toller Kerl, versucht immer mit beiden Beinen im Leben zu stehen und er macht gar nicht viele Worte um sich. Das finde ich toll. Anders als Aquiles, der zwar auch zuhören konnte, sich aber immer irgendwie darstellen und inszenieren musste. Ich kann es nicht beschreiben. Ist auch egal."

„Seit wann habt ihr denn wieder Kontakt? War das so spontan jetzt oder wie kam es dazu?"

„Spontan. Absolut spontan. Jahrelang hat Aquiles mir doch verboten nur annähernd dorthin zu gehen, wo Raúl sich aufgehalten hatte oder aufhalten könnte. Ich habe schon lange online sein Profil gesehen und mich nie getraut ihn zu kontaktieren. Zu gross war meine Angst vor Aquiles. Eine Zeit lang war es mir auch egal, weil ich mit Aquiles glücklich war und die Vergangenheit sollte nicht stören. Es war ja auch nicht wichtig. Im Gegenteil, eher verständlich dass Aquiles nicht wollte dass ich meinem Ex-Freund schrieb oder ihn traf. Würde ich auch nicht wollen. Komisch wurde es ja nur, als ich nicht mal mehr seinen Namen nennen durfte und er mir das nun immer wieder vorhielt, dass ich ihn mit Raúl betrogen hatte. Dabei hat er das gleicher mit Beate gemacht. Auf jeden Fall hatte ich mir nun überlegt, dass ich nichts zu befürchten hätte und hab ihn angeschrieben. Raúl hat sich sehr gefreut und so kam man ins Gespräch und zufällig kam er eben nach Freiburg seine Schwester besuchen. So nahm das seinen Lauf. Fand ich klasse. Vor allem aber, dass er sich gar nicht mit mir allein treffen wollte, sondern betont hatte, dass er seine Nichte und Neffen, sowie seine Schwester mitbringt. Wer macht das schon?"

„Meinst du nicht Aquiles hätte das auch so gesagt oder gemacht?"

„Ganz ehrlich? Nein. Höchstens wenn ich betont hätte, dass ich es aufdringlich finde eine Person nach so langer Zeit allein zu treffen oder so. Aber ansonsten wäre Aquiles ganz anders ran gegangen an die Sache. Direkter und doch indirekt."

„Wieso hat sich denn Raúl bei dir nie gemeldet?"

„Er meinte aus zwei Gründen. Einerseits, weil er bemerkt habe dass ich mich nun für Aquiles entschieden hatte und zum Anderen, weil Aquiles ihn mehrfach bedroht hatte. Wohl damals schon, als er noch verheiratet war. Wollte seine Affäre mit mir seiner Frau erzählen und so. Später dann, als ich Nathalie zur Welt gebracht hatte, war es erst einmal für mich Tabu und das hatte ich Raúl geschrieben. Parallel muss Aquiles auch Druck gemacht haben, dass er sich von mir fern zu halten habe. Damit dann nie die Wahrheit ans Licht käme, darum sollte ich wohl Raúl nie treffen. Am Ende war auch diese ganze Geschichte um Raúl gelogen, nur damit ich enttäuscht wäre und mich an Aquiles klammerte. Überleg mal. All die Jahre hat er mir erzählt, Raúl würde mit Drogen dealen, hätte andauernd neue Frauen am Start und hätte damals Nacktaufnahmen von mir herum gezeigt. Ich hab das echt geschluckt und wollte dem nicht nachgehen. Allerdings habe ich mich all die Jahre gefragt, wann und wieso er das gemacht haben will. Raúl hatte nie sein Handy in der Nähe gehabt, alleine aus Angst, dass seine Frau anrufen würde. Ich habe das alles Raúl erzählt und der ist fast

umgekippt. Schlussendlich meinte er nur, dass das alles
eher auf Aquiles selbst zutreffen würde. Der hätte mit
mir angegeben und auf seinem Handy immer Fotos
gezeigt, nicht er. Ausserdem war Aquiles derjenige
gewesen, der ewig neue Damen abgeschleppt hatte und
das obwohl ich damals im Krankenhaus war. Er hätte
sich nie Gedanken um mich und Nathalie gemacht,
während Raúl bereit gewesen war Nathalie zu
adoptieren. Krass, oder?"

„Das kannst du aber laut sagen. Ja und wie sieht er das
heute?"

„Er ist traurig dass es mit uns nicht geklappt hat.
Andererseits meint auch er, wer weiss wozu es gut war.
Ob es gehalten hätte, weiss man auch nicht. Es ist auf
jeden Fall im Nachhinein echt logischer, dass Aquiles
derjenige ist, für den er Raúl betitelt hat."

„Dann fragt man sich echt, wieso er Kinder wollte und
eine Familie."

„Naja, Raúl meinte auch dass es eben das Einfachste
sei, um in Deutschland zu bleiben. Aquiles wäre eben
während der Ehe mit Beate schon oft nach Freiburg
gekommen und hatte immer andere im Schlepp."

„Wahnsinn. Darum war er so überarbeitet, weil er
jahrelang ein Doppelleben führte."

„Genau. Nicht ein Ausrutscher oder gar zum Ende hin
der Ehebrecher, nein seit jeher."

„Um so wichtiger, dass du dir nun einen Plan überlegst,
wie du ihm begegnen kannst. Lass ihn bloss nicht in
deine Wohnung. Wenn du ihn hier irgendwo siehst, ruf
lieber sofort die Polizei."

„Mache ich. Vor allem jetzt, wo ich ihm mehrere Fristen
gesetzt habe. Ist alles per Mail raus und per Post. Habe

ihm geschrieben, er soll endlich seine Klamotten abholen, seine Bürosachen und vor allem auch den Transporter. Eigentlich müsste ich den endlich verkaufen und die Schulden in Österreich abtragen. In zehn Tagen wird die Steuer fällig und Versicherung ist seit über sechs Monaten nicht bezahlt. Wochenlang steht der Wagen drüben auf dem Parkplatz. Der muss stinken ohne Ende, mit den Klamotten drin. Arbeiten gehen tut er ja auch nicht mehr. Meldet sich bei Kunden nicht, schickt keine Rechnungen weg, nichts."

„Dann verkauf ihn doch. Setz ihn rein und warte ab. Du hast den Brief ja als Pfand bekommen. Dann würde ich kurzen Prozess machen, ihn zum Auslösen verkaufen und dein Pfandrecht einsetzen. Einmal Schulden weniger."

„Eben, denn bei dem Schuldschein steh ich ja mit drin. Der wird nen Schock bekommen, wenn sein Auto weg ist."

„Sollte dir aber erstmal egal sein. Nun gibst du den Ton an, würde ich sagen."

Gesagt, getan. Schneller als Aquiles es je für möglich gehalten hätte, landet sein Transporter in den Kleinanzeigen. Wenige Stunden später knapp hundert Interessenten.

Im Nu hingen Papa und ich im Auto und räumten den Wagen leer. Im Cockpit jede Menge nicht versandter Rechnungen, Dokumente und Verträge. Von seiner Bank ein Ratgeber zur sicheren Trennung vom Partner in finanziellen Angelegenheiten. War also alles haargenau geplant. Im Handschuhfach Kaugummis, Schlüssel, Werkzeug und Kondome. Na super!

Jede Menge Müll, überall. Wie man so Auto fahren konnte bleibt mir ein Rätsel. Eklig riecht es im Auto, es klebt und ist brüllend heiss. Das Cockpit ist leer. Zwei Müllsäcke. Die Dokumente und Briefe alle in mein Büro. Ein Teil verbleibt bei mir, der Rest, was ihn betrifft, geht in den Karton.

Im hinteren Teil, neben Werkzeug, Maschinen, Autobatterien und vollen Müllsäcken, dann seine Sporttasche inklusive Anziehsachen, Deo und After Shave. Weiter hinten noch ein Sack mit Schmutzwäsche, ein Regenschirm in rosa-lila, die kaputte Glasfront meiner Küche inklusive aller Scherben liegt auch dabei.

Ich bin immer wieder aufs Neue schockiert. In einem Karton finden wir zwei Schlüssel seiner Kundin. Wie kann man so etwas im Auto lassen, noch dazu in einem Karton zwischen Müll und Belegen? Haarsträubend diese Sache.

Auch der Brief von der Fahrerflucht, Bankdaten die zu erkennen geben, dass er bei zwei Banken versucht hat einen Kredit und einen Bausparvertrag über elftausend bzw. fünfzehntausend Euro abzuschliessen. Die Kreuze sind eindeutig bei „ledig" und „kinderlos" hinterlegt, ausserdem sind keine Begünstigten angegeben. Als laufendes Nettoeinkommen hatte Aquiles doch glatt ein monatliches Gehalt von über zweitausend Euro angegeben. Steuerklasse eins. Wie bitte war er auf diese Summe gekommen?

Jetzt wird mir zumindest klar, warum die beiden Konten gekündigt worden waren. Sicher waren die seinem Betrug auf die Schliche gekommen und hatten ihm zum Wohl von einer Anzeige abgesehen und lediglich die

186

Konten gesperrt.

Also summierte sich inzwischen alles Filmreif zu, Fahrerflucht, Bankbetrug, Versicherungsbetrug, Vergewaltigung und dazu ein beträchtlicher Haufen Schulden. Schulden bei meinen Eltern, bei Freunden, bei Kunden, bei Angestellten, bei Banken, bei Krankenkassen, beim Finanzamt und bei mir.

Gut dass ich diesen Mann los geworden bin ehe wir mit ihm untergegangen wären.

Weiter unten in den Kisten finde ich Fotos der Kinder. Die haben wir Aquiles geschenkt. Die Poster haben mich je neun Euro gekostet und der wirft mal eben achtzehn Euro in den Müll. Wo ist da Liebe zu den Kindern und das Vermissen, wenn er die Fotos nicht mal zu Hause aufhängt. Nein, ganz unten in einer Kiste voller alter Konserven und Bierdosen liegen diese Fotos.

Ich bin auf ein neues enttäuscht. Es ist verrückt, was nach einer Trennung innerhalb weniger Tage alles zum Vorschein kommt. Nicht nur, dass mein Leben an der Seite von Aquiles nach und nach als Fake erscheint, die Kinder womöglich alle ungewollt sind und er nur hinter Geld her war oder ist, nein er entpuppt sich als gewalttätig und kriminell. Jetzt bekomme ich doch langsam Angst vor diesem Mann, wo ich glaubte ihn irgendwie einigermassen einschätzen zu können.

Insgesamt vier Stunden wühlen wir uns durch den Wagen, schleppen wichtige Dokumente in die Wohnung, verpacken alles und bringen es dann zur Post. Fünfzehn Euro für den Karton und zwei Briefe, alles per Einschreiben, um sicher zugehen, dass es auch ankommt.

In mir macht sich eine Erleichterung breit. Nun wären noch drei Tage bis zum Ende der Frist zu überstehen und dann ginge der alte Wagen weg, ehe er mich nachher wirklich noch arm machen würde. Irgendwie hoffe ich innerlich, dass Aquiles diese Frist versäumt. Es ist vielleicht gemein, aber ich gönne mir diese Genugtuung zu wissen, dass er irgendwann nach hier käme, voller Hoffnung sein Auto vorzufinden und dann wäre es weg. Einfach weg.

Rache ist süss, denn das würde er keinesfalls ungestraft auf sich sitzen lassen. Aquiles nicht. Da wären ihm dann garantiert alle Mittel recht. Doch erst einmal möchte ich einen treffenden Schachzug machen. Dieser sei mir gegönnt.

Die Kleinanzeige im Internet läuft auf Hochtouren und insgesamt habe ich zwanzig konkrete Interessenten.

Drei Tage später, die Frist ist abgelaufen. Für neunzehn Uhr habe ich fünf Interessenten bestellt. Vorher ist der Wagen noch komplett leer zu machen. Beim letzten Mal hatten wir überwiegend Dokumente und Persönliches heraus geholt und verpackt. Zugegeben war die Sporttasche von Aquiles samt Sportsachen, After Shave, Shampoo und Co aus Zorn im Altkleider gelandet. Pech. Bei all dem was er mir angetan hat, nur eine kleine „Racheaktion". Jetzt müssten die Maschinen raus.

Es ist warm, richtig sommerlich und ich freue mich, dass Aquiles die Frist nicht einhält und mein Schreiben anscheinend ignoriert wird. Der Wagen stinkt nach Benzin. Der Benzinrasenmäher scheint undicht. Beim Abladen bemerken wir allerdings, dass nicht nur der Tank falsch verschlossen ist und daher das Innere des Autos nach Benzin riecht, sondern, dass Aquiles drei

Benzinkanister ungesichert im Inneren das Fahrzeugs lagert.

Unversichert fuhr er mit einer tickenden Bombe und nun steht der Wagen fast zwei Wochen in der prallen Sonne. Die Kanister sind aufgebläht, könnten jeden Augenblick in die Luft fliegen. Nicht auszudenken, was passieren könnte.

Papa holt die Kanister vorsichtig aus dem Wagen, öffnet sie Stück für Stück in weiter Entfernung nahe eines Busches, um die ersten Gase entweichen zu lassen. Die Gefahr ist fürs Erste überstanden. Wir laden den Wagen aus, Maschine für Maschine und Werkzeug für Werkzeug. Alles was kaputt ist und unbrauchbar landet im blauen Sack und später auf dem Sperrmüll. Der Rest in meinem Keller. Ist schliesslich alles noch zu Geld zu machen, oder?

Ich bin euphorisch, endlich einmal, sei es auch nur für diesen Tag, die Oberhand haben. Ich möchte endlich zeigen dass Aquiles sich mit der falschen Frau angelegt hat.

Abends kurz vor dem ersten Termin ist der Wagen leer. Manko, wir haben keinen Kfz-Schein und nur den Ersatzschlüssel. Alles notiert in der Anzeige, ebenso der mögliche Schaden, den wir nicht benennen, nur erklären können. Die Interessenten kommen und die Verhandlungen beginnen. Kurz nach acht Uhr wird der Wagen an einen Interessenten verkauft. Einen Autohändler, undeutlicher Nachname. Mir egal. Der Vertrag kommt zustande, trotz Schaden, fehlenden Kfz-Scheins und fehlendem Originalschlüssel. Der Preis ist um fünfhundert Euro runter gehandelt und ich halte

stolz meine neuen Euros in der Hand. Danke Aquiles!
Jetzt kann ich die Schuld bei meiner Freundin auslösen.
Stolz wie Oscar kehre ich nach Hause zurück und
geniesse das Abendbrot. Natürlich ist Aquiles
Gesprächsthema Nummer eins. Hat er gar nicht
verdient, kommt aber seit Mitte Juli automatisch. Auto
ist weg und ich habe eine Sorge weniger, sowie einen
Trumpf mehr in der Hand.

Auf den Fahrzeugverkauf folgt das zweite Gespräch mit
Herrn Maia. Das Gespräch, zu dem ich Aquiles
eingeladen habe. Ob er kommen wird, bleibt ein Rätsel.
Gemeldet hat er sich nicht. Auch Herr Maia hat sich bei
mir nicht einmal gemeldet, ob er nun etwas darüber
wusste, dass Aquiles käme oder nicht.
Papa fährt mich zum Amt. Das Risiko, Aquiles würde
mit seinem Zweitschlüssel, das von mir genutzte und
bezahlte Neufahrzeug entwenden, entweder einfach weil
es dort steht oder weil er inzwischen bemerkt hatte, dass
sein Transporter verschwunden ist, dämmen wir ein,
indem wir „mein Auto" einfach in der Garage lassen.
Nervös sitze ich auf dem Gang vor Herrn Maias Büro.
Ich habe eine gewisse Art der Panik. Wie wird er
reagieren? Höflich, freundlich? Vielleicht kommt seine
neue Frau mit, so wie ich ihn früher begleitete. Wie er
wohl aussehen mag, jetzt wo er ein neues Leben hat und
sich offiziell dazu bekannte?
Alles rennt durch meinen Kopf. Millionen Gedanken.
Wir waren mal ein Paar, wir haben uns geliebt, wollten
Familie, so viele Pläne. Weg, gescheitert, zerstört. Aber
der war so süss. Seine Art gefiel mir. Oft, nicht immer.
Die Vergewaltigung war schlimm. Tat weh. Wie reagiere

ich? Keine Hand geben! Ignorieren und tun als wäre er Luft. Genau, so mache ich es. Es tut weh. Mein Mann kommt, vielleicht kommt er. Ist nicht mehr mein Mann, hat eine Neue. Ist der Vater unserer Kinder. Alle Liebe weg. Wirklich weg oder tut er nur so? Ich bin allein, fühle mich einsam, ungeliebt und klein. Er hat ein neues Leben, wird geliebt, hat einen Partner. Ich nicht. Scheisse. Die Tür, er kommt. Oh nein, er kommt wirklich.

Aquiles erscheint herausgeputzt, mit neuem Haarschnitt, Bart und neuen Schuhen, fünf Minuten zu spät zum Termin. Herr Maia bittet uns herein und erteilt mir das Wort.

„So, dann erzählen Sie uns doch mal warum Sie heute hier sind und warum ihr Mann da ist."

„Also ich finde, dass mein Mann doch selbst einmal darlegen sollte, warum er gekommen ist, oder nicht?" erkläre ich, überzeugt davon dass mein Grund doch klar sein sollte.

„Nun gut. Dann bitte ich Sie zu erst zu Wort."

„Also diese Dame hier hat mich eingeladen, weil es darum geht eine Regelung zu finden die Kinder zu sehen. Mehr weiss ich nicht. Ich möchte meine Kinder sehen, ich brauche sie und tue alles für meine Kinder. Sie sind mein ein und alles. Meine Frau verweigert mir den Zugang weil ich eine neue Partnerin habe."

„Nun gut, ihre Frau hatte angeführt einen Umgang, wenn möglich nur begleitet durchzuführen. Vielleicht würden Sie das bitte noch mal ihrem Mann darlegen"

Aquiles und Herr Maia sitzen eng beieinander, mir gegenüber. Ich fühle mich wie in einem Verhör. Allein und auf mich gestellt, gegen zwei Männer. Klar, dass ich meinen Standpunkt erläutern muss, aber wieso Herr Maia nicht konkreter werden konnte, ist mir unklar. Mir ist es unangenehm noch mal alles zu erklären. Das Gespräch ist alles andere als locker. Ich versuche sachlich zu bleiben, erkläre die bisherigen Zustände zuhause und dass ich aus dem Grund meinen Mann mit den Kindern nicht allein lassen könnte. Herr Maia schüttelt nahezu durchweg den Kopf, fällt mir immer wieder ins Wort und meint, dass dies alles kein Grund für einen begleiten Umgang sei. Ich solle andere Gründe vortragen. Ich werde konkreter, nenne jede Kränkung, jeden Schlag, jede Demütigung und jeden Aggressionsschub, ebenso die Angst der Kinder. Alles unwichtig, nicht bedeutend. Sie schauen einander an, so als verständigten sie sich über die Augen.

„Schauen Sie, ihr Mann will doch nur das Beste. Die Kinder brauchen einen Vater. Das alles mag nicht gut gewesen sein, das sieht ihr Mann ja ein, aber das ist doch kein Beweis dafür dass es in Zukunft auch so sein wird.“

„Es war bis zum letzten Tag so, obwohl wir getrennt wohnten. Ich konnte die Kinder nie alleine mitgeben. Er fühlte sich immer überfordert. Jedes Mal. Das hatte ich Ihnen schon erklärt. Die Kinder hatten Angst alleine dort zu übernachten. Ich habe es versucht.“

„Nun gut, sie wollen eben beide Elternteile. Es wäre am Besten sie wären dann dabei, würden das Beaufsichtigen.“

„Das kann ich nicht. Ich fühle mich von meinem Mann missbraucht, er hat mir Gewalt angetan. Ich kann da nicht mehr dabei sein, ich...“

„Schauen Sie. Ich kann verstehen dass Sie frustriert

sind, dass Ihr Mann Sie nach sieben Jahren sitzen lässt, aber deshalb dem Vater die Kinder vorzuenthalten finde ich nicht richtig."

„Tue ich nicht. Er hat mich missbraucht und wie ich nun erfahren habe, hat er in der Vergangenheit Nacktfotos von mir herum gezeigt. Ich habe Angst er tut es nun mit Aufnahmen unserer Kinder. Es wurde gesehen, dass er Nacktfotos von unseren Kindern hat."

„Wissen Sie, ich kann verstehen dass meine Frau mir misstraut. Sie ist enttäuscht und nun ganz allein. Aber ich liebe sie nicht mehr. Es geht nicht. Wenn es wirklich so schlimm gewesen wäre und das mit dem angeblichen Missbrauch, dann hätte sie mich ja anzeigen können. Hat sie ja aber nicht. Ich denke am Besten wäre, dass ich ihr ein wenig Zeit gebe sich zu beruhigen und dann finden wir eine Lösung."

„Diesen Vorschlag finde ich wirklich sehr gut. Dann gönnen Sie einander Ruhe um das Vertrauen neu aufzubauen."

„Ich weiss ja nicht mal mit wem er nun lebt oder wo er wohnt. Er hat seine Wohnung fristlos verloren, sitzt auf der Strasse und dann soll ich mich beruhigen und mir Zeit nehmen. Ich will keinen Kontakt zu ihm."

„Wir einigen uns heute darauf, dass Sie sich bei ihrem Mann melden und der kann ihnen ja vielleicht mitteilen, wo er nun wohnt. Ausserdem ist das ja für einen Besuch der Kinder gar nicht so wichtig. Schauen Sie, dass Sie miteinander Termine für Besuche ausmachen."

„Meine Frau kann ja auch gerne dabei sein, wenn sie mir nicht traut. Dann sieht sie ja, wie es den Kindern geht."

„Sehr gut. So können wir es festhalten und Sie halten

derweil Ihren Mann auf dem Laufenden."

„Ich bin aber doch nicht seine Sekretärin. Er kann doch selbst anrufen und fragen, sich erkundigen und bemühen. Ich verstehe das nicht."

„Ich wünsche Ihnen beiden alles Gute und halten Sie mich bitte auch auf dem Laufenden!"

Schock. Starre. Sprachlos. Das was ich höre, rauscht nur noch in meinen Ohren. Aquiles bleibt stehen und grinst sich einen ab. Unüblicher denn je fragt er Herrn Maia nach der Kundentoilette. Sowas habe ich bei ihm in all den sieben Jahren nicht erlebt. Da ist was im Busch. Immerhin hat er die letzten Minuten andauernd auf sein Handy geschaut.

Ich gebe Herrn Maia die Hand, verabschiede mich freundlich und verlasse das Gebäude. Mein Papa kommt mir entgegen. Ich fühle mich, als hätte man mir nun erst recht den Boden unter den Füssen weg gezogen. Was soll ich denn jetzt tun? Nicht nur, dass es ohnehin schlimm genug war, dem Mann gegenüber zu sitzen, der mich all die Jahre benutzt hat, mir all die schönen Worte vorgelogen hat, sondern auch dem Mann, der mich hinterlistig missbrauchte und jetzt wieder so tut als wäre er das Opfer. Da schlägt er allen ernstes vor, ich solle mir Zeit lassen und dann wieder dabei sein, wenn er die Kinder besucht. Alles wie immer oder was? Und der Typ stimmt dem auch noch zu. Wie kann so etwas sein? Das ist alles andere als gerecht, das ist der absolute Gipfel. Nichts hat der kapiert oder kapieren wollen. Absolut nichts. Soll einen auf glückliche Familie machen mit meinem Peiniger, wahrscheinlich wäre dann der Fall schnell zur Akte gelegt und als „gelöst" deklariert, ohne viel Mühe. Da wendet man sich hilfesuchend an ein Amt und erfährt nur Hohn. Lächerlich ist das und total krank.

Wieso überhaupt kann ein so inkompetenter Mensch dort arbeiten und sich damit rühmen, Tipps und Hilfen im Bereich von Familien zu machen.

Er ist mir komplett in den Rücken gefallen. Als wäre ich bloss eingeschnappt. Wieso ich den Missbrauch nicht angezeigt hätte. War halt eben so, weil ich keinen Bock auf weiteren Stress mit Aquiles hatte und Angst dass er dann wieder durchdreht.

Nun soll ich den Wohnungslosen über alles informieren und zudem hinnehmen dass er keinen Cent für die Kinder hat. Plötzlich war der begleitete Umgang kein Thema mehr. Kein Wort darüber.

Alles beim Besten, ideale Voraussetzungen für gemeinsame Wochenenden. Klar und nun kann ich gucken wie es weitergeht. Ich hab Angst.

Papa holt mich an der Eingangstür ab. Er hat eine dunkelhaarige Frau gesichtet in einem rot-schwarzen Twingo mit Freiburger Kennzeichen. Sie fuhr wohl seit einigen Minuten immer wieder am Eingang hin und her. Nun hielt sie ein paar Autos hinter dem meines Vaters. Wir steigen ein und in dem Moment, als Aquiles das Gebäude verlässt und allem Anschein nach, als er uns erblickt, in Richtung S-Bahn Haltestelle geht, startet sie den Motor. Dumm. Papa hatte im Kofferraum das Paket gesehen, dass ich Aquiles zugeschickt hatte. Sie musste also seine neue Freundin sein.

Wir fahren an Aquiles vorbei und ich kann es mir nicht nehmen lassen die Scheibe herunter zu lassen und ihm zuzurufen, dass seine Frau im Twingo dort hinten warten würde. Er stellt sich natürlich dumm, biegt in die Einbahnstrasse Richtung S-Bahn.

Tolles Schauspiel. Die Strasse ist aber eigentlich gesperrt. Der Twingo biegt trotzdem dort ein und wir müssen drehen. Fahren sofort hinterher. Er kann nicht entkommen, dort ist eine Baustelle.

Wenige Sekunden später sind wir hinter dem Twingo. Denken wir zumindest.

Die Baustelle, ganz breit über die ganze Strasse gezogen. Sie hätten wenden müssen. Kein Weg hindurch. Eigentlich. Wie es scheint, sind sie einfach durch die Fussgängerzone gefahren. Einfach weg. Vollgas wenden wir, fahren zurück zur Hauptstrasse, suchen den Weg ab wo sie hätten raus kommen müssen. Nichts. Einfach weg. Nun wissen wir nur von der Wagenfarbe und der Marke, der dunkelhaarigen Frau., aber kein genaues Kennzeichen.

Ein blöder Tag. So unproduktiv. Setze meine Anwältin über das Gespräch in Kenntnis, rege mich tierisch über das Verhalten von Herrn Maia auf und warte auf Rat.

Antworten tut sie nie. Ist immer bestrebt alles gütlich zu einigen. Wie denn, mit einem kriminellen der bloss wieder anbandeln will? Als Info bekomme ich dann per Telefon zu hören, dass er nun auf Umgang klagen solle. Einfach zurücklehnen und abwarten. Womöglich würde sich alles von alleine regeln.

Manchmal eben kommt es knüppeldick. Der Käufer des Transporters nervt mich auch. Ruft alle paar Minuten an. Mein Handy qualmt. Er ist sauer, weil der Motor nicht rund laufen würde. Horror. Stand doch im Text und im Kaufvertrag. Krasse Nummer. Ausserdem bekommt er den nicht angemeldet. Nicht mein Problem. Gewusst, gesehen und gekauft. Dennoch nervt es und irgendwie ist man ja doch immer unsicher, ob man vom Bauchgefühl her richtig liegt.

Zumindest habe ich endlich eine neue Handynummer. Nun soll der Vertrag vom Festnetz auf mich überschrieben werden. Hatte Aquiles darum gebeten. Ebenso mit dem Stromvertrag.

Post vom Autokäufer. Droht mir mit Gericht und Klage, wenn ich nicht für die Reparatur des Getriebes aufkäme und für die Anfertigung eines neuen Schlüssels.

Irgendein Anwalt schreibt mir. Plötzlich ist der Käufer eine Frau, dabei stand wahrhaftig ein Mann bei mir und hat unterschrieben. Okay. Kurze Recherche im Internet. Antworte dem Anwalt, dass ich ohne entsprechende Vollmacht seines Mandanten keine Angaben mache, dass gekauft wie gesehen vorläge und er als Autohändler ohnehin hätte sofort rügen müssen. Ausserdem würde dann auch die Vollmacht der Frau fehlen für die er das Fahrzeug erworben haben will. Brief fertig und per Post raus.

Gemeinsam mit meinen Eltern essen wir Abendbrot. Den Kindern tut es gut. Wir halten zusammen und ich fühle mich gut. Endlich, so scheint es, kehrt das Familiengefühl zurück. Vielleicht habe ich in all dem Kampf um Aquiles zu wenig für mich getan, mich zu wenig erinnert wie gut es mir geht mit meinen Kindern.

Es ist Freitag und ich bin mit einer Freundin zum Frühstück verabredet. Es ist hektisch mit den Kindern am Tisch, dennoch eine schöne Abwechslung zu den Anspannungen der letzten Tage. Tipps kann sie mir keine geben, ist kinderlos und hat auch sonst keine Kontakte, die mir ermöglichen würden gewisse Strategien zu planen oder Rat in Sachen Autoverkauf zu erhalten.

Ich bin vertieft in andere Gespräche mit ihr. Wir reden über Nathalies Schulanfang und darüber, dass die Wohnung dringend renoviert werden müsste, dass Aquiles sich dem immer verweigert hat und ich nun alles alleine irgendwie hin bekommen muss. Ja, meine Eltern helfen. Das ist nicht zu übersehen und ganz elementar. Auch Familie, aber eben anders als würden die Eltern es für die Kinder gestalten.

Die Kurznachricht, die parallel zwischen neun und zehn Uhr eingegangen ist, habe ich wirklich nicht gehört. Einerseits leider und andererseits zum Glück. Es ist kurz nach zwölf als ich sie lese. Sie ist von Aquiles. Mal schauen was er will.

„Lydia, möchte Dich darum bitten mir zu sagen, wo mein Auto und wo meine Klamotten sind. Ich habe bei der Polizei nachgefragt und das Auto wurde nicht abgeschleppt. Sag mir bitte bis spätestens zwölf Uhr heute bescheid, ansonsten sehe ich mich gezwungen das Auto bei der Polizei als vermisst anzumelden.“

Dumm gelaufen, dass ich die Zeit nicht einhalten konnte. Ein wenig zu spät, hoffentlich hat er noch keine Anzeige erstattet. War ja keine Absicht, dass ich es erst jetzt gelesen habe. Was tun? Kurze Rücksprache mit meinen Eltern über das weitere Vorgehen. Aquiles anrufen und die Wahrheit sagen. Ab dann absolute Vorsicht und keine Provokation.

„Hallo? Wer ist da?“

„Na wer schon? Was denkst denn du, wer dich anruft.

Tu doch nach fünf Jahren nicht, als würdest du meine Nummer nicht kennen. Wie albern. Also, du hast angerufen?"

„Ja und eine Nachricht geschrieben. Wo ist mein Auto?"

„Welches meinst du?"

„Na der Transporter, der stand auf dem Parkplatz. Polizei hat ihn nicht abgeschleppt."

„Er ist verkauft. Habe dir gesagt ich mache es, wenn du abhaust und mich auf den Schulden sitzen lässt. Es war abgemacht."

„Du Schlampe, blöde Kuh du. Ich werde dich fertig machen."

Das hat gesessen. Auf beiden Seiten allerdings. Er ärgert sich, das steht fest. Warum nur auf einmal ist ihm der Wagen so wichtig. Trotzdem ist Vorsicht geboten.

Es tut gut, Aquiles wütend zu wissen, auch wenn damit die Gefahr steigt, dass er es mir heimzahlen wird. Abends fahren die Kinder und ich noch einmal weg und kommen erst gegen einundzwanzig Uhr nach Hause. Alles ist ruhig. Mulmig ist mir schon zumute, wenn ich bedenke, Aquiles könnte plötzlich auftauchen. Einfach so aus dem nichts. Es ist dämmrig. Alle in ihren Wohnungen. Wir müssen in die Tiefgarage. Was wenn er dort wartet?

Ich öffne das Tor. Fahre hinab. Warte und sehe in den Rückspiegel. Folgen tut uns keiner. Also fahre ich weiter und parke. Wir gehen durch den Keller zur Wohnung. Ein paar Sachen lasse ich im Auto, nur die Wertsachen eben nicht. Immerhin rechnen wir leider damit, dass Aquiles sich diesen Wagen holen wird. Erst hatten wir überlegt, für diesen Abend die Autos zu tauschen. Also ich mit meinen Eltern, aber irgendwie hatte ich auf das Umbauen keine Lust gehabt.

Meine Mutter hat mich gewarnt, aber ich wollte mir das nicht vorstellen. So schnell und so spät würde er nicht mehr auftauchen. Er müsste jemanden haben, der ihn bringt und das um diese Uhrzeit, das passte nicht.

Ich geniesse das späte Abendessen mit den Kindern. Draussen ist es mild. Wir sitzen noch ein wenig auf der Bank vor dem Eingang und hören Musik. Seit Jahren hatte ich das mit Aquiles machen wollen. Es war nicht mehr dazu gekommen. Er war ja nie da und trank lieber mit anderen Damen Alkohol.

Apropos Dame. Wie kindisch, dass er mich beim Jugendamt so titulierte. Er hätte ja ruhig mich nur beim Nachnamen nennen können, aber „die Dame dort" zu sagen, das ist so blöd.

V

Ein sonniger Samstag. Kurzes Telefonat mit meinen Eltern und Sachen gepackt für die Freizeit am See. Nur kurz in den Keller eine Maschine Wäsche waschen. Ich freue mich. Hüpfend verlasse ich die Wohnung und hopse wie ein Schulmädchen die ersten Stufen der Treppe hinuntern.

Ach du Scheisse. Mist. Woher kommen die Sachen? Der Buggy?

Ich bin total irritiert. Schockiert und unsicher bleibe ich stehen, so als wäre ich mir selbst unsicher ob ich selbst die Sachen dort hingelegt hatte oder nicht. Bruchteile von Sekunden.

Nein, das war alles im Auto geblieben. Kiaras Tasche die war definitiv nicht im Jogger, die waren im Auto. Im Auto! Oh ja, in meinem Auto. Auto? Scheisse, mein Auto.

Mit vollem Adrenalinschub renne ich durch den Keller bis zur Tiefgarage. Die Tür klemmt, dann ist sie auf. Ich bleibe stehen. Was wenn er noch da ist? Ich lausche. Nichts. Es ist ruhig.

Oh verdammt noch mal. Es ist weg. Oh nein, mein Auto ist weg. Ich kann es kaum fassen. Wie kann das sein? Aquiles so früh am Morgen, dass passt nicht zu ihm. Damit habe ich gerechnet und irgendwie doch nicht wirklich. Diesmal war er schneller als ich. Kein Ausflug. Ich bin sauer. Enttäuscht über mich selber. Es war zu ahnen, man hatte es kommen sehen und Mama hatte mich gewarnt. So dumm aber auch.

Wie eine Irre renne ich zurück in die Wohnung, an den Kindern vorbei. Noch immer Adrenalin pur. Eltern anrufen. Auto ist weg! Kein Ausflug. Von Aquiles keine Spur, keine Nachricht und kein Anruf. Über Internet kontaktiere ich Raúl, schildere ihm die Frau beim Jugendamt, das Fahrzeug. Es scheint einer Halb-Puerto-Ricanerin zu gehören. Mehr ist ihm nicht bekannt. Weitere Angaben kann Raúl nicht machen, nur den Vornamen, aber den hätte ich fast auch alleine heraus bekommen. Tiefer will Raúl nicht vorfühlen, zu gross die Angst vor Aquiles. Ich finde es albern, dass ein Mann anscheinend alle in Schach halten kann.

Jetzt fühle ich mich erst recht unsicher, weiss nicht was als nächstes folgt, muss an die Kinder denken. Jeden Schritt doppelt überdenken. Angst vor ihm als Mann habe ich im Moment nicht. Das ist vorbei. Vorerst oder für immer? Egal. Hauptsache diese Angst lähmt mich nicht weiter.

Aquiles soll merken, spüren und sehen, dass ich wieder zu Kraft gelange, dass ich weit mehr drauf habe als mich ewig ihm unterzuordnen und mit mir den Molli machen zu lassen. Ich bin bereit ihm die Stirn zu bieten. Der Kampf ist hiermit eröffnet. Allerdings werde ich mit legalen Mitteln kämpfen, mit fairen Waffen, mit Köpfchen. Los geht's! Achtung Aquiles, ich komme und werde dir deinen Arsch versohlen!

Natürlich recherchiere ich. Frage nach, suche im Internet. Schaue mir Profile an. Onlinestatus und alte Nummern. Er ist zuletzt in einer katholischen Kirche gesehen worden. Welche Kirche? Ich grenze den Radius ein. Latinos waren dabei. Spanische Messe? Gibt es, klingt passend. Also suchen, notieren. Exakt. Der Stadtteil passt. Den hatte ich ohnehin vermutet.

Diese Adresse passt in etwa mit der, die ich vor zwei Jahren bei der GPS Ortung notiert hatte. Also war er damals schon in der Gegend gewesen. So lange kennen die sich schon. Irgendwo dort müsste mein Auto sein. Hoffe ich.

Neuer Anruf zu meinen Eltern. Wie beim FBI gebe ich die Daten der Kirche durch, beschreibe das Auto noch einmal und nenne mögliche Nachnamen, die meiner Vermutung nach in Frage kämen. Das Eltern-Suchkommando macht sich auf den Weg, kehrt aber um halb zwölf ergebnislos bei mir ein. Schade. Wäre auch zu schön gewesen. Das Auto in Freiburg zu suchen, würde Tage dauern und wenn es in einem Innenhof, einer Garage stünde, dann wäre ohnehin die Suche vergeblich.

Immer wieder ärgere ich mich über meine Dummheit. Diesmal hatte er gesiegt, war mir zuvor gekommen. Einen Schritt voraus und das ärgerte mich. Ich hätte es kommen sehen müssen. Mama hatte mich gewarnt und ich hatte gedacht er käme nicht runter. Keine Chance.

Von wegen. Nun mussten wir die Nadel im Heuhaufen suchen. Wäre er mit dem Wagen einmal ganz weg, sähe ich den nie wieder und ich hatte das Nutzungsrecht von ihm bekommen, hatte die Papiere zu Hause und die letzten Raten bezahlt. Die Raten davor meine Eltern. Im Grunde hatte Aquiles nicht einmal wirklich das Auto bezahlt.

Papa und ich machen uns kurzer Hand erneut auf den Weg. Vorschlag, alle mir bekannten Orte abfahren. Altstadt. Parkhäuser, die Chaussee die bekanntesten Orte an denen er verkehrte, denn dort waren meine

Eltern noch nicht gewesen. Schnell Wasserflaschen eingepackt, flache Schuhe und ab die Post.

Das Ziel ist schnell erreicht, doch alle mir bekannten Orte, an denen er sonst parkte oder parken würde sind leer. Kein Auto. Einfach nichts. Gut, vielleicht machte er sich einen schönen Tag, irgendwo mit seiner Neuen. Total blöd. Vielleicht kommt er ja zufällig. Papa rennt los, geht in die Parkhäuser gucken, während ich im Auto warte. Es ist aufregend und macht unheimlich viel Spass.

Mein Handy klingelt. Eine Nachricht von Aquiles. Ach du schreck und jetzt wo Papa weg ist. Hoffentlich ist er nicht bei mir zu Hause, was wenn er Mama bedroht oder so. Sie hat zum Glück den Riegel von Innen vorgeschoben.

„Hola Lydia, ich habe dir die Kindersitze in deine Garage gelassen und der Kinderwagen so wie Kiaras Tasche zusammen mit der Sport Kinderwagen. Ich musste es das Auto weg nehmen weil du mir mein Auto Transporter & Werkzeugen von der Firma ohne meine Erlaubnis verkauft hast. So hast du es mir ans Telefon angekündigt. Also musste ich aus Angst, dass du mir den Neuen auch verkaufen abgeholt. Weitere Informationen kannst du mit mein Rechtsanwalt regelt."

Puh, erst mal sacken lassen. Ruhig durchatmen. Papa kommt zurück und ich berichte ihm von der Nachricht. Mir fällt auf, dass diese SMS von Aquiles selbst geschrieben ist. Der Stil und die Schreibfehler, typisch er. Die SMS von gestern hatte dann allem Anschein nach seine Freundin geschrieben. Demnach gut der deutschen Sprache mächtig, nicht so wie er.

Rechtsanwalt! Mm, bei bestem Willen kann ich mir

kaum vorstellen dass er einen hat. Bestimmt ein Bluff. Woher soll er einen Anwalt haben. Kann er doch gar nicht bezahlen. Ausserdem was soll der Anwalt regeln? Scheidung? Die läuft doch quasi. Habe ich doch eingereicht. Gut, weiss Aquiles sicher nicht, da wir seine neue Adresse gar nicht kennen.

Okay. Also, Finger spitzen und nachdenken. Was antworte ich darauf? Alles abstreiten käme einer Lüge gleich und wäre dumm. Ihn beschimpfen oder bloss stellen würde nicht zum Ziel führen. Also taktisch versuchen aus der Reserve zu locken.

„Hallo Aquiles, das hast du dann wohl falsch verstanden.... Ich habe von deiner Firma nichts verkauft.... Nur zur Info nebenbei, den Neuen kann man nicht verkaufen - der gehört der Bank und ist nicht versichert und nicht bezahlt - demnach wird der Wagen ohnehin vom Ordnungsamt gesucht und war deshalb in der Tiefgarage - weil du ohnehin polizeilich gesucht wirst. Können gerne einen Termin zum Austausch vereinbaren (gib mir mal Tel von deinem Anwalt bitte) gebe dir dann die Firmensachen wieder, gegen Zweitschlüssel vom Neuen und den Neuen selbst. Solltest du den Neuen weiterhin behalten, würde der verpfändet, da ich dann nicht wie geplant die Raten und Versicherung bezahle - ansonsten kämen zu deinen Finanzamtsschulden etc. von insgesamt dreizehntausend siebenhundert Euro noch gut vierzehntausend vom Neuwagen oben drauf. Gruss Lydia.“

Klingt gut denke ich, lese es noch zwei Mal und schicke die Nachricht ab. Ich hoffe dass er sich meldet. Es bleibt vorerst nur abzuwarten. Also kehren wir unverrichteter Dinge zurück.

Den ganzen Samstag über meldet sich Aquiles nicht. Wir versuchen uns abzulenken, gehen mit den Kindern auf den Wasserspielplatz und ins Eiscafé. Der Sommer hat endlich begonnen, sowohl vom Wetter als auch als Schauplatz eines weiter mutierenden Ehemanns. Vom Liebhaber und Gönner zu einem aggressiven gewalttätigen und missbrauchenden Ehemann voller List und Trug zu einem kriminellen hinterhältigen und eiskalten Menschen.

Unzählige Stunden habe ich weiter recherchiert, alte Belege gesucht und so manch interessantes gefunden. Da hatte Aquiles doch tatsächlich von mir erstellte Lohnabrechnungen abgewandelt und sich damit ein Gehalt von Netto über zweitausend Euro testiert. Da waren auf einmal Briefe angefertigt die belegen sollten, dass er selbst angestellter seiner eigenen Firma war. Total gelogen. Ein weiterer Brief, dass er eine Gehaltserhöhung bekommen hatte.

Nun kamen die Emails dran, die gelöschten Dateien wieder hergestellt. Die Vermieterin hatte gekündigt. Gut. Mehrfach darauf verwiesen, dass die Mieten offen waren. Da! Aquiles hatte allen Ernstes geschrieben er wäre derzeit nicht in Freiburg und sein Chef hätte das Gehalt noch nicht bezahlt. Entschuldigte sich und gab wieder private Probleme als Erklärung an.
Jetzt fiel es mir wie Schuppen von den Augen. Na klar! Mensch, warum ich nicht früher daran gedacht habe.
„Hey, ich weiss warum er das Auto brauchte und auch den Transporter am Freitag so früh schon hatte haben wollen."

„Ja? Erzähl!"

„Na er hat beim Amt zugegeben die Wohnung verloren zu haben und zum ersten ausziehen zu müssen. Der erste war am Freitag. Aber wie ich Aquiles kenne, macht der alles auf die letzte Minute. Was bleibt ihm? Das Wochenende.

Er hat unvorsichtiger Weise gesagt, dass die Vermieterin ihm aus Kulanz das Wochenende gegeben hätte, da er nicht wüsste wohin mit den Möbeln."

„Damit könntest du wirklich einen Volltreffer gelandet haben."

„Ja, demnach hat er gestern und heute den Umzug machen müssen. Früh morgens, damit er an die Wohnung ran kommt. Bleibt nicht viel Zeit. Denn sonst ist die Altstadt brechend voll. Demnach ist morgen Schlüsselübergabe. Anders kann es nicht sein. Ganz sicher. Das Wochenende nutzen und dann Montags treffen und fertig."

„Gut. Wann macht das Büro der Hausverwaltung auf und wo ist das?"

„Im Haus ist das. Direkt unten im Erdgeschoss meine ich. Hatte Aquiles nämlich immer gesagt, dass er da vorbei müsse und die ihm wegen den offenen Mieten auflauern würden. Meine gegen halb zehn oder so wäre jemand da oder ab neun. Recht früh, für Aquiles Verhältnisse und bis zehn ist maximal Ladezone und damit Zufahrt frei."

„Okay. Dann sind Mama und ich morgen um kurz vor acht hier. Damit wir um acht in der Altstadt sind. Vorher noch mal die Strassen und Parkhäuser abfahren und dann Stellung beziehen. Der wird kommen."

Ich bin nervös. Könnte vor Anspannung an die Decke springen. Wie ein spannender Krimi, nur so real eben. Ein tolles Gefühl. Irgendwie zweifle ich zwar daran, dass Aquiles auftauche würde, aber es war die einzige Chance. Die womöglich Letzte und einen Versuch ist es wert.

Die Nacht mache ich kein Auge zu. Male mir einige Szenerien aus. Bin angespannt. Es wäre die Chance ihm nochmals zu zeigen, dass ich mir nichts mehr gefallen lasse.

Pünktlich um acht, auch ohne Frühstück, setzen Papa und ich uns Montag morgen in Richtung Freiburg in Bewegung. Papa fährt. Ich bin zu nervös. Noch einmal überprüfe ich alles. Machen die im Film auch. Handys sind geladen. Uhrzeiten verglichen. Habe Kamera dabei. Autoschlüssel und Papiere. Auch den Zweitschlüssel von Papas Auto für den Fall dass sich der Plan ändert und wir abtauchen müssen. Wie das klingt. Wasserflaschen sind hinten.

Die Chaussee ist noch schön leer. Kein Auto weit und breit. Einmal hin dann andere Seite zurück. Altstadt, nichts. Im Parkhaus auch nichts. Bisher keine Spur von meinem Auto. Wäre ja auch zu leicht gewesen. Zurück zum Königs-Platz, noch mal über die Chaussee. Kein Auto. Die Nacht hat er demnach nicht mehr hier verbracht. Gut.

Papas Auto parken wir nahe dem Königs-Platz. Parkschein per SMS gelöst, so geht das heute. Kann ich dann beliebig nachlösen, wenn die Zeit abläuft. So muss keiner zum Auto zurück und aus der Deckung verschwinden.

Schnellen aufrechten Schrittes schreiten wir durch die

Altstadt, nähern uns von Westen der Strasse, auf dem Aquiles bisher lebte und seine Miete geprellt hat. Erst einmal einen Überblick verschaffen. Einige Lastwagen stehen dort und beladen oder entladen. Die Sicht ist nicht ganz frei. Wir überlegen wo wir uns verstecken könnten.

Irgendein Platz von wo aus wir das Haus sehen könnten ohne zugleich zu erst von ihm gesehen zu werden. Gar nicht so leicht. Detektive im Film haben irgendwie immer bessere Möglichkeiten.

Gut, ich bleibe an der Haltestelle stehen, nahe der Bank, dem Geldinstitut, mit gutem Blick auf Aquiles Wohnung. Papa läuft inzwischen los und geht noch mal in die Parkhäuser. Kein Auto. Aquiles ist anscheinend noch nicht da.

Gut. Das Café an der Ecke ist nicht gut, zu verwinkelt und im Schatten. Kein guter Platz. Die Strassenbahn hält auch immer in der Kurve. Im Notfall könnten wir nicht rüber laufen.

Bleibt nur eine Fastfoodkette. Ich gehe rein, bestelle das Frühstück und Papa lässt die Strasse nicht aus den Augen. Gar nicht leicht, wenn man es nicht gewohnt ist und man seinen eigenen Gedanken nachhängt. Automatisch eben. Draussen werden die ersten Stühle aufgestellt. Perfekt. Zwar ist manches Mal auch die Bahn halb vor der Sicht, aber besser als das Café gegenüber allemal.

Wir lassen es uns schmecken. Sofern man das unter den Umständen sagen kann. Eigentlich bin ich zu nervös zum Essen. Richtig Hunger habe ich nicht, aber Essen muss sein. Die Uhr scheint still zu stehen und ich gebe die Hoffnung auf. Ich kann mir einfach nicht vorstellen, dass Aquiles mit dem Auto hier auftaucht, wie auf dem Präsentierteller. Denke eher der hat das Auto versteckt und lässt sich von seiner Neuen bringen.

Ich rede auf Papa ein, lasse meinen Gedanken freien lauf. Es ist so unlogisch, dass er heute damit kommt. Doch irgendwie hat Papa recht mit seiner Argumentation. Aquiles will als Chef da stehen, glänzen und einen guten Eindruck machen. Seine neue Frau müsste sicher arbeiten. Wieso sollte er sich fahren lassen oder wieso hätte sie, wenn er ja jetzt seinen Wagen wieder hatte, Lust ihn dort hin zu fahren? In der Tat ist das ebenso unlogisch. Ausserdem, so muss ich zugeben, ist es absolut Aquiles Art, die letzten Kisten und Kartons noch bis zur Übergabe in der Wohnung zu lassen, wenn es nur Kleinkram wäre. Das ist typisch. Einfach klingeln, nett lächeln alles zeigen und sich dann entschuldigen, dass noch hier und da etwas herum stünde, was er natürlich jetzt ins Auto laden und mitnehmen würde. Besenrein, pünktlich, das passte nun wirklich nicht.

Der Kaffee treibt. Papa geht zu erst auf die Toilette unten im Keller. Mein Herz rast. Gucke schnell auf mein Handy. Beide Handys. Keine Nachricht, nichts. Er will nicht verhandeln, ist sich seiner Sache sicher. Wir uns auch!

Viertel nach neun inzwischen. Kein Aquiles, kein Auto, nichts weit und breit. Haben wir ihn vielleicht übersehen? Das wäre es und er lacht sich gerade ins Fäustchen, dass er uns beobachtet wie wir hier doof herum sitzen. Bloss nicht. Der Gedanke lässt mich blutleer werden.

Gut. Papa ist fertig, nun bin ich an der Reihe. Zwei Tassen Kaffee, das ist ne Menge. Vor allem dann, wenn man noch angespannt ist und eigentlich nichts verpassen will, darf oder schlichtweg keine Zeit hat in Ruhe zu pinkeln.

Ich nehme sie mir, muss ruhig werden, sonst kippe ich hier um und die Sache ist gelaufen. Nein, ich will mein Auto. Aber ich glaube es war eine Schnapsidee. Gehe zurück nach oben.

Papa weg! Wie jetzt? Der Tisch draussen ist leer. Am Schalter auch kein Papa. Heee? Was geht jetzt ab? Ich werde knallrot, habe Panik in den Augen stehen. Wo ist der denn? Gehe raus. Ach da drüben steht er. Andere Strassenseite. Wieso? Was hat sich getan?

Er winkt hektisch, soll zu ihm kommen. Ok. Er kommt mir gebückt entgegen. Komisch, dass man sich auf offener Strasse bückt oder duckt, obwohl man so oder so sichtbar ist. Lustig, aber egal. Es macht was her, hebt die Dramatik und macht uns von unserem Plan überzeugt.

„Mensch, ich dachte wo bleibt die denn. Er ist grad gekommen:"

„Nee, oder?"

„Doch vor zwei Minuten vielleicht. Mit Auto. Steht direkt vor dem Haus. Linke Seite. Besser ginge echt nicht. Also bleibt nicht viel Zeit, wer weiss wann er zurück kommt."

„Hier, nimm du die Schlüssel" flüstere ich Papa zu. Ich könnte gar nicht so schnell fahren. „Ich bekäme den Sitz nicht so schnell verstellt. Er ist zwar kleiner als du, aber länger als ich. Besser du fährst."

Papa nickt. Wir schleichen uns duckend erst von der

linken Seite hinter der einfahrenden Bahn nach rechts. Die Bahn hält. Wir bleiben stehen. Wir gucken. Luft ist rein. Weiter geduckt hinter den Lastwagen dort rechts.

Die Leute gucken blöd. Wir bleiben stehen und schauen was wir machen. Am hellen Tag schleichen wir uns heran. Es macht irre viel Spass. Weiter geduckt. Noch einen Lastwagen weiter. Lage checken, gucken und hören. Nichts. Die Tür des Hauses ist zu. Kann sich um Bruchteile von Sekunden oder Minuten handeln die uns bleiben. Er musste sicher hoch oder noch etwas unterschreiben, vielleicht doch noch einen Karton holen. Hoffentlich.

Nun die letzten Meter. Das Auto greifbar nahe. Nichts darf schief gehen. Mein Herz rast. Komisches Gefühl. Was die anderen, die uns beobachten, wohl denken? Egal. Haustür ist noch zu. Papa und ich gucken uns kurz an. Tief durchatmen. Wir verstehen uns wortlos. Handeln! Jetzt oder nie. Gleichzeitig preschen wir hinter dem LKW hervor. Papa öffnet per Fernbedienung. Der Wagen blinkt. Offen. Türen auf. Gleichzeitig mit einem Satz rein. Türen zu. Verriegeln. Starten. Weg.

Wahnsinn. Mega Gefühl. Gänsehaut, Herzklopfen und Freude in einem.

Ich bin total hyperaktiv. Könnte mich glatt an das Wiederbeschaffen von Autos gewöhnen. Ich bin so froh. Alles hat geklappt. Wir fahren die Strasse hinuntern, dann links. Die Querstrasse zurück zu dem Platz, wo Papas Auto steht. Wir jubeln laut.

Kaum weg, fragen wir uns gleich, was Aquiles wohl für Augen gemacht haben muss. Zugern wäre ich jetzt ein Mäuschen irgendwo dort und würde seinen Gesichtsausdruck sehen. Legendäre Vorstellung. Alleine die Hypothese macht mich irre. Typisch Aquiles macht der dann noch lange Sätze zu seiner Person, Millionen Entschuldigungen und Versprechungen zur Schuldentilgung, böse Worte über mich und vor allem Bedauern über seine Lage. Anschliessend schnappt er sich sein Werkzeug und die letzten Tüten oder Kartons, was auch immer. Winkt freundlich, händigt der Vermieterin die Schlüssel aus und tritt vor die Haustür. Rums. Da ist sie zu. Ins Schloss gefallen und dann? Der Wagen weg. Was für ein Spass. Ach nein, was für ein Schock.

Gewappnet für die Zukunft, da wollen wir uns nicht erneut Lumpen lassen, vollführen wir unseren kühnen Plan. Es geht nicht nach Hause. Nein, kein Thema.

Papa fährt mit seinem Auto vor und ich hinterher. Wir haben einen Termin in einer Werkstatt. Die wissen was abgeht. Stellen den Wagen ab und die hängen einfach von innen das Schloss aus. So kann Aquiles, sofern er wiederkäme, den Wagen nicht öffnen. Nur ich, mit dem elektrischen Schlüssel. Dann wird er erneut Augen machen, sich ärgern, wenn er sich die Mühe macht, denkt ich wäre so doof und lass ihn auch den Wagen wieder holen und dann steht er da und kommt nicht rein. Yeah. Welch Genugtuung. Erst einmal zumindest.

Den ganzen Tag höre ich nichts von Aquiles. Komisch irgendwie. Ich hatte damit gerechnet, dass er anrufen würde, wenn wir uns noch in der Nähe der Altstadt befänden. Entweder hatte er kein Geld zum telefonieren oder aber er war sich wirklich nicht sicher dass wir das Auto hatten. Das war gut, denn dann hatte er uns auch nicht gesehen. Trotzdem gucke ich alle paar Minuten auf mein altes Handy. Absolut nichts. Den ganzen

Vormittag bleibt es ruhig. Für eine solche Aktion vielleicht schon fast zu ruhig, oder?

Ich kann mir auch gar nicht wirklich vorstellen, was ich in seiner Situation denken würde. Irgendwie würde ich vielleicht schon erst einmal meinen, mein Partner hätte sich das Auto geholt. Obwohl, doch nicht. Ich an seiner Stelle wüsste ja nicht, dass ich weiss, dass er heute Schlüsselübergabe hat. Aquiles muss erst einmal davon ausgehen, dass ich nicht weiss, dass er heute früh die Wohnung übergeben hatte und die Wahrscheinlichkeit, dass ich dass weiss und parallel als Alleinerziehende dann auch noch so früh in der Altstadt auf der Lauer liege, die ist quasi gleich Null, zumindest in seiner spontanen Überlegung.

Also muss er davon ausgehen, dass ich recht behalten habe und der Wagen gepfändet wurde oder das Ordnungsamt sich den Wagen wegen mangelndem Versicherungsschutz geschnappt und stillgesetzt hat. Das sollte ihm zu erst durch den Kopf rasen.

Doch was nun? Er muss entweder zu Fuss oder mit der Bahn nach Hause. Im schlimmsten Fall, sich offenbaren und Freunde oder Freundin her bestellen. Entweder erahnt er doch langsam, dass ich dahinter stecke und heckt einen Racheplan aus und ist daher so ruhig oder aber, er kommt wirklich nicht auf die Idee, dass unser genialer Plan und ein wenig List, Köpfchen und gute Ohren schuld daran sind, dass er nicht in seinem Auto heim fahren kann.

Unter Garantie wird er innerlich kochen und sich darüber ärgern, dass er sich verplappert hat oder eben eher dass er den Wagen ausgerechnet heute mitgenommen hat und sich nicht hat fahren lassen.

Dumm gelaufen.

Ganz klar, es ist nicht korrekt, sich über den Schaden eines Anderen zu amüsieren oder zu erfreuen und ich gebe offen zu, dass es mich eher Kraft kostet mich nicht zu freuen. Doch ich habe so lange Mitleid gehabt und alles für diesen Mann getan. Niemand kann sich annähernd vorstellen, was ich durchgemacht und erduldet habe immer in der Hoffnung er würde uns lieben, bei uns bleiben und alles für uns tun.

Nein, statt dessen werden wir abserviert. Ausrangiert wie eine Ware mit Verfallsdatum und ich bin nicht die einzige Frau die er so behandelt. Es muss aufhören. So oft liest man schlechte Romane über solche „Figuren", nimmt Nachrichten wahr und fragt sich immer warum dem keiner Einhalt gebietet. Stimmt. Das frage ich mich auch und darum gönne ich mir diese Stunden der Freude, egal wie lange sie andauern und egal was kommen mag und ich weiss dass es eine schwere und bittere Zeit werden wird. Noch fühle ich mich stark und voller Kampfgeist. Ich hoffe es bleibt erst einmal so.

Inzwischen ist seit der Rettungsaktion des Autos eine Woche vergangen. Von Aquiles habe ich, das Auto betreffend nichts gehört, nur zwei Nachrichten erhalten, dass er die Kinder sehen will und ob ich mir überlegt hätte wann das sein kann, da er die Kinder in den Arm nehmen will, weil er sie bräuchte. Drei Tage später dann noch mal eine ähnliche Nachricht, beide Male ohne Reaktion meinerseits und dann prompt ein Anruf vom Jugendamt.

Herr Maia war sichtlich genervt und sauer, dass ich mich nicht an Vereinbarungen halten würde, woraufhin ich nur zu verstehen gab, dass mein Mann mir den Kontakt zu ihm untersagt hatte, sowie jegliche Anrufe und nun alles über die Anwälte laufen würde.

Was hätte ich auch darauf antworten sollen? Prinzipiell wäre sicher jede Antwort falsch, sofern ich nicht ja und Amen sage zu dem was er oder mein Mann vorschlagen würden. Sicher haben sich die Beiden ausgemalt, dass ich wieder einzuschüchtern wäre und man nur ein wenig Druck ausüben muss und ich würde brechen und mich dem ergeben, was Aquiles will. Das ist vorbei. Ein für alle Mal. Ab jetzt wird mein Kopf wieder mehr gebraucht und zwar für mich und nicht dafür, wie ich Aquiles helfen kann oder ihm eine gute Frau sein könnte.

Bisher hat er immer bekommen was er wollte und sicherlich ist er fest überzeugt mich wieder und wieder um den Finger wickeln zu können. Hat auch oft genug funktioniert. Ich fühle mich jedoch frei und selbstsicherer. Ein wenig gewarnt und mit Abstand betrachtet, sodass ich mich indirekt vorbereiten kann, auch wenn ich nicht erahnen kann zu was er fähig wäre und was genau er alles tun wird um mich fertig zu machen.

Der Typ von Mitarbeiter des Amts kann mir gestohlen bleiben. Inzwischen habe ich natürlich hier im „Dorf" mit dem ein oder anderen inoffiziell über meine Situation gesprochen und wie sich nun herausstellt, ist Herr Maia dafür bekannt, den Damen, also den Müttern schöne Augen zu machen und hilfsbereit zu erscheinen, während er dann hinten herum stets zu den Vätern hält. Ich bin da nicht die Einzige.

Wenn ich das nicht selbst erlebt und von mehreren

verschiedenen Müttern und Stellen gehört hätte, würde ich kaum glauben dass solche Mitarbeiter dort beschäftigt sind. Traurige Realität. Da das Jugendamt auch keine übergeordnete Institution zur Kontrolle hat, kann das Jugendamt auch wie gedruckt die Unwahrheit sagen, ohne dass dies ernste Konsequenzen hätte. Allen Ernstes frage ich mich, warum ich dorthin gegangen bin. Um Hilfe habe ich gebeten, ein vertrauliches Gespräch gesucht und dann wird man hinten herum derart fallen gelassen und steht nicht nur allein da, sondern wird gleich noch zur zickigen Ehefrau abgestempelt. Es gilt Biss zu haben und sich nicht unterbuttern zu lassen.

Die Post ist durch. Mal schauen was heute so im Kasten ist. Post von einem Anwalt. Na super!
Aquiles hatte leider nicht gebluff und in der Tat einen Anwalt aufgesucht. Drei Seiten, alles Forderungen und Beschuldigungen. Mich trifft erneut der Schlag und ich weiss nicht wie ich damit umgehen soll. Bin gerade auf dem Weg zu einem Termin, möchte mein Gewerbe bei der Stadt anmelden, weil ich gehört habe, so das Auto auf mich überschreiben lassen zu können und jetzt kommt so etwas ins Haus.
Gut. Ich gehe eben rüber, doch die Stadt ist unterbesetzt, heute keine Sprechzeiten beim Gewerbeamt. Also widme ich mich dem anwaltlichen Schreiben. Je öfter ich es lese, desto lustiger finde ich es. Erst einmal beginnt es mit der Beschuldigung, ich würde die Firmengegenstände nicht herausgeben wollen. Interessant, da Aquiles nie darum gebeten hatte und ich ihm Fristen gesetzt hatte mit der Bitte alles abzuholen.

Mehrfach schriftlich und per Einschreiben.

Eine Woche gaben sie mir Zeit alles auszuliefern, andernfalls würde man gerichtlich vorgehen. Lachhaft, aber erst einmal hat es seine Wirkung nicht verfehlt, mich schockiert und nervös werden lassen.

Habe mir das Schreiben kopiert und natürlich direkt Notizen gemacht. Erste Notiz. Fristen schriftlich gesetzt und von Aquiles nicht eingehalten. Dann wird gefordert, ich solle den Transporter, achtfach bereift mit Extrasitzbank, herausrücken. Komisch wie Aquiles auf acht Reifen kommt. Waren immer nur vier am Auto und mehr gab es nicht. Lustig. Extrasitzbank, davon hat Aquiles vier Jahre lang geträumt, mehr nicht. Notiz!

Nächster Punkt ist auch lustig. Er fordert sein Auto, hier führt er Marke und Typ korrekt an und benennt die Farbe allen Ernstes mit „..." - Wie jetzt? Farbe Pünktchenpünktchen. Was ist das? Oder meint er der Wagen sei gepunktet gewesen? Wie peinlich bitte ist so etwas, sein Auto einzufordern und nicht zu wissen welche Farbe es hat. Aquiles, ich hoffe du wirst eines Tages wegen so etwas vor Scham im Boden versinken.

Gut, dann führt der Anwalt eine ganze Reihe Kleingegenstände auf. Einiges davon ist wirklich im Keller, doch ab dem Punkt Kettensäge wird es schon interessant. Gibt es nicht! Oder Hightec-Messgeräte, Vermessungsgeräte mit Kamera und solche Sachen. Davon träumt er. Denkt bestimmt, wenn er das alles aufschreiben lässt, sei ich in der Beweispflicht und er kann sich dann eine schöne Summe an Schadenersatz auszahlen lassen oder so.

Dann kommt der nächste Knaller. Aquiles will alle Buchhaltungsunterlagen - habe ich ihm doch lange schon zugesandt - vor allem aber Büromaterial, Stempel usw. als auch sämtliche Post. Aha! Wie bitte kann ein Anwalt das so formulieren? Was für einen Sinn ergibt das. Was ist denn „usw.", was soll ich ihm da ausliefern? Mülltüten, Kinderwindeln, Joghurtbecher oder was? Und sämtliche Post? Auch die Werbezeitschriften, meine Rechnungen oder was ist sämtliche? Notiz!

Dritter Knaller ist der, dass Aquiles doch tatsächlich vier Marmorstatuen mit einer Höhe von einem Meter fünfzig von mir haben will.

Diesen Satz lese ich bestimmt zehn Mal oder sogar zwanzig Mal. Marmorstatuen? Verzweifelt überlege ich, was damit gemeint sein könnte. Weiss Aquiles überhaupt was Marmor ist? Also in der Regel wäre das ja wirklich wertvoll. Der träumt ja total. Anscheinend steht Aquiles unter Drogen, dass er mir unterstellt, ich hätte Marmorstatuen von ihm.

So etwas haben wir nicht einmal im Traum besessen, geschweige denn mal davon geredet. Gut, nun ist Aquiles nicht sonderlich gross, erörtern wir im Familienkreis und meinen dass er sich vielleicht bei der Angabe der Höhe vertan haben könnte, doch auch dann kommen wir weder auf etwas mit Marmor noch auf Statuen. Es gibt nichts, was annähernd aussieht wie eine Statue und dann noch vier Mal da sein soll.

Ah, Moment. Der meint doch nicht etwa die Lautsprecher der Musikanlage. Die sind gut ein Meter zwanzig. Aber nicht aus Marmor und keine Statue. Die gehören mir, habe ich meinem Bruder abgekauft und zum anderen sind die doch in seiner Wohnung. Was will er da eigentlich von mir haben? Aquiles scheint durchzudrehen. Das ist nicht mehr normal. Diese Angaben sind alles andere als nachvollziehbar. Soll er doch mal beweisen, dass er so was besessen hat, als Existenzgründer und notorisch Pleite, wo er nicht mal die Farbe seines Autos benennen kann.

Sofort kontaktiere ich meine Anwältin. Die ist im Urlaub. Na super, ausgerechnet jetzt. Also neue Lösung, neuer Anwalt. Der ist in der Tat super, nimmt sich der Sache sofort an und antwortet im Grunde exakt so, wie ich es mir vorgestellt habe. Nimmt meine Notizen und ist ganz direkt, nicht dreist, aber irgendwie klar und direkt. Gefällt mir. Es wird eine neue Frist gesetzt.

Den Schadenersatz lehnen wir ab. Inzwischen liegt auch eine Zeugenaussage vor, dass Aquiles bereits im Mai versucht hat die Kunden einem Kollegen zu verkaufen. Demnach ist ihm kein Auftrag entgangen. Er hat einfach nicht weiter gearbeitet. Zumal die Kunden mir Gleiches bestätigten. Er ist einfach weg geblieben. Auch die Klausel, dass ich die Kunden nicht abwerben dürfe ist sofort ausser Kraft gesetzt. Warum? Weil ich nie bei Aquiles angestellt gewesen war und zudem auch kein Konkurrenzunternehmen darstelle. Habe ich mir das schon fast gedacht. Absicherung war dennoch von Vorteil. Habe ich einfach mal meinen neuen Lebensweg gestartet und Aquiles kann mir nichts anhaben, rein gar nichts.

Am Nachmittag geht es weiter mit Negativnachrichten. Ein Anruf auf der Mailbox. Der Name total unverständlich, genuschelt und von einer mir unbekannte Nummer aus Freiburg. Einziger Hinweis auf der Mailbox „Bitte um Rückruf. Sie sollen sich im

Besitz zweier Autos befinden." Aha? Nö, nicht wirklich. Muss ein Missverständnis sein. Natürlich rufe ich nicht zurück. Da kann ja jeder anrufen und Fragen stellen.

Die Nummer versuchen wir über Internet zu ermitteln. Gar nicht so leicht, da sicher die Durchwahl direkt hinterlegt ist. Also müssen wir verschiedene Kombinationen eingeben und landen schliesslich bei der Kriminalpolizei Freiburg. Ähm bitte was? Ich glaube kaum den Worten meiner Mutter zu trauen. Das kann doch nur ein Fake sein. Wieso sollte die Kripo mich anrufen? Das ist krank und dann noch die Aussage mit den zwei Autos. Garantiert will mich da einer aus der Reserve locken, ein Freund von Aquiles, damit er weiss ob das Auto hier ist oder so. Auf keinen Fall rufe ich zurück. Irgendwie komme ich aus dem ganzen Gedanken - Wirrwarr nicht mehr heraus.

Am Anfang war ich am Boden zerstört, mich quälte die Frage nach dem warum. Mit aller Macht wollte ich wissen, wer diese neue Frau wäre und was sie hat was ich nicht zu bieten habe. Es hat mich viele vertraute Gespräche mit „El-Silencio" gekostet, um klar zu denken, nicht zu verstehen sondern zu glauben, dass mit mir alles in Ordnung ist, dass ich gnädig sein darf mit mir, dass Aquiles so oder so gegangen wäre und ich keine Schuld trage. Es war gut und richtig um die Ehe, die Familie gekämpft zu haben.

Aquiles hat mich nicht verlassen, weil diese neue Frau, wer auch immer sie sein mag, besser ist. Mit Sicherheit anders, wenngleich auch ähnlich. Doch auf keinen Fall genauso. Sie hat einfach auch keine Kinder, kann tun und lassen was sie will, denke ich. Wissen tue ich es auch nicht. Irgendwann wird der Punkt kommen, an dem Aquiles merkt was er verloren hat. Wird wieder zusammenbrechen, nach Hilfe schreien und letztendlich wieder weglaufen vor sich selbst und wieder ein Herz brechen, nachdem er eine Frau erneut aussaugte, demütigte und mitunter auch missbrauchte. Es ist immer das gleiche Spiel. Aquiles kann nicht anders, will nicht lieben, sich nur befriedigen, ergötzen an dem Leid der anderen und zusehen wie die Partnerin sich vor Liebe und Sorge aufzehrt.

Vor zwei Jahren, als wir alle so schwer krank waren und Aquiles Party machte, statt uns zu Hilfe zu kommen, da hat er mir ins Gesicht gesagt „Ich wollte dich leiden sehen, wissen, ob ihr mich wirklich braucht und vermisst. Du solltest spüren wie es sich anfühlt ohne mich zu sein." Allein diese Worte zeigen sein wahres Ich. Leider erkenne ich es erst jetzt. Besser jetzt als nie.

Aus meiner Position heraus entscheide ich mich einen Schritt weiter nach vorn zu gehen. Ich habe Fragen, mir fehlen die Antworten. Ich bin mir sicher, dass ich nicht alleine bin mit meiner Geschichte. Beweisen kann ich es nicht. Also entschliesse ich mich dazu, Kontakt zu seiner Ex- Frau aufzunehmen. Setze mich in mein Bett und schreibe einfach meine Gedanken auf. Dann lese und lese ich es immer wieder.

Wie würde ich reagieren? Was würde ich denken wenn ich so einen Brief bekäme. Ich würde wissen wollen wer mir schreibt und warum, ehe mich das Anliegen interessierte. Genau, so mache ich es.

Noch einmal beginne ich von vorn. Schreibe den Brief fein säuberlich auf dem Computer. Zu erst entschuldige ich mich, dass ich einfach so schreibe. Anschliessend stelle ich mich kurz vor und erkläre dann sachlich den Zusammenhang zwischen ihr und mir.

Erst dann komme ich darauf zu sprechen, dass ich Antworten suche, keine neue Brieffreundin und auch weder Rache möchte, noch alte Wunden aufwühlen. Ich zitiere ihr Aquiles Aussagen über sie und ihre Eltern und dass ich der Meinung sei, nach all dem was ich nun erleben würde, dass er immer gelogen hätte und entschuldige mich nochmals für meine Leichtgläubigkeit.

Den Brief werde ich abschicken. Vielleicht antwortet sie. Vielleicht auch nicht. Womöglich wird er nie ankommen. Ich habe eine Adresse, aber nicht ihre. Mal sehen was ich entdecken kann.

Die Termine mit den Anwälten sind gut gelaufen. Aquiles bekommt eine neue Frist gesetzt. Alles seinem Anwalt zugeschickt. Die neue Adresse ist noch immer unbekannt. Auch über Raúl kann ich nicht an weitere Informationen gelangen. Der möchte sich raus halten. Alles zu heikel, zu gefährlich. Aquiles habe ihm schon damals gedroht sein Leben und das seiner Familie zu zerstören, wenn er sich mir noch einmal nähern würde.

Anscheinend macht er Drohungen gerne, und auch wahr, sodass sie ihre Wirkung haben. Kaum zu glauben, dass ich mit so einem Mann sieben Jahre zusammen gelebt habe. Ich kann es nicht fassen, obwohl ich jeden Tag erlebe was er sich neu ausdenkt, wie er uns verleugnet, uns beleidigt und offiziell demütigt.

Sieben Jahre habe ich mich für ihn aufgeopfert und alles getan was in meiner Macht stand und als Dank einen Fusstritt. Ja nicht einmal die Tatsache, dass ich noch immer Mutter seiner Kinder bin scheint ihn zu interessieren. Traurig aber wahr. Kein bisschen Anstand oder Respekt.

Doch irgendwann ist Zahltag!

VI

Dabei hat alles einmal so schön angefangen. Wenn ich meinen Kindern erzähle, wie verliebt ich gewesen bin, dann kann ich es, obwohl ich hier leibhaftig sitze, nicht glauben, dass Aquiles sich so sehr veränderte.

Allem Anschein nach ist nicht die Ehe im Sinne des Bundes mit der Frau schuld an seiner Veränderung. Man könnte ableiten, dass es eben „nicht die Richtige" gewesen wäre. Falsch. Absolut falsch. Die Ehe als solches lässt ihn brutal werden, sein wahres Gesicht zeigen, ausnutzen und abstauben was er bekommen kann. Eine mir bisher unbekannte Art von - ich nenne es einfach mal Heiratsschwindel.

Vor mehr als sieben Jahren haben wir uns im Mai in jenem Restaurant kennen gelernt, indem auch Raúl arbeitete. Eigentlich habe ich nur eine Freundin begleitet, wollte Raúl sehen. Der war aber leider nicht da. Meine Freundin war befreundet mit der festen Freundin von Edgardo. Edgardo wiederum ist der beste Freund von Aquiles. So schloss sich der Kreis und ich lernte ihn kennen. Wir waren einander gerade vorgestellt, da schoben wir die ersten Tänze übers Parkett.

Aquiles kann wunderbar tanzen und ich hätte so viel dafür gegeben, es noch einmal erleben zu können. Dazu ist es nie gekommen, denn immer hat er Ausreden gefunden mich fern zu halten, allein zu gehen oder mich allein zu schicken. Dann aber bitte in Begleitung meiner Freundinnen und auf keinen Fall in die Nähe der Latinos. Angeblich würde man noch immer schlecht über mich reden. Darüber lache ich heute.

225

Natürlich durfte ich nicht da hin. Ganz klar, weil er dort Stammgast ist und sich immer wieder neue Frauen nimmt. Das hätte ich doch auf keinen Fall heraus bekommen dürfen. Dann wäre doch sein Plan aufgeflogen. Also sorgt man mit Lügen und Einschüchterung lieber dafür, dass die Frau immer weiter von gemeinsamen Tänzen träumt, statt sie mit ihr zu realisieren.

Aquiles war damals sehr charmant gewesen, sehr zuvorkommend. Überhaupt nicht sexistisch oder plump. Er wirkte wirklich wie Schwiegermutters Liebling. Gut erzogen, höflich und immer nur das Gute sehend, auf mein Wohl bedacht.

Er sah gut aus. Stand da in Jeans, braunen Lederschuhen und einem schwarzen Hemd. Kleiner Körperbau, aber nicht zu klein. Ich trug hohe Schuhe und wir waren etwa gleich gross. Typischer Südamerikaner.

Ein freundliches zaghaftes Lächeln, ordentlich frisiert und sehr ansprechend von seiner Art. Er wirkte muskulös, nicht prollig, es passte alles gut zusammen. Dunkel braune, fast schwarze Haare. Dunkle Augen und volle Lippen. Ich liebte seine Lippen vom ersten Tag. So wunderschön geformte Lippen hatte ich bei kaum einem Mann gesehen.

Wir unterhielten uns beim Tanzen. Setzten uns immer wieder an den Rand, tranken eine Cola oder einen Cocktail und redeten stundenlang. Der Gesprächsstoff ging nie aus. Wir redeten über unsere unerfüllten Wünsche, über unsere Ex-Partner oder Noch-Partner, die uns nicht wirklich liebten und uns im Stich gelassen hatten. So begann, dass Aquiles mir von seiner schlimmen, bösen, eingebildeten und egoistischen

Ehefrau berichtete, die ihn nach wie vor als Ausländer behandeln und ihn immer allein lassen würde. Dass er sich Kinder und Familie wünschen würde und sie nur ihre Karriere und das Geld im Kopf hätte.

Erzählte mir von seiner schwer kranken, an einem Tumor erkrankten Mutter und den vielen Geschwistern. Jeder natürlich von einem anderen Vater. Er war bei den Grosseltern aufgewachsen. Geld für Schule und Kleidung gab es kaum oder zuweilen gar nicht. Er habe seit Kindheit arbeiten müssen. Hat sich umbringen wollen, war vom Grossvater geschlagen worden. Der betrank sich immer und verprasste das Geld fürs Spielen und für Frauen. Ländereien hätte der gehabt und am Ende alles verzockt. Im Nachbarland hätte er ein gut florierendes Geschäft gehabt in der Textilbranche. Habe dann für seine jetzige deutsche Ehefrau alles aufgegeben und sei schliesslich mit ihr nach Deutschland gekommen.

Wieso er das Geld nicht mitgenommen habe und wo es geblieben sei, hat er bis heute nie erklärt. Für andere war er immer der Gönner, das Opfer das zu Gunsten der anderen alles auf sich nimmt. Jetzt wäre er immer allein und würde seine Ehe unter diesen Umständen nicht mehr fortführen wollen. Nie mehr heiraten. Wäre ihm alles auf den Magen geschlagen.

Aquiles tat mir leid. Es klang alles logisch und war auch in den folgenden Monaten immer nachvollziehbar gewesen. Ich habe ihm zugehört, habe mich seinen Sorgen angenommen und ihm geholfen nach Freiburg zu ziehen. Seine Dinge zu retten und seiner Noch Ehefrau den Zugang zu allem zu verwehren.

Innerlich sträubte ich mich gegen diese Frau, fand es ungeheuerlich einen Mann wie eine Art Liebesspielzeug aus dem Ausland heim zu bringen und sich dann nicht kümmern zu wollen. Mir ging Aquiles ständig zur Hand, rief immer an, schrieb SMS und Briefe, kaufte ein, überraschte mich. Es war wie aus einem Lehrbuch und ich genoss diese Liebe in vollen Zügen. Um so unglaublicher kam es mir vor, dass diese Frau Aquiles nicht zu schätzen wusste.

Schon innerhalb kürzester Zeit hatten wir gemeinsame Pläne und auch einer Hochzeit war er plötzlich nicht mehr abgeneigt. Kosten für Restaurant und Abends aus gehen, die liefen immer über ihn und ich musste mir keine Sorgen machen.

Im Sommer des gleichen Jahres gestand er mir dann seine Liebe zu mir, erklärte mir, dass er unbedingt mit mir zusammen bleiben wolle und gerne mit mir Kinder hätte. Ich war begeistert, wenngleich auch ein wenig überrumpelt. Doch nachdem mein Ex-Verlobter mich derart knallhart hatte allein gelassen, mit den Schulden und der geplatzten Hochzeit und auch mein Freund davor keine feste Beziehung hatte eingehen wollen, weil ich nicht auf den Tischen tanzen würde und ihm zu „normal" war, da habe ich mich einfach fallen lassen.

Das Aquiles parallel eben immer weiter zu seiner Noch-Ehefrau fuhr, um auf jeden Fall die unbefristete Aufenthaltsgenehmigung zu bekommen, sogar zum Paartherapeut ging und sich noch mit ihr amüsierte wusste ich, liess es zu und verdrängte es. Könnte ich doch auch meinen Spass haben, so wie er und wenn es wirklich Liebe wäre, würde er schon bleiben oder richtig zu mir kommen.

Sieben Monate nach unserem ersten Treffen wurde ich schwanger. Zu früh, für mich nicht so geplant. Wir freuten uns riesig Eltern zu werden. Aquiles tat alles um mich bei Laune zu halten, kaufte mir die leckersten Speise und die besten Früchte.

Er war stolz auf mich und unseren, gut meinen Babybauch. Wir gingen weiter Party machen, amüsierten uns und genossen unsere Zweisamkeit. Meinen Eltern verkaufte ich meine Gewichtszunahme als „Fast-Food"-Schuld und erst als ich im fünften Monat schwanger war, kam die Wahrheit heraus.

Begeistert waren sie nicht wirklich, da Aquiles und ich beide arbeitslos geworden waren. Trotzdem hielten wir zusammen. Aquiles wurde super aufgenommen und wir bildeten schon eine kleine Familie. Die Scheidung war inzwischen eingereicht und Aquiles war viel mit mir und meinen Eltern zusammen. Eine wirklich schöne Zeit, die uns zusammen schweisste und uns sicher machte auch heiraten zu wollen.

Nach Nathalies Geburt kam ein einschneidender Schicksalsschlag, wenn man das so sagen darf. Zwei Wochen nach der Entlassung, nach einer komplikationslosen und natürlichen Geburt kam ich mit einem Schlaganfall ins Krankenhaus. Ich hatte Hirnbluten. Die Chancen standen schlecht. Operieren war unmöglich. Das Blut sickerte ins Innere des Kopfes und war nicht zu stillen. Ich krampfte, hatte epileptische Anfälle. Bekam schwere Medikamente und konnte meine Tochter nicht mehr stillen. Man versetzte mich ins künstliche Koma, in der Hoffnung die Öffnung würde sich von alleine wieder schliessen. Fünf Tage lag ich zwischen Leben und Tod.

Ich habe es geschafft. Die Blutung ist zum Stillstand gekommen. Ich bin aufgewacht, habe wieder Laufen gelernt und fühle mich gut.

Aquiles war an meiner Seite, wobei nun ans Licht gekommen ist, dass mein Zustand ihn nicht daran gehindert hatte, in Discos weiter neue Frauen anzubaggern. Inwieweit er mich damals schon betrogen hatte, das weiss ich nicht. Es ist enttäuschend zu erfahren, dass Aquiles mir und anderen gegenüber das Sonnenscheinchen spielte, den schüchternen jungen Mann. Am meisten hatte er meine Oma in seinen Bann gezogen. Die war ihm wohl noch mehr verfallen als ich. Jetzt ist alles ganz anders. Meine Oma ist tot, mein Mann ist zum „Monster" mutiert und ein eiskalter Betrüger in jeder Hinsicht. Ich sitze allein mit drei Kindern in unserer ehemals gemeinsamen Wohnung und versuche einen Neuanfang emotional und finanziell zu bewerkstelligen.

Heute, nach über einer Woche Pause, hatte ich gegen Mittag zwei Anrufe von Aquiles auf meinem Telefon. Das Handy habe ich auf lautlos, möchte nicht weiter gestört werden von ihm oder „alten Bekannten" und habe es meist im Büro liegen. Nutze es nicht.
Die Vertragsdaten laufen über Aquiles, nur damals waren die monatlichen Beiträge bei mir abgebucht worden. Sehe ich aber gar nicht ein. Immerhin hat er sich ein neues Smartphone schicken lassen, auf meine Nummer, was mich jeden Monat dreissig Euro oben drauf kostet. Das Geld werde ich niemals sehen oder zurück bekommen. Keinen Cent und ich lasse es nicht

zu dass er mich so sehr finanziell aussaugt wie seine Exfrau.

Soll er mal schön für seine eigenen Kosten aufkommen. In diesem Fall sein Problem. Ich habe eine neue Nummer, einen eigenen Vertrag und nutze seinen nicht mehr. Alles zugeschickt.

Meine Eltern sind hier, wir bereiten Nathalies Einschulung vor, haben zusammen gelesen und Weiteres besprochen. Nächste Woche beginnt der Ernst des Lebens. Nathalie ist aufgeregt und freut sich riesig. An Papa denkt sie kaum noch, fragt eigentlich auch nicht. Sie sind enttäuscht von seinen nicht eingehaltenen Versprechen.

Kurz vor dem Abendessen gehe ich mit Papa noch einmal in den Keller. Lade von meinem Auto etwas in sein Auto. Wir gehen durch den Keller in die Tiefgarage. Das Auto steht noch. Hätte aber anders sein können. Nein, eigentlich nicht, denn Aquiles kann das Auto nicht öffnen, nur aus Zorn die Scheibe einschlagen.

Den Weg zurück nehmen wir die Abkürzung, die steile Treppe hinauf, die am Hinterhof auskommt. Nur von Innen zu öffnen. Ich schiebe die Türe auf und bin gerade dabei hinaus zu treten, da fällt mein Blick auf etwas in der Zage, eher im Schloss selbst.

„Komisch. Guck mal hier Papa."

„Was ist denn da?"

„Ein Stück Papier im Schloss."

„Hat einer rein gedrückt."

„Ja und guck mal, dann fällt die Tür nicht zu. Man kann jetzt vom Hof problemlos in die Tiefgarage. Aquiles war hier."

„Meinst du? Kann doch auch jemand anderes sein."

„Nein, er war es ganz sicher. Das ist seine Handschrift. Der Briefumschlag, das ist typisch Aquiles. Der macht alles mit den Dingern. Auch Auto reparieren, etwas notieren und alles eben."

„Ha, stimmt. Weiss was du meinst. Dann will er ans Auto rann und weiss er kommt nicht vorne durch."

Ich weiss nicht was Aquiles plant und wieso er hinten herum in die Tiefgarage möchte, doch Fakt ist, dass er hier gewesen ist und vielleicht sogar noch irgendwo im Hinterhalt lauert.

Nun ist erst einmal der Zugang wieder zu und er muss den Offiziellen Weg wählen, allerdings fehlt ihm dazu offiziell auch der Schlüssel.

Meine Eltern verabschieden sich kurz nach dem Essen. Es gab nur eine Kleinigkeit. Die Kinder sollen ins Bett, dürfen aber noch einen kleinen Film schauen. Ich fühle mich unsicher. Der Gedanke dass er hier herum schleicht oder geschlichen ist macht mir eine Gänsehaut.

Meine Eltern mahnen mich, den Laubengang abzuschliessen, zu gross die Gefahr, dass er am Ende vor der Wohnungstür steht. Es sind keine fünf Minuten vorbei, da klingelt mein Handy. Papa!

„Äh, ja?"

„Aquiles ist hier. Steht gegenüber auf der Lauer. Papa hat sich gedacht er könnte noch hier sein, wollten mal den Parkplatz abfahren nach dem Twingo. Tatsächlich. Aber der ist silber schwarz, mit Freiburger Kennzeichen. Er und eine Frau drin. Aquiles hat sich geduckt als wir dort vorbei sind. Der wartet dass wir weg fahren und will ans Auto."

„Okay, folgendes; Ihr haltet ihn im Auge. Ich renne runter und montiere die Nummernschilder ab, habe ja jetzt Übung in so etwas. Bin gleich wieder da."

Wieder einmal zählt jede Sekunde. Ich muss vor Aquiles in der Garage sein, damit er das Auto nicht mitnehmen kann. Meine Kinder kläre ich nur kurz auf, dass ich runter müsse zum Auto. Ganz schnell eben. Nathalie, Kiara und Armando sind so lieb. Ohne einen Mucks von sich zu geben schauen sie mir nach. Ich renne wie eine Irre durch das Treppenhaus, bis in die Tiefgarage. Habe Angst er könne dort auf mich treffen. Egal.

Ran ans Auto, Nummernschilder ab und da höre ich seine Stimme. Wage vor dem Weg zurück, durch den Keller natürlich, noch einen Blick hinaus auf die Einfahrt. Da steht die Polizei und Aquiles. Höre seine Stimme wild diskutierend. Zum Glück auch die Stimme meiner Eltern.

Ich renne zurück in die Wohnung. Verstecke die Nummernschilder, den Schlüssel und den Fahrzeugschein. Hole nur die Nummer meines Anwalts und da klingelt wieder das Telefon. Papa ruft mich runter. Die Polizei möchte mit mir reden.

Mir schlägt das Herz aus der Brust. Polizei und Aquiles auf einen Schlag. Was möchte er mir damit beweisen? Er wird schon sehen dass er sich damit ein Ei ins Nest legt.

„Guten Tag" grüsse ich.

„Sie sind also die Ehefrau? Gut, ihr Mann beschuldigt Sie, sein Fahrzeug gestohlen zu haben oder eher gesagt beide Autos."

„Ich weiss nicht wieso er darauf kommt."

„Nun uns liegen zwei Anzeigen vor. Ein Auto, ein

Transporter mit dem amtlichen Kennzeichen FB-GR 682 wird vermisst und polizeilich gesucht und der andere ein Mittelklassewagen mit dem amtlichen Kennzeichen FB-AL 521, Eigentümer sei ihr Mann, wäre ebenso gestohlen worden."

„Das verstehe ich nicht. Also ich habe kein Auto gestohlen. Ich bin im Besitz aller Papiere und habe Nutzungsrecht meines Mannes erhalten, wieso ich dann ein Auto gestohlen haben soll verstehe ich absolut nicht. Abgesehen davon, befassen sich doch schon unsere Anwälte mit der Herausgabe von Gegenständen und Nutzungsrechten. Der Anwalt meines Mannes hatte mich doch bereits vor einer Woche zur Herausgabe aufgefordert. Nun verstehe ich nicht, wieso Sie nun kommen mussten und eine Anzeige vorliegt."

„Ja, verstehen wir dann auch nicht, müssen dem aber nachgehen, da Ihr Mann uns angerufen hat."

„Ja, schauen Sie. Ich habe hier den Beweis, dass die Dame dort mein Auto verkauft hat. Einfach so." geht Aquiles wütend dazwischen.

„Na also, wenn mein Mann doch weiss, dass der Wagen verkauft ist, wieso lässt er den Wagen erst von einem Anwalt zur Herausgabe bestellen und macht dann eine Anzeige? Unlogisch, oder? Der Wagen war mit Schulden belastet. Den Brief hatte ich hier von ihm als Pfand und mein Mann wusste von dem Verkauf. Ich habe damit die Schulden bezahlt und fertig."

„Und das andere Fahrzeug?"

„Wissen Sie, die Dame wird den Wagen dann auch heimlich verkaufen. So wie den andern. Das ist aber mein Auto. Schauen Sie, ich kann ihnen belegen dass mir die Firma gehört."

„Wer hat denn derzeit die Papiere des anderen Wagens?"

„Ich habe den Fahrzeugschein, da mein Mann mir das Auto seit Kauf zur Nutzung überlassen hat. Die Raten habe ich bezahlt. Der Brief liegt bei der Bank. Das Auto gehört der Bank und ist nicht zu verkaufen. Das versuche ich meinem Mann schon seit Wochen klar zu machen. Abgesehen davon weiss mein Mann nicht einmal welche Farbe das Auto hat."

„Sie hat es mir weg genommen. Es steht hier unten. Kommen Sie, ich zeige es Ihnen. Holen Sie mir mein Auto da raus."

„Ja, in der Tat steht es da unten, weil ich es seit einem Jahr täglich benutze. Darum steht es dort und ich verstehe nicht wie man da eine Anzeige machen kann. Das Auto wird von meinem Mann nicht abbezahlt und die Versicherung läuft aus. Das Autohaus hat nun bestimmt, dass der Wagen stehen bleiben soll. Nummernschilder sind ohnehin jetzt ab."

„Also ich sehe auch keinen Grund hier weiter etwas zu unternehmen. Für mich ist das eine zivilrechtliche Sache und da sind wir raus. Wenn sowieso die Anwälte eingeschaltet sind, ist es aus meiner Sicht ein Rosenkrieg und das sollten Sie unter sich ausmachen."

„Sie müssen diese Frau verhaften, wenn Sie wüssten was die alles so schlimmes macht."

„Gut, also den Transporter nehmen wir aus der Fahndung raus. Alles andere wird dann über die Anwälte geklärt. Schönen Abend noch."

Diese Aktion war unangenehm, aber hat nichts gebracht. Aquiles hat sich wie ein Kind aufgeführt. Hat geglaubt er könne auftauchen, sich den Wagen mittels Polizei frei kämpfen und dann triumphierend abziehen. Am Ende hat er sich immer wieder selbst verraten, sich verstrickt und Beweise vorlegen wollen die keine Beweise gewesen sind.

Ein aufregender Abend, vor allem aber mal wieder für die Kinder, die ihren Vater mit der Mutter und Polizei haben auf der Strasse streiten sehen. Was für ein Eindruck bleibt dabei hängen?

Der Folgetag wird erneut terminreich. Erst zum Autohaus. Wir weihen den Verkäufer ein, der voll und ganz einverstanden ist mit unserer Aktion. Wenn mein Mann nicht zahlen würde, soll der Wagen in der Garage stehen bleiben. Muss er eben klagen, wenn er den Wagen haben will oder alles auf einmal bezahlen. Aquiles versucht sich zu winden. Ich glaube nicht dass er seine Rechtsschutzversicherung bezahlt hat und wenn betrifft die ohnehin nur Firmenrechtliche Sachen und nicht das in Bezug auf private Angelegenheiten.

Am Nachmittag meldet sich erneut die Kriminalpolizei bei mir. Nicht schon wieder! Hört das denn nie auf? Ich bin immer wieder nervös, erschrecke mich und habe das Gefühl dauerhaft Achterbahn zu fahren. Ich habe geahnt, dass es schwer werden würde, aber das einem solche Anrufe bereits so sehr zusetzen habe ich nicht erahnt.

Erneut spricht der Beamte mit dem unverständlichen Nachnamen auf die Mailbox „Es geht um die leidigen Anzeigen ihres Mannes. Bitte um Rückruf."

Also gut. Ich nehme meinen ganzen Mut zusammen, wähle die Nummer und warte

„.... Guten Tag." meldet er sich erneut unverständlich.

„Sie haben mich angerufen."

„Ja, genau wegen der Anzeigen Ihres Mannes."

„Ich weiss aber gar nicht um was es da gehen soll"

„Nicht? Na wegen der beiden Autos. Jetzt waren ja gestern auch die Kollegen vor Ort. Sagen Sie, wurde das Fahrzeug denn sichergestellt?"

„Ähm, was heisst das denn? Also die waren gestern da und meinten es sei Zivilrecht und die Anwälte kümmern sich darum."

„Ja und wo ist jetzt das Auto? Wurde das mitgenommen, steht das bei Ihnen oder wo ist das?"

„Dazu werde ich nichts sagen. Ich denke die Kollegen gestern werden sicher im Protokoll oder Bericht alles notwendige notiert haben. Ansonsten mache ich keine Aussage."

„Hören Sie mal gute Frau. Ich arbeite bei der Polizei und wenn ich Sie etwas frage, dann haben Sie auch zu antworten."

„Nein, ich werde ohne meinen Anwalt nichts sagen. Ich habe gestern alle nötigen Angaben gemacht. Jetzt sage ich nichts weiter dazu."

„Dann werde ich Sie vorladen müssen."

„Mir müsste doch sowieso etwas schriftlich zugehen, sodass ich eine Aussage machen kann oder nicht?"

„Nein und wenn Sie mir jetzt auch nicht sagen wo das Auto ist, dann werde ich einen Termin benennen an dem Sie auf dem Präsidium erscheinen müssen und dann gezwungen sind eine Aussage zu machen, oder wir verkürzen dass ganze jetzt am Telefon und dann könnte ich das ganze fallen lassen."

„Gut, dann müssen Sie mich vorladen. Kein Problem, mache ich dort meine Aussage."

Das Telefonat war echt krass. Der wollte mich allen ernstes dazu bringen, dass ich etwas gestehe oder so. Von wegen. Langsam wird es immer abenteuerlicher. Kann kaum fassen, dass das mein echtes reales Leben ist und nicht ein Film oder so.

Sofort kontaktiere ich meinen Anwalt und schildre ihm alles. Es war gut dass ich nichts gesagt hätte. Als Beschuldigte, was ich damit war oder eben bin, muss ich nie eine Aussage machen. Am Telefon schon mal gar nicht. Fallen lassen kann ein Polizist im Übrigen eine Anzeige auch nicht. Die Staatsanwaltschaft allein kann Anzeigen aufheben, niemand sonst. Also jede gemachte Anzeige muss überprüft werden, von der Polizei, dann kommt ein Bericht und der Staatsanwalt entscheidet dann ob es zu einem Verfahren kommt oder nicht.

Die sind ganz schön raffiniert alle, um einen aufs Glatteis zu führen und langsam bekomme ich wirklich Respekt. Nicht dass ich langsam in Übung komme, das auch, aber irgendwie möchte ich nicht wissen was noch kommt.

Während meine Gedanken sich zunehmend um Nathalies Einschulung kümmern wollen, kommen immer mehr Termine hinzu. Seit zwei Wochen bin ich offiziell selbständige Unternehmerin, habe endlich eine eigene Firma und auch schon die ersten Nachweise und Steuererklärungen abgegeben. Sogar Aquiles letzte Rechnungen, deren Einnahmen auf mein Konto flossen, wovon ich die Raten fürs Auto bezahlen musste, habe ich auf meine Kosten versteuert.

In diesem Sinne läuft alles legal seinen Weg und ist rechtlich abgesichert. Über alte Kontakte habe ich

Ersatz im Bereich Fensterreinigung gefunden und habe bereits zwei Akquise-Touren gestartet. Das erste Gespräch war fürchterlich und ich hatte totale Panik, doch mittlerweile macht es mir Freude Unternehmerin zu sein und mein Leben selbst in die Hand zu nehmen.

Auch in den Gesprächen bei „El-Silencio" wird mir klar, dass es Bergauf geht, dass ich auch ohne Aquiles etwas, ja wenn nicht wesentlich mehr wert bin. Hat einige Zeit gedauert das zu erkennen, was für andere als völlig indiskutabel erscheint.

Mehr und mehr versuche ich ehrlich zu mir selbst zu sein, der Realität anders zu begegnen und tiefer, wacher in die Augen zu sehen. Mich völlig loszulösen von dem was war erscheint mir oft genug unmöglich, doch rückblickend sehe ich, dass es Stück für Stück funktioniert, so als würde ich Stachel für Stachel aus meiner Wunde ziehen.

Wir hatten auch schöne Momente, sehr schöne sogar. In vielen Situationen habe ich mich nahezu unsterblich gefühlt und hätte alles für Aquiles getan. Genau das hat er gespürt und nicht in Liebe gewandelt sondern schamlos ausgenutzt. Immer und immer, bis zum Schluss. Zu einem Schluss, der mir zeigte, wie wertlos ich wirklich in seinen Augen war.

Aquiles war für mich der romantischste Mann den ich kannte. Im Ernst. Als Aquiles und ich uns kennen lernten, las er mir jeden Wunsch von den Augen ab und war Tag und Nacht für mich erreichbar. Seine Art war faszinieren und reizvoll zugleich. Aquiles hat etwas besonderes an sich, eben das, was Menschen und insbesondere Frauen in seinen Bann zieht.

Es erscheint mir kaum in Worte zu fassen, wie man diesem, man möchte fast sagen übernatürlichen Charme so sehr erliegen kann, dass man nahezu alles für einen solchen Menschen tut, ungeachtet seiner eigenen Bedürfnisse, Bedürfnisse der Kinder oder gar ungeachtet eigener ethischer Grundsätze.

Ich habe Fehler gemacht, viele Fehler und sowohl andere als auch mich verletzt, weil ich immer nur auf der Suche nach Aquiles Liebe gewesen bin. Unzählige Male habe ich meinen eigenen Verstand ausgeschaltet und mich bereitwillig ihm untergeordnet und Dinge getan, die ich unter anderen, unter normalen Umständen nie getan hätte. Heute bereue ich es zutiefst, kann kaum schlafen und versuche zu vergessen, zu verdrängen. Doch es wird ans Licht kommen, ich spüre es, denn Aquiles wird eines Tages genau das gegen mich einsetzen und versuchen mich damit erneut psychisch labil werden zu lassen, mich öffentlich zu diskreditieren. Doch ich weiss dass es kommen wird und sollte mich vorbereiten, so schwer es auch ist.

Mein Herz tut weh. Ich sitze allein auf unserem Sofa. So gerne hätte ich ein Neues. Geht aber nicht. So ärgerlich. Aquiles Sachen darf ich nicht weg schmeissen, hat mir mein Anwalt empfohlen. Klar, sind ja seine Sachen und er hat ein Recht darauf diese zurück zu verlangen.

Nur dass ich immer weiter darauf sitzen und es anschauen muss. Dieses hässliche, weisse uralte Ding. Wieso hat er das nicht mit in seine Wohnung genommen, damals. Klar, war ihm nicht gut genug. Mir rinnen die Tränen aus den Augenwinkeln.

Die Erinnerungen purzeln an meinem geistigen Auge vorbei. So manch schöne Stunden haben wir zu zweit auf diesem Sofa verbracht, gemeinsam im Winter gekuschelt und uns Filme angeschaut. Damals als das Sofa noch dort in der anderen Ecke stand und wir dem Schneetreiben zugesehen haben. Ich war mir Kiara schwanger. Nur wenige Tage vor dem Geburtstermin. Eigentlich waren wir zum Essen bei meiner Oma eingeladen. Ich hatte Kartoffelsalat gemacht. Genug für alle. Aber wir hatten keine Winterreifen, konnten hier nicht weg und mussten zwei Tage zu vier Mahlzeiten Kartoffelsalat essen. Danach kam der Rest leider in den Müll, weil wir es nicht mehr herunter bekommen haben.

Die letzten Fotos vor Armandos Geburt haben wir auf dem Sofa gemacht. Das war wirklich schön. Bei jeder Schwangerschaft haben wir im letzten Monat Fotos von mir und dem dicken Bauch gemacht. Ganz besondere Fotos. Nur für uns beide haben wir immer gesagt, weil sie trotz des dicken Bauchen und diesen anderen Umständen einfach zu erotisch wirken, um sie anderen zeigen zu können. Es war damals, als ich mit Nathalie schwanger gewesen war, Aquiles Idee gewesen. Er hatte unbedingt seine schwangere Freundin verewigen wollen. Kurz vor Kiaras Geburt habe ich dann darum gebeten, ihn daran erinnert wie tolle Fotos wir vier drei Jahre zuvor gemacht hatten und die letzten Aufnahmen, die entsprangen wieder seiner Idee.

Natürlich hängen an diesem Sofa auch Erinnerungen an so manche Tränen die seinetwegen geflossen waren. Wenn ich nachts dort gelegen und auf ihn gewartet hatte, aber niemand kam. An viele Stunden voller Liebeskummer oder Zwistigkeiten innerhalb unserer Ehe, die ich versuchte zu verdrängen und Schlaf zu finden, um Kraft für die Kinder haben zu können.

Ebenso wie die vielen fast unzähligen Stunden voller Einsamkeit, Kälte, Enttäuschung und Verzweiflung mit dem kleinen Funken Hoffnung. Damals, als ich ihn vor über einem Jahr das erste Mal raus geschmissen hatte, weil Aquiles es einfach nicht schaffte für uns da zu sein und mir die Wahrheit zu sagen. Weil er getobt und geschrieen hatte, mich beleidigt und nieder gemacht hatte. Einundzwanzig Tage habe ich bis in den März hinein auf dem Sofa geschlafen, jeden Abend auf einen Anruf oder eine liebevolle Nachricht gewartet. Nichts. Für Aquiles schien es ein Urlaub von uns gewesen zu sein, eine wesentlich schönere Zeit als die Zeit mit uns. Es kam nichts.

Erst das Gespräch beim Sozialpsychiatrischen Dienst schien uns wieder ein wenig Hoffnung zu schenken und mir das Gefühl zu geben, noch einmal alle Kräfte zu mobilisieren und um den Mann den ich liebte zu kämpfen. Fest überzeugt davon, dass seine psychische Situation, eine Erkrankung, ihn daran hinderte so liebevoll zu sein, wie in den ersten Wochen und Monaten unsere Beziehung. Von da an waren es noch einmal achtzehn Monate, in denen ich alles auf mich nahm und freudig für uns kämpfte.

Die zwei Sommermonate ohne Aquiles führten mich an meine emotionalen Grenzen. Einerseits merkte ich zum ersten Mal, welch Ruhe seine Abwesenheit mir brachte und wie gut ich mit den Kindern ein normales und vor allem geordnetes Leben führen konnte. Andererseits waren wir noch nie solange getrennt gewesen und ich vermisste ihn jeden Tag mehr. Trotzdem hatte es Spuren hinterlassen, die mich nach und nach dazu brachten sein Tun noch mehr in Frage zu stellen, ihn nicht aus den

Augen zu lassen und weniger von mir Preis zu geben.

Irgendetwas in mir verunsicherte mich zunehmend. War es in Wahrheit noch Liebe, die ich für Aquiles empfand oder war es einfach diese Hörigkeit, dieser Wunschtraum nach einer stabilen Ehe und einer harmonischen Familie, den ich nicht aufgeben wollte?

Stundenlang redete ich mit „El-Silencio" über meinen Gefühlswandel und diese Art neuester Erkenntnis. Das Gesamtpaket hatte in mir einen Bruch ausgelöst und mich irgendwie wach werden lassen. Das Jahr hatte, trotz des fantastischen Familienurlaubs, schlecht begonnen. Erst dieses Wochenende mit dem furchtbaren Magen-Darm-Virus, wo Aquiles uns allein gelassen hatte und sturzbesoffen nach Hause gekommen war, dann diese Gewaltausbrüche, diese massiven Beleidigungen und dieser wiederkehrende Lustfaktor, der mir die Freude am Liebesleben mit meinem Ehemann raubte, dieser ständige Druck, wie eine Maschine oder eine Puppe zur Verfügung stehen zu müssen und im Falle des „Versagens" entsprechend behandelt zu werden.

Das kaputt schlagen meines neuen Handys, damals mein ganzer Stolz. Wutausbrüche vor den Kindern, ewige Lügengeschichten und sein ewiges Zusammenbrechen, unter Tränen und mit Schaum vor dem Mund. Immer wieder Trennungsphasen zum Schutze der Kinder vor Aquiles, abgesehen davon, dass er unter der Woche ohnehin nur zum Schlafen vorbei kam und überwiegend mit seinem Handy oder Tablet beschäftigt war. Die zwei Wochen Klinik liessen mich nachdenken und obwohl ich mich sehnlichst auf den Tag seiner Entlassung gefreut hatte, war da eine innere Ablehnung, eine

Distanz entstanden.

Selbst an den zwei Wochenenden, an denen Aquiles aus der Klinik hatte nach Hause kommen dürfen, waren trotz all der freudigen Worte am Telefon, ernüchternd. Die Kinder und ich hatten damals extra etwas aus seiner Heimat gekocht, waren weit gefahren, um die richtigen Zutaten zusammen zu stellen und waren bitter enttäuscht worden, dass er nicht einmal gedankt hatte und der Gesichtsausdruck nur kurzweilig ein wenig Freude vermittelte.

Im Nachhinein hatte ich mich geärgert, mir so viel Mühe gegeben und so viel Herzblut hineingesteckt zu haben. Manchmal glaubte ich oder redete mir fast schon ein, dass Aquiles sich innerlich sicher freuen würde und er es einfach nicht gelernt hatte dies zu zeigen. Ich denke er war damals schon meiner Liebe überdrüssig. Immerhin stand ihm der Sinn doch nie nach wahrer Liebe und Geborgenheit. Die hatte er gehabt und weiter haben können. Aquiles wollte nie wirklich bleiben sondern nur ein neues Abenteuer erleben.

Die Medikamente hatten wirklich geholfen aus Aquiles einen ruhigeren Menschen zu machen und mir tat es gut nicht dauerhaft seine Begierde befriedigen zu müssen, sondern mich auch den alltäglichen Dingen und Aufgaben widmen zu können.

Was noch viel angenehmer war und schon fast unglaublich klingt, war die Tatsache, dass ich endlich wieder mit Aquiles kuscheln konnte. Ganz normal kuscheln, ohne dass Aquiles sich direkt wie ein wilder Löwe über seine Beute her machte. Einfach mal Arm in Arm liegend einen Film zu schauen, zu reden oder sich einen Wein zu trinken. Es fühlte sich an, als würde endlich die Normalität in unser Leben zurückkehren. Mich haben die Nebenwirkungen nicht gestört, für mich war die Liebe vordergründig und ich war fest davon überzeugt, dass wir gemeinsam Wege finden würden, zumal das Liebesleben nicht völlig zum erliegen kam, sondern auf eine normale Anzahl reduziert war. Ich war glücklich und fühlte mich auch langsam endlich wieder sexy und geliebt. Da war nicht mehr das Gefühl ein Lustobjekt zu sein, sondern als Frau wahrgenommen zu werden. Auch wenn hin und wieder mal eine verbale Attacke erfolgte und er mich unmissverständlich hören und fühlen liess, dass ich eben nicht die Traumfrau wäre und er mich aber trotzdem lieben würde.

„Ich möchte gerne etwas für mich und meine Figur tun."
„Wieso? Ist doch alles in Ordnung."
„Ich möchte es aber für mich. Du gehst jeden Tag fünf Stunden oder länger trainieren."
„Aha, daher weht der Wind. Immer noch hast du ein Problem damit, dass ich abends beim Fitness bin, statt hier Händchen zu halten."
„Darum ging es ausnahmsweise wirklich mal nicht. Abgesehen davon nervt es mich noch immer, ja. Du kannst auch mal morgens gehen oder jeden zweiten Tag."
„Wieso sollte ich?"
„Na für mich, für uns eben."
„Aber ich bin an den Wochenenden da. Was willst du mehr? Und wenn ich zu Hause bin, dann soll ich noch einkaufen und du putzt den ganzen Tag, statt dich um mich zu kümmern."
„Haha, aber ich möchte auch mal zum Fitness gehen.

Trainieren und mich gut fühlen können."

„Na dann geh halt Joggen oder so. Kannst du auch zu Hause machen."

„Könntest du eigentlich auch. Mensch warum seid ihr Männer immer so verbohrt, wenn eine Frau zum Sport will?"

„Na weil ihr nur den geilen Männern auf den Arsch gucken wollt."

„Klar und du nicht. Gehst ewig in die gemischte Sauna und willst mir erzählen, du würdest nicht einen Blick riskieren, ne? Aber wenn ich auch zum Sport will, dann will ich das angeblich nur der Männer wegen. Du hast nen Knall."

„Würde ich nicht sagen. Ich weiss dass du auf andere Männer schaust. Ich habe kein Problem mit deinem Bauch."

„Ich aber."

„Ach, du hast drei Kinder bekommen. Es zeigt mir jedes Mal dass du die Mutter meiner Kinder bist. Ist halt eben so."

„Muss aber nicht so bleiben. Ich habe seit ich mit Nathalie schwanger war anständig zugenommen. Ich hatte früher, als wir uns kennen lernten Kleidergröße zweiunddreissig oder vierunddreissig. Jetzt trage ich teilweise vierzig, überwiegend achtunddreissig. Das macht mich fertig. Mich stört es, wenn ich in den Spiegel schaue und wenn ich laufe. Es ist hässlich."

„Aber du hast nen geilen Arsch."

„Das ist das einzige was dich interessiert. Ich fühle mich unwohl und will etwas an mir tun. Wieder schlanker werden. Ich bringe zweiundsechzig Kilo auf die Waage und das ist nicht meine Welt."

„Dann mach was du willst. Ist ja nur, weil du anderen Typen gefallen willst. Ich weiss das."

„Nein, und ich weiss dass du eifersüchtig bist. Du willst nicht dass ich dünner werde weil du Angst hast mich zu verlieren. Lässt mich lieber mubbelig herum laufen, damit das Interesse kleiner ist. Aber ich fühle mich nicht gut und da lasse ich mir von dir nichts vorschreiben."

„Naja, aber ich bin halt der Mann."

„Mann? Ein Macho bist du. Schluss damit und ich werde ab jetzt was für mich und meine Figur tun."

In der Tat habe ich das indirekte Versprechen eingehalten. Bis jetzt habe ich insgesamt neun Kilo abgenommen und fühle mich super. Ärgerlich ist nur, dass ich nun auf ein neues los ziehen und mir passende Hosen und Röcke kaufen muss. Zum Glück existiert das ein oder andere Stück noch, wohl aufbewahrt im Koffer, aus meiner Zeit von vor sieben Jahren.

Passt perfekt und ich betrachte mich endlich wieder gern im Spiegel. Neun Kilo ist eine Menge und auch wenn viele meinen ich wäre Magersüchtig, so kann ich reinen Gewissens sagen, dass dem eben nicht so ist. Ein wahnsinns Unterschied, wenn ich nun die Treppe zu unserer Wohnung hinauf gehe. Kaum zu glauben, aber es ist überhaupt nicht mehr anstrengend.

Seit zwei Wochen trainiere ich zu Hause, mache Kraftsport mit Eigengewicht. Am Anfang empfand ich es als lächerlich. Habe wirklich geglaubt das bringt nichts. Doch neben der Tatsache, dass man sich ablenkt und den inneren Schweinehund besiegt, merke ich erste Veränderungen.

Dann ertappe ich mich bei den versteckten Gedanken und Wünschen, wenn Aquiles mich jetzt so sehen könnte. Mitbekäme, wie hart ich trainiere und was ich jeden Tag leiste. Das mehr passiert ist in dieser Zeit ohne ihn, als in all den Jahren gemeinsam mit Aquiles. Erste Muskelpartien sind fühl- und sichtbar und nun habe ich meinen Traum von der Selbständigkeit begonnen zu realisieren. Dumm, Aquiles dass du gegangen bist.

VII

Verrückt. Über sechs Jahre soll es her sein? Ich in sprachlos. Überwältigt von diesem Gedanken und den Tränen nahe. In positivem Sinne. Wie die Zeit vergeht.

Da steht sie in ihrem weissen Kleid, weisse Sandalen und roter Strickjacke. Passend dazu eine weisse Margerite im Haar. Sie strahlt bis über beide Ohren, ist aufgeregt und geht immer wieder zum Spiegel. Kontrolliert alles penibel. Ich glaube wir Beide haben heute Nacht kein Auge zu getan. Nicht wirklich. Nathalie aus Nervosität vor dem ersten Schultag und ich als Mama voller Gedanken an ihre Geburt und dem nun beginnenden neuen Lebensabschnitt genauso wenig. Mein erstes Schulkind. Meine grosse Nathalie.

Ungewiss ist bei uns allen die Antwort auf die Frage, ob Aquiles zur Einschulung seiner Tochter kommen würde oder nicht. Einerseits gingen wir einheitlich davon aus, dass er nicht erscheinen würde. Zum einen, um sich weiter und tiefer in seine neue Opferrolle fallen lassen zu können, mir weiter den Buhmann zuschieben zu können, dass ich ihn nicht mehr am Leben seiner Kinder teilhaben liess und zum anderen einfach aus Bequemlichkeit und Erklärungsnot. Was auch sollte er den Kindern erklären, warum er gegangen, seine Versprechen nie eingehalten und sich einfach eine neue Frau gesucht hatte und dann die Kinder vergessen und sich nicht mehr gemeldet hatte?

Innerlich bin ich zerrissen bei diesem Gedanken. Die Einschulung ist ganz klar ein Familienereignis. Aquiles hatte ich eingeladen oder sagen wir mal besser, ich hatte ihm das Datum mitgeteilt. Würde ihm also etwas an seiner Tochter liegen, würde oder sollte er alles andere ausblenden und Nathalie besuchen, mit dabei sein. Schauspielern kann er doch gut. Ich würde mich freuen, wenn Nathalie nicht merken muss, sei es nun heute oder in Zukunft beim Anblick ihrer Fotos, dass ihr Papa an diesem besonderen Tag nicht dabei war. Sie würde fragen und ich müsste ihr die Wahrheit sagen. Sagen, dass Aquiles nicht hatte kommen wollen.

Dieses Gefühl der Ablehnung möchte ich ihr ersparen. Andererseits waren die letzten Wochen hart genug. Renoviert haben wir ohne Aquiles, obwohl die Kinder gewusst und gewollt hatten, dass ihr Papa mir hilft, wie es abgesprochen gewesen war. So oft hatte ich Termine wahrnehmen müssen, um mich rechtlich abzusichern und meinen weiteren Weg zu planen. Im Prinzip alles immer wieder nur, weil Aquiles sich nicht eingestehen wollte, dass er alles vermasselt hatte und mich nun offiziell zur Täterin werden lassen wollte. Er musste mich fertig machen, so oder so.

Würde er kommen, dann brächte das die mühsam erarbeitete Ruhe und Struktur durcheinander. Die Kinder würden erneut durcheinander geworfen werden und mit Sicherheit würden jede Menge Versprechungen und schöne Worte die Kinderherzen grundlos vor Freude höher schlagen lassen. Die Splitter müsste ich dann in den kommenden Tagen und Wochen wieder aufsammeln und flicken.

Die Einschulung beginnt um zehn Uhr in der Aula der Hauptniederlassung. Der Weg dorthin ist ein Spalier aus Schulkindern. Sie heissen die Erstklässler mit lautem Applaus Willkommen. Bei Nathalie, die sonst eher zurückhalten und schüchtern ist, scheint auf einmal jeder Anflug von Angst oder Kleinkind-Sein verflogen. Voller Stolz und hundertprozentig selbstsicher geht sie allein mit ihrer Schultüte durch das Spalier bis zur Aula, lächelt stolz und wagt erst am Ende einen Blick zurück. Unsere Blicke treffen sich. Ich bin so stolz auf meine Tochter und Hand in Hand betreten wir das Schulgebäude.

Die Aula ist übervoll. Die meisten Eltern müssen stehen. Nur die Erstklässler sind sich ihres Sitzplatzes sicher. Nathalie hat von Oma und Opa den gewünschten Tornister bekommen. Rot, mit einem Marienkäfer und Margeriten. Passend dazu die Schultüte von mir.

Darum auch Kleid und Assecoires in gleichen Farben gehalten. Die Augen funkeln und ihr Blick haftet an den Lippen der Direktorin, die ein paar Minuten verzögert die Eröffnungsrede hält. Es folgen viele Darbietungen der Kinder, bis am Ende die neuen Klassenlehrer, es sind vier, nach vorne gebeten werden. Klassenlehrerin von Nathalie ist die Direktorin der Zweigniederlassung. Am dortigen Standort gibt es pro Jahrgang auch nur eine Klasse. Nach und nach werden die Schüler in alphabetischer Reihenfolge aufgerufen.

Sechsundzwanzig Schüler folgen im Anschluss ihrer Lehrerin hinaus auf den Hof, bis hin zum Tor. Dort wartet ein angemieteter Schulbus und bringt die Klasse hinunter zum eigentlichen Schulstandort. Zum ersten Mal nur Schüler und Lehrerin, ohne Eltern. Für manche eine Nervenprobe.

Der Unterricht dauert sechzig Minuten. Dann ruft die Klassenlehrerin uns für Fotoaufnahmen ins Klassenzimmer und Nathalie zeigt mir begeistert ihren Sitzplatz. Direkt in der Nähe ihres Freundes Tom. Mit dem war sie schon im Kindergarten in einer Gruppe und ich kenne die Eltern schon aus meiner Kindheit.

Mein Bruder, Nathanael, ist auch zur Einschulung gekommen. Er ist Fotograf und darf seines Amtes walten. Total professionell begleitet ziehen wir von der Grundschule zu Fuss nach Hause, zum Mittagessen. Wir sind zu siebt. In diesem Moment fehlt meine Oma. Sie wäre sicher auch mächtig stolz auf Nathalie und begeistert von ihrer Urenkelin.

Sofort wird die Zuckertüte ausgepackt und bestaunt. Kiara und Armando gucken begeistert zu und bekommen von Nathalie ein wenig Bonbons ab. Das Mittagessen ist schnell erledigt und Armando widmet sich seinem Mittagsschlaf.

Pünktlich um drei kommen die ersten Gäste. Freunde mit Kindern. Jeder bringt etwas mit. Wir rutschen zusammen und sitzen am Ende mit vierzehn Erwachsenen, zwei Jugendlichen und fünf Kindern im Wohnzimmer und am Esstisch. Geht alles.

Später kommen noch vier Erwachsene hinzu und die Runde wird gemütlich. Wir haben alle Spass und geniessen den Tag. So könnte die Schule jeden Tag laufen, meint Nathalie und schmeisst mit mir gegen sieben Uhr alle raus. Es ist Zeit fürs Aufräumen und Vorbereiten für den zweiten Schultag. Zum Glück ist danach direkt Wochenende.

Inzwischen darf ich das Auto nicht mehr benutzen. Es steht ohne Nummernschilder im Keller. Das Wetter ist für August kühl, aber zumindest nicht ganz so schlecht, als dass man nicht zu Fuss gehen könnte. Dennoch ist es eine Herausforderung. Jeden Morgen zu erst Nathalie zur Schule zu bringen, dann den Weg zurück am Haus vorbei bis hoch zum Kindergarten und von dort aus noch einmal zwanzig Minuten Berg auf zur Tagesmutter.

Insgesamt gehe ich täglich zwischen acht und zehn Kilometer. Den Stellplatz in der Tiefgarage muss ich vorerst weiter bezahlen, werde ihn aber Aquiles in Rechnung stellen. Hätte er nicht mit dieser fiesen Tour angefangen, so könnte ich das Auto für die Kinder nutzen und dann würde sich die monatliche Ausgabe auch lohnen.

Eine Woche nach offiziellem Grundschulstart beginnt für Nathalie auch der Herkunftssprachliche Unterricht in einer anderen Schule, siebzehn Kilometer von uns entfernt. Der erste Tag ist hier nicht ganz so einfach, wie der Start in der Grundschule. Sie muss sich neu einfinden in dieses heikle Thema. Hier prallen zwei Welten aufeinander. Zum einen, weil wir zu Hause derzeit nicht ausschliesslich Spanisch sprechen und zum anderen natürlich auch die emotionale Bindung an diese Sprache. Immerhin ist ihr Papa derjenige, dessen Muttersprache Spanisch ist. Ich habe Angst, dass sie sich dem Unterricht verweigert, weil sie nicht an Aquiles erinnert werden will.

Die ersten vierzig Minuten bleibe ich mit in der Klasse. Höre mir alles an und ermutige sie stetig. Dann gehe ich. Setze mich mit meinem Vater und Kiara in ein Café. Anscheinend war der Unterricht besser verlaufen als ich zu erahnen vermocht hatte. Freudestrahlend verlässt Nathalie den Unterricht. Hat gut mitgemacht und winkt zum Abschied ihrer Lehrerin zu. Eine typische Spanierin und irgendwie Nathalie sehr ähnlich. Ein wenig zappelig und immer mit einem Lächeln im Gesicht. Ein toller Tag und für Nathalie gab es auch direkt eine zweite Zuckertüte, so stolz bin ich auf sie.

Zu Hause steht noch immer Aquiless Karton mit seinen Sachen. Mittlerweile allerdings im Keller und nicht mehr im Gäste-WC. Diesen dauerhaften Anblick wollte ich mir ersparen.

Im Keller stehen auch noch immer alle seine Reinigungsgeräte, samt der von dem Freund meiner Freundin abmontierten Lampen, die Aquiles mit in die Ehe gebracht hatte und seiner Garderobe, nebst Spiegel.

Mein Anwalt hatte eine letzte Frist gesetzt und meine Freundin Madleine hatte sich mit David bereit erklärt als Zeugen bei der Übergabe vor Ort dabei zu sein. Sozusagen neutrale Beobachter. Ich hatte Angst, dass es zwischen Aquiles, meinem Vater und mir eskalieren könnte.

Zur vereinbarten Uhrzeit hatten wir alles aus dem Keller geholt und an die Grundstücksgrenze gestellt. Pünktlich, wenn nicht sogar überpünktlich. Aquiles liess sich Zeit. Typisch. Doch auch nach dreissig Minuten warten wir noch vergeblich. Im Sonnenschein warten wir weitere dreissig Minuten und entscheiden uns dann, alles wieder im Keller zu verstauen. Wir fotografieren erneut alles, dokumentieren die Anwesenheit und die Uhrzeit. Alles geht sofort an meinen Anwalt. Die Frist wurde nicht eingehalten und auch nicht auf einen anderen Zeitpunkt verschoben.

„Das ist mal wieder typisch, dass der nicht kommt."

„Du Lydia, weisst du was ich glaube? Der hat den Brief gar nie gesehen."

„Nicht?"

„Nein. Wenn das so ist wie du sagst, dann hat der mit Sicherheit seine Versicherung nicht bezahlt. Das ist ja eine Firmenrechtsschutz. Die wird doch vom Konto abgebucht. Wenn er denen nicht gemeldet hat, dass zwei Konten gekündigt wurden und er vielleicht sogar nicht einmal mehr das letzte Konto hat, dann kann er nicht bezahlen. Ausserdem glaube ich auch so nicht, dass dein Mann in der Lage ist das Geld aufzubringen, wenn er vorher schon nie Geld sparen oder kontrolliert investieren konnte."

„Aber hätte man da nicht bescheid bekommen müssen?"

„Nö, warum? Der Anwalt wird keinen Finger krumm machen, wenn kein Geld fliesst. Also wird er den heutigen Termin weder an Aquiles weitergeleitet haben noch wird er Lust haben dass dir oder deinem Anwalt mitzuteilen. Hat Aquiles eben Pech, denkt der sich."

„Klingt logisch. Im Prinzip die einzige Überlegung die Sinn macht. Denn sonst würde der sich garantiert melden, dass er sein Zeug bekommt und wenn er damit Geld machen kann."

„Eben. Das ist es ja. Denn seine Firma hat er ja absichtlich vor die Wand gefahren."

„Ja und das schon echt lange bevor ich das erahnt habe. Wollte doch glatt hinter meinem Rücken die Kunden verkaufen. Lässt mich aber noch schön Briefe schreiben und so. Knallkopf."

„Mach dich nicht verrückt. Du hast es versucht und deine Vereinbarung eingehalten. Wir haben es bezeugt und nun verkaufst du das. Der Typ hat dich sowieso schon genug gekostet."

„Aquiles hat bestimmt damals geglaubt, er könne zum

Anwalt marschieren, dem erzählen was das alles Wert ist und wenn du dann sagen würdest dass es weg ist, dann bekäme er von dir den Wert, sprich fünfzehntausend, in bar ausgezahlt. Ich wette mit dir, dass das seine Vorstellung war. Sozusagen ein Schadenersatz."

„Das kann gut sein. Genau und nun wo er merkt, dass weder der Besuch mit der Polizei etwas gebracht hat noch seine Forderung zur Herausgabe so ohne weiteres sein Ziel erreicht hat, da zweifelt er und verkriecht sich wieder. Immerhin meldet er sich bei den Anwälten, die damals den Autounfall bearbeitet haben, auch nicht mehr. Bekomme da ständig Emails."

„Ich glaube sowieso dass Aquiles sich das alles anders vorgestellt hat. Sagt meine Mutter auch immer. Denke, er hat so alles behalten wollen. Seine Affären, die eigene Wohnung und uns irgendwie. War ja auch praktisch, wenn ich mich um alles kümmere und er immer schön zu Besuch kommen kann, zumal ja wann er wollte und Zeit hatte. Parallel schön was mit Anderen nebenbei am Laufgen gehabt. Dass ich mich aber nicht einschüchtern lasse und ihm die Stirn biete, sein Auto verkaufe und ihm damit die Möglichkeit nehme selbst Geld raus zu schlagen, dass hätte er wohl weniger erwartet. Immerhin haben die bisherigen Ex-Frauen und ich bis dato ja auch, immer still gehalten. Bin mal gespannt, ob sich seine Ex meldet auf meinen Brief."

„Oh, ich auch. Musst du mir dann sofort sagen."

Die täglichen Wege sind anstrengend und ich verliere weiter an Gewicht, baue aber parallel Muskelmasse auf. Bin stolz und zufrieden mit dem, was sich zumindest auf diesem persönlichen Gebiet bewegt. Inzwischen habe ich meine alte Konfektionsgrösse wieder erreicht, wiege achtundvierzig Kilo und habe mir gestern in Freiburg meinen ersten Proteinshake gekauft. Dort, wo sonst immer Aquiles seine Produkte holen ging. Es erscheint mir, als würde ich nach und nach sein Leben übernehmen und das gibt mir ein wenig Feuer unterm Hintern. Tut gut, nach so langer Zeit Klappe halten.

Der Verkäufer ist nett, kennt Aquiles persönlich und hat wohl das ein oder andere private Detail mitbekommen. Habe die Chance das gerade zu biegen. Zumindest zu erklären, dass er gegangen ist und keinen Kontakt mehr will, auch eben zu den Kindern nicht mehr.

Jetzt trainiere ich täglich, ausser an den Wochenenden, habe Aquiles Kundenstamm übernommen und weiter vermittelt, woran ich Geld verdiene, habe meine eigene Firma und kaufe jetzt in seinem „Stamm - Sport - Nahrungsergänzungsprodukte - Laden" ein. Ich würde sagen mit dieser Art, der feindlichen Übernahme oder des Kampfgeistes hat er nicht gerechnet. Ein wenig triumphiere ich, auch wenn ich mich gleich danach schon dafür schäme und weiss, dass es nicht ganz richtig ist so zu denken. Möchte schliesslich nicht so sein wie Aquiles.

In der Zeit zwischen neun und ein Uhr erledige ich meinen Job und mache Akquise, erledige Buchhaltungen und sorge für einen reibungslosen Ablauf im Büro, sowie die Aktenablage.

Hier und da tauchen immer wieder Sachen von Aquiles auf und irgendwie kann ich und will ich es nicht mehr sehen. Mich immer wieder mit ihm beschäftigen.

Es klingelt. Erwarten tue ich niemanden. Die Art des

Klingelns lässt mich vermuten, dass es etwas offizielles sein muss. Ein wenig ungeduldig. Es kommt niemand. Jetzt ist meine Freude über die feindliche Übernahme sofort verschwunden. Aquiles hat wohl einen neuen Feldzug gestartet. Wer weiss, wem ich mich jetzt gegenübersehen muss. Gehe ins Treppenhaus und schaue nach.

„Hallo?"

„Wo sind Sie bitte?"

„Hier in der ersten Etage."

„Guten Tag, mein Name ist Müller und mich schickt das Dezernat fünfzehn aus Freiburg" erklärt der Polizeibeamte, der mir bis an die Wohnungstür folgt. „Wir suchen Sie, weil wir Ihren Aufenthaltsort nicht bestimmen konnten."

„Aha und wieso das nicht? Ich wohne seit fünf Jahren hier und habe mich damals korrekt hier gemeldet."

„Nun, weil diverse Post nicht angekommen zu sein scheint. Man hatte ihnen Vorladungen zukommen lassen, die allerdings wieder an uns zurück gekommen waren. Nun wollte ich überprüfen, ob sie noch hier wohnen und gemeldet sind."

„Ja bin ich und habe auch nicht vor auszuziehen. Das wundert mich in der Tat. Vielleicht wegen dem Nachsendeantrag meines Mannes?"

„Nein, denn es ist an Sie adressiert und betrifft die Anzeigen die Ihr Mann gegen Sie aufgegeben hat. Gut, dann werden wir das erneut zustellen."

„Okay, danke. Schönen Tag noch."

Na super. Direkt hier lassen durfte er es nicht. Ärgerlich. Nun muss ich warten und weiss noch immer nicht wirklich, was hier los ist.

Unsere ersten Herbstferien werden von strahlendem Sonnenschein, blauem Himmel und mildem Temperaturen begleitet. Wunderschön. Wir geniessen die freien Tage am See. Fahren Tretboot und ermöglichen den Kindern so viel unbeschwerte Freizeit wie möglich.

Ich bin dankbar, dass meine Eltern helfend zur Hand gehen. Ohne die beiden wäre die Zeit unerträglich und der Herzschmerz wohl weniger abzufangen. Armando, Nathalie und Kiara haben Spass und hören gar nicht mehr auf zu lachen. Wir machen Picknick auf dem Spielplatz, gehen grillen und spielen Fussball. Buddeln im Sand herum und probieren viele neue Sachen aus.

Nur für mich ist es nicht immer ganz so leicht abzuschalten. Die Gedanken kreisen. Einerseits gefesselt an den Wunsch das alles mit Aquiles erleben zu wollen und zum anderen an die Realität. Heute morgen war die Vorladung bei der Polizei im Kasten. Anhörung wegen einer Beschuldigung wegen Betrugs. Klingt heftig und ich frage mich, was Aquiles da erzählt hat. Doch inzwischen weiss ich ja, dass jeder Anzeige nachgegangen werden muss und so idiotisch diese dann auch sein mag, schlussendlich ist meine Aussage erforderlich.

Würde ich meinen Anwalt mit der Akteneinsicht betrauen, würde mich das noch einmal drei bis sechshundert Euro kosten. Das Geld habe ich nicht wirklich. Dafür habe ich zu viele Anschaffungen für die Firma und auch für die Kinder zu tätigen.

Dreihundert Euro hat es mich vor zehn Tagen gekostet, meinen Anwalt mit der Anforderung der Akten der ersten Anzeige zu betrauen. Aquiles hat mich doch tatsächlich der üblen Nachrede angeklagt oder angezeigt. Auf die Akte und die Aussage von ihm warte ich noch. Müsste aber bald kommen und ich bin gespannt, was da drin steht. Nun muss ich erst einmal in zehn Tagen nach Freiburg fahren und meine Aussage machen. Es geht um die Autos und da werde ich erst einmal kostensparend ohne Anwalt auftauchen.

Zusammen mit meinen Eltern bereite ich mich gedanklich und aussagetechnisch darauf vor. Immerhin kann ich nicht einschätzen, was Aquiles behauptet hat und um welches Auto genau es geht.

„Ich gehe davon aus, dass es darum geht, dass ihr euch den Neuwagen wieder geholt habt."

„Weiss man nicht, aber denke ich auch. Denn bei dem anderen wurde ja die Fahndung damals schon hier vor Ort raus genommen. Das sollte erledigt sein."

„Gut, aber was sage ich denen denn dann?"

„Na einfach wie es war. Dass du gewusst hast, dass dein Mann Montags die Schlüsselübergabe auf der Strasse macht und es abgemacht war, dass du das Auto hast. Du hast es dir dann geholt. Woher solltest du wissen, dass er nicht fertig war und den Wagen noch braucht. Da hätte er ja anrufen können. Und ausserdem werden die vielleicht ja auch seiner Behauptung nachgehen, dass es Aquiles Auto ist. Stimmt ja auch nicht ganz, da es ja ein finanziertes Auto ist."

„Das hat er nie kapiert. Der wird sicher auch noch immer denken es wäre allein seins und ich würde es dann auch verkaufen. So ein Idiot, echt."

„Aber Aquiles hat sich doch nie etwas sagen lassen. Weisst du doch."

Die Anspannung ist gross und meine Nacht war unruhig. Zum Glück sind noch Ferien und ich musste die Kinder nicht erst noch „verteilen", um dann völlig ausser Puste in den Nachbarort zu fahren. Papa begleitet mich, will zur Not als Zeuge aussagen. Allerdings darf er nicht mit rein, da er als Zeuge ohnehin nichts mit hören darf und ich zum anderen alt genug wäre, das ganze allein durch zu stehen.

Alleine diese Formulierung hat mich schon wieder ein Horrorszenario ausgestalten lassen.

„Also folgendes. Sie haben das Recht einen Anwalt hinzu zu ziehen und ihre Aussage hier und heute zu verweigern, da sie Beschuldigte sind. Ihren Mann, da er noch immer ihr Ehemann ist, dürfen Sie nicht beschuldigen oder belasten. Wir beginnen mit dem Protokoll und insofern Sie eine Aussage machen werden, stelle ich Ihnen immer eine Frage und Sie antworten darauf."

„Ok. Ich mache die Aussage."

„Gut. Ihr Mann beschuldigt Sie, sein Fahrzeug ohne Erlaubnis verkauft zu haben. Da war ja noch eine Sache mit dem Neuwagen, aber das hatte sich wohl geklärt. Der war als Vermisst gemeldet und dann bei Ihnen in der Tiefgarage gesichtet worden. Die Bank hat da den Daumen drauf und alles andere läuft dann über die Anwälte. Wir müssen nun im Auftrag der Staatsanwaltschaft prüfen, ob hier eine Straftat vorliegt, wenn Sie das Auto, den Transporter ohne Zustimmung Ihres Mannes verkauft haben. Daher meine Frage, haben Sie den Wagen so verkauft?"

„Kann ich das auch mit „Jain" beantworten? Also nein, da ich es nicht ohne sein Wissen getan habe und ja, weil

261

ich den Wagen verkauft habe."

„Gut. Ich notiere das so. Bitte erläutern Sie doch einmal, warum Sie den Wagen verkauft haben und was Sie getan haben, um Ihren Mann in Kenntnis zu setzen bzw. die Erlaubnis zu haben."

„Nun, da das Auto im vorletzten Jahr einen Motorschaden hatte, während unseres Familienurlaubs in Österreich und uns damals nicht so viel Geld zur Verfügung stand, hatte meine dort lebende Freundin uns das Geld geliehen. Darüber existiert auch ein Schuldschein. Im letzten Sommer hatte ich dann bereits aus eigener Tasche über dreihundert Euro abbezahlt. Mein Mann hingegen tat diese Schuld immer wieder ab. Als er dann Anfang diesen Jahres auszog, hatte ich ihn an die offene Forderung erinnert und wollte eine Sicherheit haben, dass das Geld an meine Freundin zurück fliesst und ich nicht allein auf den Schulden sitzen bleibe, denn das würde ich meiner Freundin nicht antun wollen. Mein Mann hat ein wenig herum geredet und letztendlich habe ich ihn überzeugen können, mir den Fahrzeugbrief als Pfand auszuhändigen. Das wäre dann eben meine Sicherheit. Dann hat meine Freundin einige Male nachgefragt, was nun mit dem Geld wäre und da mein Mann sich nicht mehr dazu geäussert hatte, habe ich ihm dann verschiedene Fristen gesetzt. Im Juni liess er den Wagen dann unversichert auf einem öffentlichen Parkplatz stehen und trotz meiner Aufforderung kam weder Geld zur Schuldentilgung noch machte er Angaben zu weiterem Nutzen des Autos, sodass ich dann letztmalig eine Frist gesetzt habe und gesagt habe, dann würde ich die Abmachung einhalten und die Freundin auszahlen. Die Frist ist erneut verstrichen und der Wagen stand bis Ende Juli auf dem Parkplatz. Es wären neue Steuern fällig geworden und da ich von meinem Mann absolut nichts mehr hörte, habe ich den Wagen letztendlich verkauft."

„Wie hat Ihr Mann im Nachhinein reagiert?"

„Nun, er sagte mir, dass er mich und meine Familie fertig machen will."

„Das habe ich so notiert. Also war ihr Mann darüber informiert und wusste sozusagen dass der Wagen im Falle des Falles verkauft werden würde."

„Genau so kann man das sagen. Im Prinzip war es so geregelt, nur eben nicht schriftlich. Aber ich habe ja den Brief von ihm bekommen, und das, nachdem er ausgezogen war."

„Ja. Um ehrlich zu sein, haben wir uns so etwas gedacht. Ihr Mann meinte auch, dass in dem Auto ein Warenwert von rund zehntausend Euro gewesen wäre an Werkzeug und so."

„Ich weiss nicht wie er auf so eine Summe kommt, denn das war wohl bei seinem Verdienst eher ein Wunsch, aber nun gut. Die Werkzeuge sind noch im Keller. Die Anwälte haben hier Fristen gesetzt und die letzte Frist wurde von meinem Mann gar nicht eingehalten. Da mein Mann mir aus der Firma, als auch privat Geld von über fünftausend Euro schuldet, würde ich die Werte eh gegen rechnen und behalten."

„In dem Neuwagen hätten sich auch zehntausend Euro befunden."

„Ach ja? in bar oder als Goldbarren? Witzig. Und den Kunden erzählt er ich hätte vom Konto sechzigtausend Euro entwendet. Möchte mal wissen wie er mit einfachen Handwerksarbeiten in der kurzen Zeit achtzigtausend Euro verdient und dann nicht einmal dem Finanzamt gegenüber gemeldet hat."

„Ja, wir haben uns auch unseren Teil gedacht. Vor allem auch, dass ausgerechnet dann wenn Sie das Auto nutzen so viel Geld darin gewesen sein soll."

„Ich denke mein Mann meinte mal wieder den Wert des Autos, von knapp fünfzehntausend, denn er versteht seit über einem Jahr nicht, dass der Wagen der Bank und nicht ihm selbst gehört."

„Ach so. Na das ist ja auch interessant. Also ich schicke Ihre Aussage zum Staatsanwalt und die entscheiden dann ob das Verfahren eingestellt wird oder ob man dem noch weiter nachgehen will und auch Unterlagen, Briefe und so anfordern möchte."

Das Gespräch hat über eine Stunde gedauert und Papa hat sich anständig Sorgen gemacht. Wollte schon meinen Anwalt anrufen. Aber der Drucker hatte gestreikt und so dauerte das ganze länger als geplant. Eigentlich lief es besser als ich befürchtet habe. Immerhin war ich das erste Mal bei der Polizei um eine Aussage zu machen. Was andere vielleicht auch im Rahmen von Fahren ohne Führerschein oder sonst etwas öfter erleben, da war ich bisher verschont geblieben und habe nicht ein einziges Mal bei der Polizei erscheinen müssen. Nicht einmal als Zeugin.

Nun hatte sich das seit Aquiles Drohung massiv verändert. Nur, weil er nicht damit klar kommt, dass er selbst gerade sein Leben kaputt macht. Zwei Anzeigen in kürzester Zeit. Jede Menge Polizei bei mir zu Hause und dann führt er eigentlich üble Nachrede durch, nicht ich.

Aquiles erzählt doch allen Kunden dass ich mit dem

Geld auf und davon bin. So ärgerlich alles und nervend. Ewig muss man sich mit etwas Neuem herum schlagen, neue Termine. Es setzt mir doch mehr seelisch zu als ich geglaubt habe. Die Gedanken kommen nicht zur Ruhe.

Ich bin unschuldig, habe Aquiles nichts gestohlen und den Wagen nicht unerlaubt verkauft. Dennoch muss ich mir gefallen lassen, dass er so etwas erzählt und bin erst einmal eine Beschuldigte. Eine Täterin. Er reibt sich die Hände und sieht mich am Boden, doch am Ende ist es für beide Seiten total unnötig und bringt doch nichts. Leiden tun dann doch am Ende indirekt die Kinder, die dann miterleben dass ich andauernd weg muss.

Meine Nerven sind dennoch ziemlich ausgereizt. Ich möchte mal alles von mir abstreifen und auch „El-Silencio" hat da leider keine Abhilfe schaffen können. Versucht mich darauf vorzubereiten, dass noch einiges auf mich zukommen wird und ich meine Kraft für die Kinder brauche, mich nicht fertig machen soll und lernen müsse mehr an mich zu denken und weiter los zu lassen. In mich hinein hören und fühlen, auf meine Bedürfnisse eingehen. Es ist schwer. Auch nach über einem Jahr kann ich kaum meine Fassade fallen lassen und mal einfach ich sein. Ich bleibe stark, blende. Nicht wie Aquiles, sondern einfach indem ich meine Trauer, meine Enttäuschung nicht loslasse. Manchmal nehme ich mir geradezu vor, zu weinen, aber da kommt nichts. Passiert nichts. Wie ein Kloss im Hals, bleiben die Emotionen stecken. Die Gedanken schweifen ab.

Mir ist es unangenehm was „El-Silencio" über mich denken könnte. Selbst wenn ich das auszublenden versuche, dann kommen ein paar wenige Tränen und dann wenn es mir bewusst wird, schiebt sich automatisch ein Schutz, eine Wand dazwischen und ich halte den Rest zurück. Ich komme nicht an mich selbst heran, auch wenn ich weiter auf dem Weg zu mir selbst bin. Jede Woche ein Stück mehr über mich nachdenken und verstehen kann. Lerne mich zu akzeptieren und mich anders zu betrachten, mir Mut zu machen und vor allem mir auch Fehler zu verzeihen, statt ewiger Vorwürfe.

Es klingt so leicht. Doch was es wirklich bedeutet, kann selbst ich kaum fassen. Zu Hause kann ich inzwischen weinen, auch wenn es oft genug vorkommt, dass ich das aus Müdigkeit oder Unwillen einfach mal verschiebe. Wie einen Termin, sage ich meiner Traurigkeit ab und verlege sie gedanklich auf andere Momente. Doch das nagt in mir, macht mich kalt und hart. Andererseits brauche ich meine Kraft, will nichts an mich heran lassen und erst einmal das abarbeiten was zu tun ist, ehe ich mich all dem anderen widmen kann. Immerhin habe ich in all den sieben Jahren in meinem Ehemann nicht den guten Freund gefunden, den ich erhofft hatte. Im Gegenteil. Statt auch die Trauer und Sorgen zu teilen, mir eine Schulter zum anlehnen zu geben und mich zu halten und zu stützen wenn ich schwach war, hat er diese Schwäche ausgenutzt. Mal ganz offensichtlich und mal schleichend.

Ich habe geheiratet und musste fortan meine Frau und Mann zugleich stehen, denn auf Aquiles war zunehmend weniger Verlass. Schlussendlich habe ich dafür nichts als Demütigung und Beleidigung erfahren. Zu Anfang nicht in diesem Ausmass und womöglich habe ich es gar nicht wahrgenommen, doch es war da. Aquiles weiss genau wie er Menschen manipulieren kann, sie aussaugt und sie von sich überzeugt. So sehr dass man alles glaubt, seinen Worten folgt ohne weiter tiefgründig nachzudenken. Ich meine, ich bin ja keine dumme Frau und bin, ohne eingebildet zu wirken, Aquiles bei Weitem überlegen und dennoch habe ich mich von ihm Abhängig gemacht, machen lassen. Verrückt!

Das Leben scheint komplett aus den Fugen geraten zu sein. Nachts träume ich von Aquiles, finde nicht in den Schlaf. Mal sind wir wieder zusammen und lieben uns, dann wiederum lässt er mich verhaften, sperrt mich ein und macht sich öffentlich lustig über meine Fehler und Probleme.

Es sind nur Träume, aber mit viel Wahrheit dahinter. Denn im Grunde hat Aquiles mich jahrelang in unserer Wohnung eingesperrt, indem er mir Zweisamkeit ausserhalb der Wohnung, schöne Abende und all das was er mit seinen Liebschaften erlebt, untersagte.

Sobald ich Wünsche äusserte raus zu gehen und dies eine Uhrzeit nach achtzehn Uhr betraf, waren sofort seine Alarmglocken eingeschaltet und redete mir ein, ich wolle Männer aufreissen und mich nach etwas Neuem umschauen. Gezielt eingesetzt, um von sich abzulenken und mich wieder an ihn zu binden, mich aussprechen zu lassen, dass ich ihn doch nie verlassen würde.

So wie an jenem letzten Abend, diesem Samstag. Ich habe ihm, nach all seinen wunderschönen Worten und Versprechen gesagt, dass ich ihn von mir aus nie verlassen würde, ich ihn liebte und immer seine Frau sein wolle. Das hatte ihm wohl gefallen und ihm die Sicherheit gegeben, sich weiterhin an mir zu bedienen.

Immer wieder frage ich mich, was er wohl jetzt in diesem Augenblick tut und denkt. Sind da doch hin und wieder Gedanken an unsere gemeinsame Zeit? Vermisst er mich, zumindest ein klein wenig? Ich möchte dass er mich vermisst, dass er sich darüber ärgert mich verlassen zu haben, jeden Tag. Das er spürt, wie hart das Leben sein kann, wenn man nicht mehr sein eigener Chef ist, mit viel Freizeit dazwischen, wenn die Kinder einen nicht mehr begrüssen und einem ein wunderbares Gefühl geben, Eltern zu sein, wenn er nun mit einem Hund gassi gehen muss, das was ihn immer nervte. Jedes Mal die selbe Tour zu gehen. Nun muss er.

Ja, ich habe herausgefunden, wer seine neue Freundin ist. Hat ein wenig gedauert und eigentlich war es pures Glück. Aquiles hat einen Nachsendeauftrag bei der Post eingerichtet. Anscheinend hat er nicht angegeben, dass die Bestätigung dann auch an die neue Adresse gehen sollte, statt an seinen alten Wohnsitz. Also kam der hier an. Da stand dann schwarz auf weiss die neue Adresse. Ganz klar, dass ich sofort über Facebook ausfindig gemacht habe wie sie aussieht. Und auf ihrem Profil hat sie dann auch ein Foto von ihrem Hund. Gleiches Profilfoto hat Aquiles seit Ende August als Profilbild, anstelle des schönen Bildes seiner Tochter.

Aquiles Account hingegen ist gelöscht. Er bricht alle Verbindungen zu seinem alten Leben ab. Gut, ich habe auch die Telefonnummern gewechselt, aber das musste auch sein, denn Aquiles wollte mir die Verträge nicht überschreiben. Die alte Telefonnummer wird demnach weiter laufen, denke ich. Ebenso wie die Rechnungen. Habe dem Anbieter einfach mitgeteilt, wo Aquiles nun wohnt und dorthin doch bitte Forderungen gesendet werden sollen.

Gleiches habe ich im übrigen nun auch mit dem Stromanbieter gemacht. Habe mich vorhin als neuer Kunde angemeldet und denen kurzer Hand mit meiner Bestätigung dann auch die neue Adresse, zwecks Abrechnung mitgeteilt.

Handy ist ebenso gelaufen, wobei ich hier einfach online die Daten ändern konnte. Der Vertrag läuft seit dem ersten Tag an, über Aquiles und da er ja nun nicht willig war, das so zu ändern, dass ich keine weiteren Kosten habe, hab ich seine neue Adresse angegeben und neue Kontoverbindung. Sollen die sich an ihn wenden.

Das Handy verkaufe ich. Will nichts mehr damit zu tun haben. Wer mir doof kommt, bekommt eine Antwort. Kann er nun abbezahlen und ich verkaufe es inzwischen weiter. Schliesslich kosten mich die Anwälte auch Geld. Hätte er damit nicht angefangen, wäre ich sicher auch ein wenig humaner in meinen Antworten.

Für den heutigen Abend genehmige ich mir eine heisse Badewanne, auch wenn es draussen noch angenehm warm ist. Ein schöner Oktober. Es hilft zu entspannen. Ich nehme mir mein Buch zur Hand und lese. Dazu gönne ich mir einen gekühlten Sekt mit Erdbeergeschmack und Chips. Das nenne ich mal Entspannung. Viel Schaum dazu und es ist perfekt.

Am Anfang, als ich allein war, habe ich mich nicht getraut in die Badewanne zu steigen oder Alkohol zu trinken. Es ist nicht viel, aber ich hatte immer Angst nicht mehr für die Kinder da sein zu können oder sie nicht zu hören. Mit der Zeit habe ich mich aber eingefunden in dieses neue Leben und auch gelernt mir meine Zeit zu gönnen, um mich zu entspannen und wieder zu mir selbst zu finden. Es ist wichtig, zur Not auch den Kindern zu sagen, dass Mama Zeit für sich benötigt.

Ohnehin habe ich sie in all den Wochen nie belogen, sondern offen meine Gefühle mitgeteilt. Zumindest so offen, wie Kinder es in dem Alter verstehen und verkraften könnten. Alles andere ginge sie wirklich nichts an und Themen, die nur mich als Ehefrau von Aquiles betrafen, habe ich raus gelassen.

Ich schliesse die Augen und atme tief durch. Der Schaum knistert und der Hahn tropft. Es ist angenehm. Früher....früher waren wir oft zu zweit in der Wanne.... Ich sehe ihn vor mir, wie er dort liegt, die Augen geschlossen......

VIII

Tagesziel für heute: Abschalten. Einfach raus aus dem Dorf und rein in die Grossstadt. Seit gefühlten Ewigkeiten war ich aus meinem kleinen Wirkungskreis nicht heraus gekommen. Hat zwar geholfen, sich der naheliegenden Probleme bewusst zu bleiben, doch irgendwie ist das normale Leben scheinbar an mir vorbeigezogen.

Unbehaglich fühlt es sich an. Kann ich nicht beschreiben. Früher war ich gerne in Freiburg. Bin hier zur Schule gegangen. Jetzt war ich meist nur kurz hier. Durchgefahren oder in den Shopping - Centern. Aber so richtig hindurch gelaufen bin ich lange nicht mehr. Traurig. Alleine hat es mir nicht gefallen. Was soll ich mir allein ein Bier trinken gehen, wenn mein grösster Wunsch gewesen war, endlich mit Aquiles wieder hier zu flanieren.

Werde mich mit meiner Mutter treffen. Die Stadt ist urplötzlich voller Erinnerungen. Jede Ecke, jeder Winkel und all die Geräusche. Es erinnert mich an die Zeit vor sieben Jahren. Unschuldig, schüchtern und verliebt hielt ich Aquiles Hand in der Meinen und einander küssend zogen wir durch die Strassen. Komme mir hier fehl am Platz vor, wie ein Bauerntrampel. Kann ich nicht erklären. Kleide mich auch modern. Sportlich. Okay, eher zweckmässig im Moment. Ohne Auto gibt es viele Kilometer zu laufen. Hohe Schuhe sind da nicht gefragt. Darum vielleicht.

Lange keine Anzughose mehr angehabt oder hohe Schuhe getragen. Schade irgendwie. Vielleicht liegt es daran oder einfach weil ich es mir einrede, mich so zu

271

fühlen. Ist ja oft so, dass man meint jeder könne einem ansehen, wie schlecht es einem geht.

Ich brauche dringend neue Sachen. Nicht weil ich das Image wechseln muss, okay vielleicht auch ein wenig, aber vorwiegend, weil ich endlich wieder meine normale Kleidergrösse habe. Anfang des Jahres war ich mit meiner Freundin shoppen gewesen, mit Armando im Kinderwagen, weil anders ging es nicht. Aquiles, der schon in der Altstadt in Freiburg wohnte, hatte sich nach langer Diskussion breit schlagen lassen derweil auf Armando aufzupassen. Am Ende war aus der Diskussion noch eine Diskussion entstanden und geholfen hat er mir überhaupt nicht. Er kam natürlich zu spät, musste angeblich genau an dem Tag plötzlich zur Krankenkasse und so hat er Armando einige Male auf und ab geschoben und kurz darauf musste ich eh wieder zurück nach Hause fahren, die Mädchen abholen. So war es immer. Grosse Klappe, wenn es nach Aussen darum ging mir zu helfen und dann, obwohl ich quasi in seiner Nähe war und einmal um Hilfe bat, da ging es nicht so wie angeboten.

Ja, da habe ich mir diese Hammer schöne Hotpan gekauft, in der mich Aquiles nie mehr zu sehen bekam. Eigentlich trage ich gerne Hosen die auf Hüfte geschnitten sind. Doch da hatte ich mich gewagt und eine mit hohem Bund gekauft. Hammer!

Die hatte ich im Übrigen angezogen, als ich Raúl getroffen hatte. Ein bisschen zeigen durfte ich schliesslich auch mal. Immerhin war ich endlich befreit von den Regeln. Kann ich mir gar nicht mehr recht vorstellen, dass ich das wirklich alles immer wieder hingenommen habe. Aquiles schaute ständig Frauen hinterher. Nicht gierig, aber ich sah dass er schaute. Er schaute auch hinter mir her, anders aber. Wenn wir raus gingen war ich sowieso meist überfordert mit meinem Kleiderschrank. Gut, klingt nach typisch Frau, aber das eigentliche Problem war einfach doch immer wieder Aquiles. Denn der bevorzugte Businesskleidung an mir. Entweder Bleistiftrock oder aber Hosenanzug. Wer geht aber bitte so einkaufen, spazieren oder zum Spielplatz? Keiner! Klar, hin und wieder machte ich es schon, ging dann mit hohen Schuhen, Blazer und chicer Hose durch den Ort und anschliessend auch mal auf den Spielplatz. Gar nicht so schlimm, aber dauerhaft einfach ungünstig, vor allem wenn man eben von einem Mann begleitet wurde, der zwar so etwas gerne anschaute, nicht aber bereit war seine eigenen Schuhe oder Füsse im Sand dreckig zu machen. Nun lauf aber mal mit Pumps durch den Sand um dein Kind von der Schaukel zu holen. Folglich blieben meist Jeans oder sportlichere Röcke mit flachen Schuhen und ich betone, ich sah nie altbacken oder so aus, die einzige günstige Variante.

Trotzdem beschwerte sich Aquiles gerne über meine Outfits. Zu eng, zu kurz, zu knapp. Oder zu lang, zu weit, zu sportlich. Wenn ich dann mit ihm, bei den wenigen Malen, ins Kino ging, etwas essen oder etwas erledigen, dann versuchte ich mich noch hübscher zu machen und er fand immer ein Argument warum es dann plötzlich unpassend war. War Armando im Kinderwagen dabei, dann bewegte ich mich falsch oder bückte mich zu komisch.

Wenn eines meiner Kinder hinfällt oder schreit, dann handle ich und wenn einer meint mir in dem Moment unter den Rock gucken zu müssen, dann ist das sein

Problem. Das war immer meine Meinung, denn ich habe es nie provoziert. Aquiles aber machte es ständig zum Streitthema. Ebenso wenn ich im Sommer Bikini trug. Mensch, da winkle ich am Strand die Beine an, stütze mich auf die Ellenbogen, um etwas sehen zu können und entspannt zu liegen und bekomme direkt eine über gebraten, dass mein Höschen so in die Rille rutschen würde, dass man erkennen würde dass ich eine Frau bin. Hallo? Sieht man das nicht sowieso?

Am Strand, im Bikini und Aquiles mit Standpauken. Bücken war dann genauso tabu, egal ob eines der Kinder dann grad mit dem Mund auf den Sand gefallen oder vielleicht kurz vor dem Ertrinken war. Nein, eine Frau ging in die Hocke um sich zu bücken und etwas aufzuheben und nicht in einem hinunter gebückt dass man den Hintern „lasziv präsentiert".

Aus purer Lust das Gegenteil von dem zu tun, was er mir untersagt oder ungern gesehen hatte, habe ich mir damals erst einmal fünf Miniröcke gekauft, neue Bikinis und jede Menge anderer Teile. Endlich, so schien auch für mich, war der Groschen - oh nein man sagt heute Cent - gefallen. Zwischen meinem Ich und mir entstand endlich eine Kommunikation und ich traute mich etwas Neues auszuprobieren.

Heute auch. Mein absoluter Vorsatz ist, mit einer Lederhose nach Hause zu gehen. Mein Vater findet diese Kunstlederhosen schrecklich, aber ich finde es gut und noch kann ich es tragen ohne dass es affektiert wirkt. Tunikabluse dazu und Schmuck. Perfekt.

Gucke mir täglich verschiedene Styles an und freue mich darauf zu Hause die nächsten Selfies zu schiessen. Bin inzwischen absoluter Junkie geworden. Muss aber zugeben, auch wenn es mir am Anfang total unangenehm war und meine Freunde bei Facebook bestimmt voll den mega Hass auf mich bekommen haben, es hat mir geholfen mich mit anderen Augen zu sehen. Mich als Frau wahrzunehmen und mich toll zu finden. Vorher hätte ich das nie gewagt, habe mich immer versteckt hinter Aquiles oder dem Mutter sein. Jetzt war der Knoten geplatzt und ich habe endlich den Mut, den ich immer wollte.

Armando und ich warten auf meine Mutter. Wir sind zu früh. Kein Problem. Armando hat seine Flasche und ich checke schnell ein paar Emails und traue dann kaum meinen Augen. Wahnsinn. Ich hätte niemals mit einer Email von ihr gerechnet. Nach den ganzen Wochen, da habe ich eigentlich die Hoffnung aufgegeben. Am liebsten würde ich mich erst einmal hinsetzen können. Mein Herz stolpert vor sich hin. Einmal tief durchatmen und öffnen.

In den letzten Wochen war eine Horrornachricht der anderen gefolgt und immer wenn eine Lösung scheinbar zum Greifen nahe gewesen war, stellten sich neue Herausforderungen ein. Nun hoffe ich, dass die Email keine Beschimpfung enthält und einigermassen human gehalten auf mein Anliegen eingeht. Ich wünsch es mir so sehr. Ein kleines weiteres Erfolgserlebnis.

Ich öffne. Die Email beginnt recht förmlich. Sie ist von Aquiles Ex-Frau Beate. Wir Siezen uns, benutzen aber den Vornamen. So hatte auch ich es gehandhabt, da ich ihren neuen Nachnamen nicht kenne. Irgendwie freue ich mich wie ein kleines Kind über ein Geschenk. Sie hätte nicht antworten müssen. Immerhin bin ich eine wildfremde Frau und nur dieser Mann verbindet uns indirekt oder eher gesagt verbindet Erlebnisse. Ich weiss nicht, ob ich so frei gewesen wäre, zu antworten.

Noch ehe ich gelesen habe, was sie schreibt bin ich für diese Geste unendlich dankbar und würde ihr das am liebsten persönlich sagen. Beate muss eine tolle und starke Frau sein, dass sie bereit ist mir unbekannterweise zu antworten. Mutig. Danke.

Nun kommt auch meine Mutter mit der Bahn an. Freudig kommt sie auf Armando und mich zu. Ich bin ganz hibbelig. Total ungehalten. Nehme sie in den Arm und muss direkt auf sie einreden.

„Hallo Mama. Sorry dass ich dich so überfallen muss. Aber weisst du, wer mir gerade geschrieben hat? Beate!"

„Wer?"

„Na, die Ex-Frau von Aquiles. Beate! Sie hat auf meinen Brief geantwortet in einer Email. Ist gerade eben angekommen. Ich bin total aus dem Häuschen. Finde das Klasse, dass sie offen antwortet. In all dem was ich schon vermutet habe, habe ich ein Gegenstück gefunden, eine Bestätigung des Ganzen. Ich bin heil froh, dass ich irgendwie nicht die Einzige bin die so empfindet und denkt."

„Aber wir haben ja auch oft genug gesagt dass Aquiles dir etwas vorspielt und vieles gelogen zu sein scheint, dass er dir nicht gut tut und du alleine fröhlicher bist und sogar besser klar kommst. Es war ja nun abzusehen, dass er nicht der Aquiles ist, für den man ihn am Anfang halten konnte."

„Ja, ich weiss. Aber ich meine in diesem Fall die Rückmeldung von einer Frau, also Ehefrau und Partnerin. Da erlebt man das ja alles noch ganz anders.

Es tut gut zu hören, dass es noch jemanden gibt, der auf Aquiles herein gefallen ist und Gleiches erlebt hat, dass er sich nicht durch die Hochzeit mit mir so geändert hat, sondern dass er am Anfang immer die heile Welt vormacht und schauspielert, um sein Ziel zu erreichen, Mitleid zu bekommen und dann nach und nach wieder zu dem mutiert, was er eigentlich ist. Sie schreibt, dass sie bereits bei Erhalt meines Briefs geahnt hat, in welcher Situation ich mich befinden würde und bestätigt dass die Erzählungen von Aquiles über sie nur Lügen sind. Das hatte ich ja eh vermutet, denn bei mir macht er es genauso. Beate bezeichnet ihn sogar als Heiratsschwindler."

„Oh, auch nicht schlecht. Wobei ein Heiratsschwindler ja schon etwas anderes ist, oder?"

„Ja, eher so dass dem Partner die Ehe versprochen wird, aber sich vorher das Geld auszahlen lassen und es dann nie zur Hochzeit kommt."

„Nee, es gibt auch genug, die die Ehe wirklich eingehen und abkassieren."

„Na super. Naja auf jeden Fall schreibt sie, dass er alle um den Finger wickelt und wir nicht die Ersten und nicht die Letzten sind bzw. waren, dass er nur an Geld ran kommen will. Das Haus in seiner Heimat sei mit ihrem Erbteil finanziert worden, dass er geschworen habe das zurück zu bezahlen und seither nichts unternommen habe. Im fünfstelligen Bereich siedelt sich die Summe an. Überleg mal! Und ich weiss, dass Aquiles früher von etwa fünfundzwanzigtausend gesprochen hat. Ihre Eltern hätten dann sein wahres Ich entdeckt, doch aus Liebe zur Tochter weiter geholfen. Ihr hätte die Ehe eben damals auch viel bedeutet. Tja und anschliessend gibt sie mir den Tipp, alle Passwörter zu ändern, da er es verstünde diese zu kontrollieren und sich zu nutze zu machen. Gut, das hatte ich ohnehin getan, denn ich muss offen zugeben, ich weiss nicht ob er das von jeher konnte und immer den Dummen gespielt hat, aber in Sachen Computer war ich ihm bisher zum Glück überlegen."

Auf den Punkt gebracht ist es genau das, was mir auch durch den Kopf geht, eine Art Heiratsschwindel. Erst diese charmante kindliche Art, um sich das Vertrauen zu erschleichen und dann knallt es, wenn entweder kein Geld mehr fliesst oder ein besseres Opfer in Sicht ist. Mir tut nur leid, dass die Kinder mit hineingezogen werden. Warum ist er nicht einfach nach einem Kind gegangen, wieso dann drei?

Mir tut es so sehr in Seele und Herz weh, diese Zeilen zu lesen und mir wieder darüber klar zu werden, mit einem eiskalten Hochstapler verheiratet (gewesen) zu sein. Ich kann es nicht fassen, passt aber ins Bild wenn ich mir überlege, dass er inzwischen Banken und Versicherungen bescheisst, seine Kinder leugnet und mich dann bei der Polizei mehrfach anzeigt.

Wobei es objektiv betrachtet wirklich das Beste war, endlich von ihm los zu kommen, auch wenn die Einsamkeit gewöhnungsbedürftig ist und ich mich nach einem Partner sehne. Aquiles war eben nie wirklich ein Partner, vielleicht vermisse ich es daher noch ein Stück mehr, da ich mit dieser Hoffnung und Erwartung in die Ehe ging und immer alleine geblieben bin, so als hätte ich eben nie geheiratet.

Es ist Zeit diesen Gedanken zu den Akten zu legen und sich nur auf das Hier und Heute samt einer neuen

Zukunft zu fokussieren. So oft sitze ich abends dort und hoffe innerlich seinen Schlüssel im Türschloss zu hören. So wie früher eben. Dabei ist auch das ein Selbstbetrug, denn die letzten zwei Jahre war ich jedes Mal nervös, wenn ich den Schlüssel hörte. Zwar war da auch Freude, denn ich liebte ihn. Die Ernüchterung kam dann, wenn er sich auf das Sofa hockte, ich ihn nicht wirklich interessierte oder er einfach nur daran dachte seine Begierde zu stillen. Mit anderen Worten, war die Freude nicht wirklich von langer Dauer und ehrlich gesagt, möchte ich nicht noch einmal in diese Zeit zurück.

Ich gebe zu, dass ich andauernd sein Profil öffne und sehen möchte ob er online ist. Noch immer recherchiere ich im Internet, überlege mit wem er sich ausserdem treffen könnte und versuche Zusammenhänge zu finden. Immerhin bin ich mir nun ziemlich sicher, dass seine neue Freundin eine ehemalige Kundin ist. Zumindest bei einem Kunden gearbeitet hat. Ich meine mich an diesen Namen erinnern zu können. Sie hat wohl in Luxemburg studiert. Auszusagen hat das nichts. Gibt viele Fachidioten. Aber als verlassene Ehefrau sucht man natürlich automatisch nach Kritikpunkten, entweder das was sie angeblich besseres hätte, was man selbst nicht hat oder aber nach dem, was bestimmt schlecht an ihr ist.

Ich habe oft mit meinen Eltern geredet und heute bin ich zwar noch irgendwie gekränkt, auch wenn es unlogisch erscheint bei dem was er mir angetan hat, dass er eine neue Partnerin hat und die gerade bestimmt auf Wolke sieben schweben und ich gerade die Scherben auffegen muss. Doch ich habe gelernt sie, Katja, als weiteres Opfer zu sehen. Ich bin genauso hineingefallen und habe Beate damit verletzt, ihr ihren Mann indirekt genommen oder unterstützt, dass Aquiles sie verlassen konnte. Katja tut am Ende auch aus Liebe alles für Aquiles, so wie Beate und ich auch.

Irgendwann wird die Arme leider auch erkennen müssen, wie ihr geschieht. Vielleicht schnell, vielleicht auch erst in vielen Jahren. Wer weiss, vielleicht erfüllt sie ihm ja die offene Beziehung die er sich erträumt.

Unsere Shoppingtour ist ein absoluter Erfolg. Für die Kinder habe ich natürlich wieder mehr gefunden, als für mich. Aber ich bin zufrieden mit dem Ergebnis. Ein wenig müde kehren wir nach Hause zurück.

Mein Vater hat die beiden Mädchen abgeholt. Schule und Kindergarten wissen bescheid. Wissen auch, dass Aquiles die Kinder nicht abholen darf. Gut, es liegt kein Beschluss vor, aber zumindest wissen sie dass sie mich anrufen müssen, bevor sie das Kind heraus geben.

Im Briefkasten ein Brief meines Anwalts. Die Akte der üblen Nachrede liegt vor, nun solle ich bitte einen Gesprächstermin vereinbaren. Ich bin gespannt wie ein Flitzebogen. In vier Tagen wäre einer frei. Passt super. Dann hat man wieder eine neue Sache hinter sich gebracht.

Dafür sind die Nachrichten vom Autohaus weit weniger freudig. Aquiles war da und hatte das Auto haben wollen. War aufgetaucht, an unserem Verkäufer vorbei und hat sich direkt den Verkaufsleiter geben lassen. Per Telefon hatte Aquiles wohl schon Tage zuvor den Kfz-Brief von der Bank angefordert. Nun wollte er sein Auto haben.

Der Verkaufsleiter schien ein wenig verwundert, da

Aquiles sein Auto dort vermutete, obwohl unser Verkäufer darüber bescheid wusste, dass der Wagen bei mir in der Tiefgarage steht. Ein Irrtum, dem auch wieder einmal nur Aquiles erliegen konnte, wie wir am Ende rekonstruiert haben.

„Da muss der da rein sein, so meinte unser Verkäufer und hat die sofortige Herausgabe des Autos bei dem Verkaufsleiter verlangt. Der natürlich irritiert war. Unser Verkäufer sei dann dazu gekommen und habe angehört, wie Aquiles uns schlecht gemacht hat und er hätte bestätigen sollen, dass wir Aquiles fertig machen wollen würden. Aquiles hätte dann gesagt er bezahlt alles und hat zwei Raten auf den Tisch geknallt, die er dann bar einzahlen gehen sollte, da die das nicht annehmen wollten. Muss ja an die Bank, nicht ans Autohaus. Ja und dann war unser Verkäufer so geistesgegenwärtig und hat erst mal die Situation klargestellt und wollte dann von Aquiles die aktuelle Kontoverbindung zwecks Steuer haben, als auch die aktuelle Meldeadresse und den Versicherungsnachweis samt Nachweis, dass auch die Versicherung bezahlt wäre."

„Ja und?"

„Na, das konnte Aquiles wohl nicht abgeben. Das ist nun auch wieder drei bis vier Wochen her, meinte der Verkäufer. Aber seither hätte er von Aquiles nichts mehr gehört. Keine Nachweise, keine Kontoverbindung. Aber er wäre angeblich hier gewesen und habe sich gewundert dass die Nummernschilder abmontiert wären"

„Demnach hat er sicher kein Konto oder aber es ist nicht gedeckt."

„Denke ich mir. Aber lustig, dass er da auftaucht und

sein Auto haben will, also sofort."

„Ja, weisst du wie das passiert ist? Der ist irritiert. Guck mal, damals habe ich dem geschrieben, er bräuchte keine Angst haben, dass ich das Auto verkaufen würde, da das ja der Bank gehört. So, dann war aber der Transporter wirklich verkauft. Dann war er hier mit der Polizei, nachdem sein Auto plötzlich in unserer mega Aktion verschwunden war und hatte es mit der Polizei hier entdeckt. Da waren die Nummernschilder dran und wir haben ihm erzählt, dass das Auto zum Händler müsse. Das ging aber aus zivilrechtlichen Gründen nicht. So und nun, anscheinend hat er von der Zulassungsstelle in Freiburg ja nie Post bekommen über die Abmeldung oder vielleicht doch und war nun einmal mit seiner Katja am Autohaus vorbei gefahren und dann war ihm das Gleiche gedanklich passiert wie dir damals Papa. Du hast ja gesagt, da steht der gleiche Typ in gleicher Farbe zum Verkauf mit etwa dem Preis, wie er auch derzeit Wert wäre. So und da Aquiles nicht so schlau und besonnen ist, sich anzusehen ob das auch ein Siebensitzer ist und ob ein Diesel oder Benziner, da ist er einfach am nächsten Werktag beim Autohaus rein und hat da einen auf dicke Hose gemacht, sich wohl noch das Geld geliehen und dann stellt sich raus, als er bezahlt hat, dass der Wagen vor der Tür nicht seiner ist, sondern ein Benziner und seiner noch immer bei seiner geliebten Noch-Immer-Ehefrau."

„Ja, das kann gut sein."

„Ich finde das lustig. Der denkt jedes Mal er kann einen auf dicken Macker machen. Erst mit der Polizei hier unten und die ziehen unverrichteter Dinge ab und dann beim Autohaus. Toller Kfz- Mechatroniker, der nicht mal einen Diesel von einem Benziner unterscheiden kann. Abgesehen davon, dass er beim Anwalt damals nicht mal die Farbe seines Autos benennen konnte. So ein Dummkopf, echt. Weiss schon warum der in meinem Handy unter „Cara de Culo" steht. Macht immer mehr Sinn, aber wage ich mich kaum auszusprechen."

„Ja, aber nicht zu früh freuen, du weisst nicht was er noch nachschiessen wird."

„Ach da wird sicherlich einiges kommen, garantiert. Aber ich mag Etappensiege auch. Es tut einfach gut zu wissen, dass nicht alles was er versucht sofort klappt. Auch wenn ich mich derzeit echt mürbe fühle. Müde und satt das ganze immer wieder zu durchdenken, auch wenn es eine gewisse Spannung enthält und man nie weiss, was als nächsten kommt. In vier Tagen nun erst einmal das Gespräch wegen der üblen Nachrede."

Mittlerweile kann ich über meine Situation offen sprechen. Versuche mir auf diese Weise Tipps zu holen, wichtige Kontakte zu knüpfen, denn Selbsthilfegruppen oder ähnliches gibt es kaum, denn die meisten trauen sich nicht offen zu sagen was ihnen passiert ist und was sie dagegen getan haben. Leider ist es so, dass die meisten Frauen schweigen. Ich hätte vielleicht auch, stünden nicht meine Eltern hinter mir und hätte ich nicht den Wunsch, meine drei Kinder vor ihrem Vater schützen zu wollen, weiter geschwiegen.

Beate habe ich auf ihre Email dankend geantwortet, habe ihr den aktuellen Stand des Verfahrens mitgeteilt und ihr ein wenig näher geschildert, was zuletzt passiert war und wieso er nun den Kontakt ganz abgebrochen hatte, auch zu den Kindern. Ich möchte ihr auf diese Weise zeigen, dass ich dankbar bin für ihre Offenheit und ihr mitteilen wie es vorwärts geht. Nicht aus Rache, sondern um endlich HALT zu sagen.

Was ich aber heute bei meinem Rechtsanwalt vorgetragen bekomme, das sprengt erneut meinen Horizont und lässt mich fast vom Stuhl fallen. Dass ich mit Angriffen von Aquiles zu rechnen hätte, war mir klar. Das diese auch meist etwas beinhalteten was nicht den Tatsachen entsprach und auch nicht stimmen konnte, ist mir inzwischen auch klar und darauf habe ich mich eingestellt. Doch auf diese Sache war ich nicht vorbereitet. Ich werde innerlich wütend und wäre ich nicht bei meinem Anwalt, ich würde wirklich dieses Mal alles kurz und klein schlagen wollen.

Es ist eine Frechheit, was hier im Raum steht und dass ich sozusagen vom Opfer zur Täterin werde. Dass nicht nur Aquiles gegen mich agiert, sondern auch noch Rückendeckung vom Jugendamt bekommt.

Die Anzeige der üblen Nachrede besagt, dass ich mir die Aussage mit der Vergewaltigung nur ausgedacht habe, um Aquiles damit einen schlechten Ruf anzuheften und dass ich behauptet habe er hätte Nacktfotos der Kinder ins Internet gestellt. Totaler Blödsinn. Ich habe gesagt, er hat früher von mir Nacktfotos herum gezeigt. Nun wisse ich von anderen, dass er Nacktaufnahmen unserer Kinder habe und ich hätte Angst, er könne diese dann auch herum zeigen.

Mensch, ich habe offen meine Befürchtungen angesprochen und nun wird es so gedreht als hätte ich von Tatsachen geredet. Auch das mit der

Vergewaltigung. Mag sein, dass es genug Frauen gibt die das als letzte Chance sehen ihren Ex-Partner fertig zu machen. Aber ich weiss was ich gefühlt habe, nicht nur einmal. So viele Male. Es tut weh, dass einem nicht geglaubt wird.

Vierhundert Euro Schadenersatz will Aquiles von mir haben, das schlägt seine Anwältin als Vergleich vor, damit die Anzeige fallen gelassen würde. Der missbraucht mich und ich soll dann noch bezahlen? Das ist einfach krank und ich fühle mich verarscht, von allen Seiten. Es ist echt wie im Film.

Man erkennt wer das böse Spiel spielt und auch der Typ vom Amt ist bekannt dafür zu den Männern zu halten, gegen die Frauen und dann kann man nichts tun. Muss es hinnehmen, dass aus einem der Täter gemacht wird.

Gemeinsam setzen wir einen Schriftsatz auf. Mein Anwalt fragt und ich darf ausführlich berichten. Erst mal den Teil mit den Fotos. Das ist schnell berichtet. Mal abwarten meint er, weil da ja die Gegenseite den Mitarbeiter vom Amt als Zeugen angeführt habe und nichts bewiesen wäre. War zwar nicht korrekt, mal eben so den Mitarbeiter zu befragen, aber ist passiert. Dem Jugendamt kann man eh nicht zu nahe kommen, die dürfen offiziell Lügen.

Mir bleibt die Spucke weg. Ich erkläre was ich gesagt habe und bin in erster Linie enttäuscht, dass es überhaupt billigend zugelassen wird auf Basis eines vermeintlich vertraulichen Gesprächs eine Anzeige machen zu können, wo ich nicht einmal mit Dritten gesprochen hatte und somit Aquiles gar nicht verleumdet worden war. Ihm war ja gar kein Schaden entstanden. Er hätte damals auf den Vorschlag mit begleitetem Umgang eingehen können. Aber nein, er wollte ja alles oder nichts, wie immer.

Nun darf ich meinem Anwalt noch einmal genau erklären, wie sich der Tag abgespielt hatte, an dem mich Aquiles abends vergewaltigte. In Gedanken durchlebe ich wieder alles, erinnere mich an seine Hände auf meiner Haut, an seinen Kuss, noch bevor er böse wurde. Erkläre, dass ich ihn aufhalten wollte, indem ich mich im Türrahmen fest gehalten hatte, dass ich mehrfach dazu aufforderte aufzuhören und er nicht mehr zu bremsen war.

Muss erklären, was ich getragen habe und ob er es ausgezogen oder zerrissen hatte. Ich fühle mich nackt vor meinem Anwalt, mir ist es peinlich. Und er fragt, warum ich nicht geschrieen habe oder ob ich es getan hätte. Nein, natürlich nicht. Dann wären nur die Kinder gekommen.

Ich fühle mich wie an jenem Abend, wo er mich hat liegen lassen, so beschmutzt. Mir fällt das Wort „Lusttropfen" ein, den man immer wieder im Bio-Unterricht gehört hat, in Sexualkunde. In diesem Moment ergibt es eine ganz andere Bedeutung für mich und ich ekel mich erneut vor diesem, „meinem Mann".

Eigentlich hatte ein gewisser Ekel schon im letzten Jahr, nach der Klinikphase begonnen. Diese Distanz hatte mich anders fühlen lassen und urplötzlich konnte ich Aquiles oft buchstäblich nicht riechen. Früher war es mir egal gewesen, wenn er mal verschwitzt gerochen hatte oder nach Arbeit und Putzmittel. In den letzten Wochen, in denen er mich alles andere als liebevoll behandelt hatte, war mir dieser Geruch zuwider geworden. Ich habe das verdrängt und mich auf uns konzentriert, aber ich habe ihn nicht riechen wollen und können. Jetzt kommt alles wieder in mir hoch.

Obwohl ich so oft mit meinen Eltern alle Fakten wiederholt habe, wäre mir an dieser Stelle schon fast ein wichtiges Detail entfallen. In quasi letzter Minute vor dem Diktat erinnere ich mich an die zweite Email von Beate. So dumm von mir, sie war so wichtig und ich vergesse das fast.

Beate hatte auf meinen Missbrauch Bezug genommen und bestätigt, dass Aquiles auch ihr gegenüber so fordernd war und auch bei ihr zum Schluss, als er schon mit mir zusammen war zu ihr gesagt hatte, sie sei seine Frau und er habe das Recht darauf. Wenn sie ihm verwehrt hatte was er wollte, hätte er sich betrunken, dann randaliert und versucht bei ihr einzubrechen. Ich bin mehr als nur dankbar für diese offene und ehrliche Aussage, auch dass er während der Ehe mehrfach Sex wollte ohne ihren Willen. Es deckt sich mit meiner Aussage und das erleichtert mich und hilft mir dann auch meine Aussage zu bestärken.

Mein Anwalt diktiert in meinem Beisein alles auf Band, stellt hin und wieder Zwischenfragen. Ich fühle mich miserabel. Der Anwalt ist nett und ich habe nicht das Gefühl ausgenutzt zu werden oder Fragen gestellt zu bekommen, die womöglich noch seine privaten Fragen beantworten würden. Es ist rein geschäftlich, so nenne ich es. Versuche es selbst so einzuordnen, wie das Nacherzählen einer Geschichte, einer Reportage ohne Gefühl. Schaffe ich diesmal dennoch nur schwer. Wenngleich ich in den letzten Wochen immer und immer wieder an meine Grenzen ging und gelernt habe vieles emotionsloser zu sehen, um mich selbst zu schützen, so gibt es dann doch eben einige Punkte, die mir zu nahe gehen. Jetzt ist es soweit. Aquiles hat ein Fass aufgemacht, was besser hätte verschlossen bleiben sollen. Versucht damit noch Geld raus zu schlagen und mich wirklich auf allen Ebenen fertig zu machen.

Ich frage mich, was bringt ihm das? Fühlt er sich wirklich besser, bei dem Gedanken mich auszusaugen. Aquiles denkt nicht rational, das ist mir klar und auch normal menschliche Gefühle scheinen hier keinerlei Bedeutung zu haben. Aquiles Aktionen sind nicht mit normalem Menschenverstand zu begegnen. Er sieht in mir die Täterin, die nicht zulassen wollte, dass er weiter ein Spiel mit meiner Seele und meinem Körper spielen kann. Zu dumm aber auch, dass ich mich dem entgegen stellen musste. Dass er dabei seinen Kindern ebenso weh tut, wenn ich wegen ihm weitere finanzielle Ausgaben habe, dass der Druck sich auf unsere Kinder überträgt und sie indirekt mehr von dem mitbekommen als uns allen lieb ist, das blendet Aquiles komplett aus und ich möchte fast beschwören, dass er das noch nicht einmal weiss oder nachvollziehen kann.

Zu sehr ist er damit beschäftigt das Opfer zu mimen und sich darin zu baden, wenn ihm Katja liebkosend zur Seite steht oder liegt und sich willig als Trostpflaster opfert, so wie ich vor ihr und vor mir Beate. Aquiles ist nicht fähig und nicht willens zu lieben und geliebt zu werden. Mir gefällt das Zitat aus einem Film über eine bekannte Autorin „Er ist nicht dumm, sondern einfach unfähig zu denken" und das kann ich bei Aquiles ebenso feststellen.

Aquiles ist nicht dumm, denn in nur kürzester Zeit hat er Deutsch als Fremdsprache gelernt, hat sich eine eigene Firma aufgebaut und unheimlich viel erreicht in seinem Leben. Doch wenn es darum geht für eine Familie zu sorgen oder zu hinterfragen wie andere sich fühlen könnten, dann ist er unfähig nachzudenken und tut wie ihm sein eigner Wille befielt und leider wird der nun einmal überwiegend von männlichen Hormonen gesteuert.

So oft hört man Negativberichte von Jugendämtern und nach dem Erstgespräch hätte ich glatt meine Hand ins Feuer halten wollen, dass das oft nur Bange mache ist und man dort doch Hilfe bekommen kann. Von wegen. Voll versagt, auf ganzer Spur. Wieso darf dieser Mitarbeiter über mich und meine Aussagen urteilen und wieso ist es ihm erlaubt weiter zu arbeiten, wenn er für seine Parteilichkeit schon bekannt ist?
Es ist wirklich ein schreckliches Gefühl, sich fremden Menschen und auch Männern anzuvertrauen, in der Hoffnung sie würden den Hilfegesuch ernst nehmen und eine Lösung anstreben. In all den Wochen bin ich nun nicht nur von meinem Mann vergewaltigt worden, sondern auch von Amtspersonen missbraucht worden. Eine ungeheuerliche Anschuldigung! Stimmt und ich wage mich kaum, es zu denken, geschweige denn auszusprechen. Wer weiss, welche Anzeige oder Klage mir dann als nächstes ins Haus flattert.
Es ist ein Wagnis. Sichert mir aber nicht das Grundgesetz eine freie Meinungsäusserung zu? Ist nicht das Grundgesetz so verankert, dass Männer und Frauen gleiche Rechte besitzen? Warum also wird mir bei einem Gespräch Hilfe verwehrt und meine Aussage in Frage gezogen, während hinten herum sogar auf ganz

offiziellem Wege gegen mich agiert wird und man mich als Täterin vorführen und mit einem Bussgeld dafür bestrafen will, dass ich offen gesagt habe was ich denke und befürchte?

Ich bin Mutter von drei Kindern und habe nicht nur die Pflicht alles erdenkliche zu tun, um meine Kinder vor Schaden zu bewahren, sondern tue es auch aus Liebe. Immerhin bin ich aus Liebe zu meinen Kindern einen Tag nach meiner Vergewaltigung zum Haus meines Peinigers gefahren, um das gemachte Versprechen ihres Vaters ihnen gegenüber nicht von meiner Seite zu brechen. Ich habe eine heile Welt vorgespielt für diesen Augenblick, meiner Kinder Willen. Ja, ich spreche es aus.

Würde es sich um einen „X-beliebigen" handeln, würde jeder mir einen Vorwurf daraus machen und fragen „Wie kannst du nur, Lydia. Wie kannst du nur zu einem Menschen hin fahren, der dir so etwas angetan hat?" Stimmt doch auch. Niemand der Vater oder Mutter ist, würde seine Kinder zu einem Bekannten, einem Nachbarn oder gar Verwandten bringen von dem er weiss, dass etwas nicht stimmig ist, dass er Frauen demütigt und vergewaltigt, dass er sich mit Vorliebe Nacktfotos von Frauen in Schuluniform und mädchenhaft gekleideten Damen herunter lädt und sich Pornos von „Teens" anschaut, auch wenn dies die „eightteen und nineteen" mit einschliesst. Oder? Ganz ehrlich, wenn dann etwas passieren würde, hiesse es gleich, dass es doch zu erahnen gewesen wäre und man daher eine Teilschuld trage.

Jetzt aber, nur weil es sich bei dem Peiniger und dem Menschen, der sich stets von seiner Lust leiten lässt und dessen Kinder nach jedem Besuch bei ihm demonstrativ gerne nackt posierten, um den leiblichen Vater der Kinder handelt, da scheint es alles halb so schlimm und wird gar so verdreht, dass die Mutter zur Lügnerin und Intrigantin gestempelt wird.

Wieder eine neues Sorgenkind, neuer Gesprächsstoff für die kommenden Tage. Es hört wirklich nicht auf. Ich werde nicht frei, muss immer wieder überlegen und notieren was ich wem gesagt habe. Ein ewig während er Strudel irrsinnigster Erlebnisse und Gefühle. Fühle mich indirekt meinem Noch-Ehemann erneut ausgeliefert.

Jeden Morgen an dem ich Meter für Meter marschiere, bei Wind und Wetter, ungeachtet meiner emotionalen und körperlichen Verfassung, fühle ich mich von Aquiles immer aufs neue Missbraucht. Erinnere mich dann an die schmerzhaften Erfahrungen, die ich für mich behalten und aus Hoffnung tief in mir versteckt gehalten habe.

Jeder Schritt ist ein Schritt in Richtung Freiheit und zugleich das Wahrnehmen der bitteren Realität. Ich bin alleine, immer. Der Mann, den ich so sehr liebte, hat mich betrogen, belogen, mich beschimpft und verbal geschlagen, mich drangsaliert, mich ohne Ketten gefesselt, mich ausgenutzt, sich lächerlich gemacht, mich missbraucht, mich gedemütigt, mir gedroht und mir verboten, mir weh getan und mein Herz gebrochen, doch ich muss aufrecht gehen und weiter kämpfen. Für meine Kinder kämpfen und dafür mich nicht wieder hineinziehen zu lassen in denselben oder einen ähnlichen Strudel.

Jeden Morgen viertausend Meter, mehr als achttausend

Schritte und am Nachmittag das Selbe noch einmal. Immer wieder mit meinen Gedanken allein.

Manchmal möchte ich weinen, trauere dem hinterher, was nicht eingetreten ist und leere Worte geblieben sind. An anderen Tagen bin ich wütend darüber, dass er mir so viele Steine in den Weg rollt und meine Kräfte schwinden. In wieder anderen Momenten fühle ich mich überlegen, triumphiere innerlich und würde ihm gerne zeigen, dass ich noch immer da bin und noch immer als Gegnerin anzusehen bin, ich noch keinen Knockout eingesteckt habe. Ich möchte siegen, egal auf welche Weise und für mich wäre der Sieg einfach, nicht zu fallen sondern weiter zu marschieren. Aquiles wird eines Tages begreifen, dass es besser gewesen wäre, er hätte den Mund niemals aufgemacht, um mich damit fertig machen zu wollen.

Auch wenn es den Anschein haben mag dass er derzeit die besseren Karten in der Hand hat und er von uns beiden das Glück hat eine neue Partnerschaft und Liebe zu haben, so wird es zusammenbrechen wie ein Kartenhaus. Letztendlich wird Aquiles, vielleicht vorübergehend, aber nie dauerhaft Glück und Liebe verspüren und dem bin ich voraus. Ich kann unsere Kinder aufwachsen sehen, spüre täglich ihre Liebe und darf sie auf ihre Zukunft vorbereiten, auch wenn es oft sehr schwer ist, drei Kindern gleichzeitig gerecht zu werden und sich dabei nicht selbst zu verlieren.

Aquiles hat eine Menge Schulden an der Backe und nicht einfach Schulden, die einem privat einmal unterlaufen können. Es sind Versicherungsschulden, Schulden aus Umsatzsteuer, Schulden aus Beiträgen zur Sozialversicherung, Schulden bei Mitarbeitern,

Schulden bei Kreditinstituten. Hinzu kommt die Verpflichtung der monatlichen Unterhaltszahlungen für drei Kinder für die kommenden etwa sechzehn Jahre.

Aquiles hat nichts gelernt, seine Ausbildung in Deutschland abgebrochen und redet lediglich gerne mit dem Mund über das was er alles kann. Wenn er täglich arbeiten muss, bricht er zusammen, ist dem Druck gar nicht gewachsen, viel zu langsam. Im Grunde ist er kaputt und am Ende. Was ich von mir derzeit nicht behaupten kann. Mir geht es nicht rosig. Wir müssen mit dem Geld rechnen und gut wirtschaften, aber wir sind nicht pleite, haben keine nennenswerten Schulden und das Geschäft befindet sich im Aufbau.

Meine Augen brennen. Ich bin müde und mein Blick ist leer. Ich friere. Nach so vielen Wochen fühle ich mich, dann wenn ich allein bin, antriebslos. Das Wetter wird herbstlicher, es wird trüber und dunkler. Es erscheint mir manches so sinnlos. Am liebsten würde ich einfach liegen bleiben wollen. Alles was ich sage endet scheinbar gegen mich.

Ich suche verzweifelt nach Hilfe und selbst rechtlich scheint erst einmal alles gegen mich gerichtet zu sein. Ich soll nachgeben, Gesprächsbereit sein und schön brav mitmachen, während alle anderen es sich erlauben dürfen mich fertig zu machen und Lügen über mich zu erzählen. Aquiles ist pleite und hat Dreck am Stecken, ohne Ende. Doch der schafft es sich von einem Anwalt zum Nächsten vorzuarbeiten und immer mehr aufzutischen.

Ich fühle mich ungerecht behandelt, benachteiligt. Für meine Kinder bin ich jeden Tag da und Aquiles interessiert es Null, wie es den Drei geht. Noch immer keine Nachricht, kein Anruf, keine Email. Ich würde mir sonst etwas ausdenken, um meinen Kindern ein paar nette Zeilen oder eine Kleinigkeit zukommen zu lassen. Doch wenn ich das sage heisst es gleich „Männer ticken da anders". Super, ganz tolle Erklärung. Also muss ich dann wieder entschuldigen, dass Aquiles sich nicht meldet.

Ich spüre, wie ich vieles von dem, was ich fühle noch immer verdränge. Noch immer kann ich nicht fassen, wie ein Mensch, der einst jede Minute mit einem verbrachte und die Ewigkeit mit einem verbringen wollte, so kalt und hasserfüllt werden kann.

Auf diese Gedanken werde ich nie eine richtige Erklärung bekommen und wenn ich dafür meine Lebenszeit verwenden würde, es würde immer unbegreiflich bleiben.

Es tut verdammt weh verlassen zu werden und ich möchte mich nicht über andere Frauen und Mütter erheben, die auf einfacherem Wege verlassen wurden. Jede Situation in der jemand von seinem Partner verlassen wird ist schrecklich und anscheinend eine Krankheit unserer Generation geworden, doch dass eine Trennung so schlimm sein oder werden kann, davon hätte ich in meinen schlimmsten Träumen nicht zu denken vermocht.

Unbewusst und auch ungewollt schweifen meine Gedanken zwischendurch immer wieder ab. Ich entfliehe in irrsinnige Vorstellungen. Ertappe mich dabei, wie ich mir vor dem geistigen Auge vorstelle, wie Aquiles seien Katja küsst. Ob er sie genauso küsst wie er mich küsste? Ich bin ehrlich, seine Küsse vermisse ich. Habe Aquiles gerne geküsst.

Mich zerreisst die Vorstellung dass er Hand in Hand mit Katja durch die Stadt läuft, dass er ihr schöne Geschenke macht, mit ihr kuschelt und über den Weihnachtsmarkt laufen wird. Es tut weh, weil ich es mir all die Jahre gewünscht und nie bekommen habe, es tut weh weil ich in die Augen unserer Kinder schaue und weiss sie vermissen ihren Papa auch, und es tut weh weil es keine Hoffnung gibt und Aquiles nicht bereits ist einzulenken, sondern bösartig geworden ist. Es erscheint mir selbst als total irre, dass ich sozusagen eifersüchtig darauf bin, dass Katja seine Zärtlichkeiten erhält, obwohl ich genau weiss, dass es nur am Anfang und zu wenigen Zeitpunkten schön war und darauf der pure Alptraum folgt.

Aquiles Nummer habe ich gestern Abend gelöscht. Hatte mich hingesetzt mit meiner Schachtel MonCherie und einfach beide Nummern aus den Kontakten gelöscht.

Aufgewacht bin ich dann und habe mich elend gefühlt. So als hätte ich ihn verlassen. Total dumm. Kann ich nicht erklären. Total komisches Gefühl. Versteht auch keiner. Sieben Jahre waren wir ein Paar und ich habe alle seine Nummern im Kopf, war all die Jahre sein wandelnder Terminplaner, seine Sekretärin und wusste wohl mehr über Kunden und Termine als er selbst. Kannte mich aus mit seiner Art zu schreiben und etwas darzulegen und nun war er weg.

Es würde nichts mehr kommen und irgendwie fühlte ich mich unsicher, so ohne seine Nummer, noch mehr allein und getrennt, obwohl es so das Beste war. Ich kann mich nicht zurück halten und notiere seine Nummer wieder in meiner Kontaktliste. Wer weiss wofür es gut sein mag. Erschrocken muss ich feststellen, dass er kein Profil mehr hat. Aquiles ist weg, einfach verschwunden. Entweder hat er mich gesperrt und damit meine neue Nummer heraus bekommen oder aber sein Handy ist endgültig gesperrt, sodass er auch eine neue Nummer hat und es sich nicht mehr wagt die alte zu benutzen, denn immerhin würden ihn da auch Kunden und Gläubiger anrufen wollen.

Auch wenn das Herz nicht bereit ist zu erkennen, dass Aquiles am Ende ist und ich auf dem besten Wege bin Frieden zu schliessen mit meiner Vergangenheit, so ist zumindest der Verstand schon soweit gekommen zu erkennen, dass Aquiles bereits am Boden liegt und daher versucht mich mit nach unten zu ziehen, sonst hätte er es gar nicht nötig.

Endlich Samstag. An Ausschlafen ist nicht zu denken, trotzdem freue ich mich auf einen ruhigeren Tag. Die Kinder sind weit vor mir aktiv. Spielen in ihrem Zimmer und ich kann mich noch einmal auf die andere Seite rollen. Kein Termin. Kein Zwang.

Acht Uhr ist dann doch Schmerzgrenze. Ruhig und schüchtern stehen die drei, wie die Orgelpfeifen, an meinem Bett. Warten bis ich meine Augen aufschlage. Der Hunger treibt sie aus dem Reich der Spiele zu mir.

„Psst, Mama schläft noch."

„Gar nicht, guck die bewegt sich doch."

„Ja, aber nur, weil du so laut bist."

„Bin ich aber gar nicht. Ich habe Hunger."

„Bist du wohl. Sei mal leise jetzt."

„Maaaama - aufteen - Mando hunga"

„Okay, okay. Gewonnen. Mama gibt sich geschlagen. Baaaaahhhhhh ich krieg euch. Heute gibt es euch zum Frühstück.. aaaaaahhhhhmmmm jamm jamm."

„Schnell, schnell weg. Mama kommt."

„Brauche drei kräftige Helfer für's Tisch decken. Wer hilft mir?"

„Ich. Ich mach das Besteck. Kiara, du die Sets und Teller. Armando du gehst zu Mama."

„Gut, dann wäre das geklärt. Ab ans Werk."

Unser Frühstück fällt üppig aus, dauert aber nicht lange. Vorbei die Zeiten ausgiebigen Essens und ewigen Wartens, bis Aquiles sich damals endlich bequemte uns Gesellschaft zu leisten oder ich alle paar Minuten zur Ruhe mahnen musste, damit er nicht geweckt wurde und uns dann eine Strafpredigt hielt. Sein Schlaf sei so

kostbar und er bräuchte seine Ruhe. - Ja, ja.... bla bla....
Das Wochenende gehört nur den Kindern und mir. Freue mich auf ein paar unbeschwerte Stunden, sofern ich das so sagen kann. Immerhin belastet mich die Situation jeden Tag.

Das Spielen mit den Kindern fällt mir oft schwer. Meine Gedanken schweifen ungewollt immer wieder ab. Ich erinnere mich an seine Wutausbrüche, aber auch an die wenigen Momente in denen er sich mal Zeit genommen hatte für oder mit den Kindern zu zeichnen.

So gibt ein Gedanke den Nächsten. Wieso dann hat er die Bilder seiner Kinder abgelehnt, im Auto liegen lassen und zum Schluss dem Müll übergeben? Das alles ergibt doch gar keinen Sinn. Wenn ich an meinen Kindern hänge, ja egal aus welchem Grund und ich dann nicht in der Lage wäre bei ihnen zu sein, ich würde alles tun, um sie ein Stück weit bei mir zu haben. Ein Foto, ein Bild, Erinnerungen oder etwas persönliches. Doch Aquiles hat sich komplett distanziert von seiner Familie. Mir fällt die Betonung wieder ein „Mit Euch habe ich nichts mehr gemein." Er hat nicht von mir allein gesprochen, nein, er wollte mit uns allen brechen, inklusive seiner Kinder.

Es klingelt. Zwei Mal, aber ganz kurz. Wer mag das sein? Kann nur was amtliches sein. Irgendwie, heute, an einem Samstag. Meine Eltern klingeln anders und Nathalies Freundinnen auch. Komisch. Ein wenig mit ungutem Gefühl behaftet gehe ich zur Sprechanlage.

„Hallo?" - meldet sich keiner. Im Treppenhaus sind aber Schritte zu hören. Es ist kalt und ich warte vor unserer Wohnungstür. Wenn es klingelt, schwingt immer ein wenig Angst mit, Aquiles könne unerwartet auftauchen.

Ich möchte vorbereitet sein und mich im Notfall zurück ziehen können. Ich bleibe stehen und warte. Wer was will, soll kommen.

Da, endlich sehe ich jemanden. Ein Mann. Mitte vierzig. Aktentasche. Guckt ein wenig misstrauisch und betritt dann den Laubengang.

„Ich suche Herrn Aquiles Alejandro Gomez." sagt er und kommt dann näher. „Ich komme vom Finanzamt, da sind Forderungen offen."

„Nun, ehrlich gesagt finden Sie Herrn Gomez nicht mehr, ebenso wenig seine Firma. Mein Mann und ich leben in Scheidung. Seit Anfang Januar diesen Jahres ist er offiziell in seiner Wohnung in Freiburg gemeldet. Die Buchhaltungsunterlagen habe ich dorthin gesandt und müssen sich in seiner neuen Wohnung befinden. In wie weit jedoch die Firma noch existiert, das kann ich Ihnen nicht sagen."

„Okay. Weil mir liegt noch immer diese Adresse als Standort des Gewerbes vor."

„Ja, dem mag so sein. Als ich mein eigenes Gewerbe im August anmeldete, sagte man mir von der Stadt eben das Gleiche. Nur dass ich das ja nicht für ihn ummelden darf. Das muss Herr Gomez schon selbst tun, auch wenn ich weiss dass sich der Firmensitz hier eben nicht mehr befindet."

„Wo finde ich Ihren Mann denn dann bitte?"

„Also letzte Adresse war in der Altstadt. Die hat er aber wegen geprellter Mieten verloren und soll nun bei seiner neuen Partnerin Frau Katja Armesocke leben, auf der Kuhgasse vier."

„Und Sie wissen nicht, ob Ihr Mann arbeitet?"

„Keine Ahnung. Man hat ihn in einer Pommesbude auf

der Fränkischen Strasse gesehen. Mehr weiss ich nicht."

„Gut, wir werden ihn finden. Herzlichen Dank und schönes Wochenende."

Sofort kontaktiere ich meine Freundin, die ich aus Zeiten meiner Ausbildung kenne. Das Finanzamt hat jederzeit Zugriff zu Geschäftskonten. Wird eine Umsatzsteuer nicht entrichtet, so wird das Konto letztendlich gepfändet oder gesperrt bis die Forderung getilgt ist. Existieren keine Konten oder wird auch mit einer Sperrung nichts erreicht, so macht sich das Finanzamt dann wirklich persönlich auf den Weg, um die Schulden einzutreiben.

Nun kamen doch allmählich die Steine ins Rollen. Bisher habe ich geglaubt, dass immer nur ich einen auf den Deckel bekam und lediglich mir die Steine vor die Füsse kullerten. Langsam nahm alles seinen Lauf. Klar. Aquiles hätte nie von sich aus Steuererklärungen eingereicht. Habe ich als letzte Amtshandlung für seine Firma gemacht. Hätte doch nie verantworten können, dass hier nicht ordnungsgemäß verfahren wird. Ach, dadurch weiss das Finanzamt nun von den über dreitausend Euro Steuerschulden? So was aber auch. Na was Recht ist soll auch Recht bleiben. Wenn Aquiles nun sagt die Zahlen würden nicht stimmen, dann soll er mal das Gegenteil beweisen. Der Ordner Jahresabschluss ist definitiv nicht mehr hier.

Tut mir wirklich leid, dass das Finanzamt nicht auf seien Forderung verzichtet und ihn nun persönlich aufsucht. Bisher kommen einige Briefe noch immer hier an. Die meisten wandern direkt in die Tonne. Was soll ich mich damit belasten. Hinterher senden will ich auch nicht ewig. Was das kosten würde, wo er mir ja sowieso noch anständig Geld schuldet.

Manchmal aber riskiere ich einen Blick. Möchte mich vorbereiten auf das was kommen kann. Irgendwie muss man ja versuchen sich selbst zu retten und Aquiles einen Schritt voraus zu sein. Unterlagen wegen des Autos, die öffne ich generell immer. Möchte den aktuellen Stand kennen. Aquiles hätte ja auch für die Firma einen Nachsendeantrag stellen können, oder? So schlau war er aber nicht.

Meine Eltern gucken regelmässig, ob der Twingo noch vor der Tür parkt. Auch der Name Gomez steht noch ganz eng bei Armesocke. Wichtig zu wissen.

Jeden Tag kann sich etwas ändern, er könnte die Stadt verlassen und erneut untertauchen. Dann wäre ein neues Risiko gegeben, ein neuer unbekannter Faktor. Das möchte ich vermeiden, das Risiko eingrenzen und kommende Schritte voraussehen. Ausserdem muss endlich mal der Karton mit seinen Sachen hier weg. Mich nervt das total.

Gut, abgesehen davon dass es blöd ist im Keller jedes Mal über diesen Karton steigen zu müssen ohne ihn dem Müll übergeben zu dürfen, ist da eben doch dieser innere Zwang ihn damit zu überraschen. Meine Laune steigt sofort, wenn ich mir vorstelle, wie das voll gestopfte Paket von gut fünf Kilo bei ihm ankommt und Aquiles oder Katja das Paket öffnen und ihnen ein beissender muffiger Geruch entgegen stößt und sie dann diese eigentlich guten Anziehsachen entdecken, voller Schimmel- und Stockflecken. Eklig. Ich möchte gar nicht wirklich wissen, wie Anziehsachen aussehen, die man feucht oder teilweise nass aus der Waschmaschine in einen Karton packt und dann sechs Monate nicht heraus holt.

Es ist beschlossene Sache. Von meinem Anwalt habe ich das okay bekommen Aquiles Sachen zu veräussern und den Erlös von meiner Forderung ihm gegenüber abzuziehen. Klingt gut. Also packe ich noch die restlichen Sachen, die teilweise in den unmöglichsten Ecken herum geflogen sind, in eine zweite Kiste. Das lasse ich es mir noch einmal kosten. Hinein kommt diese hässliche blaue Jogginghose mit den Beulen und dem Loch im Schritt, seine angebrochene Packung Anti-Depressiva, das Tonbild was er mir in der Klinik angefertigt hatte. Wunderschön gestaltet. Er hatte sich wirklich Mühe gegeben. Es war jenes Bild in Ton ausgebildet, dass er mir vor sieben Jahren als Liebeserklärung gemalt und einen wunderschönen Text dazu geschrieben hatte. Oben Wolken, darunter eine geöffnete Hand von der Seite betrachtet. In der Hand eine Kugel, aus der Lebenskraft hinunter tropfte und einen See ergab. Da war ein Halbmond und darin ein Junge mit einer Angel in der Hand. Der Text war damals ein Liebesbrief gewesen.

„Eine Hoffnung am Ende des Weges, geteilt mit Licht und Quelle der Freude. Die Liebe, das schönste was das Leben uns zu schenken hat und ich bin glücklich diese mit dir teilen zu können, die wahre Erfüllung von Liebe. .... mir bleibt nichts anderes übrig als dich zu lieben und zu lieben und zu lieben und dich als Teil meines Körpers zu sehen, der voller Durst nach dir ist und ich schreie und flehe jeden Augenblick nach deiner Liebe. Ich danke dir, dass du mein Leben in Freude verwandelt hast und an meiner Seite bist. Ich bin mir sicher, sehr sicher, dass ich darum kämpfen werde, dich zur glücklichsten Frau der Erde zu machen. Von deinem Südamerikaner für dich, Quelle meiner Liebe und Freude, dein Verrückter und Verliebter, der nichts anderes tut ausser an dich zu denken.

Danke für Alles, dein Aquiles."

Schlussendlich landet das Bild samt Ton Nachbildung im Karton und ich lasse es mir nicht nehmen das Bild aus Ton einmal gegen das Mauerwerk zu schlagen und es zu Bruch gehen zu lassen. Wieso sollte ich ihm gestatten, das womöglich noch an Katja weiter zu reichen und sich damit zu brüsten, es für sie angefertigt zu haben? Auf keinen Fall.

Alles kommt da rein. Auch die Schuhe, die noch in seinem Müllsack liegen und auf Abholung gewartet haben. Diese alten ausgelatschten Dinger. Die hatten damals im Auto gelegen, als wir ihn uns wieder geholt hatten. Soll er sich doch freuen über die einstigen Lieblingsschuhe.

Kaum zu glauben, dass Katja es geschafft hatte dafür Sorge zu tragen, dass Aquiles neue Anziehsachen kaufte. Für mich hat er das jahrelang nicht getan. Am Anfang ja. Hinterher reichten die ausgewaschenen und ausgebeulten Sachen. Trotzdem musste ich ihn immer super sexy finden. Ich gebe zu, ihn einfach lieben zu wollen, ohne auf das Äusserliche zu achten, doch meist in den Momenten, wo ich ohnehin keine Lust auf Sex hatte, mich von ihm bedrängt fühlte und dann noch diesen Anblick geboten bekam, da waren mir seine Küsse zuwider.

Er küsste wunderbar, doch je länger wir uns kannten, desto unromantischer wurden sie. Zähne putzen und Kaugummi waren nur am Anfang angesagt und später als er wohl schon mit Katja zusammen gewesen war. Im Übrigen erklärt das auch die ganzen Kondome, die ich in seinem Transporter und seiner Sporttasche gefunden hatte.

Von der Sporttasche hatte ich mich damals direkt im August getrennt. Schuhe, Sportsachen samt Kosmetika, Kondomen und Co dem Altkleidercontainer übergeben. Pech. Weg mit den Erinnerungen und zumindest einmal richtig Frust abgebaut.

Aquiles hat sich für mich nicht mehr gepflegt. Er wollte Sex, egal wie verschwitzt und unsexy er aussah. Ausgebeulte Hosen, drei Tage Bart, aber bitte nicht so wie bei den Schauspielern, nein ungepflegt eben. Nicht geduscht, Haare ungekämmt und verlegen, kein angenehmer Duft, sondern verschlafen riechend stand er dann hinter mir, während ich die Spülmaschine einräumte und fing an mich anzugrapschen.

Wenn die Kinder wach waren hat er mich meist in die angrenzende Abstellkammer gedrängt und auf einen Quickie bestanden. Oder uns beide ins Bad eingesperrt. Immer wenn ich etwas zu tun hatte oder gar wichtige Termine hatte. Aquiles war es egal, er bestand auf seine Befriedigung ansonsten drehte er durch, wurde unfreundlich oder verweigerte mir die Hilfe. Haute er ab, war es im Grunde erst einmal eine Erlösung, doch wenn er scheinbar keine andere Frau fand um sich zu entladen, dann musste ich abends oder nachts her halten. Egal ob müde, krank oder hochschwanger.

Unzählige Male habe ich ihn versucht mit Argumenten dazu zu bringen, dass es nicht ginge, während die Kinder anwesend wären und es unsere Pflicht als Eltern wäre, uns zu kümmern, statt sich der Lust hinzugeben. Versuchte ihn auf andere Gedanken zu bringen, ihm den Abend als Alternative vorzuschlagen, mit Romantik oder ein paar Spielchen vorweg. Als Antwort kam meistens „Na, dann machen wir es heut Abend halt noch einmal."

Am Ende hatte ich keine andere Wahl als es so oft über mich ergehen zu lassen. Buchstäblich auszuhalten, den Mund zu zu machen und zu hoffen, dass er schnell zum Höhepunkt käme und mich dann in Ruhe liesse. Manchmal tat es weh, sehr weh. Manchmal war es eher ekelhaft und manchmal, wenn ich einfach mal meine Augen verschloss und versuchte einfach auch ein wenig gefallen zu finden, um es mir erträglich zu machen und seine Lust schneller zu befriedigen, dann war es Aquiles egal, was ich empfand. Wichtig war sein Orgasmus, ungeachtet meiner Gefühle und meiner Vorlieben.

Aquiles war ungeduldig und ständig darauf bedacht Stellungen zu wechseln, etwas neues auszuprobieren und möglichst wild seiner Lust entgegen zu hecheln. Das ist vorbei und allmählich empfinde ich auch das was ich denke. Aussenstehende können nicht das nachempfinden, was mein Herz erlebt und in Worte zu fassen versucht. Denn es ist trügerisch, erinnert sich mit Vorliebe an die schönen Momente und lässt mich schwach werden, dem nachtrauern, was nicht mehr ist. Denn ich hatte gerne mit ihm Sex. Er war mein Mann, ich liebte ihn und ich habe gerne drei Kinder mit ihm bekommen.

Die Ehe bin ich aus freiem Willen und voller Freude eingegangen, habe meine Hochzeitsnacht genossen und all die Monate danach. Gerne neues ausprobiert und mich an seiner Leidenschaft erfreut. Doch da war es für mich noch Liebe und Respekt. Dass Aquiles zu einem sexsüchtigen Egoisten mutiert, konnte ich nicht ahnen oder wollte ich nicht sehen.

Tag für Tag durchlebe ich aufs Neue eine Flut von schönen unvergesslichen Momenten an der Seite meines Mannes. Ich erwische mich dabei zu lächeln, spüre seinen Atem auf meiner Haut, sehe seine schönen braunen Augen und die vollen rosa Lippen, wie ich ihm durch das dicke dunkel braune Haar streichle und rieche den Duft seines Körpers und seines After Shave.

Sehe meine Hände auf seinen muskulösen Armen oder seiner Brust. So gerne bin ich auf seiner Brust eingeschlafen, sein Arm schützend auf meinem Rücken, oder wenn er mir abends mit der Hand durch die Haare fuhr, ganz sanft und vorsichtig. Ich habe es geliebt.

Unsere Abende zu zweit in der Disco, gemeinsam gebadet und einkaufen gegangen. Aquiles hat mir beigebracht wie man in seiner Heimat kocht und wo man die Zutaten findet. Durch ihn habe ich gelernt Reis auf eine ganz neue, aber sehr schmackhafte Art zu kochen. Weiss wie man eine gute Fischsuppe hinbekommt. Mit ihm habe ich meine wenigen brocken Spanisch zu einem recht flüssigen und guten umgangssprachlichen Spanisch weiter entwickeln können. Habe inzwischen sogar, so sagt man mir, einen entsprechenden erkennbaren Akzent.

Noch immer liegt mir diese Kultur und ich bin ein wenig stolz darauf, ohne nationalistisch zu sein, dass unsere Kinder Halb-Latinos sind. Ein wenig exotisch eben. Ich war jeden Tag, jeden Moment stolz auf meinen Mann. Stolz auf das was er arbeitete, auf seine

Firma, stolz auf seinen Sport und seine Herkunft. Niemals habe ich mich für ihn geschämt. Habe ihn immer unterstützt, sich nicht als Ausländer zu fühlen, sondern als Mensch, als Vater und Ehemann mit anderen Wurzeln. Wollte seine Freundin sein, mit ihm gehen und an seiner Seite bleiben durch Dick und Dünn.

Ich fühle mich verraten von ihm. Mit Füssen getreten hat er meinen Einsatz, meine Opfer und vor allem meine Liebe. Nichts von dem was ich für ihn getan habe, hat noch irgendeine Bedeutung. Ich bin so sehr verletzt, dass mir die Worte fehlen und doch habe ich das Gefühl, mein Herz würde noch immer nach einem kleinen Stück Liebe bei ihm suchen. Ich kann nicht akzeptieren und wahr haben, dass er gegangen ist. Einfach so. Von Lüge zu Lüge hangelnd, mich aussaugend und dann ohne ein Wort einfach zu verschwinden aus meinem Leben und mir den Rücken auf brutalste Weise zu kehrend.

Wenigstens ein wenig Wahrheit hätte er mir lassen können für einen Rückblick auf unsere gemeinsamen Jahre. Doch nichts von dem was ich erlebte war das, für was ich es gehalten habe. Alles nur eine Fassade, Teil einer neuen Szene in einem elend langen Theaterstück.

Es tut so verdammt weh akzeptieren zu müssen, dass wohl nicht einmal die Liebe zu unseren Kindern aufrichtig ist oder war. Es zerreisst mich in jeder Minute in der ich realisieren muss, dass ich keine Bedeutung mehr in seinem Leben habe und nie gehabt hatte. Einfach eine Frau, die er gebrauchen konnte, so als würde man vor einem Wühltisch stehen und die letzten Angebote heraus suchen die man gebrauchen könnte. Saisonal nutzend dann später einfach bei Seite stellt.

Ich hätte gerne Auf Wiedersehen sagen wollen. Aber

anders, als man es tut, wenn man seinen Partner durch den Tod verlöre. Hätte ich gewusst, dass jener Samstag der letzte gemeinsame Augenblick wäre, ich weiss nicht, ich hätte mir gewünscht er wäre ehrlich gewesen und ich hätte mich verabschieden können. Ich hätte trotzdem geweint und ihn vermisst, nicht begreifen können warum er mich verlassen würde, um sich eine neue Frau zu nehmen. Doch irgendwie wäre es gegangen, einfach weiter gegangen. Er in seinem Leben und ich in meinem. Statt dessen musste er mir noch einmal so weh tun, so verdammt weh.

Ein einziger Alptraum. Zwei Jahre voller Demütigungen, verbaler Attacken, Sachbeschädigung und Gewalt, ja bis hin zu einer besonderen Art der Freiheitsberaubung. Immer wieder kämpfend um seine Liebe, für eine Familie. Mich selbst fast aufgebend, sogar eine räumliche Trennung hinnehmend bis zum schlimmsten Augenblick meines Lebens, meiner Vergewaltigung.

Es gab so viele Vergewaltigungen während unserer Ehe und ich habe geschwiegen. Niemals hätte ich gewagt dieses Wort auszusprechen, habe mich dem ergeben und immerzu nach Entschuldigungen gesucht für seine Tat, seine psychische Last vorgeschoben und zugleich neue Hoffnungshorizonte errichtet.

Diese war anders als alle anderen. Wir wohnten nicht mehr zusammen und hatten seit Wochen, seit Monaten nicht mehr miteinander geschlafen. Da war keine Nähe und keine Vertrautheit mehr und er war kalt, eiskalt geworden. Nur die Versprechen und die schönen Worte, wenige Stunden zuvor, leere Versprechungen um mich mürbe zu machen, hoffen zu lassen. Aquiles wusste genau wie er mich einlullen, um den Finger wickeln konnte. Immer und immer und immer....

Jetzt ist Schluss. Klingt es da nicht verrückt, dass ich noch immer Angst vor mir selbst habe, wenn ich daran denke ihm zu begegnen? Nein, eine Hörigkeit endet nämlich nicht gleich. Es dauert seine Zeit diese Verbindung zu lösen. Zu sehr hat sich alles in meinem Leben darauf eingestellt für Aquiles alles zu tun und stets eigene Bedürfnisse zurück zu stellen, ständig auf Abruf zu sein. Nun war er fort und wie nach einer Droge verlangend, so fühlt es sich an, das mein Herz und mein Tun nach dieser Aufgabe verlangt. Es klingt so schrecklich, so unverständlich und doch trifft es dies am ehesten.

Die Nacht war relativ ruhig. Armando hat viele Male gehustet und mein Herz ist jedes Mal fast explodiert. Nahezu stehen geblieben. Trotzdem kein Vergleich zu den Nächten davor.

Ein wenig Erholung habe ich bekommen. Obwohl man meinen sollte, ich hätte inzwischen Erfahrung, so ist jeder Infekt stets eine neue Herausforderung für mich. Ich habe immer wieder Angst davor nicht rechtzeitig zur Hilfe zu sein, die Kinder nicht zu hören. Zu verschlafen. Ich bin allein. Gut, ich war eigentlich immer allein auch wenn Aquiles das anders dar stellt. Fairer Weise muss ich auch zugeben, als Armando Anfang diesen Jahres seine Lungenentzündung hatte, war Aquiles wirklich eine grosse Hilfe und zum ersten Mal auch bereit aktiv zu werden. Allerdings möchte ich nun behaupten er hatte es nur gemacht, um nicht arbeiten gehen zu müssen, weil er insgeheim bereits geplant hatte seine

Firma nicht fortzuführen.

Alle paar Stunden werde ich wach, warte und lausche. Dann höre ich Armando schnarchen oder sich in den Schlaf summen. Gut. Langsam den Herzschlag herunter fahren. Beruhigen. Alles gut. Armando atmet noch, bekommt Luft und versucht zu schlafen. Sollte ich auch versuchen. Schliesse meine Augen und denke einfach mal an nichts. Gar nichts.

Mir tränen inzwischen auch die Augen und mein Hals kratzt. Dennoch, muss ich sagen, seit ich Sport mache und jeden Tag meine acht Kilometer zu Fuss laufe ist es merklich besser. Ich werde krank, aber nicht so schlimm. Nicht so stark. Zusetzen tut mir mehr der emotionale Stress. Es macht mich doch mehr und mehr mürbe. Das ist Aquiles Plan. Mich weich zu kochen, angreifbar werden zu lassen. Seine alte Masche.

Ich muss durchhalten. Weiter kämpfen. Für meine Kinder. Stärke hat nichts mit Kälte zu tun, aber manchmal brauchen diese einander. Ich wirke nicht selten kühl und unnahbar auf andere, wenn ich versuche stark zu sein. Egal, Hauptsache nicht zusammen klappen. Das wäre ein gefundenes Fressen für Aquiles.

In Vielem bin ich entspannter geworden, was Erziehung und Umgang mit den Kindern betrifft. Als Alleinerziehende muss ich Abstriche machen. Das musste mir auch erst einmal klar werden, musste mich herunter holen von meinen Wünschen und Zielen.

Dafür wird man leider wirklich angreifbarer. Fühle mich beobachtet, als würden meine Jäger nur auf einen Fehltritt meinerseits lauern. Habe Angst falsch zu entscheiden sodass mir Überforderung unterstellt werden würde. Ich habe Angst vor Aquiles und seinen

Plänen. Er würde sofort seine Chance wittern und mein Versagen für sich ausnutzen. Gar nicht auszudenken, was er erzählen würde und wie er die Geschichte für sich ausschlachten würde.

Ich bin auch nur ein Mensch. Klingt blöd, aber irgendwie trifft es für mich ins Schwarze. Zweitausendsechshundertfünfzehn Tage habe ich ihn als meinen Partner und Ehemann gesehen, mit ihm gekämpft und gelebt, während er von Tag zu Tag einerseits unwirklicher und zugleich fremder wurde, obwohl er zugleich jeden meiner Wesenszüge und Ängste haargenau gespeichert zu haben scheint, um sie in vollen Zügen gegen mich einzusetzen.

Klar habe auch ich Aquiles beleidigt, ihm mehrmals aus der Wohnung geschmissen und ihm mit Trennung und Scheidung gedroht. Ich war auch nicht immer nur das brave Hausmütterchen. Habe meine eigenen Fehler gemacht und ja, auch als wir schon zusammen gewesen waren, wenngleich diese Beziehung geprägt war von seinen stetigen Wasch-Wochenenden bei seiner damaligen Noch-Ehefrau, so habe ich ihn betrogen und mit dem Feuer gespielt.

Trotzdem war ich danach eine treue und loyale Ehefrau und diesen Status lasse ich mir auch von ihm nicht nehmen. Ich habe seinen Leidensweg aus der Kindheit niemals dazu benutzt um ihn schlecht zu machen oder mich an seinem Leid zu ergötzen. Wenn ich darauf zu sprechen kam, dann meist um ihm klar zu machen, wie wichtig es wäre dies aufzuarbeiten und dafür Sorge zu tragen, dass seine Erlebnisse ihn nicht auffressen würden und seinen Zorn an seinen Kindern und mir zu entladen. Meine, nennen wir es mal, Kritik hat er nie verstanden und hat sich immer sofort persönlich verletzt gefühlt.

Im letzten Jahr war mir aufgefallen, dass zwischen seinen stetigen Stimmungsschwankungen und der Borderline-Erkrankung ein Zusammenhang bestehen könnte. Irgendwie bin ich im Kreis gelaufen. Ich fühlte mich diesem Ergebnis so nahe, habe stundenlang geforscht und Texte verfasst, mich mit der Krankheit und den Symptomen beschäftigt und schliesslich Hilfe bei Selbsthilfegruppen gesucht. Schon damals habe ich angeführt, dass Aquiles uns verbal nieder macht, nie für uns da ist und extra abwesend ist, wenn es uns schlecht geht, nur um mich leiden zu sehen. Dass er urplötzlich zuschlägt und wenig später dann selbst weint und zusammenbricht. Alles habe ich notiert, mit Datum und Uhrzeiten. Vielleicht würde mir all das später mal von Nutzen sein, dass ich nachweisen kann, wie sehr es sich bei seinem Gemüt um eine tickende Zeitbombe handelt.

Aquiles hat nie ein Blatt vor den Mund genommen mir zu zeigen, dass ich fehlerhaft bin und mich glücklich schätzen kann einen Mann wie ihn bekommen zu haben. Manchmal habe ich es hinterfragt und selbst nicht daran glauben wollen, war mir dann für wenige Augenblicke sicher dass ich Chancen bei anderen Männern hätte, doch es kam zu selten vor und ich wollte dem nicht Raum geben, denn ich wollte mich nicht der Gefahr aussetzen es darauf anzulegen und am Ende diejenige zu sein die ihren Mann betrügt.

Es hat mich ehrlich gesagt Überwindung gekostet mich meinem Mann nackt zu zeigen, ungeschminkt und nicht mit der üppigen Oberweite gesegnet, die ich mir immer erträumt habe. Ich habe hart lernen müssen mich so zu akzeptieren und von daher war es mir nur recht, dass Aquiles vorgab mich so zu lieben wie ich war. Selbst wenn ich wusste, dass er eigentlich von blonden Frauen schwärmte, mein Hintern noch runder und praller sein dürfte.

Ich habe mich einfach dem gefügt, was nicht zu ändern war. Ich war nun verheiratet und wollte mein Gelübde nicht lösen. Irgendwann haben sich Liebe und Hörigkeit so sehr ineinander vermischt, dass ich nur mühsam alles auseinander ziehen kann. Rückwirkend war es wirklich nach seinem Klinikaufenthalt, als ich erstmalig meine Liebe zu Aquiles in Frage stellte und selbst spürte, dass es nicht mehr diese verliebte Liebe war zu seinem Ehepartner, sondern sich eher anfühlte wie eine Liebe zu einem grossen Jungen, einem Sohn.

Nach und nach werden mir die einzelnen Facetten seines Plan bekannt und nicht zuletzt durch die unzähligen stundenlangen Gespräche mit meinen Eltern, die schon von Anfang an durchschaut hatten dass Aquiles nicht aufrichtig ist, ihm aber bereitwillig und liebevoll eine Chance gegeben hatten sich bei mir als guter Ehemann unter Beweis zu stellen. Ebenso waren die Gespräche mit meinem „El-Silencio" eine gute Hilfe mich selbst näher kennen zu lernen und damit von einer Abhängigkeit zu Aquiles loszusagen und schlussendlich auch die offenen Worte von Beate, die mir damit die erlösende Antwort gab, nicht die Einzige zu sein, die auf Aquiles herein gefallen war und das mein Gefühl keine Einbildung ist.

Es tut gut, wenn nach und nach etwas in Bewegung kommt, auch von Seiten, von denen man nichts erwartet hat.

„Du wir haben dir deinen Proteinshake gekauft. Haben kurz mit dem Verkäufer reden können. Der ist sehr freundlich. Hat noch mal betont dass er dich sympathisch findet, sehr nett und nicht verstehen könne, wie Aquiles dich verlassen hatte können."

„Hui, das tut mal gut zu hören."

„Ja und er hat weiter gemeint, dass Aquiles wohl regelmässig anruft. So alle vier Wochen etwa."

„Aha und warum das jetzt?"

„Einfach so. Hab gefragt ob er denn da Produkte haben wolle oder sich erkundigen würde wegen Arbeit oder so. - Nö hat der Verkäufer gemeint, einfach so."

„Kann ich mir kaum vorstellen dass Aquiles einfach so anruft. Das muss einen Hintergedanken haben. Im Ernst. Aquiles tut doch alles aus Berechnung."

„Klar, wissen wir doch schon lange. Aber warum? Tja auf jeden Fall hat der Verkäufer deinem Ex dann gesteckt, dass du jetzt Kundin bist und ihm auch, wie er stolz gesagt hat, dem Aquiles gesteckt hat wie bescheuert er wäre dich sitzen gelassen zu haben."

„Haaa das finde ich mega. Total cool. Da kann ich mir nen Loch in den Bauch freuen."

„Das gönn ich dir total. Tut gut oder? Aquiles hätte nur gemeint „Hab jetzt was Besseres"."

„Na super."

„Ja aber im Ernst Lydia, was hätte er auch sagen sollen? Am Ende weiss er das sicher selbst. Du hast ihm den Hintern nachgetragen, er hat dich nach Strich und Faden betrügen können und du hast den Molli mit dir machen lassen, er hat drei Kinder bekommen die er besuchen konnte wie und wann er wollte und durfte dann noch an dir Naschen. Hatte ne super gute eigene Firma und nun nen Berg voller Schulden. Der wird genau wissen was er verloren hat."

„Ich hoffe. Weisst du, insgeheim wünsche ich mir dass er morgens, jeden Morgen in den Spiegel schaut und bereut mich so verarscht zu haben und gegangen zu sein."

„Oh ja verstehe ich. Aber glaub mir, dem wird so sein. Früher oder Später sowieso und eigentlich kannst du froh sein dass er derzeit mit Katja noch glücklich ist, denn dann lässt er dich in Ruhe."

„Ich weiss. Ist einfach so ein Bauchgefühl. Ich hätte manchmal so gerne er würde mich sehen, jetzt mit nem durchtrainierten Körper, mega schönen Veränderungen in der Wohnung und meiner Selbständigkeit. Es wäre einfach cool zu wissen oder zu spüren, dass er sich ärgert, dass er eifersüchtig ist auf mein neues Leben und es zutiefst bereut, dass er am Boden liegt und weint."

„Lydia, das sind normale Gefühle, aber sie reissen dich auch runter. Denn selbst wenn du ihn am Boden liegen sehen würdest und desinteressiert ihm die kalte Schulter zeigen könntest, es ihm heimzahlen würdest, am Ende würde es dich nicht glücklich machen. Du selbst musst dich glücklich machen für dich und nicht um ihm überlegen zu sein. Du bist ihm überlegen, schon lange und hast es nie wahr haben wollen."

„Ich weiss. Du weisst auch dass ich ihn nicht hasse oder so. El-Silencio hat beim Termin damals gesagt ich solle mir vorstellen er läge am Boden. Er schmiss mir eine Zeitung auf den Boden, sollte mir vorstellen es wäre Aquiles und ich könnte und dürfte zuschlagen und treten. Weisst du ich wollte dem Gedanken gar keinen

Raum geben. Im Grunde gehe ich mit Beate konform und muss sagen, dass er zu bedauern ist. Ein armes Würstchen ist er, weil er niemals glücklich werden wird. Sich immer selbst suchen werden wird und nie ankommen kann. Er tut mir leid, denn jeder Mensch will doch eigentlich Familie und Liebe und ein zu Hause. Er hatte es und hat es freiwillig zerstört. Am Ende ist er sich selbst der größte Feind."

„Ja, er ist auch zu bedauern. Wir hätten ihm gewünscht dass er früh genug erkennt was er haben kann und unser Schwiegersohn bleibt. Aber er wollte lieber sich seinem alten Charakter zuwenden und alles verlieren."

Mir widerstrebt es den Vater meiner Kinder zu hassen, auch wenn ich immer wieder gegen das Gefühl ankämpfen muss ihn leiden sehen zu wollen. Einmal Maus zu spielen und mitzuerleben wie er sich nun auch mit Katja fetzt, wie das Finanzamt bei ihm klingelt und die Schulden beziffert, wie alle anderen Gläubiger ihm das Messer auf die Brust setzen und dann, dann würde ich zu gerne am Tag meiner Scheidung mit Beate auftauchen und ihm die Stirn bieten, ihm zeigen, dass wir es uns nicht gefallen lassen von Männern wie ihm betrogen und gedemütigt zu werden, dass wir zusammen halten und er verloren hat.

Schlimm sind einfach immer noch die Momente in denen man sich der Einsamkeit bewusst wird oder eher der Tatsache, dass man niemals einen echten Partner gehabt hat.

Aquiles hat mir nie das Frühstück aus eigenem Antrieb gemacht, zumindest nicht mehr in den letzten zwei oder drei Jahren. Da hatte ich regelrecht darum kämpfen müssen mal länger liegen bleiben zu können. Doch am Ende war es kaum entspannend, denn im Gegensatz zu mir, versuchte Aquiles nicht einmal annähernd dafür zu sorgen, dass ich etwas Ruhe bekam. Meist setzte er sich dann aufs Sofa, kuschelte da mit Armando oder Kiara und überliess sie sich und ihrem Hunger. Sie sollten sich dann eine Banane essen oder durften auch mal Süssigkeiten am frühen Morgen zu sich nehmen, Hauptsache er musste nichts tun. Mitunter gab es der Einfachheit halber auch mal einen Proteinshake für die Kleinsten. Ungeachtet der Tatsache, dass die Menge nur für Erwachsende und dem Muskelaufbau galt.

Nachts war ich immer als einzige derjenige Elternteil gewesen, der aufstehen musste. Selbst spät abends, wenn er noch wach war, blieb er regungslos sitzen und liess mich aus dem Schlaf erwachen und zu den Kindern eilen. Konnten Kiara oder Nathalie nicht einschlafen, kamen sie grundsätzlich zu mir, denn Papa hatte kein hörendes Ohr und schickte sie meist ungefragt nach ihrem Begehr zurück ins Bett. Sie störten ihm beim Filme schauen.

Aquiles hatte anfänglich immer damit geprahlt erfahren in der Kindererziehung zu sein, ein verständnisvoller Mensch zu sein, der sich keiner Arbeit zu schade wäre und auch in allen Bereichen des Haushalts gerne mit anpacken würde. Worte, nur Worte, denn er arbeitete weder genügend um uns zu ernähren und wollte immer alle Verantwortung auf mich abwälzen, noch konnte er von sich behaupten als Ausgleich zumindest genügend emotional und geistig für seine Familie zu sorgen. Nichts.

Die Frage ist, warum Aquiles überhaupt hatte Kinder

haben wollen? Ich erinnere mich immer wieder an diesen Moment. Wir treffen uns am Hauptbahnhof. Unten im Café im Kino. Aquiles überreicht mir nach einigen lieben Worten eine Schachtel, mit einer Schleife versehen.

Ich bin nervös und neugierig. In der Schachtel liegt ein hellblauer Babystrampler. Kein Zeichen für das Geschlecht, vielmehr einfach der Wunsch mit mir eine Familie gründen zu wollen.

Ich war gerührt und verblüfft. Eine tolle Idee. Aber für Aquiles sollte es sofort losgehen. Ich sollte die Pille absetzen, so schnell wie möglich. Warum nur?

Noch einmal erhärtet sich mein Verdacht. Nicht deutsche Staatsbürger ohne eine unbefristete Aufenthaltsgenehmigung würden jedes Mittel wählen, um hier bleiben zu können. Was würde ihn drüben in Südamerika erwarten? Er müsste hart arbeiten und seiner Familie erklären warum er es im „gelobten Land" nicht geschafft hatte zu Reichtum und Ansehen zu gelangen.

Also musste ein Kind her. Einen Vater würde man niemals vom Kind und der Mutter trennen. Mit Beate hatte es nicht geklappt, warum auch immer. Mir hatte er erklärt, sie hätte das nie gewollt. Sicher eine seiner vielen Lügen. Nun musste ich herhalten, ihm seinen Aufenthalt sichern. Nun bleibt nur die Frage im Raum, warum dann aber noch mehr Kinder und warum wollte er unbedingt Mädchen haben, wo doch eigentlich neunundneunzig Prozent aller Südländer immer einen Jungen als Stammhalter wollen.

Och Mensch. Aquiles hat es gut. Sicher sitzt er jetzt eng Arm in Arm mit seine Katja auf dem Sofa, sie trinken einen Wein, kuscheln und erzählen sich von ihrem Tag. Oder vielleicht gehen sie ungezwungen durch die Altstadt, knutschen und geniessen einander. Er hat es so gut, kann tun und lassen was er will, sein Leben geniessen.

Ich bin gerade mal dreissig und bin Hausfrau und Mutter. Verlassen worden von meinem Mann und lebe vom Staat. Kann nicht mal mehr vor die Tür und abends schon mal gar nicht wirklich raus. Mein Leben ist gelebt. Was soll da noch aufregendes passieren? Ich wäre so gerne mit ihm tanzen gegangen. So oft habe ich ihn darum gebeten.

Hoppla. Aufwachen Lydia. Irgendwie war ich gerade geistig abwesend. Ertappe mich bei total falschen Gedanken. So ein Quatsch. Es ist nur ein zeitweiliger Genuss. Am Ende habe ich jeden Tag die Liebe meiner Kinder und kann sie begleiten erwachsen zu werden, sehe ihre Fortschritte und begleite sie auf ihren Wegen. Aquiles wird nichts von alldem miterleben.

Die Einschulung seiner ältesten Tochter ist ihm entgangen, nicht weil er es nicht hätte wissen können, sondern weil er zu Stolz war um den Termin wahr zu nehmen. Als Aquiles ging, konnte Armando nicht reden, nun spricht er ganze Sätze. Alle Kinder haben einen riesen Sprung gemacht, sich weiter entwickelt, sind fröhlich und ausgeglichen. Kein Vergleich zu der Zeit, in der Aquiles hier wohnte und uns, wenn auch nicht immer direkt, dann aber mit Blicken und Worten drangsalierte. Wenn ich die Kinder schützte, bekam ich es volle Breitseite.

Auch das Nachts wach machen nur um meinen, am Nachmittag zuvor erwähnten Wunsch nach einer heissen Badewanne und Kerzen, zu erfüllen. Das ist Schikane. Niemand weckt seine Ehefrau nachts um zwei Uhr für ein heisses Bad. Das ist doch keine Liebe.

Ebenso das eine Mal als er ausgezogen war und sich eine neue Hose gekauft hatte und dann, als er noch den Schlüssel hatte, urplötzlich im Wohnzimmer stand, spät abends und mir seine neuen Sachen vorführte, nach Alkohol roch und mir die neuesten Tänze der Diskotheken vorführte, nur um mich am Ende flach zu legen. Aber nicht sich romantisch dem Rhythmus der Musik hingebend, wie man es so manch südamerikanischer Liebesgeschichte nachempfinden möchte, nein, plötzlich, als ihn die Lust übermannte, weil sich unsere Körper beim Tanzen zu nahe kamen und er an Ort und Stelle meinen Oberkörper auf den Tisch drückte und sich auf schnellst möglichem Weg befriedigte, um sich dann den Bauch mit Essen voll zu schlagen und dann einen Film anzuschauen, wobei er wie früher schon, auf dem Sofa einschlief und ich mir selbst überlassen blieb.

X

So ein Mist! Post vom Gericht. Soll das die Scheidung sein? Hoffentlich. Wäre doch mal ein guter Start am Wochenende. Neue Horrornachrichten kann ich derzeit nicht gebrauchen. Bisher gab es kaum ruhige Momente und jedes Öffnen des Briefkastens wird zur Tortur. Klingt lächerlich, ist es aber nicht. Vielleicht Male ich mir im Geiste manchmal wirklich zu viele Hypothetische Geschehnisse aus. Doch nach dem, was ich den letzten fünf Monaten erlebt habe, natürlich ganz zu schweigen von den Monaten davor, das ist einfach zu viel für meinen Kopf. Ich möchte ja nicht leugnen, dass dieser „Krimi" einen gewissen Reiz hat, man sich eine Fortsetzung ausmalt und Fallen stellt, sich auf die Lauer legen und noch mehr Spionieren möchte. Aber dies ist eben kein Film und kein Buch, sondern die traurige Realität eines wahren Lebens. Es ist nicht nur eine Trennung, die Wut zwischen Eheleuten, sondern ein offener Kampf, der noch nicht einmal auf neutralem Boden, als welchen ich das Jugendamt ansah, zu Gunsten der Kinder gestoppt werden kann, sondern Aquiles in die Position kam, seine Waffen zu mobilisieren und seine Truppe zu vergrössern.

Mal mehr mal weniger ist diese Panik vor neuen Problemen, die erst einmal wie eine Ohrfeige sitzen und deren Schmerz nur langsam entweicht, bis man das richtige Mittel entgegen zu setzen hat. Total irre. Jedes Mal, wenn ich mich ein wenig besser fühle, mich auf einer Bergfahrt befinde und das dunkle graue Tal hinter mir lassen möchte, scheint es als lauere jemand auf mich, um mir dann mit ganzer Kraft eins über zu braten.

Papa und ich sind auf dem Weg zum Möbelhaus, meinen neuen Sessel zurück bringen. Zu gross. Hat einfach nicht in das Wohnzimmer gepasst. Leider. Sieht aber auch ohne gut aus. Das neue Sofa ist der Hammer. Endlich habe ich das letzte grosse Erinnerungsstück aus meiner Zeit mit Aquiles dem Müll geweiht. Das Wohnzimmer ist umgestellt, neu eingerichtet. Klasse.

Es sind oft die Kleinigkeiten, die eine grosse Wirkung auf unser Innerstes haben und schaffen uns so zu manipulieren oder abzulenken, dass es uns direkt besser geht. So ergeht es mir derzeit andauernd, für andere kaum nachvollziehbar. Doch in jedem Tun, in jeder Sichtweise oder in jedem Wort kann urplötzlich eine Erinnerung lauern.

Ich habe Halsschmerzen und nur mit Mühe geschafft mich weiter fit auf den Beinen zu halten. Habe Medikamente geschluckt und mir morgens viele Male gewünscht, einfach liegen bleiben zu können. Mir tut alles weh, fühle mich hundeelend. Zack! Da ist dann die Erinnerung.

„Aquiles, ich fühl mich schlecht. Mir tut alles weh."

„Warum?"

„Na, ich werd krank. Denke mal Gliederschmerzen."

„Kenn ich nicht. Keine Ahnung."

„Mensch, aber bisschen mal auf mich eingehen wäre nett. Du siehst doch nicht zum ersten Mal jemanden der krank ist."

„Nein, aber was willst du dass ich mache?"

„Mir mal nen Tee kochen oder ne Suppe? Du kannst das doch. Tu doch nicht immer, als wärest du total überfordert."

„Schon gut. Was willst du für einen Tee? Und mecker

nicht, wenn gleich die Küche ein Schlachtfeld ist."

„Gebe mir Mühe. Kannst aber auch lernen nicht auf der Arbeitsplatte zu schneiden und alles raus spritzen zu lassen. Wäre schön, wenn ich dann gleich mit Schüttelfrost nicht noch alles putzen muss. Brauche mal deine Unterstützung, Schatz."

„Boa, hilf mir einer. Diese Frau macht mich wahnsinnig. Immer hat sie was zu meckern."

„Ich habe um Hilfe gefragt, weil es mir nicht gut geht."

„Wenn es so schlimm ist, solltest du ins Krankenhaus."

„Aquiles das ist doch Blödsinn. Ich bin einfach total erkältet und bitte dich als meinen Mann, mir zur Hand zu gehen. Ich frage dich allen Ernstes, wo dein Problem ist."

„Ich habe keins, sondern du. Du übertreibst immer und gibst mir das Gefühl nicht gut genug zu sein."

„Was? Moment mal. Ich habe gesagt dass ich krank bin und du wusstest mal wieder nicht was du mir gutes tun könntest. Also habe ich dir nen Vorschlag gemacht und lediglich darum gebeten dennoch in der Küche kein Chaos zu veranstalten. Ich kenne dich, danach klebt der Boden und alles andere. Einfach eine Bitte und du willst mich sofort ins Krankenhaus stecken."

„Ach vergiss es."

Noch im Auto, kurz nach der Abfahrt von zu Hause öffne ich die Post vom Gericht. Mein Herz beginnt schneller zu schlagen. Dann kommt der braune Brief zum Vorschein. Vorladung. Was? Und schon im Dezember? Ach du kacke.

„Aquiles will mir die Kinder weg nehmen!"

„Was? Wie jetzt. Kann er doch gar nicht. Was steht denn

da?"

„Vorladung zu einer Gerichtsverhandlung wegen Umgang der Kinder Armando, Kiara und Nathalie. Termin im Dezember diesen Jahres. So ein Arsch, hat der doch auf sein Umgangsrecht geklagt und schafft es in so kurzer Zeit noch ne Verhandlung raus zu schlagen. Warum gewinnt der immer?"

„Damit habe ich auch nicht gerechnet. Aber es war damit zu rechnen, dass er alle Geschütze gegen dich auffährt. Beruhig dich erst mal. Wir lesen das gleich in Ruhe nochmal"

„Aber nicht so. Ich habe echt gedacht, naja eher gehofft, er würde die Füsse still halten und es im Sand verlaufen lassen."

„Darauf haben wir alle spekuliert Lydia, aber eigentlich war das zu erwarten. Wir haben immer gesagt dass er kämpfen wird. Ob es ihm dabei wirklich um das Wohl seiner Kinder geht oder vielmehr darum über dich zu triumphieren oder gar wieder auf diese Weise in Kontakt zu dir zu kommen, das ist was ganz anderes."

„Eben und das kann keiner Beweisen. Am Ende bekommt er die Kinder auf dem Präsentierteller und gewinnt, obwohl ihm gar nichts an den Kindern liegt und er sich all die Wochen nicht gekümmert hat. Es ist so gemein."

Für mich ist der Tag gelaufen. Ich heule und fühle mich total schlecht. Auch mein neues Sofa kann da meine Laune nicht aufhellen. Ich finde es gemein, dass alle seine Schritte immer wieder ins Schwarze treffen. Er geht zur Polizei erzählt denen etwas von übler Nachrede und dann bekomm ich direkt einen oben drauf. Er geht hin und macht ne Anzeige gegen mich wegen Betrugs und zack muss ich zur Polizei eine Aussage machen. Sechshundert Euro hat er mich bisher gekostet und egal was ich vorbringe, es passiert nichts.

Ich sage die Wahrheit, dass Aquiles mich missbraucht hat und dieses A-loch findet in dem Mitarbeiter vom Jugendamt noch einen Verbündeten. Bestimmt ist der so ein Frauenhasser. Wie kann der es wagen zu behaupten meine Aussage sei eine üble Nachrede? Alles, alles was ich vorgebracht habe damals, die häusliche Gewalt, die verbalen Attacken, das Verbieten von Besuchen kultureller und sportlicher Freizeitaktivitäten oder auch die Verwahrlosung der Kinder, weil Aquiles ihnen nicht die Windeln wechselte, ihnen Proteinshakes anstelle von Mahlzeiten zu essen gab, sich nicht kümmerte, finanziell nicht sorgen kann und nicht einmal über geklärte Wohnverhältnisse verfügt und sich komplett weigert mal seine aktuelle Situation darzustellen, waren keine Gründe, um von einem begleiteten Umgang zu sprechen. Nein da wollten die beiden allen ernstes, dass ich mich beruhige und dann selbst wieder als Begleitperson anwesend bin. Macht ja auch weniger behördlichen Aufwand. Es fühlt sich so schrecklich an.

„Papa ich habe das Gefühl alle wären gegen mich. Ich kann gar nicht mehr richtig atmen. Immer soll ich die Ruhe bewahren und Aquiles darf sagen was er will. Ich habe brav abgewartet und prompt habe ich die Klage auf Umgang an der Backe."

„Jetzt seh nicht alles so schwarz. Wir haben dir gesagt da wird noch einiges kommen. Auch El- Silencio hat immer gesagt du musst dich auf eine harte Zeit vorbereiten. Ihr habt nun mal Kinder zusammen und das er nun versucht dich darüber mürbe zu machen, das war eigentlich zu erwarten.“

„Er rennt von einem Anwalt zum anderen, weil ihm das Geld ausgeht. Er betrügt Banken und Versicherungen, unterschlägt Steuern, kümmert sich nicht um die Kinder, weigert sich offen zu legen wo und mit wem er wohnt, hat mich missbraucht und am Ende habe ich zwei Anzeigen und ne Klage an mir hängen. Warum?“

„Aquiles wird sich schon noch verantworten müssen. Er bellt doch erst einmal. Warte doch ab was dein Anwalt sagt und wie alles ausgehen wird. Ich kann dir nur den Rat geben ruhig zu bleiben. Aquiles kannst du nicht mit normalen Massstäben messen.“

„Ich weiss. Trotzdem scheisse.“

„Es tut dir im Ego weh. Aber vergiss nicht die Seite der Kinder zu betrachten. Sie haben einen Recht darauf ihren Vater zu sehen und sich selbst ein Bild zu machen.“

„Diesen Idioten? Der versaut doch nur seine eigenen Kinder. Wenn er Armando so bekommt und der seine dollen fünf Minuten hat. Aquiles würde ihn tot schlagen, das garantiere ich dir. Er hat nie Vorsicht walten lassen und würde ihn schütteln ohne Ende. Überleg mal, als ich ihm gesagt habe er dürfe nicht geschleudert werden wegen der Hüftsache. Was macht Aquiles? Schleudert ihn in die Luft und direkt konnte ich abends in die Notaufnahme. Soll so etwas wieder passieren? Oder die Mädchen. Nathalie hat er jahrelang geknechtet sie als dumm bezeichnet und ihr Selbstvertrauen kaputt gemacht, hat sie bis ans Äusserte getrieben mit seinem Leistungsdruck, sie für so vieles verantwortlich gemacht und immer wieder bestraft für Sachen, die sie in ihrem Alter nicht wissen konnte. Ich habe Angst. Ich kann so einem Menschen doch nicht die Kinder anvertrauen."

„Was steht denn überhaupt in dem Brief vom Anwalt?"

„Da steht drin, dass wir uns vor jenem Tag im Juli regelmässig gesehen hätten und ich urplötzlich den Kontakt eingestellt habe und daraufhin die Behauptung vorgebracht hätte, vergewaltigt worden zu sein. Dass ich den Kontakt abgelehnt hatte und auf die Vereinbarungen vom Amt nicht eingegangen wäre, dass wir angeblich schon seit Anfang letzten Jahres getrennt leben würden und Aquiles nun seine Kinder alle zwei Wochen von Freitag bis Sonntag bei sich haben will, ausserdem einmal unter der Woche am Nachmittag, alle Feiertage und vier Wochen Urlaub im Jahr."

„Ach das ist ja Irrsinn. So oder so. Die Kinder haben ihren Vater sechs Monate nicht gesehen und solange der keine Kinderbetten und so hat, kann da kein Kind übernachten. Der dreht doch echt am Rad mit drei Kindern auf einmal. Mach nen Termin bei deinem Anwalt und klär das."

Ich muss darüber nachdenken. Zermartere mir den Kopf darüber, dass ich nicht wahrhaben kann, dass Aquiles die Kinder bekäme. Es geht nicht. Er tut ihnen nicht gut. Es hat so viel Kraft gekostet ihnen wieder ein Lachen ins Gesicht zu bringen, sie aufleben zu lassen und nun kommt er und will alles zerstören.

Er ist böse und unverschämt geworden. Wo war denn seine Sorge um seine Kinder als wir so schwer krank waren? Wo war er denn, als Nathalie eingeschult wurde? Wo war er jedes Mal dann, wenn die Kinder nach ihm fragten und angezogen auf seinen Besuch warteten und er wieder nicht kam? Er kümmert sich gar nicht um seine Kinder. Nein, hat doch bei seinen

Kreditanfragen „ledig" und „keine Kinder" angekreuzt. Also, wo steht er denn zu seinen Kindern?

Zurück zu Hause gibt es erst einmal Kaffe. Ich denke die ganze Zeit nur an dieses Schreiben und diese Vorladung. Auch daran, dass so vieles in dem Schreiben des Anwalts unrichtig ist. Wirklich, mit allen Mitteln gegen mich. Es macht mich wütend. Meine Eltern müssen es erst einmal ausbaden und sich meine Salve anhören, ehe wir wieder einmal stundenlang über alles diskutieren. Sie haben von Anfang an gewusst, dass Aquiles übertreibt mit dem was er kann und tun würde, dass seine Geschichten übertrieben und realitätsfremd sind.

Zugegeben habe ich viele seiner Geschichten auch nicht glauben können, sie ihm aber liebevoll abgenommen und damit entschuldigt, dass er in seiner Kindheit niemanden hatte, der Stolz auf ihn war und nun wollte er sich eben als besonders gut und begabt darstellen.

Aus meinem Büro hole ich mir Stift und Block. Sofort schreibe ich darauf los. Notiere mir alles, was mir einfällt. Alle Punkte, in denen Aquiles als Vater und Ehemann versagt hat. Punkte, die für mich wichtig sind, um darlegen zu können, dass es falsch wäre ihm die Kinder zu überlassen. Notiere das Aktenzeichen und das heutige Datum.

‚Umgang': - Druckfehler im Geburtsdatum von Armando (nicht 2002!!!), Die Zeiten des Umgangs/ Besuchs - müssen die nicht an unser Leben angepasst werden?,

Wieso ist Aquiles finanziell nicht in der Lage die Kosten zu tragen? Er arbeitet doch jetzt in dieser Pizzeria. ->

Nachfragen. Ausserdem hat er doch zwei Raten ans Autohaus zahlen können. Er schreibt Trennung seit Januar 2013. Total falsch. Da haben wir noch Pläne gemacht, ja auch mit der Klinik und so, da waren wir noch richtig zusammen. Sehr nett, dass er noch weiter zurück schon unsere Ehe als beendet betrachtet. Wer weiss wie lange er schon andere Weiber flach legt. Scheisskerl.

Letzter Besuch war der 12.07.2014, ab Mittag. Er kam zu spät. Wie immer. Waren auf dem Spielplatz, dann spät zum Mittag nach Hause. Er mit in die Wohnung, er seine Wäsche waschen gegangen und ich gekocht. Kurz zusammen gegessen. Aquiles mit Kindern wieder raus und ich einkaufen. Nach einer Stunde schon wieder Anruf, ich müsse kommen, da Kinder Hunger hätten, obwohl ich ihm Geld gegeben habe etwas zu kaufen. Nein, ich musste kommen. Abendessen überfreundlich. Viele Versprechungen und dann plötzlicher Blick auf Handy und Uhr. Aquiles geht es angeblich schlecht. Neue Freundin wird verneint, es eskaliert kurz. Ich weine, Aquiles fängt mich auf. Kinder sind im Bett und er missbraucht mich.

Folgetag eigentlich Kinder zum Essen eingeladen und er nicht zu Hause. Nachmittags dann die Info er habe eine neue Frau und möchte mit uns nichts mehr zu tun haben. Nie wieder anrufen. Regelmässiger Umgang davor ist auch nicht korrekt. Ich musste Aquiles zum Kontakt überreden, ihn erinnern und immerzu drängen. Er kam wann er wollte und zu den Zeiten wie er wollte. Verpasste wichtige Termine; erster Elternabend neue Schule, Eingewöhnung Armando bei der Tagesmutter und Aquiles hatte kein Interesse es sich anzusehen,

Abschiedsfest im Kindergarten, trotz Einladung nicht erschienen und zur Einschulung auch nicht.

Nach der Vergewaltigung war ich direkt beim Jugendamt um Hilfe zu bekommen. Erster Termin zwei Tage danach, Montags mit meinem Vater. Zweiter Termin am 21. Juli, eine Woche später dann auch mit meinem Vater und dem Mitarbeiter. Es wurde mir begleiteter Umgang vorgeschlagen - besser Qualität statt Quantität. Erst beim letzten Gespräch am 31. Juli, dann war davon keine Rede mehr und die Männer haben sich zusammen getan und mich als verletzte Ehefrau dargestellt, die rein aus Rache nach Gründen sucht, die Kinder vorzuenthalten. Wenn dem so wäre, hätte ich sicher nicht nach einer Lösung gesucht.

Anschliessendes Telefonat ergab, dass Aquiles sich beschwert hatte, dass ich ihm keinen Termin benannt hatte. Dabei waren nur zwei SMS gekommen in denen drin gestanden hatte „Ich will meine Kinder sehen." Keine Frage nach ihrem Befinden. Da ich sowieso Verbot hatte ihn zu kontaktieren, habe ich das meinem Anwalt überlassen und das so dem Amt mitgeteilt, da ich die Vereinbarung auch nicht so hatte annehmen können, den Umgang ohne Begleitung zu zu lassen. Somit habe ich erst sozusagen ab Anfang August den Kontakt verweigert, bzw. er hätte auch zur Einschulung kommen können.

Dann kamen die Anzeigen mit übler Nachrede und Betrug. Das mit den Nacktfotos habe ich gar nicht so gesagt. Es war eine Befürchtung und das ist unfair dass die das so gedreht haben. Das mit der Vergewaltigung nehme ich nicht zurück.

Der Rechtsanwalt und der Mitarbeiter behaupten echt es

wäre erfunden und schreiben dass man dem keinen Glauben schenken müsse oder dürfe. So eine Frechheit. Wieso maßt der sich an über mich zu urteilen, wo er doch gar nicht dabei war. Ausserdem liegt die Aussage von Beate, Aquiles's Ex-Frau vor, dass er es auch ihr angetan hat. Möchte nicht wissen was mit der Frau ist, der er den Wagen zerkratzt hat. Die hat bestimmt auch eine Geschichte zu erzählen.

Wieso sagen die parallel, warum ich das vorher nie geäussert hätte mit dem Missbrauch? Wie unlogisch. Ich bekomme ne Anzeige weil ich es sage und gleichzeitig fragt man mich, warum ich es vorher niemandem gesagt habe. Unlogisch.

Angeblich hätte Aquiles sich erst Anfang diesen Jahres einer anderen Frau zugewandt. So ein Blödsinn. Der hatte Magda die Studentin vom Hauptbahnhof und auch diese andere Frau aus dem Freiburger Süden. Da liegt ja auch ne Anzeige wegen Sachbeschädigung vor. Muss ja herauszufinden sein, wer das war. Mir hat er ja sogar an jenem letzten Samstag beim Leben der Kinder beschworen keine neue Frau zu haben.

Ja und warum habe ich die Vergewaltigung nicht angezeigt? Ich zitiere einfach mal seine Ex- Frau „Ich möchte auf keinen Fall Aquiles wieder begegnen. Wer weiss was er sich wieder ausdenkt. Ich habe Angst vor ihm und dem wozu er fähig ist." Aquiles hat mich die letzten zwei Jahre verbal und emotional fertig gemacht, zudem seine Gewalt immer öfter an unseren Sachen und meinem Körper ausgelassen. Für ihn war Sex ein Stressabbau und eine Art Droge. Kräftemässig war er mir überlegen und ich musste auch an den Schutz der Kinder denken.

Er hat auch andere bedroht und ihnen gesagt er würde sie und deren Familien fertig machen, wenn sie Kontakt zu mir aufnehmen würden. Aquiles ist unberechenbar. Diebstahl im Handwerkerbedarf 2009, Affäre mit Sachbeschädigung in 2013, Handy zerstört aus Wut im April 2013 mit versuchtem Versicherungsbetrug, mehrfache Zusammenbrüche und Selbstmordgedanken als auch Drohung etwas sehr schreckliches zu tun im ersten halben Jahr 2013, Klinik mit starken Medikamenten, am Vatertag 2014 die Küche kaputt gemacht, weigert sich Schulden abzutragen, hinterzieht Steuern, betrügt Versicherungen, dann ein Unfall mit unversichertem Fahrzeug und Fahrerflucht, randaliert und kommt nachts heimlich in unsere Wohnung, Bankbetrug.

Ich hatte weder emotional noch körperlich die Kraft gegen Aquiles vorzugehen. Irgendwie habe ich gehofft er würde einfach gehen, sich um die neue Frau kümmern und uns in Ruhe lassen. Aquiles ist nicht in der Lage die Kinder zu beaufsichtigen. Immerhin hat er mir damals als er in der Altstadt die Wohnung neu hatte vorgeschlagen wir sollen alle bei ihm übernachten sodass wir zwei hätten Party machen gehen können. Die Kinder hätten schlafen sollen. Mit Babysitter? Nein, das würde auch so mal gehen.

Aquiles hat keine Fürsorge für die Kinder. Morgens schon immer direkt Fernsehen geschaut, auch Filme die für Kinder nicht bestimmt sind. Wenn ich unterwegs sein musste, hat er vergessen zu wickeln und Essen zu machen. Kinder bekamen oft Drinks zum Muskelaufbau als Ersatz. Meine Mutter hat Nacktfotos der Kinder auf dem PC gesehen, nun sind die verschwunden, ebenso die USB-Sticks. Er schwört immer wieder beim Leben seiner Kinder und hält dennoch seine Versprechen nicht ein. Es war auffällig, dass die Kinder gerne nackt und anrüchig posierten, wenn sie beim Vater gewesen sind. Vor allem dass sie immer Opa ansprachen, er solle seinen Penis zeigen. Das geht gar nicht. In dem Alter so ein Verhalten, das ist unnormal. Jetzt, seit Aquiles keinen Kontakt mehr hat, ist das weg. Aquiles hat immer darauf bestanden, dass die Kinder sich sexy bewegten, darum bevorzugte er Kiara, da sie weiblicher ist von ihrem Körperbau. Hat ihnen verboten Fussball zu spielen, da dies nichts für Mädchen wäre.

Ausflüge und Freizeitaktivitäten waren ihm immer zuwider. Hat aus Zorn dann oft Spielsachen und Kinderwagen ins Auto getreten. Den Familienurlaub mit uns hat er trotz gemeinsamer Pläne abgelehnt. Einschulung und Abschiedsfeier waren ihm egal. Nicht einmal ein Brief oder ein Paket war gekommen.

Versprechungen anzurufen oder zu kommen hat er prinzipiell nicht eingehalten oder nach eigenem Zeitplan neu gestaltet ohne Rücksicht auf Termine und Zeiten der Kinder.

Seit Anfang 2012 war Aquiles fünf Tage pro Woche bis Mitternacht beim Sport, sofern man dem glauben darf. Aber zumindest zeigt es dass die Kinder ihren Vater seit dem nicht mehr regelmässig gesehen und als Teil der Familie wahrnehmen konnten. Samstag blieb es bis Mittag im Bett und anschliessend auf dem Sofa.

Er hat den Kindern beim Essen mit dem Zollstock gedroht, sodass Nathalie am Ende an Essstörungen litt und ich bei einer Kinderpsychologin Hilfe gesucht habe. Aquiles war der Meinung, Kinder bräuchten keine

Schuhe im Sommer, da man in seiner Heimat auch barfuss laufen würde. Geld das er von mir für das Essen der Kinder bekam, landete in seiner Tasche und am Ende musste ich immer dafür Sorge tragen dass die Kinder eine Mahlzeit erhielten, weil er es nicht hinbekommen hat.

Aquiles hat uns im Dunklen stehen lassen und bei jedem Wetter und zu jeder Uhrzeit allein mit Bus und Bahn fahren lassen, statt uns mal mit dem Auto abzuholen.

Seit Armandos Geburt hat er abends meist bis die Kinder im Bett waren im Auto gesessen und sich geweigert an unserem Leben Teil zu haben. Die Kinder haben ihn oft genug gesehen und gefragt, warum Papa nicht hoch kommen würde, doch eine Antwort gab es nie.

Im März 2013 hat Aquiles beim Sozialpsychiatrischen Dienst selbst angegeben mit Kindern überfordert zu sein, nicht zu wissen wie Kinder ticken und was man mit ihnen spielen oder unternehmen könne.

Fertig. Alles notiert. Dazu dann die Aussage von seiner Ex, von Beate und auch der Entlassungsbericht aus der LVR, die eindeutig von Hospitalismus, was Borderline mit sich bringen kann und auch von unkontrollierten Wutausbrüchen als Symptome zu seiner Diagnose benennt. Er hat starke Beruhigungsmittel bekommen und hätte sich weiter therapieren lassen müssen, so damals die Überweisung als auch weiter die Antidepressiva nehmen müssen.

Einfach abgesetzt und damit alles riskiert.

Montag morgen. Die Kinder habe ich bei kaltem Nieselregen weg gebracht. Ich bin komplett durchfroren und zornig auf Aquiles. Er ist schuld, dass wir ohne Auto sind.

Ich bin müde und zittere. Es ist eklig bei so einem Wetter raus zu müssen. Die Jacke ist nicht dicht genug, die Jeans komplett mit Wasser voll gesaugt. Bis in die Schuhe ist das Wasser gelaufen. Lasse das Badewasser einlaufen. In der Zwischenzeit rufe ich meinen Anwalt an. Termin wegen der Sache mit dem Umgang machen. Einziger Termin, heute elf Uhr. Ach du schreck, das ist in zwei Stunden. Gut. Papa anrufen. Brauche sein Auto. Der muss für mich seinen Sport abbrechen, Mama abholen und rüber kommen. Tut mir immer leid, wenn ich die Beiden aus ihrem Alltag herausreisse. Doch ohne meine Eltern wäre ich echt am Ende.

Punkt elf Uhr laufe ich in der Kanzlei auf. Soll im Wartezimmer noch Platz nehmen. Mein Anwalt telefoniert gerade mit der Staatsanwaltschaft. Höre Schritte. Er kommt.

Einfache Jeans, Pullover und ein breites Grinsen im Gesicht. Würde man gar nicht vermuten, dass er der Anwalt ist. Aber andererseits, wieso sollte er auch immer in Anzug und Krawatte herum laufen, wenn man so viel besser und bequemer nachdenken kann. Find ich gut.

„Moment! Noch nicht Frau Gomez. Trifft sich gut, dass Sie schon da sind. Habe die Staatsanwältin am Apparat. Das Bussgeld ist von vierhundert auf einhundert Euro runter. Ob wir diesen Vergleich annehmen?"

„Aber dann gebe ich doch meine Schuld zu. Ist ja super dass es kostengünstiger ist, aber einhundert Euro dafür dass ich meine Meinung gesagt habe?"

„Ich würde es machen, ist nen super Preis. Und die

Gegenseite hat einen Zeugen."

„Aber der zählt doch nicht. Der ist doch bekannt dafür, dass er zu den Männern hält und Lügen erzählt."

„Mag sein, aber das Angebot bekommen Sie nie wieder. Wir machen das. Ok. Danke."

Damit war er wieder weg. Einhundert Euro? Davon kann ich zwei Wochen mit meinen Kindern leben. Das soll ich nun bezahlen. Kann echt nicht wahrsein, da wird man bestraft weil man sich Sorgen um seine Kinder macht und seine Sorge wagt auszusprechen.

„Gut, nun bin ich soweit."

„Im Ernst Frau Gomez, gegen das Amt haben Sie mit ihren Mitteln keine Chance. Leider kann das Amt auch lügen und keiner kann denen was. Ich habe so verhandelt dass die einhundert Euro nicht an Ihren Noch-Ehemann ausgezahlt werden, sondern an eine caritative Einrichtung gespendet werden. Es war die bessere Entscheidung, glauben Sie mir."

„Okay, finde es nur echt krass dass man da so vorgeführt wird und das einstecken muss. Aber damit habe ich jetzt nicht auch zugegeben dass die Vergewaltigung erfunden wäre oder so?"

„Nein, nein. Das ist ne andere Sache, darum ist das Bussgeld auch runter gegangen. Wir haben ja die Email von Beate weitergeleitet und die Staatsanwältin meinte, dass nun von Amtswegen ermittelt wird. Sprich da ist nun automatisch Strafanzeige erstattet worden und Ihr Noch- Ehemann wird sich dann zu verantworten haben. Was die Sache mit dem Umgang betrifft würde ich sagen machen wir einfach ein ganz kurzes Schreiben und führen aus, dass vorher der Umgang aus gegebenen Umständen nur mit Ihnen erfolgt war, dass seit der

Vergewaltigung eben der Kontakt so nicht möglich war, Sie sich an das Jugendamt gewandt haben und von Seiten Ihres Noch- Ehemanns ein begleiteter Umgang abgelehnt worden war. Wir wollen das erreichen und auf alles andere lassen wir uns nicht ein. Sag ich mal, dann stehen wir auf und gehen. Denn so oder so sind diese Forderungen hier mit Übernachtung nach sechs Monaten total unlogisch und nicht haltbar auch unter der Berücksichtigung, dass Armando erst zwei ist. Ich mache einen Schriftsatz fertig und lasse Ihnen eine Kopie zukommen."

„Kling gut, ja danke."

Dennoch bin ich frustriert. Es stört mich. Einhundert Euro. Einhundert, nur weil ich meine Sorge benannt habe. Das ist total krank und diesem Blödmann vom Jugendamt kann keiner was. Der spielt sich auf wie ein Gott. Das ist ungerecht. Hier wird das Opfer ganz klar zum Täter gemacht. Das ist Amtsmissbrauch, Behördenwillkür. Aber sicher darf ich nicht mal das sagen oder gar denken.

Zu Hause wartet ein riesen Berg Wäsche auf mich. Ich kann nicht mehr. Bin müde und durcheinander. Habe keine Lust. Zum Glück ist Mama aufopferungsvoll gerne bereit einen Teil mit zu sich zu nehmen und für mich zu waschen.

Ich brauche dringend eine neue Waschmaschine. Das Arbeitsamt will parallel Geld von mir zurück aus Zeiten wo Aquiles noch hier lebte und zu gut verdient hätte. Ich soll vier fünftel zurück bezahlen und er nur ein fünftel. Wäre eben so, da wir als Gemeinschaft davon profitiert hätten.

Kann nicht sein, oder? Parallel muss ich mich nun noch

herum ärgern, dass für Nathalie kein Essensgeld bezahlt wird und mir der Vermieter weiter im Nacken sitzt da er seine Nebenkosten nicht bezahlt bekommen hätte.

Ich muss meine Firma ans Laufen bekommen und zusehen, dass das Auto endlich bekomme, doch hier ist seit Wochen nichts passiert. Aquiles hat zwar im Oktober zwei Monate rückwirkend bezahlt doch seither soll nichts mehr geflossen sein. Klingt gut für mich. Ich hoffe.

Gemeinsam zittern wir Tag für Tag und sehen es immer mehr zuversichtlich. Kann nur noch besser werden. Nur noch den Termin bei Gericht überstehen.

Unbedingt brauche ich neue Klamotten. Irgendwas total chices. Die anderen Sachen sind gut, aber nicht mehr meine Grösse. Also einen Shoppingtag mit Mama einlegen und etwas fürs Gericht suchen. Immerhin sind es nur noch drei Wochen. Bei dem Gedanken wird mir übel. Ich möchte Aquiles nicht sehen. Wünsche mir insgeheim Beate mitnehmen zu können und gemeinsam gegen ihn auszusagen. Wunschtraum. So würde es in einer Lovestory passieren.

Bevor ich mich auf den Weg mache lese ich, wie jeden Morgen, meine Emails. Stosse dann auf eine neue Nachricht von Beate. Ich öffne. Lese langsam. Merke wie sich die Geräusche um mich herum verändern. In mir sackt alles zusammen. Nein, nicht auch noch das. Wieso verdammt, muss immer nur ich verlieren, verlieren und verlieren?

Ich bleibe stehen und sehe in die Ferne. Mit diesem Gedanken Schoppen gehen? Keine gute Idee. Rufe meine Mutter an. Bin total am Ende mit meinen Nerven.

Die Kinder rasen um mich herum und wollen beschäftigt werden.

„Hey Mama. Ich brauche jemand zum Reden"

„Oh, ist was schlimmes passiert?"

„So ähnlich ja. Kann man so sagen. Beate hat geschrieben. Bin total Depri. Alles anders als gehofft. Sie zieht ihre Aussage zurück."

„Im Ernst?"

„Ja, sie entschuldigt sich und hofft ich würde sie verstehen, weil sie halt Angst hat vor Aquiles und so. Sie hätte mit meinem Anwalt geredet und wolle auf keinen Fall, was wohl bei einer Aussage von Nöten wäre, ihre Daten preisgeben sodass sie sich eben nicht in der Lage sieht das wie versprochen zu machen. Das ist so scheisse weisst du? So nen Arsch wie Aquiles kommt immer davon und alle glauben ihm. Er tut allen Menschen weh und bekommt am Ende noch ne Belohnung. Warum können Frauen nicht zusammen halten und kneifen letzten Endes?"

„Und du bist sicher dass sie ihre Aussage zurück zieht? Aber so einfach geht das doch gar nicht. Sie kann ja nicht erst was sagen, von sich aus und dann alles widerrufen. Ich denke da würde der Staatsanwalt auch nachhaken und merken dass sie aus Angst das zurück zieht. Da gibt es sicherlich notfalls Lösungen. Frag erst mal deinen Anwalt Lydia, bevor du dich wieder fertig machst mit unnötigen Gedanken."

„Ach Mensch, das ist alles scheisse. Weisst du. Sie schreibt, sie müsse von ihrem Angebot abstand nehmen. Sie würde mir gerne helfen, aber die Tatsache vor Gericht zu müssen und Aquiles zu begegnen, wo man nie wisse was er sich als nächstes ausdenkt, das würde sie nicht wollen."

„Na Mensch Lydia. Also zieht sie nicht ihre Aussage zurück sondern sagt nur, sie nimmt ihr Angebot die Aussage vor Gericht zu wiederholen, zurück. Das ist doch zweierlei. Am Ende sogar noch besser. Es zeigt doch wie schlimm Aquiles ist, dass sie sogar nach über sieben Jahre Abstand von ihm noch Angst hat und sich nicht traut ihm zu begegnen."

„Schrecklicher Gedanke. Ich möchte gar nicht wissen, was er ihr angetan hat, dass sie so schreibt. Arme Frau. Zum Glück habe ich diese Angst derzeit noch nicht. Ich möchte ihm allein nicht begegnen und auch so muss es nicht sein ihn zu sehen, aber Angst habe ich nicht. Ich will gegen ihn aussagen."

„Noch ist nichts entschieden. Das geht seinen Gang. Abwarten und ich denke die Staatsanwältin wird schon wissen was zu tun ist. Erst einmal liegt die Aussage ja vor und bleibt auch dort."

„Hast recht. Ja. Ich bin halt immer erst mal geschockt und muss dann alles verdauen, ehe ich klar sehen kann. Danke dir Mama."

„Kein Thema, dafür sind wir doch da. Wir stehen das zusammen durch. Kopf hoch Süsse. Du hast so viel erreicht bisher, kannst stolz auf dich sein. Im Ernst und deine Kinder werden es dir danken, die spüren schon genau was los ist und dass du für sie immer da bist."

„Hab Euch lieb. Grüss Papa. Bis morgen."

Für die Kinder habe ich Geschenke bestellt. Sie sind angekommen. Für Nathalie einen neuen grossen Roller. Sie wollte einen haben, wie ihre Freundinnen. Ihrer ist schwarz, leuchtet dafür vorne und hinten. Kiara hat sich auch ein Tablet gewünscht. Seit ein paar Wochen kann sie schon Namen unserer Familie schreiben und die Anlauttabelle von Nathalie mitmachen. Daher soll sie eins bekommen, damit sie auch damit lernen kann.

Für Armando habe ich eine Bohrmaschine gekauft mit Schrauben. Batteriebetrieben. Das wird ihm sicher gefallen.

Ich bin total aufgeregt. Für Montag hat sich die „Anwältin der Kinder" angekündigt. Ein spontaner Besuch, um zu ermitteln, was das Kindeswohl ist. Ihre Aussage wird dann vor Gericht verwertet, um eine Lösung zu finden. Also bekommen die Kinder nicht erst in zwei Wochen die Geschenke, sondern diesen Samstag. Ich kann nicht länger warten.

Für Montag haben Nathalie und ich uns einen besonderen Tag ausgedacht. Die Anwältin kommt erst am späten Nachmittag und Nathalie hat schulfrei. Wir wollen Schoppen gehen, nur für sie und dann ins Kino. Für Nathalie das erste Mal. Mal sehen, wie sie das aufnimmt. Ich freue mich auf unseren Mädchentag.

Das alles und vieles mehr hätte Aquiles mit uns erleben können und wollte es aufgeben. Es tut mir leid, dass ich den Kindern zwar finanziell etwas schenken, nicht aber den Vater ersetzen oder zurück bringen kann. Eine Zeit lang wäre es noch möglich gewesen, sofern Aquiles erkannt hätte was er an uns hat, wenn er sich therapieren hätte lassen und sich für uns entschieden hätte. Nun ist der Zug abgefahren und ich will ihn nie wieder in meiner Nähe haben.

Es war ein turbulentes Jahr mit dem Ende meiner Ehe, das ich mir kaum hätte schrecklicher vorstellen können. Nun, nach so langer Zeit wird mir klar, wie lange ich mich freiwillig diesem Martyrium ausgesetzt habe, in der Hoffnung wir würden zusammen bleiben. Aquiles ist gegangen und hat sich selbst dafür entschieden bei mir als Vergewaltiger in Erinnerung zu bleiben.

Aquiles hat sich sein eigenes Leben zerstört und es wird Jahre dauern bis er seine Schulden abgetragen haben wird. Ebenso wird er ewig vermeintlichem Glück nachlaufen und ständig neue Partnerinnen haben, in der Hoffnung auf Liebe, obwohl er diese zugleich ablehnt und Frauen die ihn wahrhaftig Lieben demütigt und missbraucht.

Eine feindliche Übernahme, denn ich lebe nun das Leben, was wir einmal zusammen hatten leben wollen. Die Idee eines kulturell südamerikanisch angehauchten Cafés habe ich mir zu eigen gemacht und schon erste Interessenten getroffen. Aquiles Kunden habe ich übernommen und damit mein Geschäft aufgebaut und bekannt gemacht. Weitere Interessenten gibt es bereits.

In mir sprudeln viele Ideen und ich bin bereit sie alle nach und nach umzusetzen. Möchte ein Kochbuch heraus bringen, etwas schreiben und weiter selbständige Unternehmerin sein.

Jeden Tag sammle ich wertvolle Erfahrungen mit meinen Kindern, dem Leben und mir selbst und möchte es positiv für mich nutzen. Ich erfreue mich an dem Lachen meiner Kinder und jedem neuen Tag an dem wir gesund aufstehen und gesund zu Bett gehen. Für einander da sind. Wir sind endlich eine Familie. Was soll uns Aquiles da entgegen setzen? Er ist ein Mutant auf einer ewigen Reise .... Wir sind endlich eine Familie und ich bin dankbar dass er endlich gegangen ist um meiner Freiheit und meines Friedens Willen. Die

Vergangenheit soll ruhen, möchte abschliessen mit dem was Aquiles mir und den Kindern angetan hat. Irgendwie, früher oder später wird er sich verantworten müssen, sei es vor Menschen oder Gott. Ungestraft kommen wir alle nicht davon...

Noch zwanzig Tage bis zur Gerichtsverhandlung. Ich bin nervös. Bereite mich darauf vor, gedanklich und körperlich. Trainiere jeden Tag für mein gutes Körpergefühl. Kann erhobenen Hauptes gehen und mich voller Stolz im Spiegel betrachten, nicht aus Selbstverliebtheit, sondern um nicht unter zu gehen. Ich fotografiere mich jeden Tag und sehe den positiven Wandel meiner Persönlichkeit und meines Äusseren.

Wird Beate an meiner Seite gegen Aquiles aussagen und er sich daraufhin ein Eigentor schiessen? Wer weiss ob es überhaupt einen Sieger oder Verlierer geben wird. In diesem Sinne wende ich mich meiner Lektüre zu und harre der Dinge die da kommen!

Herstellung und Verlag:
BoD - Books on Demand, Norderstedt
ISBN 978-3-7347-9912-9